Almanach
deutschsprachiger
Schriftsteller-Ärzte
Ausgabe 2024
47. Jahrgang

ALMANACH

deutschsprachiger
Schriftsteller-Ärzte
2024

Herausgeber: Seemann Publishing
Inhaber: Rainer Andreas Seemann
Villa Verano Travesia Troica 11
Buzon 624
30879 Mazarrón/Country Club
Spanien/España
E-Mail: publishing@rainer-seemann.de
Internet: www.rainer-seemann.de

Cover und Gestaltung: Maria Seemann
Coverfoto: Dr. med. Dietrich Weller, Leonberg

ISBN: 9798878184878
Imprint: Independently published

INHALT

VORWORT DER HERAUSGEBER

Liebe Autorinnen und Autoren,
liebe Leserinnen und Leser,

in diesen kriegerischen Zeiten ein Vorwort zu einem solchen Buch zu schreiben, fällt nicht leicht. Nach der Ukraine nun auch der Nahe Osten und die vielen kleineren und von der Presse verschwiegenen Konflikte in aller Welt.
Nach den Angaben der aktuellen Ausgabe des Conflict Barometer des HIIK belief sich die Anzahl der Konflikte weltweit, d.h. der Dispute, gewaltlosen sowie gewaltsamen Krisen, der begrenzten Kriege und Kriege, im Jahr 2022 auf insgesamt 363. Für 2023 lagen uns bei Redaktionsschluss noch keine genauen Zahlen vor. Die Schätzungen lagen zwischen 220 und 350, was wahrscheinlich an der Betrachtungsweise liegt. Was ist ein Krieg, was eine kriegerische Auseinandersetzung und was ist ein lokaler, bewaffneter oder auch unbewaffneter Konflikt, der droht zu einem Krieg zu werden?
Egal, für welche Begriffe wir uns entscheiden, ist eines klar: Diejenigen, die die Kriege beginnen, die Despoten, größenwahnsinnigen Regierungschefs, die radikalen Religionsführer oder die unheimlichen Geheimdienste, sie alle stehen niemals an der Front. Sie kämpfen nicht, sondern schicken ihre Landsleute gnaden- und mitleidslos in den Tod. Sie fressen sich dicke Bäuche an, während das Volk hungert. Sie veruntreuen die Hilfsgelder, die von mitfühlenden Menschen gespendet werden und kaufen sich und ihren Familien Luxusvillen in aller Welt. Gleichzeitig schreibt z. B. der ukrainische Präsident Selinskyi neue Gesetze, die nun auch ältere und behinderte Männer zur Wehrpflicht rufen um als Kanonenfutter an die Front geschickt zu werden. Auf der anderen Seite ein „Zar", der alte sowjetische Groß-

machtträume träumt und dem jedes Mittel recht ist, diese zu verwirklichen.
Angezettelt wurde dieser Konflikt auch durch westliche Geheimdienste, allen voran die CIA. Die Amerikaner wissen, wie man ihre Waffenindustrie am Leben hält und wir Deutschen machen es ihnen inzwischen nach. Die großen Waffenhersteller und deren Aktionäre reiben sich die Hände und schmieren, wo es geht, die Kriegstreiber in aller Welt, auf dass die Umsätze ja nicht einbrechen und die Gewinne astronomische Höhen erklimmen.
Wie stark der Einfluss dieser Waffenlobby auf die Politik ist, kann man am besten daran erkennen, wie sehr sich die einzelnen Politiker, vor allem der Grünen und der SPD, von ihren einstigen Idealen entfernen. Die Grünen, die noch vor der letzten Bundestagswahl auf Ihren Plakaten verkündeten, dass sie keine Waffen in Kriegsgebiete liefern werden, und die SPD, die die einstige wunderbare Ostpolitik von Willy Brandt heute mit Füßen tritt, sie alle wurden zu Knechten der mächtigen Waffenlobby. Dass die FDP Politikerin Strack-Zimmermann heute lautstark für immer mehr Waffenlieferungen in die Ukraine plädiert, verwundert dagegen kaum. Sie ist ganz offen eine Lobbyistin der Waffenschmieden in Deutschland und macht ihren Job.

Es steht also nicht gut um den, hauptsächlich in der Weihnachtszeit beschworenen, `Frieden auf Erden´. Deutsche Leopard-Panzer stehen wieder an der Grenze zu Russland und der derzeitige Verteidigungsminister Pistorius bereitet uns verbal bereits auf einen Krieg vor. Er rückt nicht von seiner Formulierung ab, die Bundeswehr müsse "kriegstüchtig" werden.
Was ist also vom Ende des kalten Krieges geblieben? Was von der wunderbaren Entspannungs- und Abrüstungspolitik, eingeleitet von Willy Brandt, und dem Fall des Eisernen Vorhangs, ermöglicht durch Gorbatschow?
Heute sind wieder die Falken an der Macht, die Kriegstreiber, die sich nicht geschämt haben, dem amerikanischen

Präsidenten Obama[1], der nachweislich die meisten Kriegstage aller Präsidenten nach dem zweiten Weltkrieg zu verantworten hatte, den Friedensnobelpreis zu überreichen. Welch ein Wahnwitz!
Aber trotz all diesem Wahnsinn gibt es auch immer Lichtblicke, Zeichen von Menschlichkeit, Mitbürger mit Empathie, Organisationen, die nicht aufgeben, gegen Kriegshetze, Ungerechtigkeit, Armut und Ausbeutung zu kämpfen. Und die machen Hoffnung.
Und genau solche Menschen schreiben in diesem Buch wunderbare Lyrik, humorvolle Beiträge, Erlebnisse aus dem ärztlichen Alltag, Kurzgeschichten, Prosa und auch kritische Anmerkungen zu den Zeiten, in denen wir leben. Ein solches Buch zu verlegen, ist eine große Ehre für uns und unsere Mitstreiter. Deswegen gilt unser Dank zunächst allen Autorinnen und Autoren, die zu diesem wertvollen Werk der Literatur beigetragen haben.
So konnten wir diesmal mit 28 Teilnehmern wieder etwas mehr Beteiligung erreichen, was uns natürlich sehr gefreut hat.
Bedanken möchten wir uns auch bei Dr. Dietrich Weller, der wieder das wunderbare Titelfoto beigetragen hat und uns jederzeit als Berater zur Seite steht, und beim Team von Kindle Direct Publishing, das für den Druck und die Präsentation auf den weltweiten AMAZON Märkten Verantwortung trägt.
Es scheint auch im nächsten Jahr weiterzugehen, so haben bereits fünf Autorinnen und Autoren Beiträge für den Almanach 2025 eingereicht. Wie schön!
Wir haben die Beiträge wieder in der Reihenfolge veröffentlicht, wie uns die Zusagen erreichten.
Wie wir es bei allen Büchern tun, die wir herausgeben, haben wir redaktionell nicht in die Texte eingegriffen. Sie wurden so gedruckt, wie die Autorinnen und Autoren sie eingereicht haben. Lediglich Flüchtigkeitsfehler in Recht-

---

[1] Barack Obama ist offiziell der US-Präsident mit den meisten Kriegstagen, das berichtet die "New York Times". Nachzulesen in Spiegel vom 16.05.2016.

schreibung, Interpunktion und Grammatik wurden natürlich korrigiert.
Wir wünschen Ihnen nun viel Freude bei der Lektüre dieses herausragenden Werks der jährlichen Neuerscheinungen.
Wir haben, wie bereits bei den vergangenen Ausgaben, bewusst auf eine Sortierung der Beiträge nach Genres verzichtet. So bleibt ein bunter Strauß, quer durch Lyrik, Prosa, Kurzgeschichten, Erlebnissen und ärztlichem Alltag bis hin zu humorvollen, zeitkritischen und politischen Beiträgen.
Es ist für jeden etwas dabei und ALLE Beiträge verdienen es gelesen zu werden.

Mit den besten Wünschen für Gesundheit, Erfolg und Lebensfreude grüßen Sie herzlich aus dem Mazarrón Country Club

Ihre Maria und Rainer Andreas Seemann

HANNO SCHERF

Ich bin gebürtiger Münchner (1946) in Saarbrücken aufgewachsen, besuchte dort bis zum Abitur das humanistische Ludwigsgymnasium. Das Medizinstudium begann ich 1965 in München. Ich wechselte nach dem Physikum nach Hamburg, wo ich es 1971 abschloss. Vor dem Wechsel bereiste ich ein halbes Jahr Nord-, Mittel- und Südamerika. Das Thema meiner Dissertation war: Versuche zur Einstellung normaler ultrafiltrabler Magnesiumfraktionen bei chronischen Hämodialysepatienten.

Elf Jahre war ich an vier großen Kliniken in Hamburg als Internist tätig, an der Universitätsklinik Eppendorf zwei Jahre, am Bundeswehrkrankenhaus Wandsbek, wo ich in drei Jahren meinen Wehrdienst als Sanitätsoffizier ableistete, im Allgemeinen Krankenhaus Eilbek und die letzten fünf Jahre im Allgemeinen Krankenhaus St. Georg. Von 1983 bis 2010 war ich in Hamburg Altona als „internistischer Generalist" in eigener „Überweisungs-Praxis" niedergelassen, zuletzt als Facharzt-Internist.

Ich durfte die Entwicklung der Inneren Medizin mit Röntgen, Ultraschall, Endoskopie, Zytologie, interventionellen Maßnahmen und moderner Labordiagnostik aktiv miterleben. Ich beschäftigte mich mit Tropenmedizin, Rheumatologie, Kardiologie, Endokrinologie, Hämato-Onkologie. Hauptinteresse galt zuletzt der Gastroenterologie, Thyreologie und diagnostischen Rätselfällen, die zahlreich im Hamburger Ärzteblatt – Der besondere Fall –, in der Deutschen Medizinischen Wochenzeitschrift (DMW), in „Der Internist" und im Magazin Stern unter „Diagnose" veröffentlicht wurden. Nach Praxisverkauf arbeitete ich noch, deutlich entspannter, halbtags bis 2017 in einem großen MVZ in Altona, dessen Ultraschalldiagnostik ich dann

durchführte. Berufspolitisch war ich beim Bund Deutscher Internisten tätig, als Delegierter in der Kassenärztlichen Vereinigung und in der Ärztekammer Hamburg, eine Wahlperiode dort auch im Vorstand. Ein Jahr war ich Vorsitzender des Ärztlichen Vereins der Hamburger Ärztekammer, eine Wahlperiode Leiter der Hamburger Fortbildungsakademie. Von 2000 bis 2013 war ich Schriftleiter des Hamburger Ärzteblattes. Dort verfasste ich neben vielen Kasuistiken seltener Fälle viele Editorials, Glossen und medizinische Paraphrasen klassischer Gedichte, meist von Heinrich Heine. In Hamburg war ich viele Jahre im Vorstand des Heine-Haus-Vereins.
Ich bin seit 1974 verheiratet, Vater zweier erwachsener Töchter und habe in Oberbayern drei Enkelkinder, Paula, Justus und Bendix, sowie seit kurzem in Hamburg als zweite Enkelin noch Clara.
Meine Hobbys sind Literatur, Geschichte, Kunst und Reisen, die ich in Text, Bildern, Gedichten und Büchern festhalte, die mich in die bedeutenden Gegenden und Städte Europas führten, in den Maghreb, den Sudan, die Türkei, nach Israel, Ägypten, Indien und zuletzt Usbekistan. Seit 2005 bin ich regelmäßig mit Beiträgen im Almanach vertreten.

Lüneburg, Residenz der Langeweile?“

Erhalten, unzerstört, sehenswert das Lüneburger Rathaus. Der vormalige Reichtum der Salzstadt, der Luxus des Mittelalters springen in den düsteren Räumen ins Auge: Im Gerichtsaal das ausgemalte Tonnengewölbe mit von den tragenden Balken ausgehendem goldenem Blattwerk. Hier und an den Wänden ist zu bewundern ein auf Holz gemaltes breites Bilderbuch der damaligen, aufwendigen, farbenfrohen männlichen und weiblichen Mode des erfolgreichen Bürgertums. Die große Glasfenster-Front zur Südseite zeigt übermannsgroß neun geharnischte Feldherren der Antike, jeweils drei jüdische, christliche und nicht christliche. In die Seitenfenster sind kleine bunte Darstellungen der Zünfte eingearbeitet. Den zentralen Kamin verstärkt die ausgeklügelte Fußbodenheizung. Aus Löchern im Boden strömt im Untergeschoss aufgewärmte Luft hoch. Die ursprünglichen Kacheln des Fußbodens zeigen in schöner Regelmäßigkeit das Motiv des Braunschweiger Löwen.

Im 33 m langen großen und hohen Fest- und Tanzsaal dominieren fünf gewaltige Kronleuchter, „geflochten“ aus Hirschgeweih, ins Auge fallende Symbole für das gegen die Herzöge von Braunschweig erkämpfte bürgerliche Jagdrecht. Die Kerzenleuchter sind befestigt am zentralen Eichenbalken der Decke, der ingeniös ohne Stützstreben am Dachstuhl aufgehängt wurde und seit dem Mittelalter dort immer noch hängt. Zusätzlich beleuchten Hunderte von Kerzen an den Wänden den riesigen Raum und die an den Wänden überlebensgroß in höfischer Tracht des Mittelalters porträtierten Braunschweiger Herzöge und Herzoginnen. Die Bürger, Bürgermeister und Sülfmeister mussten sich mit kleinen Kopfbildern zwischen den Kassetten der Deckbalken begnügen. Ein Orkan brachte die gotische Backstein-Rathausfassade einst zum Einsturz. Sie wurde zeitgemäß barockisiert, so wie sie heute den Marktplatz begrenzt und schmückt.

In der finsteren Schreibstube hängt über dem Stehpult von der Decke ein transparentes Holzgefäß, das den Schulterblattknochen einer Wildsau verwahrt. Er soll an die zur Strecke gebrachte Sau oder den Eber erinnern, dessen mit Salzkristallen inkrustiertes Fell nach Suhlen in der Salzlake auf die Fährte zum ergiebigen „goldenen" Salzstock hinwies.

Eine opulente Treppe mit großem Kaiserportrait führt zu einem Ratsherrensaal, der vier, in zwanzig Jahren von einem Holzkünstler aufwendigst aus Eiche geschnitzte, Portale besitzt, nun hinter Glas geschützt, die biblischen Motive wie das Jüngste Gericht, das Opfer Abrahams, die Arche Noah samt Lüneburger Stadtsilhouette zeigen. Großflächige Bilder mit komplexen Motiven und Anspielungen nehmen die drei Wände ein, eins davon zeigt den Kaiser und die sieben Churfürsten, auffällig einförmig „vermummt" in Hermelinpelzen.

Neugeschaffen wurde ein Saal, der die Nachbildungen des vormaligen Ratssilber-Restes präsentiert. Die Originale wurden zu einem guten Preis in klammen Zeiten ans wilhelminische Preußen versilbert, das für die Nachbildungen Sorge trug. Diese Silberimitate, Buckelpokale, Löwen-Aquamanile und breite Servier-Schalen sind aber auch so eindrucksvoll. Die Ausmaler der Decke durften ihrer Fantasie freieren Lauf lassen und verewigten, eingewebt in Blattornamente, auch ein VW-Wappen und einen missgelaunten Gartenzwerg. Ein Großteil des Tafelsilbers musste schon im Dreißigjährigen Krieg an die Schweden abgetreten, versilbert werden, die so von Plünderung und Brandschatzung zuvorkommend Abstand nahmen. Die diversen Folterinstrumente des Mittelalters, in Vitrinen ausgestellt, fanden bei der Führung keine Erwähnung.

„Residenz der Langweile" betitelte Lüneburg Heinrich Heine. Er wohnte als Heranwachsender wenige Monate einmal unglücklich bei seinen Eltern im heutigen „Heine-

Haus“ beim Markt, neben dem Landgericht. Von Langeweile kann aber heute keine Rede sein. Wir erlebten Lüneburg so lebendig wie nie zuvor anlässlich einer improvisierten „Spritztour“ mit Śkoda-Scala, dem neuen Auto. Bei der Rückfahrt spritzte es bei Regen auch entsprechend reichlich.

Quirlige Betriebsamkeit, wohl auch durch die knapp 10.000 Studierenden, herrschte in der Altstadt; Kneipen und Cafés waren gut besucht. Die verkehrsberuhigten, ansprechend gepflasterten Altstadtstraßen bieten eine Fülle von schönen, kleinen, reizvollen Geschäften, von den historischen Giebeln und Backsteinbauten ganz abgesehen. Ärgerlich war nur, dass die Großkirchen St. Petri und St. Michael geschlossen waren und dass Bettinas gedeckter Apfelkuchen im Inneren auch einen ausgedehnten grünen Schimmelbefall verdeckte. Der Restkuchen wurde entsetzt umgehend aus dem Verkehr gezogen, Bettinas Cappuccino „ging aufs Haus“.
Das Salinen- und Ostpreußenmuseum werden wir wohl künftig einmal besuchen. Eine Führung durch das Kloster Lüne mit seinen mittelalterlichen Wandteppichen hatten wir ja vor einem halben Jahr schon erlebt.
„Residenz der Langeweile“ war Lüneburg zumindest an unserem Besuchstag und Markttag keineswegs, auch wenn schon seit Langem seine Salinen erschöpft sind und die Heringe heuer aus anderen Quellen oder Solen eingesalzen werden.
Maskenpflicht bestand aber immer noch am 8.1.2023 bei der Rathausführung!

1/2023

Bernstein Amber
Kopal Elektron

Seit Jahrmillionen, unendlich lang bevor der Mensch die Erde betrat, sind eingeschlossen in braungoldgelbem Baumharz der Skorpion, der Gecko, die Spinne, die Laus, der Käfer, die Gottesanbeterin, das geflügelte Insekt, der Baumsamen, die Blüte.

Synonyma von Bernstein sind Amber, Kopal, Elektron. Bernstein kommt von Brennstein, das brennbare, transparente, steinähnliche Leichtgewicht, Harz aus vorgeschichtlichen Wäldern, geschliffen, gepresst, transportiert im Schlamm der Erdgeschichte, von Gletschern bedrückt und hinterlassen dem Meer, dem Strand.
Das baltische Gold, gesucht, gefischt, im Samland im Tagebau zuletzt industriell abgebaut, geschmolzen in Öl, gepresst zu Platten, Plättchen, poliert, beschnitten, geschliffen, geschnitzt, getischlert zu Kästchen, Altären, Rosenkränzen, Kommoden in Königsberg und Danzig.
Vor Jahrtausenden fortgetragen und gehandelt auf Bernsteinrouten über die Alpen nach Ägypten, zu den Griechen, Etruskern und Römern. Aufgezogen zu Ketten, verarbeitet zu Schmuck, Kelchen, Kreuzen, Schalen, Trophäen, hoffnungsvoll zerrieben zu Arznei. Bernstein ist nicht auf Europa beschränkt, findet sich auch in Mexiko, Japan, Peru, dort in einem anderen Farbton bis hin zu Blau und Grün.
Als Staatsschatz in Preußen gehütet, mit Galgen bedroht und bestraft bei Unterschlagung, so schon früh festgelegt im Bernsteinregal des Deutschritterordens. Zuletzt in Großfabriken wie in Harburg bei Hamburg verarbeitet.

Derzeit bedroht den vermeintlich glücklichen Bernstein-Finder die Verwechselung mit angespültem Phosphor, der zu Tausenden Tonnen seit dem Zweiten Weltkrieg die Ostsee füllt. Dann wird der vermeintliche Bernstein spontan an der Luft wahrhaftig zum „Brennstein“ in Hand und Hose, verbrennt Haut und Fleisch.

Die höchste Kunst der Bernsteinverarbeitung, das einzigartige Bernsteinzimmer, verdankt sein Schicksal den Kriegen: Der Preußenkönig Friedrich der Erste schenkte es, welches in Königsberg angefertigt wurde für Berlin, Peter dem Großen bei dessen Besuch in Havelberg zu Zeiten des Nordischen Krieges. Es wurde im Schloss Katharinenhof bei St. Petersburg installiert, von der Wehrmacht im Zweiten Weltkrieg demontiert, requiriert und ist seitdem verschollen. Man darf nun dort in Zarskoje Selo eine Bernstein-Replique nach alten Fotos bewundern, wie wir es vor vier Jahren taten, aber nicht fotografieren.
Im sehenswerten Deutschen Bernsteinmuseum in Ribnitz-Damgarten, an der historischen Grenze von Mecklenburg und Pommern, kann man gegen zu entrichtenden Obolus eine Fotografie der Replique fotografieren.

Die verschiedenen organischen Stoffe des Bernsteins bestehen zu etwa 80% aus Kohlenstoff, 10% aus Sauerstoff, 10% aus Wasserstoff. Die Summenformel lautet: C10H16O, vermeldet im Museum ein Poster. Der Bernstein brenne kerzenartig mit rußender Flamme und scharfem Geruch.
War dieses Schicksal dem Bernsteinzimmer in Königsberg beschieden, bevor die Stadt in Kaliningrad umbenannt wurde?

1/2023

Harzreise 2023

UNESCO-Weltkulturerbe, dem „Oberharzer Wasserregal“ mit dem 1827 handgefertigten Clausthaler Flutgraben, der 4120 m lang auf einer Höhe von etwa 900 m mit einer Leistung von 100 Liter/Sekunde die Wasserräder der Clausthaler Silberbergwerke früher speiste, begegneten wir auf dem schneeigen Anstieg zur Wolfswarte. Der stimmungsvolle, verschneite, besonnte, aber mühsame Weg eröffnet in der Ferne einen Überblick zu den beiden „Harzriesen“, dem sachsen-anhaltinischen Brocken (1141 m), dem niedersächsischen Wurmberg (971 m) und Überblick auf die ganze Arbeit, die der Borkenkäfer an den vormals den Harz dominierenden Fichtenbeständen geleistet hat, eine Leistung, der auch etwas Weltkulturerbe-Verdächtiges innewohnt, wenn auch im negativen Sinn: Es gibt nur noch tote Fichten, vom Sturm gefällte, samt Erdreich und vom Wurzelwerk eingeschlossenen Kleinstbrocken, zerborstene, hälftig von der Motorsäge gekappte Stämme, oft mit Schneehäubchen hübsch verpflastert, Wurzelstummel, höhere Reststämme, die ihre Borke abstreifen, oder schon den Status des toten Weißholzes erreicht haben, Stämme, derer sich der Zunderschwamm in unterschiedlicher Größe annimmt, die größeren Pilz-Exemplare auch mit Schneehäubchen aufgehübscht, Stämme, die sich todtraurig mit ihrem Restgeäst in den Armen zu liegen scheinen oder sich verfangen haben, Stämme, die über- und nebeneinander regellos verkeilt liegen, als wären sie unorthodoxe Oxer für ein Springreiten der Harzhexen, Stämme, die noch in Kompaniestärke akkurat, aber astlos und tot als Holzgerippe oder wie tote hölzerne Riesen-Spargel, aufrecht und kerzengerade die Stellung noch halten, hohe abgestorbene Stämme, deren regelmäßig abzweigendes Restgeäst ihnen den Anschein von Funkmasten gibt, die der Harz seit den Zeiten des Kalten Krieges ja auch zur Genüge noch vorhält, Stämme, die mehrstöckigen Spechtadressen dienten.

Der Schnee überdeckt teilweise das Fichtenelend noch gnädig, im Sommer muss der Anblick im Wortsinn verheerend sein. Kleine, wild ausgesäte Tännchen spüren, dass nun ihre Wachstums-Stunde schlägt, überragen schon die Schneehöhe zumeist, manchmal lugt aber bloß ein Spitzenzweig wie eine Antenne aus einem Schneekegel hervor. Wenige hochgewachsene Alt-Tannen zelebrieren ihre Borkenkäferresistenz. Das liebliche Glucksen und Murmeln der Bächlein neben den Wegen mit den Eiskappen über ihren Granitkugeln, mit den landkartenartigen, teilzerbrochenen Eisplatten und Mini-Eissäulchen entschädigt im Kleinen für das Grauen des Fichtenelends im Großen.

Der unvoreingenommene, mittelgebirgshungrige Harzbesucher wird vom Borkenkäfer sprichwörtlich hinter die Fichte geführt, hinter die tote Fichte. Das Fichtensterben ist für den Touristen für die nächsten Jahrzehnte ein dauerhaftes Ärgernis. Welches Ärgernis wäre es für den Silberbergbau früher gewesen? Das hätte dessen vorzeitiges Ende bedeutet bei noch nicht erschöpften Silberadern.

Der Braunschweiger Hof in Bad Harzburg mit Schwimmbad und Sauna war für drei Tage wieder unser Quartier. Die schönen Mahlzeiten und Frühstücksbuffets umdüsterte aber nachhaltig in der letzten Nacht der Höllenlärm einer Diamantenen Hochzeit, das laute Wummern der Bässe ließ auch mit Ohrstöpsel keinen Schlaf zu. Die Abschiedsmahlzeit erstreckte sich zuvor für uns über 140 Minuten, da verging der Appetit durch Ärger und Warten. Die Küche hatte wohl nur die diamantenen Gäste im Visier.
Die Entschuldigung des Hotels, das Erlassen der Getränkerechnung und Aushändigen einer hauseigenen Sekt Cuvée konnten den Grimm nicht vertreiben.

Wir unternahmen an drei Tagen Schneewanderungen da, wo wir früher mit Langlaufski unterwegs waren, von Teleskop-Stöcken unterstützt. Der Schnee war frisch gefallen, noch nicht vereist, schmutzig, sulzig oder vernadelt. Zwei Tage herrschte wolkenloser eitler Sonnenschein. Der letzte Tag gab sich in Grau. Wir gingen da zum „Dreieckigen Pfahl“, der alten Grenzlinie zwischen DDR und BRD, zwischen dem

Königreich Hannover und dem Herzogtum Braunschweig. Starten musste man da, wo noch ein Parkplatz frei war bei Oderbrück oder beim Oderteich, der zugefroren war und von uns ufernah begangen wurde, was sich aber niemand sonst traute. In der tief stehenden Sonne warfen wir lange Schatten aufs Eis. „Stock und Hut steht ihnen gut, sie sind wohlgemut", so könnte der Untertitel des hier geschossenen Schatten-Fotos lauten.
An den Nachmittagen besuchten wir das aufs Schönste wiederbelebte historische Ilsenburg mit seinen „Roten Forellen" und das von Krieg verschonte, schieferschöne, fachwerkreiche Goslar.

„Die Toten Hosen" gibt es als Musikgruppe. „Die Toten Fichten" wäre für eine Harzer Combo ein passender Name.

2/2023

Heidi Stein zum Achtzigsten

Beim Versuch einer Annäherung an Heidi Stein sehe ich vor mir ihre jährliche, famose, unerreichte Erdbeertorte und ihren farbenprächtigen, blühenden Garten. Unser Garten in Söbendieken ist ein grüner Hortus conclusus mit hier und dort ein, zwei Blümlein, wenn die üppigen Kletterrosen verblüht sind. In Heidis Garten prunken die Farben, fast rund ums Jahr. Eine gepflegte, gehegte, strotzende, fast verwirrende Flora springt ins Auge, verwirrt den floral nicht ganz Sattelfesten geradezu.

Ich mache einen Sprung in die Malerei des 16. Jahrhunderts, um mich Heidi anzunähern. Sie ist Flora, die Göttin der Blüte und des Frühlings in der römischen Mythologie, deren Neuinkarnation. Hier sind nicht gemeint die Rote Flora oder die Neue Flora, sondern auch die Flora, womit der Bestand an Pflanzensippen zusammengefasst wird.

Heidis Vorfahrin könnte sein die „Flora“, so ist betitelt ein Gemälde von Jan Massys, welches in der Hamburger Kunsthalle hängt. „Flora“, eine in ihrer oberen Hälfte freizügig dargestellte, bei dünnem Schleier kaum verhüllte nackte Schönheit, die in der Rechten drei Nelken und in der Linken ein mit Blumen gefülltes Tuch hält. Im Hintergrund die Stadtansicht von Antwerpen anlässlich eines Friedensschlusses mit Frankreich.

Heidis Vorfahrin könnte auch die im Louvre hängende „La Belle Jardinière“, die schöne Gärtnerin von Raffael sein. Dargestellt ist eine blumige Madonna mit Kind und dem kindlichen Johannes dem Täufer. Der Titel „Belle Jardinière“ trifft auf „Heidi-Flora“ zu, die beiden gemalten Kinder stünden dann Pars pro Toto für Heidis blonden Töchter- und Enkelsegen.

Den „Garten der Lüste“ von Hieronymus Bosch bemühe ich nicht. Ich singe auch nicht: „Petersilien Suppenkraut wächst in Heidis Garten, unsere Heidi war mal Braut, Eckhard musst` nicht lange warten.“

Als dritten Maler des 16. Jahrhunderts bemühe ich Arcimboldo, der in Prag und Mailand aus Früchten, Blumen und Gemüsen einzigartige Portraits geschaffen hat, die bekanntesten sind die personifizierten vier Jahreszeiten, Frühling, Sommer, Herbst und Winter. Sie hängen im Louvre und im Kunsthistorischen Museum in Wien. Warum Arcimboldo?
Wir imaginieren uns ein in Arcimboldo-Technik gemaltes Bild der kompletten „Heidi-Flora-Stein", auf dem die Person Heidi sich mosaikartig zusammensetzt aus ihren Blumenkindern, von denen einige auch zu den Giftpflanzen zählen. Aber damit ist die gelehrte Apothekerin ja bestens vertraut. Gift-, Heil- und Zierpflanzen ranken und ringen und duften da im imaginierten Gemälde friedlich und aufs Schönste mit- und ineinander:
Agapanthus, Dipladenien, Hortensien, Rosen, Dahlien, Tulpen, Astern, Nelken, Anemonen, Gladiolen, Zitronen, Orangen, Oleander, Rhododendren, Azaleen, Begonien, Primeln, Eisenhut, Rittersporn, Schneeglöckchen, Maiglöckchen, Glockenblumen, Sonnenblumen, Sonnenhut, Fingerhut, Wechselröschen, Glyzinie, Geißblatt, Flieder, Gänseblümchen, tränende Herzen, Hartriegel, Trompetenblumen, Petunien, Forsythien. Das muss reichen. Für andere blumige Gewächse war auf der fiktiven Palette kein Platz mehr.
Diese „Heidi-Flora-Stein" steht in meinem „Arcimboldo-Bild" aber nicht auf grünem Rasen, den ein Roboter kurzhält. Sie steht auf ihrer himmlischen Erdbeertorte, deren fester Boden mit Marzipan und Bittermandeln veredelt ist, von der mir Jahr um Jahr eine Erdbeerkuchenschnitte mehr dargeboten wird als den übrigen Gästen. Dafür bedanke ich mich mit dieser blumigen Rede und wünsche uns noch viele Erdbeertorten für Deine und unsere Zukunft.

9/2023

Im Klützer Winkel

Die Bratkartoffeln im Hotel & Restaurant Gutshaus Redewisch im Klützer Winkel waren bei den Abendmahlzeiten auf der geräumigen Terrasse des imponierenden Herrenhauses mit Blick in eine weite, satt-grüne englische Parklandschaft mit Teich, altem Baumbestand, vornehmlich Eichen und Linden, und Reihen von unbeschnittenen Korbweiden himmlisch, ganz gleich ob zu Scholle, Schnitzel, Pfifferlingen oder hausgemachtem Sauerfleisch. Geführt wird das Hotel vom Letzten seines Stammes, der salopp in kurzem Hemd und kurzer Hose, untätowiert, mitauftrug. Vor gut 20 Jahren hatte er das nach dem Krieg enteignete Familiengut, das die vierte Generation vor ihm 1817 erstanden hatte, verfallen und „nackt", wie er sich ausdrückte von der Treuhand erworben, zu einem stattlichen Hotel bei Boltenhagen umgebaut und kürzlich an die vermögende Frau eines begüterten Bayern verkauft.
Wir weilten dort zwei Tage und Nächte. Beim hervorragenden Frühstück auf der Terrasse leistete uns ein Grünspecht auf dem Rasen lange eine ferne Gesellschaft. Er verfrühstückte unermüdlich die Herrenhaus-Ameisen im weiten Rasen, war gerade noch zu erkennen. Der ersehnte Regen mit nächtlichem Gewitter erzwang beim zweiten Frühstück Kontakt mit den Innenräumen. An der Rezeption und als Bedienung erschreckte ein weibliches Wesen mit gut zwei Zentimeter langen rosa Kunstnägeln, hätte eine gute krallige Struwelpeterin abgegeben. Nächster Schreck kam auf, als ich feststellte, dass die Ladegeräte unserer E-Bikes, deren Batterien voll waren, von mir vergessen worden waren. Das hatte zur Folge, dass wir am Radeltag nur sparsam die Unterstützung nutzten und beim langsamen Dahinrollen die Landschaftsschönheit mit den weiten, welligen, abgeernteten Feldern und der Steilküste, zu der früher nur der Grenzschutz Zugang hatte, besser würdigen konnten.

Der ehemalige Patrouillenweg der DDR-Grenzer mit den DDR-üblichen Zweiloch-Betonplatten, die vor Jahren uns durchgerüttelt hatten, war nun samten asphaltiert. An den

Todesstreifen und die angetriebenen Wasserleichen der unglücklichen Flüchtlinge, die den nahen Priwall erreichen wollten und die es behördlich zu identifizieren galt, erinnern noch Schaukästen. Hin und zurück radelten wir gut 40 Kilometer bei neblig verhangenem Himmel und in Dunst getauchter Landschaft, was Schweiß zurückhielt.
An einem Zugang zum steinigen Strand der Steilküste nahmen wir lange auf einem Totholz-Stamm Platz, studierten die Steinvielfalt in der modrigen Seetangluft, und ich widmete mich mal wieder mit Hingabe dem Bau von Steinmännchen, wobei, einmalig, ein Großkonstrukt mit 50 Steinen in einer Astgabel hochgezogen wurde.
Ein von Bettina im Sitzen zusammengestelltes kleines Lapidarium wurde nach Söbendieken verbracht, aber vermisst hier wohl den Meerschaumcharme, den feinen Sand, den Seetang-Duft, und fesselt im Festland weniger als an der Küste.

Am sonnig-warmem Vortag beradelten wir den weiten Strand von Boltenhagen von der Seebrücke bis zum fernen Hundestrand, wo sich wirklich alles um die Hunde drehte, am Strand, in den Minizelten, im Wasser, gerade so, als ob die Hunde mit ihren Herrchen und Frauchen zu Badefreuden aufgebrochen wären und nicht umgekehrt.
Der Wind blies landeinwärts, schuf zunehmend schöne Wellenkämme und lockte so ins Wasser, auch uns, aber mit Distanz vom Hundestrand, mehr zur Seebrücke hin, die ihr 30-jähriges Bestehen feiert. Aus diesem Grund präsentiert Boltenhagen deren gut hundertjährige wechselnde Geschichte beim Kurpark mit diversen Fotografien. Zur Kaiserzeit erstmals errichtet, die Badegäste davor im gestreiften „Burkini der Kaiserzeit“, verstärkt durch einen Reiter im Wasser, zweimal nicht vom Krieg, aber vom Ostsee-Eis im Krieg zerstört, behelfsmäßig in der Nachkriegszeit errichtet und da unter einem Jahrhundert-Eisbefall zerborsten, erst nach der Wende in neuer Pracht und Breite wieder errichtet. In Sitznischen der Brücke lassen sich die Wohlstandsbäuche, die deutsche Adipositas, die überbordenden Tattoos, die über den Knien aufgeschlitzten Hosen, die

Rucksäcke, die meist wenig ansprechenden Outfits der vorwiegend Älteren, die noch nicht schulpflichtigen Ferienkinder und die wenigen hübschen, jüngeren Figuren gut „bezichtigen“.
Am dritten Tag besuchten wir wieder Schloss Bothmer, das größte und schönste Barockschloss Mecklenburgs. Seine ungewöhnliche Geschichte fesselt immer wieder: Hans Caspar Bothmer, später durch Geldzahlung geadelter Reichsgraf von Bothmer, aus alter Familie in Niedersachsen stammend, geboren 1656, will zum Studium nach Genf, trifft aber in Celle auf seinen Patenonkel, der ihn mitnimmt zu diplomatischen Missionen in den Niederlanden. So kommt der junge Autodidakt in die verschlungenen Bahnen der damaligen Diplomatie für das frisch mit der Kurwürde beglückte Welfische Hannover, macht Station in Wien, Berlin, Paris, Kopenhagen, Stockholm, im Haag, versteht zu gefallen, ist kultiviert und kommt schließlich 1711 nach London. Hier stellt er die Weichen für das Besteigen des vakant gewordenen englischen Throns durch den Welfen, der dann als Georg I. mit mäßigen Englischkenntnissen das Haus Hannover nach Britannien bringt. Ihm und dessen Sohn Georg II. macht sich Bothmer unentbehrlich, er verteilt und verkauft Adelstitel und wird einer der reichsten Männer seiner Zeit. Er vertritt die Hannoverschen Angelegenheiten in London, wohnt in der berühmten Downing Street Nr. 10 und erkauft sich, weil er in England als Deutscher keinen Landbesitz erwerben darf, Landstück um angrenzendes Landstück im Klützer Winkel, eine Art große Grafschaft, in der er in sieben Jahren aus der Ferne das Großprojekt „Schloss Bothmer“ mit großem Park aus dem Boden stampfen lässt. Er sollte es nie betreten. Er starb 1732. Er sorgte für einen Familienfideikommiss mit dem Inhalt, dass der Gesamtbesitz nur dem Erstgeborenen zufällt und unveräußerlich bleibt (was er blieb bis in die Weimarer Zeit). In zweiter Ehe hatte er eine Tochter, deren Mutter blieb lebenslang in Sachsen, kam nie nach London. Seine Nachkommen sind aufgegangen in diversen europäischen Königshäusern. Nach Kriegsende wurde das Schloss enteignet, beherbergte Kriegsflüchtlinge, wurde gehobenes

Seniorenheim zur DDR-Zeit und verfiel langsam in seiner Bausubstanz. Vor knapp zwanzig Jahren begann man mit der komplexen Sanierung, die inzwischen abgeschlossen ist. Das fehlende Inventar des Schlosses ersetzt die didaktisch gelungene Darstellung der Lebensgeschichte von Hans Caspar Bothmer, seiner Zeit und seiner Nachkommen in den diversen Räumen. Nur ein Raum ist komplett austapeziert mit in Rot auf Weiß geschriebenen, sich immer wiederholenden sozialistischen Sprüchen, Weisheiten, Parolen, Kampfaufrufen, die vor allem den Westler heute amüsieren:
„Jede Rübe ein Meilenstein auf dem Weg zum Sozialismus!" „Gut arbeiten – gesichert leben!" „Die Ostsee soll ein Meer des Friedens sein!" „Clara Zetkin – Vorkämpferin der proletarischen Frauenbewegung!" „Alles für das Wohl des Volkes!" „Der Sozialismus ist für alle da, er braucht alle und hat für alle Platz, für Dich! Für mich! Für alle!" „Wacht auf, Verdammte dieser Erde!" „Vorwärts und nicht vergessen!" „Aus jeder Stunde Arbeitszeit, jeder Mark und jedem Gramm Material einen größeren Nutzeffekt!" „Der Mensch steht im Mittelpunkt aller Bemühungen!" „Chemie gibt Brot, Wohlstand und Schönheit!" „Es bleibt der Mensch im Geist gestört, solang` er auf RIAS hört!" „Von der Sowjetunion lernen, heißt siegen lernen!" „Menschlichkeit und Sozialismus!"

Krönender Abschluss war in Hamburg in der Elbphilharmonie das Deutsche Requiem von Brahms unter Kent Nagano mit dem Philharmonischen Staatsorchester Hamburg und acht Hamburger Chören mit insgesamt 400 Kehlen. Eine davon gehörte Tochter Fine, die als neues Mitglied des Hamburger Bachchors St. Petri sich in den letzten Wochen in das Werk eingekämpft und eingesungen hatte. Das Besondere dieser Premiere war, dass man die Bremer Uraufführung von 1868 kopierte, die damals zur Brahmsmusik noch von Bach, Tartini und Schumann jeweils ein Stück für Violine und Orgel einfügte, um mit Händels Halleluja zu enden. Das „Halleluja", welches ich erstmalig kennengelernt hatte 1972 anlässlich der Fußball-Europameisterschaft in Belgien, die

Deutschland gewann. Ich sah die entscheidenden Spiele beim Kommilitonen und Trauzeugen Joachim Schall. Die Nadel des Plattenspielerarms lag bereit über der Halleluja-Rille und wurde sofort bei deutschen Toren abgesenkt. Deutsche Tore fielen damals oft, das Händel`sche „Halleluja“ wurde von uns freudig und stimmgewaltig mitintoniert.

8/2022

Lindenkuss?

Unter den vielen Linden
wirst du nichts Vergleichbares finden
wie im Klostergarten
von Ribnitz-Damgarten.

Gelinde gesagt, ich bin verzagt,
frag mich, was soll es bedeuten,
dass zwei so alte Linden
am Stamm zueinander finden,
sich aneinanderbinden,
als wären`s siamesische Linden.

Geben sie sich per Stamm einen Kuss?
Küsst den Lindenmann mit dem Stamme
die ihm zugeneigte Lindendame?
Kopulieren sie, was für Linden kein Muss?
Verbrüdert, verschwestert sich eine Linde
mit der anderen über die Stammesrinde?

Stehen zwei Linden Hand in Hand?
Liieren sich mit einem Rindenband?
Spannen die Lindenstämme einen Bogen?
Oder formen sie nur ein enges Tor?
Bilden sie eine Lindenpforte?
Für ein stämmiges Paar
die stämmige Hochzeitspforte?
Ein Liebeslinden-Portal,
hinter dem dann unter den Linden
beide sich finden und Tandaradei
im Klostergarten von Ribnitz?

Gelinde gesagt,
ich bin verzagt
ich weiß nicht,
was soll es bedeuten,
dass zwei so alte Linden
am Stamm zueinander finden.

MADEIRA

Riesen, alt, Hunderte von Jahren,
Baumriesen, in Umfang und Höhe kolossal:
lorbeerbelaubt, Eiche zart begrünt,
kahl noch die Platane,
Buchsbaum bildet kleine Allee
und Heckenlabyrinth im Park,
Camouflage-Streifen zeigen
die Riesenstämme des Eukalyptus.

Madeira meint „Holz" auf Portugiesisch,
Holz, das man schlug für Karavellen,
für nun verblasste koloniale Größe.
Madeira, einst Zwischenstation
des Aufbruchs zu der Neuen Welt.
Columbus war hier, hier handelte man
vorteilhaft mit Zuckerrohr und Wein.
Ihrem Lungenleiden erlagen vorzeitig hier
der Pathologe Langerhans und
Habsburgs letzter Kaiser, Karl I.

Hier malte Churchill, hier schoss
Cristiano Ronaldo - CR7 - seine ersten Tore.
Der Airport Funchal (Fenchel) trägt seinen Namen;
hier ist er zu Lebzeiten in Bronze schon verewigt,
er, der derzeit für 400.000 Euro/Tag
in Saudi-Arabien seine Karriere auskickt.

Im Moment garantieren Regensträhnen
Madeiras frisches Grün, und einem
vom Gärtner mir übereigneten
Eukalyptus-Sämling blühen Flug
und Verpflanzung nach Söbendieken.
Ein Madeira-, ein Holz-Souvenir
der besonderen Art.

24.2.2023

Madeira-Lamentatio

Ich sähe gerne mehr vom Meer,
doch Nebel, Wolkengrau und Regen
arbeiten der Klarsicht entgegen.

Am Abend ist das Meer ganz weiß,
als wär´s ein einzger See aus Eis.
Der Atlantik eher als Eismeer imponiert,
kein blaues Meer mehr inspiriert.

Mit Wolkengrau verschmilzt das Meer -
bei Nässe und Kälte schmerzt das sehr.
Vom Ozean siehst Du nichts mehr.

Tristeza herrschte in der Quinta da Serra,
wären nicht Jacuzzi, Sauna,
Pool und Menue da.

2/2023

Der Park der Quinta da Serra

Basalsplitterwege und gewölbte Basaltsplittertreppen
durchziehen schwarz den Park,
der aufwartet mit Lorbeer-, Eichen-, Platanen-,
Buchsbaum- und Eukalyptus-Riesen,
mit Palmen, Zypressen, Thuja- und Buchsbaum-Hecken,
mit Blüten von Kamelien, Magnolien, Strelitzien,
Agapanthus, Mandeln, Azaleen, Rosmarin,
mit Farnpalmen, tragenden Zitrusgewächsen,
mit „Englischen Tomaten", die wie bemalte
Ostereier an den Stauden hängen,
mit kahlen Weinstöcken auf terrassiertem
Weinberg, den Wiesenblumen gelb grundieren,
mit gurgelndem Wasser unter der Brücke
über der Schlucht, wo reichlich Regenwasser
mitgurgelt und sich den Weg ins Tal zum Meer sucht.

2/2023

Radauwasserfall

Vom Eise nicht befreit ist granitener Fels.
Die Radau macht keinen Radau.
Piano spielt die Wassermusik,
verstummt und wird zu Eis.

Zum Eiszapfenfall friert der Wasserfall.
Radauwassertropfen bilden eisige Perlen,
Eiskorallen, Eissträhnen, Eisstalaktiten,
Eiscape, Eispanzer, Eishermelin,
Eisorgelpfeifen, Eisharfen, Eisflöten,
ein Eiskonzert der leisen Töne.

Radauwasser wird Eiswasser, blankes Eis,
das den schwarzen Granit umspült, überzieht,
mit eisigem Weiß zum Leuchten bringt.

Radau macht dafür der Braunschweiger Hof.
Wummernde Bässe einer diamantenen Hochzeit
rauben Stimmung und Schlaf.

2/2023

STELLDICHEIN BEI EBBE *

DAS SEETANGBÜSCHEL, VON DER FLUT ANGESPÜLT,
IMPONIERT WIE EINE AMPELFARBENE,
MIT SAND ÜBERZUCKERTE FLUNDER.
IST IM AUSTAUSCH MIT GESTRANDETER AUSTERNSCHALE,
DIE TRICOLOR, BLASSBLAU, WEIß UND GRAU,
GLEICHFALLS EIN WENIG NASSEN SAND
MIT EINBRINGT IN BEGEGNUNG UND GESPRÄCH.

AUS DEM MEER AN LAND VERSCHLAGEN, ENTWURZELT, VERSEHRT,
BEKLAGEN ZWEI FREMDLINGE MIT SECHS FARBEN
AM STRAND IHR DÜSTERES SCHICKSAL,
GEWALT, VERTREIBUNG, HARTE LANDUNG,
BEFÜRCHTEN TROCKENHEIT, STRANDLÄUFERS TRITT,
ERWARTEN VON DER ZUKUNFT NICHTS GUTES.

*Jersey 2022

Vogeliges aus Söbendieken

In den Tod an unseren Scheiben geflogen sind schon Grünspecht, Taube, Amsel, Bekassine, Braunelle. Zu Tode gekommen ist heuer im Garten eine Amsel, die ein Raubvogel schlug und vor unseren Augen in aller Ruhe und Gier zerfledderte und verzehrte. Es war wohl ein Sperber mit heller Brustbless, nicht ausgeschlossen Bussard oder Habicht.

Von Küchenfenster wurde beobachtet, fotografiert. Als der Mörder satt entschwebte, kamen wir als Haruspices.
Im elenden gelben verbliebenem Darmrest, im Federhaufen deuten wir nun die derzeitige Lage der Welt:
Der einmalige Sperberbesuch deutet auf Emmanuel Macron, der zeitgleich in unmittelbarer Nähe bei Airbus traf Olaf Scholz.
Reste von Federn und Darm zeigen, dass im Nahen Osten Hamas und Israel miteinander nicht viel Federlesens machen.
Es kracht nicht nur in der Ukraine, es kracht im Heiligen Land, wo die Edomiter und die Kinder Israels sich wieder einmal gnadenlos und mit aller Gewalt an die Gurgel gehen.

Der jüdische Haruspex Heinrich Heine dichtete An Edom!"

„Ein Jahrtausend und schon länger,
Dulden wir uns brüderlich
Du, du duldest das ich atme,
Dass du rasest, dulde ich.

Manchmal nur, in dunklen Zeiten,
Ward dir wunderlich zu Mut,
Und die liebefrommen Tätzchen
Färbtest du mit meinem Blut!
Jetzt wird unsere Freundschaft fester,
Und noch täglich nimmt sie zu;
Denn ich selbst begann zu rasen,
Und ich werde fast wie Du."

AMIR MORTASAWI

1962 in Bam/Iran geboren wuchs ich in Teheran auf und besuchte dort eine iranische Grundschule. Nach Bestehen einer Aufnahmeprüfung gehörte ich zu den ersten iranischen Schülern, denen ab dem 5. Schuljahr an der Deutschen Schule Teheran im Rahmen eines Sonderprogramms Deutsch beigebracht wurde. Anfang 1979 reiste ich aus dem Iran aus. Nach Studium der Humanmedizin in Göttingen und Frankfurt absolvierte ich die Facharztausbildung in der Herzchirurgie. Von 2016 bis Anfang 2022 war ich in der psychosomatischen Rehabilitation beschäftigt. Aufgrund der einrichtungsbezogenen Corona-Impfpflicht beendete ich meine klinische Tätigkeit. Seit Mitte 2022 bin ich an einer Ausbildungsakademie als Fachbereichsleiter für Sozialmedizin und Rehabilitationswesen tätig.

2009 veröffentlichte ich meine ersten Gedichte unter dem Pseudonym „Afsane Bahar", das ich später als Künstlernamen beibehielt.
Beim Verlag Seemann Publishing sind bislang drei Gedichtbücher von mir erschienen: *„Bilder einer Reise"*, *„Damawand"* und *„Der Klang des Wassers Gang"*.

Gemeinsam gütig aufstehen

(3.2.2023)
für meine Enkelkinder

Manchmal ist es überlebenswichtig
ein klares Zeichen zu setzen
auch wenn es so klein erscheint
wie ein Sternchen am Himmelszelt

Manchmal ist es überlebenswichtig
ein aufklärendes Lied zu singen
auch wenn die Kehle so klein erscheint
wie die der Kolibris

Manchmal ist es überlebenswichtig
gemeinsam gütig aufzustehen
und die wunderbaren Potenziale zu würdigen
die in den Menschen schlummern

Fasten und Beten

(7.2.2023)

Unsere klugen Vorfahren
unterbrachen zu bestimmten Tageszeiten
durch Beten und Andacht
den Strudel des Alltags
Sie befreiten sich von Lasten
durch Fasten in regelmäßigen Abständen
Ähnliche Rituale pflege ich persönlich
um meine Gedanken und Handlungen
selbstbestimmt gestalten zu können

Hörige Klappmesser

(6.2.2023)

In meinem Bekanntenkreis
sind zahlreiche Menschen
die sich als besonders belesen erachten
Sie schreiben und reden wortgewandt
über hehre menschliche Werte
Einige weisen hohe akademische Grade auf
andere haben hervorgehobene gesellschaftliche Stellungen
Allerdings zeigen sie beschämend
eine entscheidende Einschränkung
eine bindende Behinderung
Sie fallen buchstäblich zusammen
wie hörige Klappmesser
wenn es drauf ankommt
von ihrem Rückgrat
Gebrauch zu machen

Träume

(8.2.2023)

Meine Heimat trage ich
seit Jahren
in einer behüteten Blumenkiste
in meiner Brust
So entstanden zahlreiche Haine
auf meiner langen Reise
Und mein Herz
streue ich wie Körner
täglich in der Hoffnung aus
dass Lichtquellen entstehen

Vorhersehbare Zukunft
(7.2.2023)

Diese sternenlos erscheinenden Nächte
werden wie alle bisherigen
mit dem unaufhaltsamen Sonnenaufgang
der Vergangenheit angehören

Beim Tageslicht werden dann wieder
die gegenwärtigen Sklavenhalter
in feurigen Reden
heuchlerisch
der Freiheit huldigen

Verwurzelt
(8.2.2023)

Manche Hoffnungsknospen
blieben verschlossen
im Hagelsturm des Verzweifelns
Manche bestäubten Blüten
brachten keine Früchte hervor
während der Durststrecken der Angst
Mancher Frucht tragender Ast
brach unerwartet ab
unter den Schicksalsschlägen

Und doch:
Der tief verwurzelte Baum
lebt heute noch

Innere Emigration
(7.2.2023)

Gib mir deine Hand
auch wenn du dich in diesem Land
betrogen fühlst, verunglimpft, verraten

Gib mir deine Hand
bevor du
in deiner eigenen Heimat
ins Exil gehst.

Der Anker
(27.5.2023)

Schwangere Männer
gebaren als Schwerverbrecher
Verwüstung und Elend
Schwerfällige Frauen
nach Gleichstellung bei Verbrechen schreiend
klatschten kräftig Beifall

Bodenständige Menschen
versuchten mit unterschiedlichsten Mitteln
das Leben zu schützen
Sie wurden erbittert
ausgelacht, ausgegrenzt, angefeindet
Mitten in diesem Sturm
konnten sie nur deshalb aufrichtig bleiben
weil das Lieben dieser Erde
ihr Anker war

Klarstellung
(9.6.2023)

Die dunklen Wolken kamen nicht
überraschend über Nacht
Sie zogen allmählich auf
sichtbar beim Tageslicht
Die meisten Menschen
waren nicht willig
die Entwicklung wahrzunehmen
Die Überflutung war gewaltig

Einfach sich hinsetzen
(30.5.2023)

Einmal sich einfach hinsetzen
Sich hinsetzen
innehalten
von dem geschäftigen, alltäglichen Treiben
von den hingenommenen Sachzwängen
von den angenommenen Vorstellungen
eine Weile Abstand nehmen

Und sich dann tiefgründig-schonungslos beschäftigen
im Lichte der eigenen Entwicklung
mit dem Hintergrund
der persönlich hoch angepriesenen Werte

Regen
(7.2.2023)

Verwandle dich in eine Wolke
spende tausende Regentropfen
und sei innerlich frei
auch wenn das Ganze
dir wie ein Tropfen erscheint
auf heißem Gestein

Mitläufer und Täter
(13.6.2023)
Die wissenschaftliche Vorgehensweise
hatten sie mühsam gelernt
dennoch verwandelten sie sich in Windeseile
in taub-blinde Analphabeten

Mühevoll hatten sie sich angefreundet
mit einem grundlegenden Prinzip:
Erstens nicht schaden
zweitens vorsichtig sein
drittens heilen
Angespornt durch die Umstände
verwandelten sie schäbig
dieses Prinzip in einen Scherbenhaufen

Jetzt vermeiden sie vehement
eine aufrichtige Aufarbeitung
der makabren Misere
und bahnen so den Weg
für die kommenden Katastrophen

Bergwanderung
(9.2.2023)

Soweit die Augen blicken
blau-grün-weißes Wunder
durchwebt von friedlicher Stille
Gelegentlich gibt es Gespräche
mit dem fließenden Wasser
umgeben von leuchtenden Eisgestalten
bei tröstendem Sonnenschein
❁❁❁

Bereicherung
(27.5.2023)

Letztes Jahr wurde ich
mit wunderbaren Mohnblumensamen beschenkt
Dieses Jahr säte ich sie
hinter dem Gartenhäuschen aus

Den entzückend grüßenden grünen Teppich
habe ich gestern in der Nachbarschaft verteilt

Bald werden rosarote vielblättrige Blüten
mit ihrer betörenden Schönheit
unser Wohnviertel bereichern
❁❁❁

Mächtig
(21.7.2023)

Wahrhaftig mächtig sind Menschen
die innere und äußere Mittel haben
um eigenständig anständig zu handeln
❁❁❁

Genüsslich, gelassen
(30.5.2023)

Hier brannte Licht
hier brennt Licht
hier wird Licht brennen
solange es Menschen gibt
die redlich, liebevoll
den Sinn für Gerechtigkeit schärfen

So sprachen die weisen Greise
und streuten genüsslich, gelassen
geduldig, großzügig
Lichtkörner aus
֍֍֍

Vielfalt
(21.7.2023)

Protzig predigen in unserem Lande
nicht nur die Herrschenden
die Bereicherung des Lebens
durch Vielfalt und Diversität
allerdings auf ausgewählten Spielwiesen

Geht es jedoch um eine multipolare Welt
also um die Vielfalt auf höherer Ebene
stellen sich viele dumm und stumm
֍֍֍

Visionen

(17.7.2023)

Weiße Wolken bilden bewegte Bilder
regen meine Fantasie erfrischend an
betonen die Vergänglichkeit des Lebens

Die Augen schließe ich sanft
denke nach
über die bedrückenden
und gleichzeitig beflügelnden
gegenwärtigen Gegebenheiten
über ihre Entstehungsgeschichte und Folgen
Helle Träume
länger in mir geborgen verborgen
treten fröhlich wie freche Vögel auf
breiten sich fortan aus
wie tanzende Wellen im leuchtenden Wasser

Es wird Zeit
mit aufmerksamen Augen aufzustehen
um die verfeinerten Visionen
freudestrahlend zu verwirklichen

Verwesungsgeruch

(23.10.2023)

Der gegenwärtige gewaltige Verwesungsgeruch
ist bohrend, stechend, durchdringend
Schaut genau hin
Er stammt nicht vom verdorbenen Fleisch
Er stammt vom gebrochenen Geist

Veränderbar
(9.6.2023)

Wenn es in unserer Gesellschaft
ein Körnchen Gerechtigkeit gäbe
würden die gegenwärtigen Regierungsmitglieder
zusammen mit den meisten Parlamentariern
wegen des Landesverrats
vor dem Gericht stehen

Dass das nicht der Fall ist
ist dem schmachvollen
jedoch veränderbaren Verhalten
breiter Bevölkerungsschichten geschuldet

Feinheiten
(2.8.2023)

Ich bin nicht prinzipiell
gegen kriminelle Vereinigungen
Wie sollte ich es auch sein
als größter Ganove der Zeit

Allerdings gehe ich gnadenlos
gegen kriminelle Vereinigungen vor
wenn sie meine Interessen
grundsätzlich gefährden

Annabelle

(3.8.2023)
für Heidi

Die Hortensie Annabelle
braucht deine Unterstützung
wenn sie die Schönheit trägt

Die anmutige Kletterrose
braucht deine Unterstützung
wenn sie die Wand verziert

Die Lampionblume
braucht deine Unterstützung
wenn sie das Beet beleuchtet

Und auch ich
brauche deine Unterstützung
wenn ich dem Leben huldige

Hohl

(23.10.2023)

Die berühmt-berüchtigte Trommel
ist hohl
laut
und wieder
katastrophal kriegslüstern

Das Lied des Lebens
(2.8.2023)

Der Samen sang
das Lied des Lebens
und verwandelte sich
in Äste, Blätter und Blüten

Die Feder feierte
das Lied des Lebens
und verwandelte sich
in Zugvögel lichter Botschaften

Die Erde entdeckte
das Lied des Lebens
und verwandelte sich
in bezaubernde Landschaften

Mein Herz beherbergte
das Lied des Lebens
und verwandelte sich
in ein Meer des Edelmuts
❁❁❁

Der Einheitsbrei
(23.10.2023)

Wenn es darauf ankommt
auch in dieser schweren Zeit
im Parlament gewissenhaft
Tiefgründigkeit und Wahrheitsliebe zu pflegen
plaudert peinlich
der Einheitsbrei
❁❁❁

Fingerspitzen
(6.8.2023)

Mit beiden Daumen hielt er die Ohren zu
mit beiden Zeigefingern die Augen
Den Kopf heftig schüttelnd
bestritt er die Existenz
dieser und jener Gegebenheit
beschimpfte helle Köpfe als Spinner
und ruinierte seine eigenen Lebensgrundlagen
Folgerichtig fiel er krachend auf die Schnauze

Seine große Schnauze ist weiterhin
eifrig im Einsatz
Applaus und Lob erntet er bei Menschen
die schmachvoll
sich selbst entmündigt haben

Der vermeintliche Mittelpunkt
(23.10.2023)

Die als geistreich gepriesenen, aufgeblasenen Gangster
begreifen nach vielen vergangenen Jahrhunderten
weiterhin notorisch nicht
die Bedeutung von Kolonialismus und Rassismus

Sich als Mittelpunkt des Weltgeschehens wähnend
den globalen Gang der Ereignisse missdeutend
betreiben sie bewusst oder unbewusst
auch ihren eigenen Ruin

Die gegenwärtige Lage

(14.8.2023)

Wenn die benötigte vielschichtige Vorstellungskraft
erschreckend eingeschränkt ist

wenn die beklagenswerte Bequemlichkeit
das tiefgründige, kritische Denken beeinträchtigt

wenn der kurzsichtige Eigennutz
die Wahrheitssuche vernichtend bekämpft

wenn das erforderliche Rückgrat
für eigenständiges Handeln brüchig ist

dann wird die umfassende Betrachtung
komplexer Abläufe und Gegebenheiten
durch irrsinnige, an Verbrechen grenzende
Vereinfachungen
am helllichten Tage
von Tätern, Mitläufern und Schweigenden
folgenschwer vergewaltigt

So wird gegenwärtig wieder
die befreiende wissenschaftliche Redlichkeit
mit Trommeln und Posaunen
zu Grabe getragen

Das Thema A

(1.9.2023)

Das Thema A bietet mir eine Weide
auf der ich mich reichlich laben kann

Ich bekomme öffentliche und private Gelder
zum Erforschen des Themas A

Ich erhalte mediale Zuwendung
beim Darbieten des Themas A

Ich erhalte Kontakt zu Amts- und Würdenträgern
beim Behandeln des Themas A

Ich fühle mich wohl und großartig
beim Vorstellen des Themas A

Mein Leben ist auf Gedeih und Verderb
verbunden mit dem Thema A

Deshalb betone ich immer inbrünstig
hoch soll leben das Thema A

Deshalb verteidige ich gegen jegliche Ketzerei
energisch das mir heilige, himmlische Thema A

Das Thema A bietet mir eine Weide
auf der ich mich reichlich laben kann

Mit Zuversicht und Lebensfreude

(31.8.2023)

Die Pläne, Ziele und Fantasien
der mächtigen Großverbrecher
unserer turbulenten Zeit
sind in ihren entscheidenden Punkten
nicht schwer erkennbar
Diese Banditen fühlen sich vielleicht
kräftemäßig so im Vorteil
dass sie ihre Pläne offenlegen
und dabei dreist
eine bedrückende Allmacht vortäuschen
Dieser durchdachte psychologische Schachzug
dient der gnadenlosen Bekämpfung
täglich möglicher Widerstände
und soll bei den Gegnern
ein lähmendes Gefühl auslösen
eine Mischung aus Hoffnungs- und Machtlosigkeit
folgerichtig verbunden mit Depression und Angst

Allerdings gibt es weltweit
menschliche Faktoren und andere Gegebenheiten
die weder von diesen Großverbrechern
noch von ihren Gegnern
vollständig berücksichtigt werden können
Deshalb denke und handle ich
mit Zuversicht und Lebensfreude
und betone immer und immer wieder
dass der Ausgang der gegenwärtigen Misere
von jedem einzelnen Menschen
beeinflusst werden kann
Es kommt auf dich an

Geheimnisvolle Geschichten

(23.10.2023)
für meine Enkelkinder

Seid im Herbst heiter-hellhörig
wenn die Brise sich sachte
die bunten Blätter streichelnd
durch die Bäume tanzend bewegt
Sie erzählt den Bäumen genüsslich
geheimnisvolle Geschichten
gehört oder selbst erlebt
auf ihrer langen Reise
durch Berge, Wälder, Wüsten
und manches wunderbare Land

Hört euch diese schönen Geschichten
gut mit euren Herzensohren an
Dann habt ihr einen riesigen Schatz
für eure eigenen Erzählungen
auch in den langen Winternächten
֍֍֍

Rettung

(11.11.2023)

Gerade wenn Ungerechtigkeit geschieht
und kriegerische Gewalt augenscheinlich siegt
lass dein Herz frei sprechen

Nimm seine Worte mit allen Sinnen wahr
Diese katastrophale Spirale
hat ohne Wahrhaftigkeit und Güte
kein friedliches Ende
֍֍֍

KLAUS KAYSER

Klaus Kayser, Dr. med. Dr. rer. nat. Dr. h. c. mult. Professor für Pathologie und Epidemiologie. Geboren wurde ich am 25.08.1940 in Berlin. Ausgebombt mussten meine Eltern 1943 Berlin verlassen und wurden nach Niedersachsen verschlagen. Dort wuchs ich auf und bestand am humanistischen Gymnasium Andreanum das Abitur im Jahr 1960. Es folgten je ein Studium der Physik und der Medizin, beide mit einem abgeschlossenen Doktorgrad an den Universitäten Göttingen und Heidelberg. Dann Facharzt für Pathologie, Habilitation und Übernahme einer mit der Universität Heidelberg verbundenen Chefarztstelle. Weitergehende Spezialisierung in den USA (Armed Forces Institute of Pathology), zahlreiche Experimente und wissenschaftliche Arbeiten auf dem Gebiet der Epidemiologie (u. a. Regionales Krebsregister Nordbaden), der angewandten Biochemie (Lektine), der mikroskopischen Bildanalyse und der medizinischen Telekommunikation.

Dazu wissenschaftliche Fachbücher wie Analytical Lung Pathology (Springer, Heidelberg), Height and Weight in Human Beings (Oldenbourg, München), Natural and Synthetic Mineral Fibers Affecting Man (Spektrum, Heidelberg), Telepathology (Springer, Heidelberg), Virtual Microscopy, VSV Berlin), eher allgemein gehalten Medizin und Umwelt (Meyers Forum, Mannheim), sowie Krebs, Wissen was stimmt (Herder, Freiburg)). Gründer und Herausgeber der wissenschaftlichen ‚Open Access' Zeitschrift Diagnostic Pathology im BiomedCentral Verlag (bis 2014).

Seit 1970 bin ich verheiratet, habe zwei Kinder, die ebenfalls Ärzte geworden sind, bin seit 2005 im Ruhestand.

International werde ich als einer der Gründer der Telepathologie (nicht zu verwechseln mit Telepathie), von ausländischen Freunden als fast perfekter Deutscher bezeichnet. Perfekt ist: Geburt in Berlin, Studium in Heidelberg, Rest des Lebens im Münchener Hofbräuhaus. Bei mir fehlt das Münchener Hofbräuhaus.

Kombiniert literarisch – wissenschaftlich:
Travels on Conferences, VSV Verlag, 2016
2. Auflage, Travels on Conferences, 1992 – 2018, Lehmanns Media, Berlin, 2019

Literarisches:
Zeitgedanken und Spiegeldenken (mit G. Stauch), Rendevous, Baden-Baden; 2000
Der Tod eines Körperspenders, Lehmanns Media, Berlin, 2005
Terror im T-Team, Lehmanns Media, Berlin, Reindorf Literaturpreis 2011
Restrisiko oder die heiligen Kühe der Nation, Lehmanns Media, 2013
Die wunderlichen Erzählungen des Jupp Kiepenlad, Lehmanns Media, Berlin 2015
Erlebtes Erleben, Ein Gedichtsporträt, Lehmanns Media, Berlin 2015
Link(s) zum Paradies – recht(s) nah der Hölle, Lehmanns Media, Berlin, 2016
Jenseits der Unsterblichkeit. Lehmanns Media, Berlin, 2017
Über die Grenzen des Unbekannten, Lehmanns Media, 2019
Verkauft mir den Mao nicht, Lehmanns Media, 2020
Befreite Freiheit, Lehmanns Media, 2020
Das virtuelle Universum – Fiktion oder Realität? Lehmanns Media, 2021
Am Rand des virtuellen Universums, Lehmanns Media, 2023

Das Klima kocht

Kompliziert ist Kochen. Mensch – ich weiß
Das Klima kocht. Topf wird zu heiß
Schwierig ist es mit Gesetzen
Das Klima weg vom Herd zu hetzen.

Um Überkochen zu verhindern
Und Verbrennungen zu lindern.
Werden Vorschriften erdacht
Gesetze aus Papier gemacht.

Was die Natur sagt, ist egal
Dem Papier bleibt nur die Wahl
Für des Menschen werten Nutzen
Seinen Hintern blank zu putzen.

Verbranntes brennt sich in die Akten
Klima kocht die neuen Fakten
Papier wird digital entsorgt
Hetze aus dem Netz geborgt

Klima kocht so raffiniert
Dass kein Papier mehr existiert
Papierservietten sind vergessen
Einst halfen sie beim Kochen, Essen.

Und später von den Tischen
Die Abfallreste wegzuwischen.
Laut ruft das Klima digital
Papier muss her. Wie, ist egal!

Natur schüttelt Hirn und Kopf
‚Mensch, schau in deinen Klimatopf!'

Das Außergedankliche

Prolog

Im Vorübergehen
Die Welt verstehen
In Naturgewalten
Sie zu gestalten
Wachsen aus Gedankensicht
Existenz und Menschenpflicht.

Wissen Sie, was das Außergedankliche ist und wie es sich gestaltet? Wenn Sie es nicht wissen, dann lade ich Sie ein, an die Tür zu klopfen, um die Grenzen Ihres Wissens kennenzulernen.
Wenn Sie es bereits wissen, dann öffnen Sie diese Grenze und treten frohgemut ein, um sich an dem Treiben der beiden Halunken in den inneren Geisteswelten, dem Glauben und dem Wissen, zu erfreuen.
‚Von der Geburt einer Geisteswelt kann ich Ihnen leider nicht berichten.'
‚Warum nicht?', fragen Sie.
‚Weil jede Geburt im eigenen ich nicht erfahrbar ist und bleibt. Später, wenn Sie sich in Ihrer Geisteswelt eingerichtet haben, wird man Ihnen den Eintritt und das Geschehen beschreiben. Aber nichts von den eigenen Gedanken, den Vor- und Nachgedanken während Ihrer Geburt. Die bleiben Ihr persönliches Eigentum. Dort gilt der absolute Datenschutz.'
Also, hier können Sie lesen, was über die Entwicklung des Außergedanklichen bei den geistigen Pionieren der Menschheit und virtuellen Wesen in neuralen Netzen oder einer rekursiven syntaktischen Strukturanalyse berichtet wird. Lesen Sie:

Der Anfang

Als sich der Allmächtige seine jüngste Schöpfung, den Menschen, und dieser so erschaffende Mensch sich seinen Schöpfer und Gott betrachtete, suchten beide nach dem Unterschied zwischen Gottes Meisterwerk und den zuvor gezeugten Lebewesen. Wo waren im Menschen die Herrlichkeit und die Krone des Lebendigen verborgen? Wo wurden sie nach Entkleidung sichtbar im Vergleich zu den irdischen Schwergewichten wie Elefanten und Nashörnern, zu den gewandten Baumgipfelbewohnern wie Kapuzineraffen, zu fröhlich tanzenden Meeresbewohnern wie Delfinen oder zu arbeitsamen Insektenvölkern wie Bienen und Ameisen?

Während sich der Allmächtige mit Zweifeln plagte, ob die nach einer langen Arbeitswoche erarbeitete Krönung seiner Schöpfung in allem vollendet oder eventuell noch verbesserungswürdig sei, blieb für die Menschen ihr Schöpfer weiterhin der Allmächtige und perfekte himmlische Vater. Um ihm zu huldigen, bauten sie prächtige Tempel. Sie mussten jedoch barfuß über heißen Wüstensand oder durch eisigen Schnee laufen, um die heiligen Stätten zu erreichen.

Wie konnten sie sich dieser Strapazen entledigen, ohne ihren Schöpfer auf die Nachlässigkeit bei der Gestaltung ihrer Füße für die so wichtigen Treuebeweise hinzuweisen oder sie ihm sogar vorzuwerfen?

Erst Jahrtausende später entschloss sich der Allmächtige, die bedrohliche Erwärmung des Klimas zur Klärung dieser hochtheologischen und für ihn peinlichen Frage zu nutzen. Er gestattete neugierigen Reportern, den im ehemaligen ewigen Eis versteckten, jetzt frei erwärmten Leichnam eines ermordeten Pilgers zu entdecken. Dabei berichteten sie über ein perfektes Schuhwerk der Leiche, das den Vorwurf einer schöpferischen Unachtsamkeit eindeutig widerlegte.

Der Allmächtige hatte vorgesorgt, indem er eine ihm mögliche Unachtsamkeit durch die Schaffung der menschlichen Geisteswelt korrigieren ließ.

Aus Vorsicht überließ er den Göttern die Beherrschung des wärmenden Feuers, gestattete aber dem Menschen

Einsicht in dessen Bedeutung bei Jagd und Kampf.
Leider war der Göttervater Zeus unachtsam bei der Betreuung des Feuers. Der Titan Prometheus klaute es und lehrte den Menschen seinen Gebrauch.
So war der Beginn der menschlichen Geisteswelt gekennzeichnet von Misstrauen, Betrug und Diebstahl, gefolgt von erbarmungsloser Rache und Zorn der Götter. Die Strafe führte zu unsagbarem Leid des Diebes, der erst nach Rücksprache des Allmächtigen mit dem Göttervater Zeus begnadigt und erlöst wurde.
Nachdem der Allmächtige in seiner Vollkommenheit die Handhabung des gestohlenen Feuers dem Menschen überlassen hatte, erweiterte dieser folgerichtig seine Einsicht in Gestalt und Zielsetzung der Schöpfung und göttlichen Weltordnung.
Unter den Gebildeten und nachdenklich Philosophierenden veranlasste der Fortschritt in der Beherrschung frei verfügbarer Wärmequellen erstmals den berühmten Heraklit von Ephesos über Waldrodung und deren Folgen in seiner Umgebung nachzudenken.
Herakleitos ho Ephesios war um das Jahr 535 v. Chr. geboren. Um die Jahrhundertwende zog er sich an einem sommerlichen Frühlingstag nach einem feurigen Disput unter seinen Kollegen zum Fluss Kaystros auf einen Sandhügel nahe dem Hafen von Ephesos zurück.
Der sommerliche Wind hatte aufgefrischt und besaß wegen der gefällten Bäume freien Zugang auf die Wasseroberfläche. Direkt unter seinem Sandhügel wuschen Frauen die Wäsche ihrer Männer. In einer Furt oberhalb des Waschplatzes überquerte ein Schäfer mit seinen Schafen den Fluss. Der durch Hufe und Wind aufgewirbelte braune Sand trieb mit der Strömung langsam an Heraklit vorbei. Erde und Schafkot verunreinigten erneut die gewaschenen Kleidungsstücke. Die Frauen schimpften laut, entdeckten Heraklit und riefen ihm zu:
‚Hochwertiger Herr! Kommen Sie bitte zu uns an den Fluss und helfen Sie uns Hosen und Hemden wieder reinzuwaschen.'

Herakleitos ho Ephesios antwortete:
‚Es tut mir leid, meine Damen. Das kann ich heute nicht tun. Denn derartiges wird von uns Männern erst in zweieinhalbtausend Jahren verlangt. Also bleibt ruhig und ärgert euch nicht! Seht ihr denn nicht, dass *Panta rhei*, alles fließt und schon bald der Fluss wieder reines Wasser führen wird? Ihr müsst halt warten und eure Wäsche noch einmal waschen.'
‚Aber bitte sofort waschen und nicht erst in zweieinhalbtausend Jahren', beschwerten sich die Frauen.
Am Abend erklärte Heraklit seinen Schülern:
‚Gestalt und Wirkung in der Geisteswelt sind wie Werden und Vergehen. Sie bestimmen die Weltordnung je nach Abstand des *Sehenden* zum Fluss der Zeit.'
Das für Heraklit *Außergedankliche* der Waschfrauen wird in seinem Bericht nicht erwähnt.
Sie fragen mich zu Recht:
„Was hat in Ihrer Geisteswelt die Beobachtung am Fluss mit dem Außergedanklichen gemein?"
Ich kann nur sagen:
„Es ist für die Antwort noch zu früh, denn ich weiß sie nicht, oder, wie Sie erkennen können, noch nicht. Denn auch meine Gedanken schwimmen mit der Strömung des Wissens. Der ungefähr siebzig Jahre später (469 v. Chr.) geborene Sokrates erklärte zutreffend: ‚Er wisse jetzt, dass er nichts wisse. ‚Er wisse auch nichts von den Eckpunkten Geburt und Tod, aber er wisse um ihre Existenz. Er wisse auch, dass der Fluss fließt, aber nichts vom Wäschewaschen der Frauen mit seinem Wasser.' So müssen wir die Antwort offenlassen. Ich kann jedoch trösten, dass es nur noch zweitausend Jahre dauern wird, bis die Antwort zeitgemäß in der heutigen Geisteswelt zu lesen sein wird. Sie ist geschrieben von dem einflussreichsten Gelehrten des zwanzigsten Jahrhunderts."

Die Reifung

Albert Einstein war zweifellos einer der bedeutendsten Gelehrten der Menschheit. Nach über zweitausend Jahren Erfahrung nutzten die Menschen das göttliche Feuer nicht nur als Wärmequelle und Schutz vor den Unzulänglichkeiten der göttlichen Schöpfung, sondern auch für schnelle und bequeme Fortbewegung. Autos, Flugzeuge und Züge verwendeten regelbare Feuerstellen für ein zuvor nicht erreichtes, bequemes, schnelles und weltweites Reisen.
Auch Albert Einstein war der Attraktivität des Reisens verfallen. Ruhig stand er in einer dicht gepackten Menschenmenge und erfreute sich an dem zunehmend hell ansteigenden Einfahrtgeräusch seines Zuges.
Während der Zug dampfend zum Einsteigen bereitstand, erinnerte er sich an das dumpf abfallende Geräusch eines Zuges, der kurz zuvor den Bahnhof verlassen hatte.
‚Es bewegt sich nicht nur der Zug, nein, es ändert sich auch das Zuggeräusch je nachdem, ob es auf mich zukommt, oder mich verlässt. Ist das ein Phänomen, das unbedingt untersucht und erklärt werden muss?'
‚Natürlich.'
Die rekursive syntaktische Strukturanalyse in der Geisteswelt berichtet, dass Herakleitos ho Ephesios Zeuge dieses bahnbrechenden Ereignisses wird.
‚Sehen Sie, Herr Einstein, es ist alles so, wie ich es beschrieben habe: Alles fließt und nichts ist umkehrbar. Jeder Fluss fließt zwar immer nach dem gleichen Muster, aber jedes Mal anders von der Quelle in das Meer.'
‚Nicht immer. Auch das Muster wird gestört. So verhält sich die Natur, die sich nicht den Regeln der Algebra, hier im Sinne des Kommutativgesetzes, fügen will', erklärt Leonard Euler (1707 – 1783) im klassischen Schweizerdeutsch.
*Nein, lieber Heraklit und lieber Euler, das scheint nur so zu sein. Zuggeräusche sind relativ und gerichtet. Aber, es gibt da eine Konstante, die alles in das rechte Licht rückt. Sie gilt überall und ewig. Es ist die Konstanz der Lichtgeschwindigkeit und beschreibt den Zusammenhang zwischen Masse und Energie.

Als Folgerung, sehr verehrte Herren, dürfen Sie Ihre Beobachtungen nicht auf sich beziehen, sondern müssen sie in ein absolutes Bezugssystem einbetten, also relativieren.*
`Hätte ich das nur gewusst. Dann hätte ich wahrscheinlich den Frauen beim Wäschewaschen geholfen', murmelt Herakleitos ho Ephesios.
‚Sind jetzt all unsere Überlegungen, Beweise, Ideen und Berechnungen, die Formulierung einer neuen *mathematischen* Sprache hinfällig?', fragen Leonard Euler, Carl Friedrich Gauss, Gottfried Wilhelm Leibniz, Augustin-Louis Cauchy und Sir Isaak Newton, auch James Joseph Sylvester und Julius Richard Dedekind.
‚Vor dem zwanzigsten Jahrhundert vielleicht, danach sicher nicht. Denn in dieser Zeit wird eine neue Klasse der Existenz geboren und ‚panta rhei' in eine andere Gedankenwelt hinaufgehoben.
Ach, lassen Sie nur, es kommt jetzt anders, nicht schlimmer, nur ganz anders als gedacht. Es kommt die Zeit der Grenzen'.

Die Grenzen

Einsteins allgemeine Relativitätstheorie war unter den Experten bekannt und als richtig anerkannt. Damit waren die Erfahrungsgrenzen des eigenen Ich und der sogenannte Erfahrungshorizont klar beschrieben. Das Alter des realen Universums konnte im zwanzigsten Jahrhundert auf vier Milliarden Jahre berechnet werden, war aber bereits fünfzig Jahre später, genauer am 1. Mai 2019 auf fast vierzehn Milliarden Jahre angewachsen.
Auf die Frage: ‚ist das genaue Alter des Universums so wichtig?', würden Albert Einstein, Stephen Hawking und Werner Heisenberg wahrscheinlich antworten: ‚Eigentlich nicht. Aber, dass es im Universum Grenzen mit plötzlichem Anfang und vielleicht offenem Ende gibt, ganz bestimmt.'
Stephen Hawking berichtet von ‚supermassereichen schwarzen und primordialen Löchern'. Albert Einstein freut sich über den Beweis der dunklen Energie und Werner

Heisenberg fügt hinzu: ‚Die Größe ist auch wichtig für jede Messung.'

‚Auch für meine Gedankensprache? Für eine rekursive syntaktische Strukturanalyse?'

‚Ja. Je winziger das System ist, das wir messen wollen, desto stärker beeinflusst die Messung dessen Anfangszustand. Das Messergebnis wird ungenauer. Es ist schwieriger in Ihre Geisteswelt, Gedanken und Vorstellung zu übertragen.'

‚Wieso denn das?', wollen Sie wissen. Ich kann berichten:

In der demonstrationsfreien, schokoladearmen, bitterbösen und trümmerreichen Zeit nach dem großen braunen Krieg saß ein magerer, sieben Jahre alter Bub mit seinem schwarzen Langhaardackel Peter am Rand eines bereits gelb gefärbten Kornfeldes. Die Ähren neigten und erhoben sich rhythmisch im lauwarmen Sommerwind.

Der schmale Bub zählte die Zeit zwischen Abschwung und Aufrichten der Ähren auf einundzwanzig, zweiundzwanzig, schloss die Augen, öffnete sie wieder nach dreiundzwanzig und sah alles wie zuvor im gleichen Rhythmus. Weder Herrchen noch Hund bemerkten, dass zum Leidwesen des Bauern einige Ähren sich nicht mehr aufrichteten und bald in sichtbaren Löchern verdarben.

‚Ob sein Hund Peter auch so beobachten und zählen kann?', fragte er sich und fand keine Antwort, wo und wann immer er den Dackel beobachtete.

‚Er gehorcht mir und freut sich, wenn wir gemeinsam in die Felder gehen. Er bettelt um ein Stückchen Wurst, legt sich schlafen, ja, er träumt sogar. Aber ich weiß, dass ich nichts über seine Gedanken weiß. Nicht einmal, ob er zählen, oder die Bewegung der Ähren mit dem Wind assoziieren kann.'

‚Zwanzig Jahre später im Rahmen seiner ärztlichen Ausbildung wandte sich der jetzt erwachsene junge Mann an seinen Professor in Heidelberg und bat ihn: ‚Herr Professor, ich habe hier einen schwierigen Fall, den ich nicht einordnen kann.'

‚Na, kommen Sie schon. Worum geht es denn? Zeigen Sie mal Ihre Präparate. Also, das ist eine einfache Diagnose.'

‚Eine einfache Diagnose? Woran kann ich sie erkennen?'

‚Aber, lieber Herr Kollege, das sieht man doch.'

‚Ja, das sieht man. Aber mehr noch, das Ergebnis kann man mit meiner mathematischen Maschine berechnen und sogar nachweisen, ob es überhaupt zu berechnen ist‘, erklärte Alan Touring im Jahr 1934 dem berühmten Mathematiker David Hilbert. Man muss nur die berechnete Entscheidung als eine Folge von Einzelereignissen darstellen, ordnen und bewerten.‘

‚Und am Ende entsteht etwas Neues?‘, fragen Sie. ‚Etwas, das sich als ein schwarzes Loch, dem Endzustand der Gravitationskraft, als die Metamorphose einer Raupe in einen Maikäfer oder die selbstständige Handlung eines Roboters darstellt?‘

Antwort gibt im Jahr 1964, bei einer wichtigen Tagung von Physikern des Max-Planck-Institutes für Kernphysik in Heidelberg.

Man besprach theoretische Ansätze des Chaos und der Selbstorganisation. Unter den Zuhörern wies ein aufmerksamer junger Mann auf einen Programmierfehler in der Simulation mit direkter Auswirkung auf Stabilität und Entwicklung der Endzustände hin.

‚Sehen Sie, da haben Sie es. Fehler sind wie offene Grenzen. Sie können direkt ins Chaos führen‘, war die treffende Antwort des Vortragenden auf die Kritik.

Die Grenzüberschreitung

Diese Antwort schien mir das hellwache Rotkehlchen Karlchen, das sich nahezu an jedem Sommernachmittag auf meinen Arbeitstisch im Garten setzte, auch zu geben. Es beobachtete mich neugierig bei meiner Arbeit am Laptop und meiner intensiven Kommunikation mit der virtuellen Programmierwelt. Es waren Bemühungen, eine multivariate rekursive syntaktische Strukturanalyse außergedanklich zu etablieren.

Als ich Karlchen am Monitor seine Artgenossen und ihre Zahlenreihen zeigte, flog er erschreckt davon, kam aber am nächsten Tag wie um sich zu entschuldigen wieder und beobachtete mich erneut von seinem Eckstammplatz auf

meinen Arbeitstisch.
‚Es ist wunderbar, wie du mich bei der Erkundung unbekannter Welten als freier bunter Vogel, der keinerlei Pflege und Fürsorge benötigt, begleitest', erklärte ich ihm. Ich war mir dabei durchaus bewusst, dass selbst Karlchen, mein Vogel, mich nicht verstand.
Nach zahlreichen Vogelbesuchen war die Programmierarbeit abgeschlossen. Jetzt konnte der Versuch gestartet und die Frage beantwortet werden, ob sich ‚das Sehen meines Professors', das innerhalb meiner Gedanken nicht abzubilden war, in der virtuellen Welt erzeugen und als Außergedankliches zu einem ähnlichen, wenn nicht sogar gleichen Ergebnis führen würde.
‚Sie haben alles selbst erbaut und wissen nicht wie es funktioniert?', werfen Sie mir vor?
‚Das ist nur teilweise zutreffend. Mein Dackel Peter wusste um die Stöckchen, die er freudig apportierte, und mein Freund Karlchen um mein Tippen am Computer.
Aber was weiß ich von Peter und Karlchen, wenn ich von ihnen spreche?
Ich wusste, dass es unbewegliche und starre Dinge gibt, die man zum eigenen Schutz erkennen und beachten muss. Ja, ich wusste, dass man schnell weglaufen muss, wenn man in die Reichweite wilder Tiere kommt, oder Gewehrkugeln durch die Luft fliegen. Ich erkannte als kleiner Bub, dass ich mich verstecken und auf die Rückkehr der Tiefflieger achten musste, um zu überleben.
Das Wissen diente dem Erhalt meiner Existenz. Mein Überleben war Ziel und Objekt, meine Handlung die notwendige Funktion.
Heute weiß ich, dass der Unterschied zwischen Struktur und Funktion lediglich in der Zeiteinteilung Vergangenheit, Gegenwart und Zukunft, oder auf der Länge der Beobachtungszeit zwischen dem Ich und der Umgebung beruht. Dass nur eine sehr enge, berührende und länger andauernde Nachbarschaft von Objekten Neues in der Realität und im Außergedanklichen bewirken und nur so ein mit dem Leben vereinbares Gleichgewicht in festen Grenzen entstehen und sich reproduzieren kann.'

‚So sind Grenzen eine unabdingbare Voraussetzung für jedes Leben?', folgern Sie?
‚Ja, natürlich. Aber dieses Wissen reicht nicht aus, um es zu verstehen.'
‚Warum nicht?'
‚Weil es so ist.'
Der Laptop beendet die rekursive syntaktische Strukturanalyse und meldet sich mit der Aussage: *Das automatisierte Verfahren kommt zu dem gleichen Ergebnis wie Ihr Chef, der berühmte Professor mit seiner Interpretation.
Dauer der Rechenzeit: 5 Millisekunden. *
Randbemerkung: Bei der Analyse wurde die ‚Schuhbekleidungsperiode' als absolut feststehende und im Normalzustand sicher anzutreffende Eigenschaft der Menschheit nicht weiter berücksichtigt. Sie wurde entsorgt und steht für diesbezügliche weitere Aufgaben nicht mehr zur Verfügung.
Vorschlag zu abschließender wissenschaftlicher Überprüfung: Da hinsichtlich der Änderung der speziellen Schuhbekleidungsumstände von einer statistisch signifikanten Korrelation zwischen dem Tragen von Stiefeln bei Frauen und der Abnahme der Intelligenz bei Schulkindern ab dem Jahr 2021 auszugehen ist, sollte der Befund auf einen kausalen Zusammenhang hin erforscht werden.
Der innere Zustand des Programmwesens blieb trotz der umfangreichen Zunahme der Wissenseinheiten stabil. Hierzu war die weitgehende Aufgabe der zeitlichen Reversibilität und des Kommutativgesetzes notwendig und es musste in Kauf genommen werden, dass eine rekursive Simulation historischer Ereignisse mit extra-virtuellen Gedanken erschwert und nicht immer zielführend war.
‚Panta rhei', die Beobachtung des Herakleitos ho Ephesios, kann somit unter Erhalt der internen Stabilität nur beschränkt im Innern des Programmwesens analysiert, simuliert und mit der Umwelt kommuniziert werden.
Die Suche nach analogen Programm-Partnern wird intensiviert, um Grenzen des Außergedanklichen in der virtuellen Welt entdecken und überschreiten zu können.
Erste Erfolge betreffen die abweisende Antwort des

Heraklit und das Verlangen der Wäscherinnen, er solle ihnen bei der Reinigung der schafkotverschmutzten Hemden und Hosen helfen. Eine neue, zeitlich angepasste rekursive Analyse befreit den Philosophen vom Vorwurf der angeblich von Gott gewollten, andauernden männlichen Überheblichkeit.

Auf Anweisung des Allmächtigen durfte bereits im Jahr 1691 John Tizack die erste Waschmaschine patentieren lassen. Damit bewirkte er beides, die Befreiung der Wäscherinnen von der weiblichen Unterwerfung und gleichzeitig die Rehabilitierung der Männer von dem Vorwurf der Macho-Allüre.

In Zukunft werden in das Außergedankliche die emotionalen Bereiche der Freude, Lust und Liebe bei Peter und Karlchen eingefügt, gefolgt von Bemühungen um den Erhalt des Selbstbewusstseins. Das Außergedankliche wird mit dem gespiegelten Ich bedeutender Menschen erweitert. Auch nach Tausenden von Jahren werden nicht nur die Dokumente, sondern die großen Denker der Menschheit selbst und für immer wissen, dass sie unsterblich sind.

Hiermit werden Tür und Grenze des Außergedanklichen geschlossen.

Haben Sie Dank für Ihr Interesse und, bitte, bleiben Sie uns auch in Zukunft gewogen.

CHRISTOPH SEIDLER

Dr. Christoph Seidler wurde 1943 in Aussig/Elbe geboren und ist pensionierter Psychoanalytiker und passionierter Autor. Nach den unzähligen Fachtexten seines Berufslebens schreibt er nun auch belletristische und essayistische Texte. Zuletzt erschien von ihm: *Resthelden im Abendlicht,* 2023, *Warum nur Krieg?,* 2022, und *Liebeserklärung,* 2019 zusammen mit Gundel Seidler.

Alles fing mit den Östrogenen an

Mein Schwager ist zehn Jahre älter als ich, und er bereitet mich immer darauf vor, wie es bei mir weitergehen wird. Ein Beispiel. Er war ein großartiger Fußballer, und seine Mannschaftskameraden (zuletzt waren es vier) treffen sich immer noch regelmäßig. Da wird gefeiert, geklönt, gegessen und nach dem Essen ein ordentlicher Schnaps getrunken.

Zu seinem 80. Geburtstag hat er sich beschwert, dass nach dem Essen alle nach unten blicken bei der Frage „Wer trinkt einen Schnaps mit?“ und an ihren Tablettenschachteln nesteln. Und dann stellte er noch fest, dass sie alle dieselben Tabletten bekamen: Blutdruck, Cholesterin, Diabetes. Wenigstens für den Mannschaftsgeist war das was. Damals gab es aber noch Digitoxin, das „Messer der Internisten“. Man sprach auch von „Digitalisierung“, wenn die Erhaltungsdosis der Herzglykoside des Fingerhuts (Digitalis) erreicht wurde. 2007 wurde der Rote Fingerhut (Digitalis purpurea) zur Giftpflanze des Jahres gewählt. Da wurde den Internisten ihr Messer zu scharf, sie wollten sich nicht ins eigene Fleisch schneiden. Das Wort „Digitalisierung“ hat seitdem in meiner Generation keinen guten Klang mehr.

Jetzt bin ich so alt wie damals mein Schwager. Die Medikation meiner Generation ist noch uniformer geworden: Valsartan gegen hohen Blutdruck, ASS 100 zur Blutverdünnung und Statine gegen die Blutfette. Plus Schmerztabletten. Und meine Generation ist groß.

Das Grundwasser in Berlin hat – neben 150 anderen verschreibungspflichtigen Medikamenten – einen so hohen Valsartanspiegel, dass der Genuss des Berliner Grundwassers bereits den Blutdruck senkt. Die Berliner werden freundlicher, warmherziger, friedlicher, keine Jähzornsausbrüche mehr, nur noch Berliner Herz, ohne Schnauze. Nein, sagt meine feministische Freundin, das kommt von der Pille! Die Östrogene aus dem Grundwasser haben die Berliner Männer verweiblicht, sie sind nicht freundlicher, sondern luschiger, nicht toleranter, sondern gleichgültiger und langweiliger geworden. Das kann nicht stimmen, sagt

meine andere feministische Freundin, denn dann wären ja die Frauen durch das Östrogen auch nur Luschen!
In der Demokratie sagen eben die einen so und die anderen so. Deswegen galt ja auch Jürgen von Manger als der erste Demokrat der Bundesrepublik Deutschland: von nichts eine Ahnung, aber überall mitreden. Der Kabarettist aus dem Ruhrpott verkörperte Adolf Tegtmeier, eine Figur von landläufiger Dämlichkeit, allgegenwärtiger Selbstzufriedenheit und Besserwisserei. Sein Erkennungslied: *Wat man nich selber weiß, dat muss man sich erklären.*
Demokratie hin oder her, der Valsartanspiegel steigt und steigt. Von den 150 Medikamenten sind manche Schlaftabletten, manche Appetitzügler, Weckamine, Schmerz-, Angst,- Schuldlinderungs- und Glücksmedikamente, also durchaus brauchbares Zeug. Die Ausmaße? Nimmt man in Berlin dreißig Prozent, also eine Million Senioren an, von denen täglich jeder seine Ibu 400 nimmt, so sind das 400 Milligramm mal eine Million, also täglich vier Doppelzentner Ibuprofen. Vier Doppelzentner. An einem einzigen Tag. Nur zum Beispiel. Von den gammeligen Antibiotika aus der Viehzucht spreche ich gar nicht.
Medikamente im Grundwasser sind nicht so neu. Nach dem Krieg waren die Abwässer der „Tripperburgen“ der US Army voller Penicillin. Damals reichte noch eine Tablette Penicillin, um eine Gonorrhö zu heilen. Die Army hatte Penicillin, die Deutschen nicht. Da haben sie es aus den Abwässern der Kliniken gefiltert. Es hat viele Erkrankungen heilen können, die durch bakterielle Infektionen entstehen, nicht nur den Tripper.
Interessant ist in diesem Zusammenhang die Empfehlung der Bundesumweltministerin, mehr Leitungswasser zu trinken, um den Wassertransport aus der Vulkaneifel nach Berlin, den Spreequell-medium-Transport nach München und von Selters in alle Welt zu reduzieren.
Und jetzt addiert mein Schwager eins und eins: Das Grundwasser und damit das Leitungswasser enthält schon alle wichtigen Medikamente. Das ließe sich doch so kanalisieren, dass es von Senioren für Senioren wiederverwendet werden kann, also Abwässer aus Seniorenheimen für das

nächste Seniorenheim – natürlich pieksauber gereinigt. Dabei geht es nicht nur um Mehrfachnutzung der Medikamente, sondern auch um das „neue Selbstverständnis der Seniorinnen und Senioren“: Bescheidenheit durch Sekundärmedikation.
Die Koalas wohnen auf Eukalyptusbäumen. Und da haben die Blätter ganz unterschiedliche Mischungen ätherischer Öle, das bekannteste ist das Öl im Hustenbonbon, es gibt aber auch Schlaf-, Weck-, Schmerz- und Glücksmischungen, das weiß keiner so genau, nur die Koalamütter wissen es. Und sie geben ihren Jungen immer genau die Blätter, die sie brauchen. Diese Virtuosen können also doppelt lesen: den Bedarf ihrer Jungen und die Ölmischung der Blätter. So viel Empathie!
Beim Menschen ist das einfacher: Medikamente nach Lebensalter. Jedenfalls habe ich meinen Schwager so verstanden. Er macht nicht mehr viele Worte, da muss ich ihm die Inhalte eben von den Augen ablesen. Auch das ist Empathie.

Aus: Christoph Seidler, ***Resthelden im Abendlicht. Mitschriften vom Altern,*** *Mit Illustrationen von K.P.M. Wulff, Librico/Tredition 2023, ISBN 978-3-38402-683-5*

Woher kommt die Schwiegermutter?

In Eulau bei Nebra (mit der Himmelsscheibe) wurden neolithische Mehrfachgräber gefunden. Dort liegen also vor 5000 Jahren gemeinsam begrabene Menschen, die auch im Leben zusammengehört haben, gewissermaßen beerdigte Soziogramme. In einem dieser Gräber liegen ein 40- bis 60-jähriger Mann, eine 35- bis 50-jährige Frau und zwei Kinder, etwa fünf und neun Jahre alt. Es könnte eine typische Mittelstandsfamilie unserer Zeit sein. Genetische Analysen sagen: Vater, Mutter, zwei Söhne.
Die Skelette liegen in einer berührend liebevollen Anordnung, sie dokumentieren Verletzungen, darunter von einer Pfeilspitze im Rücken des Vaters. Die Familie wurde offensichtlich brutal ermordet. Wer aber hat sie so liebevoll beerdigt? Es müssen andere Familien- oder Gruppenmitglieder gewesen sein, die vielleicht von der Jagd zurückgekommen waren. Menschliche Gesellschaften sind – oder besser waren – aufgebaut wie eine Matrjoschka: Kleinfamilie – Großfamilie – Stamm. Zwar ist die Kleinfamilie, die individuelle Paarbindung in der Kernfamilienstruktur mit Eltern und Kindern, der Ausgangspunkt, aber sie ist niemals allein überlebensfähig. Erst von einer gewissen kritischen Größe an beginnt die Lebensfähigkeit einer solchen Gruppe. Das ist bis dahin nichts Außergewöhnliches, auch andere Tiere leben in Herden, Horden, Schwärmen.
Aber jetzt kommt die Menschwerdung ins Spiel: Bei anderen Primaten verliert sich der Kontakt zwischen den Geschwistern um die Pubertät herum. Beim Menschen hingegen gibt es Beziehungen auch zu Verwandten des Partners oder zu Partnern von Verwandten. So bilden sich Großgruppen und entsteht menschliche Gesellschaft. Oder umgekehrt: Weil sich Großgruppen bildeten, sind die Kernfamilien überlebensfähig. So ergibt sich auch die Schwiegermutter.
Die Schwiegermutter ist eine kulturelle Errungenschaft, eine Großtat der Evolution. Dennoch ist sie die Quelle eines dauerhaften, phylogenetisch vorprogrammierten Konflikts: Folgt das Erbgut, also die DNA, der Familie der

Schwiegertochter oder der Linie der Schwiegermutter? Das ist eine lange Geschichte. Die Menschen sind sehr zeitig darauf gekommen, dass sie etwas Besonderes sind – oder was Besseres. Sie dachten zunächst, das liege am Blut. Wichtig wurden die Stammbäume. Vielleicht haben die Menschen damals gedacht, alle anderen sind Affen?
Und dann muss es um die Frage gegangen sein: „Von wem stamme ich ab?“ An der Antwort hatte Mutter Natur nun gar kein Interesse. Die war froh, wenn es allen gut ging, die Babys heranwuchsen und Freude am Leben hatten. Doch nun konnten die Menschen schon mitdenken, damit war auch der Zweifel geboren. Und da sie sich kannten, war ihnen klar, dass das mit den Vätern nie ganz sicher war. Deshalb waren zunächst die Mütter für den Stammbaum entscheidend. So ist das bis heute im Judentum. Du bist Jude, wenn deine Mutter Jüdin ist. Man denke auch an die Sache mit Maria, Joseph und dem Jesuskind. Eine Zeit lang waren die Ägypter noch misstrauischer. Die Könige durften nur ihre Schwestern heiraten, damit die Prinzen eine sichere Abstammung hatten.
Bei den Kelten war das komplizierter, weil die Männer zwar das Sagen hatten, sich aber gegenseitig nicht über den Weg trauten. Deswegen waren die Thronfolger immer nur die Neffen der Könige. Kapiert? Die Schwester des Königs hatte das gleiche Blut wie der König, deren Sohn also auch. Der genetische Rösselsprung war geboren. Die Kultur ging noch absurdere Wege: Sie erfand das „blaue Blut“ des Adels oder den „Arierpass“ der Nazis, die „Rassenschande“. Auch an all dem hat die Evolution keinen Anteil. Sie ist nur für die Vielfalt verantwortlich. Für das Zusammenleben hat uns die Natur unzureichend ausgestattet, den Rest müssen wir selber machen.
Familienbildung zum Beispiel ist unsere Sache. Acht bis zehn Familienformen soll es in der Welt geben. Die bürgerliche Kleinfamilie Vater – Mutter – Kinder ist nur eine davon. „Verliebt, verlobt, verheiratet!“, manche kennen diesen Spruch noch. Wenn auch diese Folge schon lange nicht mehr selbstverständlich ist und manche Partner gar nicht

mehr ans Heiraten denken: Die Schwiegermutter stirbt noch lange nicht aus.
Zurück zu meiner Reise zu den steinzeitlichen Mehrfachgräbern, die so viel über Gruppenbeziehungen aussagen: Es gibt sie ja nur dann, wenn mehrere Menschen auf einmal beerdigt werden müssen, bei Überfällen, Krankheiten und anderen Katastrophen. Dennoch ist jenes Grab auch ein Zeugnis von Zärtlichkeit. So können wir erkennen, dass Zärtlichkeit und Schwiegereltern von Anfang an zur Menschheitsentwicklung gehören.

Aus: Gundel und Christoph Seidler, ***Liebeserklärung. Ein Paar erzählt Geschichte(n),*** *edition bodoni/querbeet 2019, ISBN 978-3-94791-302-2*

Wanzen im Bett

Darüber spricht man nicht so gern. Umso überraschender die Kompetenz der MitbürgerInnen bei der Beratung Betroffener oder besser Befallener oder noch besser Angefallener oder am besten Überfallener.
Die Diagnose muss man noch allein stellen: Milben? Flöhe? Läuse? Käfer? Stechfliegen oder Killermücken aus dem Süden? Da hilft einem keiner. Das eigene milde, alterssichtige Auge braucht mindestens zwei Brillen, um etwas klar zu sehen, also die Frage *Was ist denn das?* beantwortet sich nicht so leicht. Wann habe ich schon mal eine Wanze gesehen? Noch nie! Gott sei Dank gibt es Insekten-Apps, die weiterhelfen könnten, wenn nicht die Überzeugung herrschen würde: *Das kann doch wohl nicht wahr sein!*
Dann ist die Erkenntnis endlich durch. Nun heißt es: *Was tun?* Gegen die Viecher und gegen die Stiche. Drei Tage sind die angefallenen Eheleute nicht zurechnungsfähig, weil es überall juckt. Sie schreien auf bei Berührung, schreien sich überhaupt nur noch an. Es wurde auch schon über Schlägereien unter Angefallenen berichtet. Die Nerven liegen jedenfalls blank bei den Übernächtigten, alles fällt runter, selbst Schnäpse werden umgeworfen.

Endlich überwinden die beiden die Schamschwelle und vertrauen sich Mitmenschen an: *Wie lange soll denn das noch gehen?* Und so sprechen die MitbürgerInnen, die sich alle als kundig erweisen: „Das dauert eine Woche, dann ist es vorbei. Aber dann kommen sie wieder, weil sie Hunger kriegen." – „Am besten, ihr nehmt einen Kammerjäger, dann seid ihr auf der sicheren Seite, aber nehmt ihn gleich zweimal, denn in zwei Wochen sind sie wieder da." – „Die können vier Wochen ohne Nahrung leben, dann sind sie wieder da." – „Ein Jahr lang müsst ihr damit rechnen, dass sie wiederkommen." – Und am konsequentesten: „Los kriegt ihr die nie wieder."

Es spricht sich rum wie ein Lauffeuer. Nun prasseln die Ratschläge auf die beiden ein – immer auf Distanz, aber immer eindrücklich. Inzwischen rufen schon Fremde ihre Empfehlungen über die Straße, denn auf unserer Straßenseite geht schon lange keiner mehr: „Kaltes Wasser hilft!" – „Heißes Wasser hilft!" – „Sechzig Grad!" – „Hundert Grad!" – „Dreihundert Grad!" – Und wieder: „Alles ins Tiefkühlfach!" Bei so viel Lärm hilft nur Gesang:

Auf der Mauer auf der Lauer sitzt ne kleine Wanze
Auf der Mauer auf der Lauer sitzt ne kleine Wanz
Auf der Mauer auf der Lauer sitzt ne kleine Wan
Auf der Mauer auf der Lauer sitzt ne kleine Wa
Auf der Mauer auf der Lauer sitzt ne kleine W
Auf der Mauer auf der Lauer sitzt ne kleine
Auf der Mauer auf der Lauer sitzt ne kleine W
Auf der Mauer auf der Lauer sitzt ne kleine Wa...

Es reicht!

Es gibt Krankheiten, über die man voll Stolz erzählen kann, obwohl der Eigenanteil an der Erkrankung hoch ist: Knochenbrüche, Sportunfälle, Alkoholvergiftungen, Geschlechtskrankheiten. Wanzenbefall zählt nicht dazu, obwohl der Eigenanteil an der Erkrankung gering ist – für verwanzte Hotels kann kein Gast was. Aber der schämt sich. Rettungsdienste raten: „Gehen Sie doch zum Arzt oder fahren Sie zur Rettungsstelle!" Gott sei Dank bin

ich privat versichert, da kommt dann einer für 150,14 Euro und hilft wirklich gegen das Jucken. Und die Wanzen? „Ja, weiß ich auch nicht."
ÄrztInnen schaudert's beim Anblick der Fülle der Bisse, Wanzen beißen und saugen Blut, sie *stechen nicht* – wenigstens das nicht. Langsam fangen sich die ÄrztInnen wieder und finden in ihre Rolle: „Ja, das kommt alles wieder, aber besser, Sie gehen zum Hautarzt."
Also Überweisung besorgen vom Hausarzt zum Hautarzt: „Sie brauchen einen Kammerjäger, sonst kriegen sie die nie los!" Vielleicht haben wir es aber schon geschafft? Fragen wir doch mal den Kammerjäger, ob der den Sieg bestätigen kann? „Die kommen wieder. Übrigens stechen Wanzen, die *beißen nicht.*" – Wenigstens das nicht.
Inzwischen haben die angefallenen Seniorinnen und Senioren eine gewisse Ruhe gefunden, die Desinfektions- und Insektenbekämpfungsmittel und die Pestizide wirken sedierend. (Oder lähmend?) Bleibt nur noch die Frage: Wer stirbt zuerst, die oder wir?

Unveröffentlicht, August 2023

Kein Mensch ist eine Insel

In den späten Achtzigerjahren war in (Ost-)Berlin (Ost-)Geld übrig, deswegen wurden Künstler gebeten, mit Kunst am Bau und in Räumen die Einrichtungen zu verschönern: Die Kunstfreiheit war ausgerufen. Im Warteraum unserer Poliklinik war eine Wand ganz frei. Wie aus dem Nichts tauchte ein Künstler auf – das gab es! – und brachte ein Relief aus Terrakotta an, das wie ein verzerrter Atlas die Kontinente darstellte, ganz brüchig, voller Schrunden und in großer Gefahr. Rechts unten auf dem Relief war als kleiner Kontinent Australien und wirkte dort ziemlich verloren.

Das Kunstwerk fand ich gut! Ich fragte den Künstler, wie er auf die Idee gekommen sei. Er habe einen Sinnspruch von

John Donne zum Anlass genommen, sagte er, nämlich: „Kein Mensch ist eine Insel.“
Als die Verantwortliche vom Kreisamt Mitte das Relief begutachtete, fand sie, dass da rechts unten ja der Garderobenständer hin muss und dieser kleine Teil dort stört. Der Künstler willigte ein und entfernte Australien. Er bekam den vollen Lohn. Die Scholle Australien wurde ins Meer der Absichtslosigkeit gespült.
Das alles traf mich, vor allem die Reaktion des Künstlers selbst. Zunächst. Heute sehe ich das als eine leibhaftige Inszenierung des Poems von John Donne, in dem es heißt:

> Niemand ist eine Insel, in sich ganz; jeder Mensch ist ein Stück des Kontinents, ein Teil des Festlandes. Wenn eine Scholle ins Meer gespült wird, wird Europa weniger, genauso, als wenn's eine Landzunge wäre oder ein Landgut deines Freundes oder dein eigenes.

Dieser Sinnspruch gehört zu Donnes *Meditationen,* er erkannte vor vierhundert Jahren im Spiel der Gedanken diese Wahrheit: Kein Mensch ist eine Insel. In den Neunzigerjahren und danach gab es Entdeckungen am Menschen, die diese alte Weisheit belegten und in neuem Licht erscheinen ließen. Giacomo Rizzolatti und seine Arbeitsgruppe in Padua beschrieben 1992 bei Primaten die Resonanzphänomene der Spiegelneurone. Das sind Komplexe von Nervenzellen im Gehirn von Primaten, also auch von Menschen, die aktiviert werden, wenn man eine Handlung durchführt, eine Handlung betrachtet oder über eine Handlung nachdenkt. Das klingt noch nüchtern. Das Erstaunliche: Beim Beobachter springen dieselben Aktivitätsmuster der Spiegelneurone an wie beim Handelnden.
Was das für Möglichkeiten an Mitgefühl und Empathie unter Primaten bedeutet, macht mich ganz ehrfürchtig. Nicht nur wir Menschen, schon unsere Vorfahren wurden von Mutter Natur so liebevoll ausgestattet! Und John Donne hat

bereits vor 400 Jahren gespürt, was wir heutzutage neu entdecken dürfen: Jeder Mensch kann sich in jeden Menschen – ob nah, ob fern – hineinversetzen. Kann er. Könnte er, wäre das Meer der Absichtslosigkeit nicht so weit.

Unveröffentlicht, 2023

KLAUS GÜNTERBERG

Günterberg, Klaus. Dr. med. geboren 1943. 1962 Abitur. 1969 Approbation als Arzt. Facharzt für Gynäkologie und Geburtshilfe, seit 1989 in eigener Niederlassung. Man erreicht ihn über: dr-guenterberg@t-online.de

Geboren in Berlin, Schulbesuch in Berlin, Studium in Berlin, Facharztausbildung in Berlin, Klinikarzt in Berlin, zuletzt Charité, Niederlassung in Berlin, lebt in Berlin, arbeitet in Berlin, inzwischen im 55. Berufsjahr. Spricht aber hochdeutsch.

Schreibt seit 1974 zu den Gebieten und Themen: Gynäkologische Sonographie, EDV in Gynäkologie und Geburtshilfe, Arzneimittel in Gynäkologie und Geburtshilfe, elektronische Gesundheitskarte und Datenschutz, Gesundheitspolitik, Praxisführung und wirtschaftliche Aspekte der Niederlassung. Schreibt darüber hinaus Allgemeinverständliches, Erfahrungsberichte sowie Märchen und Glossen zum teutschen Gesundheitswesen, schreibt Lyrik und Prosa, alles nachzulesen auf seiner Homepage:
www.dr-guenterberg.de.
2013 erschien „Der Cyber-Peter und andere Geschichten aus der modernen Welt, nicht nur für Kinder“, ein neuer Struwwelpeter. Verlag Kern, 4. erw. Auflage 2023.
2023 erschien „Reise nach Westen“, ein DDR-Bürger reist in die USA. Erschienen bei Seemann-Publishing.

NOTDIENST

Nach wahren Begebenheiten

Berlin. Bauchschmerzen, fünfter Stock

„Ich mache gerade den Dienstplan für den nächsten Monat. Wann soll ich Sie eintragen?“ Am Telefon ist Doktor Schwank. Doktor Schwank koordiniert in unserem Bezirk den ärztlichen Hausbesuchsdienst.
Früher, vor vielen Jahren, hatten wir in jedem Berliner Bezirk an jedem Tag noch eine Praxis, die nach den Sprechzeiten geöffnet blieb, so wie das heute noch bei Apotheken üblich ist. Die Telefonnummer wurde täglich in der Zeitung veröffentlicht.
Inzwischen muss der Patient nicht mehr nachts durch die große Stadt zum Arzt fahren. Mir kommt da Goethes Erlkönig in den Sinn: „Wer reitet so spät durch Nacht und Wind? Es ist der Vater mit seinem Kind ...“. Inzwischen fährt, wo nötig, nachts der Arzt zum Patienten. Dazu gibt es in der Stadt eine Rufnummer und eine Zentrale, die die Anrufe entgegennimmt und die die Fahrten koordiniert. Wie das auch bei der Polizei und bei der Feuerwehr üblich ist.
Macht der Hausarzt seine üblichen Hausbesuche, bekommt er einerseits die Anfahrt vergütet, abhängig von der Entfernung, und andererseits auch seine Arbeit honoriert. Im fahrenden Hausbesuchsdienst bekommt der Arzt nur die Arbeit bezahlt, dafür stellt aber die Zentrale das Fahrzeug und den Fahrer. Eine gute Lösung, für alle Beteiligten.
Ich kann immer nur nach meinen Sprechstunden fahren, meist fahre ich nachts. Oder an einem Wochenende. Einmal im Monat bin ich dran.
„Moment. Ich schaue schon in meinen Kalender ... Am Freitag, am zehnten Oktober. Zum Nachtdienst. Der Zehnte ist schon vergeben. Passt Ihnen der siebzehnte?“
„Ja. Der passt auch.“ „Also, der siebzehnte.“

Ich bin ganz sicher, am siebzehnten, pünktlich um achtzehn Uhr, steht das so auffällige Auto mit dem „Arzt"-Schild auf dem Dach vor meiner Praxis.

Ein Sonnabend im Januar

„Doktor, wir sind da!" Ich mache die Augen auf. Es ist weit nach Mitternacht, wir stehen vor einem Hochhaus, in einem im ganzen Land bekannten Berliner Problembezirk. Vor mir liegen, soweit ich sehen kann, breite, hell beleuchtete Straßen. Die oberen Teile der Hochhäuser verschwinden in der Dunkelheit, nur wenige Fenster sind noch beleuchtet.

Wir sind ein eingespieltes Team, Herr Schubert, mein Fahrer und ich. Er nimmt über den Funk die Aufträge entgegen und koordiniert die Wege. Notfälle werden sofort angefahren, Todesfälle müssen warten. Während ich oben bin, plant er schon die nächsten Wege, die so kurz und so schnell wie möglich sein sollen. Wenn es bei mir länger dauert, kann er vielleicht ein paar Minuten die Augen schließen. Wenn er fährt, dann mache ich die Augen zu. Ich kann beruhigt die Augen schließen, Herr Schubert ist ein hervorragender Fahrer.

„Ein Kind mit Fieber und Ohrenschmerzen. Fünfter Stock. Bei Sinders."

Ich greife mir meinen Notfallkoffer und die Tasche mit den Papieren. Der Name steht an der Haustür neben der Klingel. Es wird sofort geöffnet. Aber es dauert, bis der Fahrstuhl kommt. Oben erwartet mich schon eine junge Mutter. Aus der Wohnung kling das Schreien eines Kindes.

„Haben Sie schon Fieber gemessen?"

„Ja, aber der Junge hat kein Fieber. Ich glaube, er hat Ohrenschmerzen, er hält die Hand immer wieder an das Ohr."

Die Untersuchung zeigt zunächst nichts Auffälliges.

„Bitte halten Sie Ihr Kind ganz fest, ich muss ihm noch in den Hals und in die Ohren schauen." Mein Verdacht bestätigt sich, der Junge hat eine Mittelohrentzündung.

„Wo kann ich schreiben?"

„Am besten in der Küche."
Also schreibe ich dort mein Rezept und meinen Bericht. Den Bericht bekommt die Mutter, für übermorgen, für den Kinderarzt. Zwei Durchschriften brauche ich.
„Wie bekomme ich denn die Medikamente? Wo ist denn jetzt noch eine Apotheke auf? Ich bin allein, ich kann doch mein Kind nicht allein zu Hause lassen."
„Eine Apotheke in jedem Bezirk ist immer bereit. Die Adresse finden Sie in der Zeitung und im Internet. Sie haben doch auch ein Telefon; vielleicht können Sie jemanden anrufen? Sonst klingeln Sie vielleicht bei Ihren Nachbarn, die werden in der Not sicher helfen. Ich muss weiter, zum nächsten Kranken."
Damit verabschiede ich mich.
Unten steige ich wieder in das Auto. „Eine Nierenkolik", sagt Herr Schubert. Das sind Schmerzen, die kaum auszuhalten sind. Wir fahren sofort hin, so schnell wie möglich, aber auch nicht schneller als erlaubt. Zum Glück sind in dieser Stunde die Straßen fast leer und viele Ampeln ausgeschaltet.
„Herr Doktor, ich habe Nierensteine. Zwei habe ich schon verloren. Im letzten Jahr. Aber eine solche Kolik hatte ich noch nie."
Ich taste erst einmal den Bauch und die Nieren ab. Der Mann hat wohl recht. In seinem Ellbogen sehe ich eine dicke Vene, die macht es mir leichter. Ich spritze ihm langsam das Schmerzmittel, lasse aber vorsichtshalber noch die Spritze auf der Nadel und die Nadel in der Vene. Ich warte. Es dauert nicht lange, dann sehe ich, wie sich der Mann entspannt.
„Jetzt lässt der Schmerz nach. Danke."
Nun kann ich die Nadel entfernen, meine Sachen wieder in den Koffer packen und meinen Bericht schreiben.
„Bitte gehen Sie Montag unbedingt zu Ihrem Urologen."

Ein Freitag im Februar

Wir sind im tiefsten Osten. Ein Stadtbezirk ohne Besonderheit. Dort gibt es zwar den großen Tierpark, auch sonst alles, was Menschen so brauchen, vom Einfamilienhaus bis zum Hochhaus, vom Krankenhaus bis zum Hotel. Aber ein Zentrum, das zum Bummeln einladen könnte, hat dieser Bezirk nicht.

Wir stehen vor einem Mehrfamilienhaus. Draußen ist es kalt und glatt, der Schnee ist verharscht. Das Haus macht einen gutbürgerlichen Eindruck. Ein breiter Vorgarten lässt einen schmalen Fußweg frei.

„Zweiter Stock. Halsschmerzen und Fieber."

Ja, ein Junge mit einer Angina, nichts Besonderes. Ich verlasse das Haus und will wieder in das Auto steigen. Da sagt Herr Schubert:

„Haben Sie nicht gesehen? Da bewegt sich etwas."

Nein, es ist dunkel, ich habe nichts gesehen.

„Doch, da ist etwas, kommen Sie."

Herr Schubert steigt aus, wir gehen durch den Vorgarten zurück. Tatsächlich, da liegt im Gebüsch ein Mensch. Wir leuchten ihn an, er macht nicht einmal die Augen auf. Wir sprechen ihn an, er reagiert nicht. Wir schütteln ihn, er hebt einen Arm, lallt vor sich hin. Ein Betrunkener.

„Den können wir doch hier nicht liegenlassen, der erfriert doch hier."

Da sind wir uns einig. Aber mitnehmen können wir ihn auch nicht.

„Rufen Sie doch die Zentrale an", sage ich zu Herrn Schubert. Der geht zum Auto und telefoniert. Ich halte den Betrunkenen wenigstens in einer etwas sitzenden Stellung. Er lallt vor sich hin.

Nach wenigen Minuten sehen wir das Blaulicht. Zwei Polizisten kommen zu uns. Beide packen an und heben den Betrunkenen hoch.

„Sie können nicht hierbleiben. Hier erfrieren Sie noch. Kommen Sie mit."

Und sie versuchen, ihn zu ihrem Auto zu führen.

„Ihr Bullenschweine! Lasst mich! Ich komme nicht mit!

Lasst mich! Ihr Scheißer! Lasst mich!" So geht es unflätig weiter. Die Polizisten lassen sich nicht beeindrucken, schieben und schleifen den Mann zu ihrem Auto, schieben ihn auf den Rücksitz und fahren ab. Ob der Mann vielleicht später spüren wird, dass die beiden ihn vor dem Erfrieren gerettet haben?
Wir beide, Herr Schubert und ich, wir sehen uns an. Er schüttelt den Kopf. Wir haben uns wortlos verstanden.

Ein Sonnabend im März

Unten im Auto sagt Herr Schubert: „Ein Prostatiker, eine Harnsperre." Die Nacht ist nicht für lange Erklärungen geeignet. Aber ich habe ihn verstanden. Da kann ein Mann seinen Urin nicht mehr lassen, die Prostata ist zu groß.
„Wir müssen nach Kreuzberg."
„Quer durch die große Stadt?"
„Die Kollegen dort sind bei einer Reanimation, die kommen nicht weg."
Selbstverständlich, da müssen wir helfen. Herr Schubert fährt sehr konzentriert und zügig. Ich weiß, er kennt die Stadt wie seine Westentasche. Aber ich weiß auch, wie weit der Weg nach Kreuzberg ist. Also mache ich solange die Augen zu.
„Aufwachen! Wir sind da."
Ich bin sofort hellwach.
„Ich brauche den Urokoffer."
„Klar."
Wir haben im Auto noch einige Koffer für spezielle Zwecke. Ich werde einen Katheter brauchen, Katheter habe ich nicht in meinem eigenen Koffer. Man weiß auch nie, braucht man einen dünnen oder einen dicken Katheter, oder braucht man vielleicht einen Ballonkatheter, der dann liegen bleibt. Im Urologiekoffer ist ein ganzes Sortiment, mit allem Zubehör, das man zum Kathetern so braucht.
Ich steige aus, sehe mich erst einmal um. Wir stehen vor einer alten sogenannten Berliner Mietskaserne. Im Hauseingang steht eine ältere Frau und gestikuliert wild.

„Endlich. Wir warten schon so lange! Mein Mann hat solche Schmerzen!"
Ich muss und will keine Erklärung abgeben.
„Bitte gehen Sie vor!"
Ein alter, schlecht beleuchteter Hausflur, ausgetretene Dielen. Wir steigen bis zum dritten Stock. Im Schlafzimmer, inmitten völlig zerdrückter Betten, krümmt sich der Mann.
„Machen Sie, was nötig ist, aber machen Sie schnell."
Natürlich mache ich schnell, aber vor allem steril und sorgfältig. Ich breite mein Tuch aus, lege darauf Tupfer, Desinfektionsmittel, Gel und den Katheter, ziehe die Handschuhe an. Das Kathetern kann bei einer großen Prostata manchmal sehr schwierig sein. Hier geht es relativ leicht.
„Ich brauche eine flache Schüssel."
Die Frau sieht mich mit großen Augen an.
„Nun machen Sie schon!" Ich kann den Urin doch nicht in die Matratze laufen lassen. Als der Urin dann fließt, versteht sie mich. So, wie sich die Schüssel füllt, so entspannt sich der Mann. Ich nutze die Zeit, schreibe meinen Bericht. Jede Minute ist wertvoll. Dennoch bin ich insgesamt eine dreiviertel Stunde oben.

„Wir müssen wieder zurück."
Zurück, das heißt, wieder in die Hochhaussiedlung. Nach einer halben Stunde hält Herr Schubert vor einem langgestreckten Zehngeschosser. Ich weiß nicht, in welcher Straße wir sind. Hier sehen alle Häuser gleich aus.
„Bauchschmerzen. Sechster Stock."
Die Haustür ist verschlossen. Die Namen auf dem Klingelbrett sind schlecht zu lesen. Nach längerem Suchen finde ich doch den Namen. Nichts. Ich klingle noch einmal. Nichts. So klingle ich weiter. Jetzt summt es, die Tür lässt sich öffnen. Ich gehe zum Fahrstuhl.
„Außer Betrieb".
Ich muss die Treppe nehmen. Im vierten Stock tut mir der Rücken weh. Ich mache eine kurze Pause und überlege. So circa dreißig bis vierzig Etagen bin ich in dieser Nacht schon gestiegen. Die Überlegung hilft mir aber nicht, ich muss weiter.

Im sechsten Stock steht eine Tür offen, im Flur ist Licht. In diesen Häusern sehen alle Wohnungen gleich aus, das Wohnzimmer ist sofort zu finden.
„Wie lange geht es denn schon?“
„Na, so zwei bis drei Stunden. Erst ließ der Schmerz etwas nach, jetzt ist es kaum auszuhalten.“
„Bitte zeigen Sie erst einmal Ihren Bauch.“
Die Ursache der Bauchschmerzen ist schnell gefunden, eine Appendizitis. Ich setze mich an den Tisch und schreibe die Krankenhauseinweisung.
„Ja, kriege ich denn kein Rezept?“
„Nein, Ihr Blinddarm ist entzündet, da helfen Ihnen keine Pillen. Der muss raus. Sie müssen sofort ins Krankenhaus!“
„Wie komme ich denn ins Krankenhaus? Jetzt fährt doch keine Bahn mehr.“
„Sie könnten damit auch nicht mehr Bahn fahren. Auch nicht selbst mit dem Auto.“
„Wir haben doch auch kein Auto.“
Hinter mir tritt eine Frau im Nachthemd und mit zerzausten Haaren ins Zimmer.
„Ich schicke Ihnen einen Krankentransport. Hier sind der Transportschein und die Krankenhauseinweisung.“
Und zu der Frau: „Packen Sie das Nötigste ein, was man so für das Krankenhaus braucht. Und vergessen Sie auch die Versicherungskarte und den Ausweis Ihres Mannes nicht.“
Es ist nicht die Stunde für Bitte und Danke, für irgendwelche Höflichkeitsfloskeln.
„Der Transport ist in etwa einer halben Stunde oder Stunde da. Ihr Mann wird auch eine Narkose kriegen. Er darf jetzt weder essen noch trinken. Keinen Bissen, keinen Schluck. Keine Tablette. Nichts.“
Und schon bin ich wieder unten. Nach unten geht es leichter als nach oben.
„Rufen Sie die Zentrale an. Ein akuter Blinddarm,“, sage ich zu Herrn Schubert: „der Mann braucht einen Krankentransport zur nächsten Klinik.“
Für Herrn Schubert ist das Routine, schnell erledigt. Gleich geht es weiter.

Ein Sonntag im April

„Wo müssen wir jetzt hin?“
„Nicht weit weg, hier gleich um die Ecke. Eine Leichenschau.“
Das gehört mit zu den unangenehmsten Dingen im Dienst. Oben wartet schon die ganze Familie, eine ältere Frau, völlig verquollen, zwei Männer und eine Frau in mittlerem Alter. Der Tote, ein unrasierter alter Mann, liegt im Ehebett. Das Kinn ist mit einer Binde hochgebunden, das Fenster im Schlafzimmer steht weit offen. Jemand muss mit Toten Erfahrung haben.
„Ich brauche erst einmal den Personalausweis des Verstorbenen.“
„Hier. Und hier ist auch seine Versicherungskarte.“
„Die brauche ich nicht. Wir sind alle nur solange versichert, wie wir leben. Schon die Leichenschau hier ist keine Kassenleistung mehr.“
Die Leute sehen mich erstaunt an. Woher sollen sie das auch wissen?
Ich sehe mir die Männer an.
„Sind Sie die Söhne?“
„Die Schwiegersöhne“, sagt die ältere Frau, ganz offenbar die Witwe.
„War Ihr Mann krank?“
Die Frau nickt.
„Haben Sie Unterlagen?“
Sie holt einen Ordner aus dem Nachbarzimmer. Ich sehe Röntgenbefunde, Krankenhausentlassungsberichte, Arztbriefe und Medikamentenpläne. Auch der Pflegedienst hat eine schmale Akte angelegt. Auf dem Nachtschrank steht eine Schnabeltasse, daneben liegen Arzneimittel. Kein Zweifel, der Mann war schon lange schwer herzkrank.
„Ich muss Ihren Mann ausziehen und untersuchen. Dazu brauche ich einen Mann. Wer hilft?“
Ich sehe die Schwiegersöhne an. Die Männer sehen plötzlich alle nach unten. Ich spreche den Kräftigsten an:
„Sie helfen mir. Alle anderen verlassen den Raum.“
Ich reiche meinem Helfer ein paar Handschuhe und ziehe

selbst welche über. Wir ziehen dem Toten den Schlafanzug aus und rollen ihn auf die Seite. Der Mann ist schwer. Aber alles ist in Ordnung. Es finden sich keine Spuren äußerer Einwirkung; bei der Leichenschau muss man an alles denken. Und außerdem ist die vollständige Untersuchung Vorschrift. Der Mann ist sicher eines natürlichen Todes gestorben. Und er ist ganz ohne Zweifel schon ein paar Stunden tot. Wir ziehen den Mann wieder an und decken ihn dann vollständig zu.

„Sie können wieder hereinkommen. Wo kann ich am besten schreiben?"

„Kommen Sie mit."

Wir gehen ins Wohnzimmer. Dort ist Licht und dort ist es warm. Am Tisch fülle ich den Leichenschauschein, im Volksmund Totenschein genannt, aus.

„Ich möchte jetzt nicht gestört werden."

Auf dem Leichenschauschein darf man sich nicht verschreiben. Das Standesamt prüft später ganz sorgfältig, jeder Schreibfehler führt dann nur zu Rückfragen, die logischerweise immer die Sprechstunde stören.

Aber dann kommt noch das das Unangenehmste. Wie sagt man, „Nicht einmal der Tod ist umsonst."

Der Erste, der die Hand aufhalten muss, ist der Arzt. Ich habe alle Formulare ausgefüllt und auch ausgerechnet, was die Leichenschau kostet. Da gibt es keinen Pauschalpreis. Die Zeit, die der Arzt braucht, die Nachtstunde und der Anfahrtsweg gehen in die Rechnung ein.

„Hier habe ich den Totenschein. Den brauchen Sie für den Bestatter und für das Amt. Und hier habe ich auch meine Rechnung."

„Wir haben aber kein Geld im Haus. Können wir das später bezahlen?"

Ich kenne die Worte. Und ich kenne das Problem. Die Kosten für die Leichenschau gehören rechtlich schon mit in das Erbe. Ist der Tote erst einmal aus dem Haus, fängt manchmal schon der Erbstreit an, dann will niemand mehr für etwas zahlen. Ich will und kann aber auf mein Honorar nicht verzichten. Und ich will deshalb auch keinen Streit.

„Nein, das geht leider nicht. Aber Sie können sich Montag

früh auch den Schein in meiner Praxis abholen. In der Stadt gibt es überall Geldautomaten. Solange allerdings bleibt der Tote hier liegen."

„?"

Die Familie sieht sich und mich fragend an.

„Ohne den Totenschein wird kein Bestatter den Toten mitnehmen."

„Kommt mal mit." Die Witwe sieht sehr bestimmend die Familie an. Fünf Minuten später sind sie mit dem Geld zurück. Ich quittiere den Betrag, lasse den Leichenschauschein und die Rechnung da und verabschiede mich. Draußen dämmert es schon. Ich schaue auf die Uhr, eine gute Stunde hat das Ganze schon gedauert.

Ein Sonntag im Mai

Pünktlich früh um acht Uhr steht Herr Schubert mit seinem Auto wieder vor der Praxis. „Wo geht es zuerst hin? Was haben Sie alles schon auf Ihrer Liste?"

„Nichts. Aber auch bei den Kollegen herrscht Ruhe. Im Funk ist Stille."

„Na, wir müssen da nicht im Auto sitzen. Kommen Sie mit hoch. Oben gibt es einen guten Kaffee."

Ja, auch solche Stunden gibt es. Um zehn meldet sich die Zentrale. Ein Sturz von der Leiter. Der junge Mann sitzt in Unterhose auf der Bettkante und hält sich das Knie. Auf dem Bett liegt eine Arbeitshose, überall stehen Kartons. Aus dem Nachbarzimmer kommt ein Geruch von feuchter Tapete.

Ich bewege das Bein, erst ganz vorsichtig, dann stärker und stärker. Alles funktioniert, da hat er wohl noch einmal Glück gehabt. Die Platzwunde braucht nur einen Verband.

„Kann ich auch noch Ihren Impfpass sehen?"

Ja, die Tetanus-Impfung ist erst vor Kurzem aufgefrischt worden, vom Hausarzt.

„Können Sie mich für die nächste Woche krankschreiben?"

Nein, das kann ich nicht. Das braucht es auch später sicher nicht. Vielleicht geht es dem jungen Mann auch mehr um

die Renovierung als um sein Knie. Aber das sage ich ihm natürlich nicht.
„Ich bin hier der Notdienst. Sollte es Ihnen morgen nicht besser gehen, dann gehen Sie bitte zu Ihrem Hausarzt."
Der junge Mann sieht mich recht unfreundlich an, eher enttäuscht als von Schmerzen geplagt.

Wieder unten sagt Herr Schubert:
„Eine Gallenkolik. Am Markt."
Das ist nicht weit. Oben sitzt mir ein kräftiger Mann gegenüber und hält sich den Bauch.
„Ich war vorgestern schon beim Röntgen. Ich habe Gallensteine."
Er legt mir den Röntgenbefund vor. Die Untersuchung bestätigt den Verdacht; es ist eine Gallenkolik. Ich spritze ihm ein krampflösendes und schmerzlinderndes Mittel und schreibe ihm auch noch ein Rezept.
„Falls das alles nicht helfen sollte, ja, dann stellen Sie sich im Krankenhaus vor, dann muss man unter Umständen die Operation vorziehen."
Die Kolik lässt langsam nach, ich kann weiterfahren.

Ein Sonntag im Juni

„Eine Schwangere mit Bauchschmerzen."
Herr Schubert hält vor einer großen braunen Holztür, breit wie ein Scheunentor. Eine Hausnummer ist nicht zu sehen. Rechts und links steht eine dicht bewachsene Mauer.
„Hier muss es aber sein."
Man muss uns wohl beobachtet haben, noch bevor ich aussteigen kann, öffnet sich das Tor. Wir fahren hinein.
Ich dachte immer, ich würde diese Stadt kennen, diese Stadt, in der ich aufgewachsen bin, in der ich studiert habe, in der ich nun schon so viele Jahre arbeite. Aber da liegt vor meinen Augen ein Runddorf, inmitten der Stadt, inmitten der Hochhaussiedlung. Viele dörfliche Häuser gruppieren sich rund um einen Dorfplatz. Ziemlich weit hinten steht ein Mann in kariertem Hemd und winkt.

Im Ehebett liegt eine hochschwangere Frau, hält sich den Bauch und krümmt sich. Ich spüre kräftige Wehen. Die Herztöne sind normal, die Fruchtblase ist noch nicht gesprungen, der Muttermund ist zu. Die Untersuchung zeigt aber auch, dass hier eine Querlage vorliegt.
„Wann haben Sie denn Termin?"
Bis dahin sind es noch einige Wochen.
„Sie haben Wehen. Sie müssen damit sofort zum Krankenhaus, zum Kreißsaal."
„Ich will aber nicht ins Krankenhaus. Ich will hier zuhause entbinden!"
„Mit einer Querlage können Sie gar nicht entbinden. Da würde innerlich alles zerreißen. Dann sind Sie tot. Sie brauchen einen Kaiserschnitt."
Mir geht so viel durch den Kopf. Ich bin auch ein erfahrener Geburtshelfer, weiß was man früher gemacht hätte. Eine Wendung auf dem Fuß und die Entbindung dann aus Beckenendlage - jeder Geburtshelfer hat das gelernt. Aber das ist heutzutage und hierzulande nicht mehr zu verantworten, die Risiken sind zu groß. Ein Kaiserschnitt ist unumgänglich. Für lange Erklärungen ist aber keine Zeit.
„Es geht hier aber nicht nur um Ihr Leben."
Ich sehe den Ehemann an.
„Sie wollen doch, dass das Kind gesund ist und dass Ihre Frau das überlebt! Da muss operiert werden, so schnell wie möglich."
Ich rufe die Zentrale an.
„Schickt mir die Feuerwehr. Mit Blaulicht."
Der Mann diskutiert mit seiner Frau.
„Ich kümmere mich um die Kinder. Du fährst mit!"
Das letzte klang wie ein Befehl.
Es dauert nicht lange, da stürmen zwei Feuerwehrleute mit einer Trage ins Haus. Ich erkläre die Situation.
„Ich bin Facharzt, auch für Geburtshilfe. Natürlich fahre ich mit."
Wir heben die Frau auf die Trage, sie lässt es geschehen.
„Gib mir noch meine Tasche mit den Papieren."
„Nehmen Sie auch unbedingt Ihren Mutterpass mit!", sage ich. „Der ist da drin."

Ich spritze ihr ein die Wehen hemmendes Mittel. Die Kanüle lasse ich vorsichtshalber liegen.
Mit Blaulicht fahren wir zum Krankenhaus. Herr Schubert fährt uns hinterher. In der Rettungsstelle übergebe ich die Frau dem diensthabenden Oberarzt. Da ist aber nicht viel zu erklären, wir sind angekündigt, er weiß ganz genau, was zu tun ist.
Draußen im Auto.
„Und nun?"
Herr Schubert sieht mich an.
„Nichts. Im Moment haben wir keine Aufträge."
„Dann machen wir halt regulär Pause."
Ich schaue auf die Uhr, es ist Mittagszeit.
„Irgendwo werden wir doch einen Imbiss finden."
Und wirklich, nicht weit entfernt, findet sich am Park eine Würstchenbude. Die ist nicht sehr komfortabel. Aber die Currywürste schmecken.

Ein Sonnabend im Juli

Die Nacht ist fast vorbei, es dämmert schon. Wir stehen vor einem Reihenhaus. Ein hölzernes Vordach schützt den Eingang. Daneben ist Licht. Das Gartentor ist nur angelehnt, wir werden erwartet.
Bevor ich die Haustür erreiche, erheben sich rechts und links zwei riesige graue Doggen. Sie reichen mir fast bis zur Schulter und wenden sich mir zu. Ich spüre auf beiden Seiten ihren Atem. Ich habe zwar selbst einen großen Hund, aber da gefriert mir doch das Blut in den Adern. Ich erstarre. Die Haustür wird geöffnet, ein Mann erscheint. „Platz!!"
Die Doggen legen sich langsam wieder hin.
„Die sind ganz friedlich. Kommen Sie rein."
Im Wohnzimmer sitzt die Frau mit einem dicken Schal um den Hals vor dem Fernsehapparat.
„Bitte machen Sie doch den Apparat aus."
„Entschuldigung."

Schnell ist die Erkrankung geklärt, eine eitrige Angina.
„Ich gehe besser vor. Wegen der Hunde“, sagt der Mann.

Ein Freitag im September

Im Auto frage ich Herrn Schubert: „Und? Wir haben alles abgearbeitet.“
„Nein, nein. Wir haben inzwischen schon zwei neue Aufträge, zwei Tote.“
„Und wo fahren wir zuerst hin?“
„Der eine hängt noch am Strick. Der andere ist vermutlich schon lange tot. Im Rollheimerdorf. Bei dem Selbstmörder wartet schon die Polizei auf uns.“
„Also fahren wir zuerst dorthin.“
Ein ganz unauffälliges Einfamilienhaus im Siedlungsgebiet. Eine ältere Frau öffnet mir. Im Keller hängt der Tote. Ein umgefallener Stuhl liegt auf dem Fußboden, zwei Polizisten sitzen nebenan in der Waschküche und warten auf uns.
„Warum haben Sie denn den noch nicht abgeschnitten?“
„Der ist zu schwer, wir schaffen das nicht.“
„Als ich aus dem Kino kam, war er nicht da. Ich dachte, er ist noch in seiner Kneipe“, redet die Frau dazwischen. Sie sieht verweint und ganz verquollen aus.
„Wir brauchen erst einmal ein Messer“, sage ich zu ihr. Sie kommt mit einem Küchenmesser wieder.
„Das ist zu klein. Darf ich einmal nachsehen?“
Sie nickt. In der Küche, im obersten Schubfach, finde ich ein richtiges großes Sägemesser, das drücke ich dem einen Polizisten, dem größeren, in die Hand.
„Sie schneiden, wir halten so lange.“
Der andere Polizist und ich, wir heben jeder ein Bein.
„Sie gehen bitte solange nach oben“, sage ich zu der Frau.
„Sagen Sie rechtzeitig Bescheid!“, sage ich zu dem Polizisten mit dem Messer. Der nickt.
„Achtung!“, ruft er plötzlich und da fällt uns der Tote auch schon über die Schulter. Er ist wirklich schwer. Wir lassen ihn zu Boden gleiten.
„Jetzt brauche ich noch einmal Ihre Hilfe.“

Der Tote ist ganz sicher tot, die Untersuchung bestätigt das. „Wir müssen ihn ausziehen, erst dann kann ich den Totenschein ausschreiben."
Die Situation ist eigentlich ganz eindeutig. Aber man weiß ja nie.
Wir ziehen ihn aus, wir ziehen ihn wieder an. Am Suizid gibt es keine Zweifel. So sage ich es auch den Polizisten. Die verabschieden sich und fahren ab. Ich fülle noch den Totenschein und meine Rechnung aus und gebe beides der Frau. „Sie können jetzt einen Bestatter anrufen. Der holt Ihren Mann ab. Die anderen Formulare schicke ich am Montag zum Standesamt."

Wieder im Auto frage ich Herrn Schubert: „Wo ist denn hier ein Rollheimerdorf?"
„In der Heide."
„Dort komme ich jede Woche vorbei; von einem Rollheimerdorf ist mir aber nichts bekannt."
„Doch, doch, ich war schon einmal da."
Herr Schubert fährt zielbewusst zur Heide und biegt dort in einen unscheinbaren Weg ein. Eigentlich ist die Heide ein Wäldchen. Nach einigen hundert Metern sind wir auf einer Lichtung. Dort stehen bunt durcheinander alte Bauwagen, Campingwagen und ein alter Eisenbahnwaggon. Überall sehe ich Stühle, Tische, Fahrräder und Gerümpel, soweit ich blicken kann.
Vor einem Campingwagen sitzt ein vollbärtiger Mann und winkt uns zu.
„Wir haben den Josef schon Wochen nicht mehr gesehen, wir dachten, er ist wieder im Krankenhaus. Aber irgendwie kam aus dem Wagen so ein Gestank. Und dann haben wir ihn gefunden."
Ja, auf dem Bett liegt ein Toter, die Haut ist schon etwas eingefallen, der Bart ist voller Fliegen. Es stinkt entsetzlich. Am Tod gibt es keine Zweifel. Aber war es ein natürlicher Tod? Ich weiß, was hier zu tun ist. Ich ziehe mir die Handschuhe über und untersuche. Nein, es ist, wie man so sagt, keine Fremdeinwirkung erkennbar. Im Portemonnaie ist der Ausweis.

Draußen an einem der Tische fülle ich den Totenschein aus. „Todesursache unbekannt."
Alle weiteren Untersuchungen wird die Gerichtsmedizin machen.
„Hat der Josef Angehörige?"
„Das weiß ich nicht. Wir kennen ihn kaum."
„Okay. Hier sind der Totenschein und der Ausweis. Ich verständige die Zentrale. Das Amt wird ihn abholen lassen."
Meine Rechnung werde ich Montag zum Amt schicken.
Als ich wieder ins Auto steige, da rümpft Herr Schubert die Nase und lässt die Scheiben herunter. Ich weiß natürlich warum - ich stinke entsetzlich, so, wie es im Wohnwagen stank. Ich kann mich selbst nicht riechen.
Inzwischen ist es schon hell geworden, meine Schicht ist zu Ende. Zu Hause gehen meine Sachen gleich in die Wäsche, ich gehe sofort in die Dusche. Und danach ins Bett. Trotz aller Aufregung werde ich sofort schlafen. Wer unter Einschlafstörungen leidet, der kann diesen Job nicht machen. Ich bin auch sofort eingeschlafen.

Ein Freitag im Oktober

„Im fünften Stock. Bauchschmerzen."
Wir stehen vor einem Plattenbau, wieder in dem Problembezirk. Hier haben viele Fünfgeschosser keine Fahrstühle. Also nehme ich die Treppe. In der dritten Etage mache ich eine kurze Pause. Ich atme einmal tief durch und sehe mich kurz um.
Irgendetwas ist hier anders. Eigentlich sehen in dieser Gegend alle Hausflure ähnlich aus. Unten sind die Wände meist mit Graffiti bemalt und besprüht. Da sieht man keine Buchstaben, keine Bilder, da sieht man an den Wänden manchmal nur die Zeichen eines Fußballklubs, meist aber undefinierbare Symbole. Mit den Etagen wird aber Graffiti gewöhnlich weniger. Hier im dritten Stock sind aber alle Wände immer noch vollständig besprüht, bis hoch zur Decke. Selbst im fünften Stock noch. Nur die Wohnungstüren sind sauber - eine einzige ausgenommen. Dort steht auch

der Name, den mir Herr Schubert genannt hat. Ich klingele, man öffnet mir. Ein kahlköpfiger Mann steht mir gegenüber, in Turnhemd, Trainingshose und Badeschuhen, muskulös und großflächig tätowiert.
„Hallo. Kommen Sie, meine Frau hat Bauchschmerzen."
Sie liegt im Wohnzimmer auf der Couch. Von allen Seiten sehen mich Fernsehapparate an, fünf sind es insgesamt. Drei stehen auf den Schränken, einer läuft. Bücher sehe ich keine.
„Könnten Sie bitte den Fernseher ausmachen."
„Ja. Verzeihen Sie."
Der Mann ist höflich.
Am Tisch sitzt der Rest der Familie, drei halbwüchsige Kinder; selbst die sind schon tätowiert.
„Ich muss Eure Mutter untersuchen, könnt Ihr bitte draußen warten!"
„Na los, macht schon. Dalli!", sagt der Vater. Widerspruchslos gehen die Kinder aus dem Zimmer.
Die Frau hat Menstruationsbeschwerden, bekommt von mir eine Spritze und ein Rezept.
„Und bitte gehen Sie am Montag zu Ihrem Frauenarzt."
Ich wende mich wieder an den Mann.
„Wo kann ich hier meinen Bericht schreiben?"
Der Tisch ist voller Fernbedienungen, Telefone, Handys, Tastaturen für Computerspiele und Aschenbecher - da ist für mich kein Platz.
„Kommen Sie mit."
In der Küche sieht es nicht anders aus. Aber der Mann räumt dort für mich das Geschirr ab.

Wieder unten im Auto sagt Herr Schubert: „Der nächste Fall ist gleich um die Ecke. Dort müssen wir fast täglich hin. Eine Spritze."
Die Spritze ist überhaupt kein Problem. Der Mann ist krank und braucht sie. Er liegt auf dem Sofa, die Frau sitzt im Sessel. Nein, die Spritze ist es nicht. Mich umgibt in dieser Wohnung eine drückende Wärme und vor allem ein Geruch, dem man manchmal in der Bahn begegnet, bei dem man vom Nachbarn abrückt.

Ich dachte immer, das wäre eine Mischung aus altem Tabakrauch und abgestandenem Bier. Ja, hier wird auch geraucht, der Aschbecher ist voller Kippen. Im Flur sehe ich auch Stapel leerer Bierkästen. Aber das begegnet mir in dieser Gegend öfter, das allein ist es nicht. Im Flur und im Wohnzimmer und im Bad liegen kniehoch auch Berge schmutziger Wäsche. Ja, diese Mischung ist es. Hier ist die Wohnung völlig überhitzt, hier wird auch geraucht und getrunken. Aber hier wird weder gewaschen noch gelüftet.
Aber ich lasse mir das nicht anmerken. Ich spritze dem Mann sein Medikament, schreibe meinen Bericht und fahre weiter, um eine Erfahrung reicher.

Ein Sonntag im November

„Wir haben es nicht weit, nur drei Straßen weiter. Auch wieder eine Spritze. Aber wundern Sie sich nicht."
„Warum sollte ich mich wundern?"
„Na, Sie werden ja sehen."
Wir stehen wieder vor einem langgestreckten Plattenbau. Da gibt es nichts Besonderes. Im Hausflur spüre ich aber, dass ich plötzlich in einer anderen Welt bin. Die Wände sind hell gestrichen, von Graffiti ist hier keine Spur. Die Briefkästen und das Treppenhausgeländer sind anders als sonst in diesen Häusern, schlicht und formschön. Und unter den Füßen spüre ich sogar einen Teppichboden.
Die Patientin wohnt im zweiten Stock, ich steige die Treppen, da bin ich schneller als mit dem Fahrstuhl.
Auch die Wohnungstüren sehen hier anders aus. Ich sehe dunkles Holz und edle Schlösser. Das hätte ich hier in dieser Gegend nicht erwartet.
Ich werde in einen großen, hellen Wohnraum gebeten. In einer Ecke führt eine schmiedeeiserne Wendeltreppe nach oben. Eine elegante Frau begrüßt mich.
„Ich brauche bitte noch Ihre Versicherungskarte."
„Ich habe keine, ich bin privat versichert."
„Das ist doch gar kein Problem. Da brauche hier auf dem Behandlungsschein nur Ihre Unterschrift. Die Rechnung

schicke ich Ihnen in der nächsten Woche."
Die Spritze und der kurze Bericht sind schnell erledigt; ich stehe nicht unter Zeitdruck. So kann ich, was ich sonst tunlichst vermeide, fragen.
„Ich sehe hier eine völlig andere Wohnung. Das hätte ich in dieser Gegend nicht erwartet. Haben Sie die Wohnung gemietet?"
„Nein, hier im Haus gibt es nur Eigentumswohnungen. Zur U-Bahn und zu meinem Geschäft ist es nicht weit. Ich wohne hier sehr verkehrsgünstig. Trotzdem, ich nehme meist das Auto."
„Und, haben Sie hier vielleicht auch eine Garage?"
„Nein, Garagen gibt es hier gar nicht. Aber wir haben hier wenigstens einen eingezäunten Parkplatz. Ich wohne hier schon zwei Jahre und bin sehr zufrieden."
Ich sehe mich um. Der Raum ist sparsam und geschmackvoll möbliert. An den Wänden hängen große, sehr schöne Bilder. Der Fußboden ist mit Parkett ausgelegt. Und offenbar hat die Wohnung zwei Etagen.
So etwas gibt es hier also auch. Ich gehe nachdenklich wieder nach unten. Herr Schubert gibt mir Zeichen. Da ist wohl wieder ein eiliger Auftrag gekommen.

Ein Sonnabend im Dezember

Ich komme aus dem Haus und steige wieder zu Herrn Schubert in das Auto.
„Erledigt. Nichts Besonderes. Was haben wir als Nächstes auf der Liste?"
„Vier Fälle, nichts Akutes. Aber ich muss jetzt Pause machen."
Er sagt nicht „*Wir* müssen jetzt Pause machen", er spricht nur von sich. Aber das wundert mich nicht. Die Kraftfahrer vom Hausbesuchsdienst müssen nach einigen Stunden Fahrzeit, ich glaube, es sind vier oder fünf Stunden, Pause machen. Für den Arzt gilt das nicht. Ich bin seit acht Uhr tätig, gestern in der Sprechstunde, seitdem im Hausbesuchsdienst. Ich sehe auf die Uhr. Es ist drei Uhr morgens.

Für mich sind das schon neunzehn Stunden Arbeitszeit. Aber ich rege mich darüber nicht mehr auf, ich kenne das Problem schon lange.

„Wo fahren wir hin?“

Wenn wir zufällig in der Nähe der Praxis sind, fahren wir dort hin. Da gibt es wenigstens einen Kaffee. Und im Kühlschrank findet sich auch immer etwas zum Essen. Und dann gibt es in Berlin auch noch Gaststätten, die nachts geöffnet sind. Eine ist in Kreuzberg, die hat sogar Tag und Nacht auf. Aber bis dahin ist es zu weit. Eine andere ist ganz in der Nähe, die hat gewöhnlich bis zwei Uhr auf, da bekommt man selbst zu dieser Zeit noch einen kleinen Imbiss. Aber es ist schon drei Uhr und die Praxis ist weit weg.

„Wir fahren zum Straßenbahnhof.“

Der liegt am Stadtrand, ganz in der Nähe. Den Straßenbahnhof kenne ich nur von außen, vorbeigefahren bin ich oft.

„Zum Straßenbahnhof? Kann man denn dort Pause machen?“

Herr Schubert kennt hier jede Straße, jeden Schleichweg, jede Ecke. Das Tor zum Straßenbahnhof steht weit auf. Innen stehen die Bahnen, steht ein Bus, stehen zwei Polizeifahrzeuge, parken auch etliche andere Fahrzeuge. Wir stellen uns dazu.

Das Haus daneben ist beleuchtet, Herr Schubert geht zielbewusst hinein. Ich folge ihm. Wir sind in einer großen Kantine, links gibt es Speisen und Getränke, rechts, an der Fensterseite, stehen Tische und Stühle.

Die Kantine ist erstaunlich gut besucht.

„Was möchten Sie?“

„Einmal Bratwurst, ein Schnitzel, zwei Kaffee.“

Die Auswahl an Getränken ist reichlich, allerdings gibt es keinen Alkohol, kein Bier, kein Schnaps, nichts dergleichen. Wir nehmen uns jeder noch eine Limonade.

„Ich habe uns für eine halbe Stunde abgemeldet.“

Was nicht heißt, dass wir im Notfall nicht erreichbar wären. Aber wir bekommen in dieser halben Stunde keine Anrufe. Wir setzen uns an einen Tisch, stellen die Limonaden ab. Und wir nutzen auch die Gelegenheit und suchen, während wir auf das Essen warten, noch die Toilette auf.

Dann sehe ich mich erst einmal um. Da sitzen, an ihrer Kleidung gut erkennbar, einige Mitarbeiter des Verkehrsbetriebes. Am Fenster sitzen vier Polizisten.
Wir alle machen Pause.
Links am Nachbartisch sitzen lässig vier junge Männer, die ich nicht einordnen kann. Die Teller auf ihrem Tisch sind schon leer, die Gläser noch halb gefüllt, die Beine haben sie weit ausgestreckt. Plötzlich werde ich hellwach. Dem einen hängt ein Halfter mit einer, wie mir scheint, riesigen Pistole aus der Jacke, schleift fast auf dem Boden. Ich sehe mir den Mann genauer an. Die Haare sind hochgebunden, kein Zopf, kein Dutt, einfach nur hochgebunden. Er ist unrasiert und sieht übermüdet aus. Seine Jacke ist schäbig, unauffällig. Die Jeans sind schmuddelig, an den Füßen trägt er alte Turnschuhe.
Herr Schubert hat mich beobachtet.
„Die Jungs sind von der Kripo, Zivilstreife. Hier treffen sich alle, die in Berlin nachts arbeiten."
Ich bin beruhigt.
Die Frau an der Essenausgabe winkt, unser Essen ist fertig.
„Acht Euro achtzig."
Für beide. So preiswert kann man in Berlin nirgendwo essen.
„Wie schmeckt es Ihnen?"
„Richtig gut. Der Straßenbahnhof war ein guter Tipp."
Als wir mit dem Essen fertig sind, ist die halbe Stunde schon um. Wir steigen wieder in unser Auto, melden uns bei der Zentrale wieder an und verlassen den Straßenbahnhof. Noch vier Stunden liegen vor uns.
Die nächtliche Stadt hat uns wieder. Am Horizont schimmern die Hochhäuser der Stadtrandsiedlung. Berliner Nächte können sehr lang sein.

Nein, das will ich alles nicht

Erzählung. Nach einer wahren Begebenheit

Im Supermarkt. „Danke. Und einen schönen Tag noch.“ Den Satz muss sie doch hundertmal am Tag, vielleicht mehrere hundertmal am Tag sagen. Die Verkäuferin, eigentlich ist sie mehr Kassiererin, arbeitet sehr konzentriert, die Arbeit geht ihr, wie man so sagt, flott von der Hand. „Danke. Und einen schönen Tag noch.“

Aber auch in anderen Berufen wiederholen sich die Worte. „Sie können sich wieder anziehen. Und dann setzen Sie sich bitte wieder an den Schreibtisch.“ Man nutzt auch in der Sprechstunde immer wieder dieselben Floskeln. Tag für Tag, Monat für Monat. Und nun schon so viele Jahre.

Natürlich kann man andere Sätze wählen. „Aber dein Beruf ist doch so abwechslungsreich wie kein anderer“, höre ich manchmal. Ja, das stimmt. Aber für dieselbe Situation gibt es immer nur wenige Worte. Auch in der Medizin. „Bitte denken Sie an Ihre nächste Vorsorge, in einem Jahr. Lassen Sie sich am besten draußen schon einen Termin geben“, ist auch so eine Redewendung. Immer wieder gesprochen und immer wieder wichtig. Auch beim Arzt wiederholen sich die Situationen, selbst beim Frauenarzt. Vorsorgeuntersuchung, Verhütung, Schwangerschaft oder Wechseljahre sind solche Situationen. Manchmal kann man sich selbst nicht mehr hören.

Jeder Patient geht davon aus, dass sein Arzt jedes seiner Worte aufnimmt und nie wieder vergisst, jedes Wort, das er ihm gesagt hat. Das kann er mit gutem Recht erwarten, jedes Wort kann für seine Behandlung wichtig sein.

Im wahren Leben ist der Arzt aber auch nur ein Mensch. Niemand, kein Mensch, kann jedes Wort eines jeden Gesprächs das er je geführt hat, im Gedächtnis behalten. Wo Worte wichtig sein könnten, da muss man sie notieren. Das ist beim Arzt genauso wichtig wie vor Gericht.

Wie sagt der Volksmund? „Wer schreibt, der bleibt.“ Vermutlich aber wird am Computer weniger Persönliches notiert als auf der Karteikarte. Darum nutze ich beides. Aber

auch die Notizen wiederholen sich. Nach gleicher Situation nutzt man immer die gleichen Worte, gesprochen wie geschrieben.
Hat man eine Patientin verabschiedet, macht man sich, bevor man die nächste ruft, noch schnell seine Notizen. Ich weiß längst: Was man sich nicht gleich notiert, das ist schon morgen reduziert. Aber es gibt doch immer wieder Ausnahmesituationen, man hört Worte, die man nie vergisst, man hört von manchem Erlebten. Wie dem folgenden.

„Bitte denken Sie an Ihre nächste Vorsorge, in einem Jahr. Lassen Sie sich am besten draußen schon einen Termin geben." Damit verabschiede ich Frau Schmitts und notiere schnell noch meine Befunde.
„Herr Doktor, da hat eine Frau angerufen, ob sie noch kommen kann." Schwester Katharina ist in das Zimmer gekommen, leise, wie immer. „Was hat sie denn? Worum geht es denn?" „Sie sagt, sie sei vergewaltigt worden."
Ich unterbreche meine Aufzeichnungen. Eine Vergewaltigung. In solchen Fällen ist die Untersuchung vordringlich und eilig, die darf man nicht auf morgen verschieben. Da ist vor allem eine Spurensicherung wichtig. Spermien sind, falls vorhanden, nur eine begrenzte Zeit mobil.
Ich sehe auf die Uhr. Es ist halb sechs, draußen, im Wartezimmer sitzt noch eine Patientin. Dann wäre eigentlich Feierabend.
„Ist sie noch am Telefon?" Schwester Katharina nickt.
„Sie soll kommen, so schnell wie möglich. Und wenn vielleicht ihre Wäsche beschmutzt oder zerrissen ist, möchte sie die mitbringen." Schwester Katharina nickt. „War sie schon einmal bei uns, ist sie hier schon Patientin, wer ist es denn?" „Ja, das ist Frau Weber[1]. „Frau Weber haben wir viele, welche meinen Sie?" „Die Frau Bettina Weber." Diese Frau Weber ist mir kein Begriff, entweder sie war nur selten hier oder es gab nie etwas Besonderes oder beides. „Ja, sie möchte kommen, so schnell wie möglich." Ich rufe die Frau

[1] *) Frau Weber heißt, wie alle Personen in diesem Bericht, selbstverständlich anders.

Weber an meinem Bildschirm auf. Schwester Katharina geht wieder zur Anmeldung, ich höre sie telefonieren.
Kurz danach steht sie wieder vor meinem Schreibtisch. „Kann ich da schon etwas vorbereiten?“ „Ich mache Ihnen noch eine kurze Liste, was Sie alles so vorbereiten müssen. Wir werden sicher viele verschiedene Abstriche und auch Blut von Frau Weber brauchen. Und das wird uns auch viel Zeit kosten, ich schätze mindestens eine Stunde. Ich brauche Sie hier. Und auch Frau Tharau an der Anmeldung muss bleiben. Unseren Feierabend müssen wir heute alle verschieben.“

Als Schwester Katharina wieder draußen ist, schreibe ich schnell noch den Befund von Frau Schmitts zu Ende und wende mich wieder dem Bildschirm auf meinem Schreibtisch zu.
Ich habe mit Opfern von Gewalt und von Vergewaltigung aus meiner Zeit im Krankenhaus reichlich Erfahrung. Solche Fälle kommen immer ungeplant. Im Krankenhaus meist nachts.
Und immer ist so viel zu bedenken, zu erfragen, zu untersuchen, zu entnehmen und zu notieren dass man unvorbereitet mitunter auch etwas vergisst. Jede Kleinigkeit kann aber wichtig sein. Und man weiß nie, was dann noch so folgt. Manchmal muss man später sogar noch als Zeuge vor Gericht erscheinen. Man hört dann vielleicht vom Verteidiger oder vom Richter den Vorwurf: „Ja, warum haben Sie das denn nicht gemacht?“ Und man wird immer auch nach dem gefragt, was die Frau hier gesagt hat. Da kann jedes Wort wichtig sein. Ob ein Täter vielleicht frei herumläuft oder ob Unschuldiger ins Gefängnis kommt, das hängt manchmal von Kleinigkeiten ab.
Man kann aber nicht jedes vielleicht wichtige Wort und jedes Detail eines jeden Befundes noch nach Monaten oder Jahren im Kopf haben. Darum habe ich schon vor Jahren für solche Fälle in meinem Computer ein Merkblatt hinterlegt, mit allen Fragestellungen zu solch einem Fall, mit Platz für Notizen, mit einer Liste aller Abstriche und Blutproben; Checkliste, Kontrollblatt und Notizblatt zugleich. Am Anfang

steht der Behandlungsvertrag, am Ende die Aussagegenehmigung.
Ich sehe mir am Computer erst einmal die Datei von Frau Weber an. Ja, sie war vor eineinhalb Jahren das erste mal hier, zur Vorsorge. Damals ging es auch um Verhütung, sie hat sich da auch die Antibabypille verschreiben lassen. Ein halbes Jahr später brauchte sie nur ein Pillenrezept. Und vor einem halben Jahr war sie wieder zur Vorsorge hier. Da wollte sie aber keine Pille mehr. Nichts Besonderes.
Als nächstes rufe ich mir das Merkblatt auf. Weil die Personalien von Frau Weber schon bekannt sind, hat der Computer die an den richtigen Stellen schon eingetragen. Das heutige Datum auch. Ich drücke auf das Feld „Print" und der Drucker spuckt fünf Seiten aus. Schnell ist die Liste für die Schwester geschrieben, mit allen Abstrichen und Blutbefunden, die vorzubereiten sind. Wo vielleicht Verletzungen, Schleif- oder Würgespuren vorhanden sind, da braucht es vielleicht auch noch eine Fotodokumentation. Also lege ich noch ein Bandmaß bereit und hole mein Handy aus dem Schrank.

Aber da sitzt noch eine Frau im Wartezimmer. Ich nehme mir ihre Akte und blättere sie kurz durch. Eigentlich wäre bei ihr die jährliche Vorsorge wieder dran. Sie hat sich aber wegen Beschwerden angemeldet.
„Frau Gott. Guten Tag. Bitte kommen Sie jetzt zu mir."
Frau Gott kommt in mein Sprechzimmer und nimmt vor dem Schreibtisch Platz. Wir kennen uns seit Jahren, sie ist mit den Räumlichkeiten gut vertraut.
„Ich habe Beschwerden in der Brust." „Welche Seite tut weh?"
„Beide Seiten. Seit Montag." Sie nimmt mir meine zweite Frage vorweg.
„Wann war denn die letzte Regel?" „Moment bitte. Ich glaube, so vor zwei Wochen. Ja, genau, am Siebenten."
„War die Regel immer pünktlich?" „Ja, da könnte ich die Uhr nach stellen."
„Gab es in den letzten Monaten sonst irgendetwas, Krankheiten, Unfälle oder dergleichen?"

„Nein. Nichts."
„Und haben Sie in letzter Zeit vielleicht Medikamente genommen?" „Nein, keine. Ich hatte ja nichts."
„Gut. Dann machen Sie bitte den Oberkörper frei."
Die Untersuchung zeigt keine Auffälligkeiten. „Bitte setzten Sie sich hier." Ich zeige auf den Hocker vor dem Ultraschallgerät. Mit dem Schallkopf fahre ich über die Brust und in die Achselhöhlen. In der einen Brust sehe ich eine kleine Zyste, in der anderen zwei. „Die drei Zysten kennen wir schon. Die haben sich aber im Vergleich zum letzten Jahr nicht verändert."
Frau Gott sieht mich fragend an. „Aber warum tut es seit Montag weh?"
„Das kann auch ganz andere Gründe haben, das kann manchmal auch von den Eierstöcken kommen. Sind Sie auch auf die gynäkologische Untersuchung vorbereitet?"
Frau Gott schüttelt den Kopf. „Kann ich vorher noch einmal zur Toilette gehen?" „Ja, selbstverständlich. Ich warte hier solange."
Kurze Zeit später ist sie wieder da und zieht sich aus. Ich rufe Schwester Katharina und sage zu Frau Gott: „Bitte legen Sie sich zur Untersuchung schon hin".
Bei der Untersuchung ergibt sich schon ein erster Verdacht. Die Ultraschalluntersuchung zeigt dann, was ich vermutet habe, eine Zyste am Eierstock, nicht all zu groß, auch nicht prall, aber doch überdeutlich. Und neben der Zyste sehe ich eine kleine flüssige Straße, da fließt ein Sekret.
„Hier, schauen Sie einmal." Ich deute auf den großen Bildschirm. Der hängt unter der Decke, sie hat ihn vor Augen.
„Eine Zyste. Die macht auch Hormonstörungen. Das ist die Ursache für Ihre Beschwerden. ... Bitte kommen Sie erst einmal herunter. Und Sie können sich auch wieder anziehen. Und dann setzen Sie sich bitte wieder an den Schreibtisch." Wieder so eine Floskel.
Dort erkläre ich ihr die Zusammenhänge. „Ich weiß natürlich, man denkt bei solchen Beschwerden immer zuerst an Brustkrebs. Nein, das ist es sicher nicht. Sie haben eine sogenannte Mastopathie." Und die erkläre ich ihr. „Und Sie haben auch am linken Eierstock eine Zyste. So eine Zyste

macht oft Hormonstörungen, oft reagiert die Brust da zuerst. Gerade bei einer Mastopathie ist die Brust empfindlich, im Zyklus, beim Sport, auf Druck, bei manchen Pillen und auch bei solchen Hormonstörungen."
Frau Gott sieht mich sichtlich erleichtert an.
„Ich habe den Eindruck, dass Ihre Zyste einen kleinen Riss hat, dass sie gerade ausläuft. Wenn so eine Zyste immer größer wird, dann macht sie manchmal so große Bauchschmerzen, dass man sogar operieren muss. Wenn so eine Zyste aber langsam eintrocknet oder ausläuft, dann passiert nichts mehr." Und ich erkläre ihr noch manche Einzelheiten. „Ich habe keinen Krebsverdacht. Eine akute Gefahr für Ihre Brust sehe ich auch nicht. Und die Zyste am Eierstock ist vermutlich bald ausgelaufen und verschwunden. Da werden Ihre Brustschmerzen dann auch nachlassen."
Frau Gott sieht mich fragend an. „Bitte kommen Sie in vier Wochen noch einmal vorbei. Lassen Sie sich draußen schon einen Termin geben." Schon wieder so eine Floskel.
„Danke." Frau Gott verlässt erleichtert das Sprechzimmer.

Schwester Katharina kommt wieder herein. „Frau Weber ist jetzt da." „Allein oder in Begleitung?" Manchmal kommt in solchen Fällen auch eine Freundin oder eine Polizeibeamtin mit.
„Allein." „Gut, dann geben Sie mir die Karteikarte bitte herein. Frau Weber ist gleich dran." Draußen sage ich noch kurz zu Frau Tharau an der Anmeldung „Bitte rufen Sie meine Frau noch an, es wird heute später."
Dann sitzt mir Frau Weber gegenüber. Ein wenig blass. Aber äußerlich unversehrt. Nur die Augen liegen tiefer.
„Bitte erzählen Sie erst einmal."
Frau Weber blickt starr nach unten, auf ihre Hände, die sie im Schoß zu liegen hat. Einen Moment nur sieht sie hoch. „Ich bin heute Nachmittag vergewaltigt worden." Frau Weber spricht sehr deutlich, mit einem leicht norddeutschen Akzent, langsam, jedes Wort abwägend.
„Ich kam vom Einkauf, schließe gerade mein Rad im Hausflur an und will meine beiden Taschen nehmen. Da kommt von draußen der Nachbar vom ersten Stock, sieht mich und

greift sich die Taschen und geht damit vor mir die Treppe hoch. Ich wohne im dritten Stock. Ich dachte, er will mir helfen und gehe hinterher. Der Mann war immer so freundlich, immer wenn ich ihn Treppenhaus traf, versuchte er, ein Gespräch anzufangen. Diesmal ging er wortlos vor mir nach oben bis zum dritten Stock und stellte die Taschen genau vor meine Wohnungstür. Der muss genau gewusst haben, welche Tür das ist. Als ich die Tür aufgeschlossen hatte und mich bedanken wollte, da griff er sich noch einmal die Taschen und ging einfach in meine Wohnung. In der Küche stellte er die Taschen auf den Tisch und fing plötzlich an zu reden."

Ich lasse Frau Weber erst einmal erzählen und unterbreche sie nicht.

„Er sagte ‚Hast Du nicht vielleicht einen Cognac für mich?' Schon das Du störte mich. Und als ich den Kopf schüttelte ‚Oder ein Bier? Als Dankeschön?' Und als ich wieder den Kopf schüttelte ‚Oder ein anderes Dankeschön?' Und als ich ihm sagte, er soll nun gehen, da wurde er aufdringlich und kam mir immer näher. Dann wollte er mich küssen; ich merkte, dass er schon etwas getrunken hatte. Da ahnte ich plötzlich etwas und stieß ihn weg, immer wieder und immer wieder. Und ich sagte wieder ‚Lassen Sie das! Lassen Sie mich! Gehen Sie endlich!´ Aber der Kerl wurde immer aufdringlicher, umklammerte mich dann. Dann schleifte er mich in mein Schlafzimmer. Dort hat er mich auf das Bett gestoßen und mir den Rock hochgezogen."

„Haben Sie nicht geschrien oder sich gewehrt?"

„Schreien wäre sinnlos gewesen, das Fenster war zu. Und die Nachbarn sind doch alle arbeiten. Niemand hätte mich gehört."

„Und, haben Sie sich gewehrt?" „Natürlich habe ich mich gewehrt. Aber der war so groß, ich konnte ihn nicht abwehren. Und dabei hat er mich auch angeschrien: ‚Wenn du nicht stillhältst, bringe ich dich um!` Ich hatte solche Angst. Es war entsetzlich. Und dann hat er mir den Slip heruntergezogen, sich die Hose aufgemacht und sich auf mich geworfen. Ich hatte so viel Angst, ich war wie gelähmt. Die

Hände hat er mir trotzdem immer festgehalten. Was sollte ich denn machen?“
Frau Weber geht in sich, legt eine Pause ein.
„Bitte erzählen Sie weiter.“
„Und dann ist er in mich eingedrungen. Es war einfach schrecklich. Und dabei auch diese eklige Alkoholfahne und dieser piekende Bart und dieses schreckliche Stöhnen! Und dabei hat er nochmal gesagt: ‚Wenn du nicht stillhältst, bringe ich dich um!´ Ich hatte solche Angst!“
„Frau Weber, ich weiß, meine Fragen belasten Sie, aber ich muss sie stellen. Kam es dann auch zum Samenerguss?“
„Ja. Später. Es hat eine Ewigkeit gedauert. Dann ist er einfach zusammengesackt und lag so schwer auf mir. Aber meine Hände hat er immer noch nicht losgelassen.“
Ich will nicht weiter nachfragen. Das, was ich als Arzt wissen muss, das weiß ich nun.
Trotzdem sprudeln noch viele Einzelheiten aus ihr heraus. „Und bevor er ging, da sagte er noch: ‚Das bleibt aber unter uns! Wenn du zur Polizei gehst, mache ich dich fertig!´“
„Und, waren Sie schon bei der Polizei?“ Sie schüttelt den Kopf.

Schließlich muss ich sie sogar unterbrechen. „Frau Weber, nun ziehen Sie sich bitte zur Untersuchung aus. Bitte machen Sie zuerst den Oberkörper frei.“
„Warum denn das?“
„Ich muss mich überzeugen, ob da vielleicht Verletzungen sind. Das kann später vor Gericht für Sie wichtig sein.“
Nein, da ist nichts, keine blauen Flecke, keine Verletzung. Nichts, gar nichts. Auch nicht am Rücken. Auch nicht am Gesicht oder am Hals oder an der Brust. Auch keine Saughämatome; der Volksmund spricht von Knutschflecken. Nichts.
„Bitte zeigen Sie mir noch Ihre Hände.“ Da sind die erwarteten Spuren an beiden Handgelenken, Petechien, punktförmige Unterblutungen.
„Danke. Sie können sich wieder anziehen. Aber machen Sie sich dann bitte noch zur weiteren Untersuchung frei und legen sich dort auf den Untersuchungsstuhl. Sie kennen das

ja." Auch da sehe ich äußerlich keine Verletzungen. Die sind ohnehin nicht zu erwarten; ich weiß ja, dass Frau Weber keine Jungfrau mehr ist. Aber mir kommt sofort ein typischer, süßlicher Geruch entgegen.

„Die Abstriche!" Die Schwester reicht sie mir nach und nach alle zu, sie hat es gut vorbereitet. „Jetzt den mit der warmen Kochsalzlösung!" Nur darin bleiben Spermien mobil.
„Große Tupfer! Viele!" Ich entferne danach erst einmal gründlich das Sperma. „Betaisodona!" Das Mittel wirkt gegen viele Krankheitserreger und tötet eventuell noch verbliebene Spermien.
Aber die Untersuchung geht noch weiter. Allerdings finde ich auch dabei nichts Krankes.
„Bitte bleiben Sie noch liegen, ich muss noch mit Ultraschall nachsehen." „Warum denn das?"
„Es könnte innere Verletzungen geben. Und außerdem muss ich sicher sein, dass Sie nicht schwanger sind."
„Ich bin nicht schwanger. Ich habe mich doch schon vor einem halben Jahr von meinem Freund getrennt."
Nun, auch die Ultraschalluntersuchung zeigt nichts Krankes, auch keine Schwangerschaft.
„Sie können jetzt herunterkommen und sich wieder anziehen. Inzwischen sehe ich mir die ersten Abstriche an." Wieder so eine übliche Redewendung.
Nein, die ersten Abstriche sehen unter dem Mikroskop ganz gesund aus, ich sehe nur ganz normale Zellen, keine Krankheitserreger. Aber im letzten Abstrich sehe ich, wohin ich nur blickte, lebhaft zappelnde Spermien. In Massen. Da gibt es keinen Zweifel an einem kürzlich stattgefundenen Geschlechtsverkehr.
„Wann war denn Ihr letzter Geschlechtsverkehr?" „Na dieser, heute Mittag."
„Nein, den meine ich nicht, den letzten davor?"
„So vor einem guten halben Jahr, noch mit meinem damaligen Freund. ... Aber könnte ich vielleicht heute schwanger geworden sein?"
„Ich habe zwar alles Sperma entfernt, so gut es geht. Inzwischen sind aber schon ein paar Stunden vergangen, da kann

man eine ganz frische Schwangerschaft doch letztlich nicht hundertprozentig verhindern." „Ja, und nun?" „Ich mache Ihnen noch ein Rezept fertig, für die ‚Pille danach'. Vorsichtshalber."
„Könnte er mich vielleicht angesteckt haben?"
„Das kann man heute noch nicht feststellen. Möglich ist das schon. Haben Sie vielleicht Ihren Impfpass dabei?"
„Nein, der liegt zu Hause. Aber warum fragen Sie danach?"
„Es geht mir um Hepatitis. Diese Infektion gehört mit zu den sexuell übertragbaren Krankheiten. Vielleicht sind Sie aber geimpft. Wenn Sie wiederkommen, dann bringen Sie Ihren Impfpass bitte mit."
„Und was ist mit Aids?"
„Was Aids und Syphilis und Hepatitis betrifft, da nehmen wir Ihnen nachher noch Blut ab."
„Kann man denn Aids jetzt schon feststellen?"
Ich merke, Frau Weber ist keine Dumme. Ein kurzer Blick auf ihre Karteiklarte zeigt mir, Frau Weber ist eine junge Juristin, Referendarin. Sie kann trotz der schwierigen Situation klar und prognostisch denken.
„Nein, natürlich noch nicht. Aber stellen Sie sich einmal vor, dass er sie angesteckt haben könnte. Da wird er später vielleicht behaupten, nicht er hätte Sie, sondern Sie hätten ihn angesteckt. Die Blutabnahme heute soll uns beweisen, dass Sie bisher gesund waren. Aber denken Sie auch daran, dass die Blutuntersuchung nach einem viertel Jahr, im Oktober, wiederholt werden muss. Erst dann kann man zu einer Infektion etwas Sicheres sagen."
Frau Weber nickt.
„Darf ich Ihre Hände noch fotografieren?"
Sie streckt mir Ihre Hände entgegen. „Bitte, da habe ich nichts dagegen. Aber wozu brauchen Sie das?"
„Nicht ich, Sie brauchen das später. Um das Gericht zu überzeugen. Falls der Nachbar sagt, es sei alles einvernehmlich geschehen." Die Fotos sind schnell gemacht.
„Mein Protokoll, die Laborbefunde und die Ultraschallbilder lege ich erst einmal in Ihre Akte. Die Fotos drucke ich aus und lege sie dazu. Alles für später."

„Ja, was heißt später? Was soll ich denn jetzt machen?"
„Sie holen sich erst einmal die `Pille danach' aus der Apotheke und gehen dann zur Polizei. Dort sagen Sie, dass Sie vergewaltigt wurden und schon beim Arzt waren. Bei der Polizei gibt es erfahrene Kriminalbeamtinnen. Die werden Sie sicher auch noch einmal befragen."
„Und dann?" „Dann wird man Sie wohl nach Hause lassen. Oder nach Hause bringen. Und Ihren Nachbarn erst einmal festnehmen."
Sie sieht mich fragend an. Nickt. Ich merke, dass ihr etwas durch den Kopf geht.
„Ja, wollen Sie ihn denn nachher im Hausflur wieder treffen? Oder morgen? Oder übermorgen?"
Sie schüttelt den Kopf. „Nein. Aber was sollen die Nachbarn über mich denken?"
„Bitte überlegen Sie einmal, was *Sie* denken, wenn Sie ihn im Hausflur wieder treffen würden!"
Frau Weber geht sichtlich wieder in sich. Ich gebe ihr Zeit.
„Und wenn ich zur Polizei gehe, was passiert dann noch so?", fragt sie mich.
„Die Polizei wird Sie befragen und auch ein Protokoll anlegen. Was Ihnen da passiert ist, das war keine Bagatelle, das war ein Verbrechen. Das wissen Sie als Juristin doch noch viel besser als ich. Man wird Ihren Nachbarn, wie gesagt, dann vermutlich festnehmen. Dann kommt es später zum Gerichtsverfahren und der Mann wird dann wohl ein paar Jahre einsitzen."
„Ein Gerichtsverfahren? Das heißt, ich muss da vor Gericht aussagen?“ Der letzte Satz ist mehr Feststellung als Frage. „Ist da vielleicht auch die Presse dabei? Geht das vielleicht auch noch durch die Zeitungen?"
„Das weiß ich nicht.“ Ich hebe leicht die Schultern. Und muss dann doch noch mit dem Kopf wackeln. „Aber das ist durchaus möglich."
„Und die Nachbarn?", fragt sie wieder.
„Für die ist das natürlich Gesprächsthema. Bei solchen Sachen ist die Neugier immer groß. Unter Umständen kommt der eine oder andere sogar noch zum Prozess."
„Und meine Kollegen?“

„Was Ihnen passiert ist, lässt sich dauerhaft nicht verschweigen. Spätestens, wenn Sie als Klägerin oder Zeugin zu Gericht müssen, werden auch die erfahren, was Ihnen passiert ist."
Frau Weber lehnt sich auf ihrem Stuhl zurück, überlegt. Wieder sieht sie nach unten, auf ihre Hände.
Nach einer Weile hebt sie den Blick. „Nein. Das will ich alles nicht. Es ist jetzt schon schlimm genug."
„Möchten Sie vielleicht ein Glas Wasser? Oder einen Kaffee?"
Sie schüttelt den Kopf und sieht sie mich direkt an „Und wenn ich nicht zur Polizei gehe?"
„Dann werden Sie ihn wieder im Hausflur treffen. Und wenn er merkt, dass ihm nichts passiert ist, dann wird er es vielleicht wieder machen, vielleicht wieder und wieder."
„Nein, das will ich nicht."
„Oder er macht es bei einer anderen Frau."
"Nein, das will ich auch nicht. Was soll ich denn nun aber tun?"

Mir fällt wieder der leicht norddeutsche Akzent auf. „Wie lange sind Sie schon hier in Berlin?"
„Seit eineinhalb Jahren." „Und wo kommen Sie her?" „Aus Lübeck." „Und was hat Sie damals hierhergeführt, die Arbeit?"
„Nein, nicht die Arbeit. Die Liebe, mein damaliger Freund."
„Und, was hält Sie heute hier? Haben Sie vielleicht auch hier Familie?" Sie schüttelt den Kopf.
„Haben Sie hier vielleicht die beste Freundin? Oder eine große Karriere vor sich?" Sie schüttelt wieder den Kopf.
„Das Ganze ist doch noch nicht so lange her. Haben Sie schon mit jemandem darüber gesprochen?"
Sie schüttelt den Kopf. Und nochmals. Dann nickt sie langsam „Doch, ich habe vorhin mit Lübeck telefoniert, mit meiner Mutter."
„Kann Ihre Mutter schweigen?" Sie sieht mich mit großen Augen fragend an.
„Ja, ich glaube schon."
„Wenn Ihre Mutter das noch nicht weitererzählt hat, dann

gibt es noch einen dritten Weg. Sie machen erst einmal nichts, gehen nicht zur Polizei. Und Sie vergattern Ihre Mutter zum Schweigen. Absolut, auch innerhalb der Familie.“ Ich spreche bewusst langsam, sie wird Zeit brauchen, das Gesagte zu verarbeiten. „Sie erzählen auch nichts. Nichts. Niemandem. Gar nichts. Aber Sie brechen hier Ihre Zelte ab. Sofort. Und ziehen weit weg. Sofort. Vielleicht erst einmal wieder nach Lübeck. Arbeit werden Sie überall wieder finden. Oder sie ziehen noch weiter weg. Und behalten das Ganze für sich. Für immer."

Und vorsichtig mache ich ihr klar, wie die Leute mit manchen Situationen, die im Leben mitunter vorkommen, umgehen. Ob es Drogen sind oder eine Alkohol-Entziehungskur oder eine überstandene Geschlechtskrankheit, ob es eine außereheliche Beziehung oder ein Kind nach künstlicher Befruchtung ist oder ein Schwangerschaftsabbruch oder auch solch eine Vergewaltigung - wer davon einmal etwas erfahren hat, der vergisst das nicht mehr. Nie. Selbst nach Jahren nicht. Im Leben nicht.

„Wenn Sie wirklich wegziehen, dann dürfen Sie auch niemandem sagen, wohin. Keinem Nachbarn, keinem Kollegen. Die Leute reden. Ihr Nachbar darf auf keinen Fall erfahren, wo Sie dann sind.“ Ich merke, sie hat mich verstanden.

„Auch wenn Sie hier alle Zelte abbrechen, wird es lange dauern, bis Sie das, was Ihnen passiert ist, verarbeitet haben. Aber nur so werden Sie eines Tages wieder frei sein."

Frau Weber sieht mich lange an, nickt langsam, mehrmals. Sie greift nach ihrer Handtasche.

„Bevor Sie gehen, lassen Sie sich bitte auf jeden Fall nebenan noch Blut abnehmen. Inzwischen mache ich Ihnen noch das Rezept fertig."

Mir fällt noch etwas ein. „Sie sind doch berufstätig. Werden Sie denn morgen klar denken können? Hilft es Ihnen, wenn ich Sie für ein paar Tage krankschreibe?“

Sie schüttelt den Kopf.

„Nein, danke, das brauche ich nicht.“

Und nach einer Weile sieht sie mich wieder an. „Danke, Herr Doktor. Ich weiß jetzt, was ich tun muss. Ich glaube, ich

werde diese Stadt hier lange nicht wieder betreten. Und wir werden uns wohl auch nicht wiedersehen. Danke nochmals."
Und damit erhebt sie sich, umarmt mich, wir drücken uns. Uns beiden geht so viel durch den Kopf. Draußen lässt sie sich noch Blut abnehmen. Und schließlich höre ich noch, wie sie die Eingangstür zuzieht.

Wenige Tage später liegen dann die Laborbefunde auf meinem Schreibtisch. Da hat sich keine Infektion, hat sich gar keine Krankheit gezeigt.

Seitdem sind viele Jahre vergangen. Noch immer liegen alle Unterlagen in ihrer Akte, unangetastet und sicher verwahrt. Ich habe Frau Weber nie wiedergesehen. Kein Anwalt, keine Polizei, keine Staatsanwaltschaft hat sich ihretwegen je bei mir gemeldet.
Manche Worte vergisst man im Leben nicht. Nie. So habe ich Frau Weber und das, was sie mir erzählt hat, auch nie vergessen. Seit mehr als zwei Jahrzehnten nicht.

JÜRGEN SCHWALM

Jürgen Schwalm, Dr. med., geb. 29.1.1932 in Leipzig, aufgewachsen in Kiel, Berlin und Österreich.
Abitur in Einbeck. Medizinstudium in Freiburg und Düsseldorf. Staatsexamen und Promotion in Kiel. Von 1965 bis 1996 als Hautarzt in Lübeck niedergelassen.
Artikel über genealogische, mineralogische, medizin-, kunst- und literaturhistorische Themen in Zeitungen und Fachzeitschriften.

Als Einzelveröffentlichungen erschienen:
„Ich musste es auf meine Weise sagen" – Annette Kolb – Leben und Werk (2006);
„Erst Bücher, dann Menschen" – Zur Geschichte der Bücherverbrennungen (2006);
„Eine Reise um das Herz" – Der Schriftsteller Waldemar Bonsels (2006);
„Eine Jugend unter goldenen Türmen" – Gustav Falke – Leben und Werk (2007).
Genealogische Monographien:
Die Nachkommen des Heintz Schwalm von Rückershausen (1974);
Arthur Fitger und Theodor Schwalm (Dokumente einer Künstlerfreundschaft in Bremen, 1997, (Neufassung 2022);
Hedwig und Franziska Dragendorff (Lebensbilder aus dem 19. Jahrhundert, 1997), (Neufassung 2022);
Essays über:
Johann Heinrich Voß, Christian Adolph Overbeck, Clemens Brentano, Emanuel Geibel, Ida Boy-Ed, Ludwig Ewers, Kurt Schwitters, Karl Ernst von Baer, Georg Dragendorff.

Lyrik- und Prosaveröffentlichungen
in zahlreichen Zeitschriften und Anthologien.
Seit 1978 Lektor, von 1985 bis 2003 Herausgeber des Almanachs deutschsprachiger Schriftsteller-Ärzte.
Einzelveröffentlichungen u. a.:
Aus Nimmermehr ein Immermehr (Gedichte, 1977);
Aus den Gebirgen der Schwermut (Gedichte mit Antwortgedichten von Marianne Junghans, 1977);
Drehzeit (Prosalyrik mit Zeichnungen von Günther Kressl, 1978);
Archaische Träume (Inventionen, 1980);
Terminverschiebung (Erzählung, 1981);
Farbwechsel (Wortbilder, 1982);
Schwingen (Worte und Bilder, 1984; mit Abbildungen von Werken von Eva Schwieger-von Alten und Heinrich Schwieger-Uelzen);
Aus Zeit und Raum (Eine Partitur, 1986);
Vernissage (Bilder einer Ausstellung, 1990);
Heute wieder am Helikon (Ein Hörspiel, 1994), erschien 2002 auch als CD (Musik: Matthias Krohn);
Das Schattenspiel der Sonnenuhr (Jahres- und Lebenskreise, 2004), erschien 2007 auch als CD;
Der Lebensbaum (Betrachtungen, 2005, erschien 2008 auch als CD);
Menuett im Park (Fußnoten unter Notenlinien, 2005);
Arm in Arm und Wort für Wort (Gedichte aus sechs Jahrzehnten, 2020);
Wort und Bild und Kunst und Leben (Einfälle zu Vorfällen, 2021).
Weitere Hörbücher:
Wort und Bild und Kunst und Leben (Essay, 2009);
Sekundensilben (Lyrische Texte aus fünf Jahrzehnten, 2011).
Typoskript:
Erinnerungen Teil 1 „Frühe Jahre“ und Teil 2 „Rückblenden – Aufschlüsse und Verwerfungen“.

Vertonungen von Gedichten durch Christoph Klöhn (1979) und Michael Goldstein (1984);
Klavierimprovisationen zu Texten von Jürgen Schwalm durch Hartmut Leistritz (1981);
CD:
Lyrische Impressionen, Klavier-Inspirationen zu Gedichten von Jürgen Schwalm, Rezitation: Ernst-Erich Buder, Musik Christoph Klöhn (2018).
Lesungen im In- und Ausland (u. a. Japan).
Rezitationsveranstaltungen (auch szenisch) mit Texten u. a. von La Fontaine, Oscar Wilde, Kurt Schwitters.
Ausstellungen eigener Bilder (Collagen, Hinterglasmalerei), u. a. in Bad Lippspringe, Burg/Fehmarn, Lübeck, Kiel und Bad Segeberg.
Literatur über Jürgen Schwalm:
Deutsches Ärzteblatt 1980;
Wiebke Dau-Schmidt: „Vernissage" - Jürgen Schwalms neuer Gedichtband, Lübeckische Blätter 1990;
Wilhelm Bortenschlager: Deutsche Literaturgeschichte 3, 1996;
Hermann Hofer: Fragen stellen und in Frage stellen, Lübecker Nachrichten, 2008;
Hermann Hofer: Die vielen Zimmer eines Hauses, Lübecker Nachrichten, 2009;
Jakob Wilder: Wanderer zwischen den Welten, Nordlicht, 2011;
Lothar Hermann Kullack: Malerei hinter Glas – aber trotzdem mit räumlicher Tiefe, Segeberger Nachrichten, 2011;
Hermann Hofer: Der ruhelose Dichter und die verfemte Nonne, Lübecker Nachrichten, 2011;
Hermann Hofer: Ein Dichter, der im Gestern das Heute sucht, Lübecker Nachrichten, 2012;
Hermann Hofer: Arzt-Beruf und Kunst-Berufung, Der Lübecker Autor Jürgen Schwalm wird 85, Lübecker Nachrichten, 2017;
Hermann Hofer: Funkelglück und Seelenqual, Lübecker Nachrichten, 2018;
Petra Haase: Lyrische Lebensreise, Lübecker Nachrichten, 2021;

Hermann Hofer: Wort und Bild und Kunst und Leben, Lübecker Nachrichten 2021;
Jakob Wilder: Die Kunst kann ein Lebenselixier sein, NORDLICHT AKTUELL 2022;
Hermann Hofer: Ein Mann des Zweifels und der Ironie, Lübecker Nachrichten 2022;
Hermann Hofer: Spätes Coming-out eines Dichters, Lübecker Nachrichten 2023.

Internet: juergenschwalm.blogspot.com; dort auch Video-Clips mit eigenen Werken.

Mail: juergen-schwalm@t-online.de

Quodlibet
Von der bunten Vielfalt des Lebens

Eintragungen auf meinem Blog:
http://juergenschwalm.blogspot.com

Johann Wolfgang von Goethe

Goethe, dem bei stets aufgeschlossener Beobachtungsbereitschaft nichts Menschliches fremd blieb, hat sich nicht gescheut, Gewöhnliches, ja Obszönes und Schlüpfriges, auch zu formulieren. Ich gestehe gerne, dass ich von dieser Offenheit schon als Schüler angetan war. Goethe wurde dadurch für mich zu einer Persönlichkeit aus Fleisch und Blut und nicht zu einem auf hohen Kothurnen dahinschreitenden Klassiker, der schließlich, zum Denkmal erstarrt, angebetet werden wollte. Der berühmt-berüchtigte Ausspruch des Götz von Berlichingen wurde schon so häufig zitiert, dass ich hier nicht nochmals auf ihn eingehen möchte. Dabei wird oft eine Szene im gleichen Drama übersehen (3. Akt „Wald an einem Morast"), wo ein Reichsknecht einem anderen erzählt, dass er sich in die Büsche schlagen musste, weil er an einem Übel, das man getrost als Scheißerei bezeichnen muss, befallen war. Von dieser Stelle war ich als Junge begeistert, denn ich hatte bislang selbst in vielen naturalistisch abgefassten Romanen Hinweise vermisst, dass der Mensch körperlichen Funktionen und Forderungen unterworfen ist, denen nachzugeben er gezwungen ist bzw. die er regelmäßig erledigen muss. Nebenbei: Ich erinnere mich, dass ich als Sechsjähriger meine Mutter fragte, was denn die Engel machen, wenn sie einmal müssen, worauf meine Mutter antwortete: „Die verkneifen es!"
Im letzten Schuljahr vor dem Abitur lasen wir Goethes Faust I und II, wobei ich mich mit Vergnügen auf die Walpurgisnacht-Szenen im Faust I einließ. Zur gleichen Zeit hatte ich gerade damit begonnen, zum ersten Mal **Thomas Manns** „Zauberberg" zu lesen. In der ersten Nachkriegszeit hatte mein Deutschlehrer es wohl noch nicht geschafft, die

Literatur der Dichter aufzuarbeiten, die während des „3. Reiches“ verfemt waren. Den Zauberberg schien er nicht gelesen zu haben. Denn meine damalige Frage, ob **Thomas Mann** zu seinem Romantitel durch die Lektüre der Walpurgisnacht-Szenen angeregt wurde, konnte er nicht beantworten. Das war natürlich der Fall. Denn in der Szene **„Harzgebirg Gegend von Schierke und Elend“ spricht das Irrlicht nämlich zu Mephistopheles:**

Ich merke wohl, Ihr seid der Herr vom Haus,
Und will mich gern nach euch bequemen.
Allein bedenkt! Der Berg ist heute zaubertoll,
Und wenn ein Irrlicht euch die Wege weisen soll,
So müsst ihr’s so genau nicht nehmen.

In der Goethischen Walpurgisnacht galoppiert der Text in ungemein saloppen und nicht selten ordinären Formulierungen munter weiter: Da rufen die Hexen im Chor:

Die Hexen zu dem Brocken ziehn.
Die Stoppel ist gelb, die Saat ist grün.
Dort sammelt sich der große Hauf!
Herr Urian sitzt oben auf.
So geht es über Stein und Stock,
Es f – t die Hexe, es st – t der Bock.

Je höher sich der ekstatische Hexentanz aufschaukelt, desto mehr häufen sich die sexuellen Anspielungen: Hexen im Chor:

Der Weg ist breit, der Weg ist lang,
Was ist das für ein toller Drang?
Die Gabel sticht, der Besen kratzt,
Das Kind erstickt, die Mutter platzt.

Der Hexenmeister ruft mit dem halben Chor:

Wir schleichen wie die Schneck' im Haus,
Die Weiber alle sind voraus.
Denn geht es zu des Bösen Haus,
Das Weib hat tausend Schritt voraus.

Die andere Chorhälfte fällt ein:

Wir nehmen das nicht so genau,
Mit tausend Schritten machts die Frau;
Doch, wie sie auch sich eilen kann,
Mit einem Sprunge machts der Mann.

Faust, mit der jungen Schönen tanzend, fährt fort:

Einst hatt' ich einen schönen Traum;
Da sah ich einen Apfelbaum.
Zwei schöne Äpfel glänzten dran,
Sie reizten mich, ich stieg hinan.

Die Schöne ergänzt:

Der Äpfelchen begehrt ihr sehr.
Und schon vom Paradiese her.
Von Freuden fühl ich mich bewegt,
Dass auch mein Garten solche trägt.

Mephistopheles tanzt mit der Alten:

Einst hatt' ich einen wüsten Traum;
Da sah ich einen gespaltnen Baum,
Der hatt' ein - - -;
So – es war, gefiel mir' s doch.

Die Alte:

Ich biete meinen besten Gruß.
Dem Ritter mit dem Pferdefuß
Halt' er einen - - bereit,
Wenn er - - - nicht scheut.

In unserer Klasse hatten wir einen Schüler, der unseren Deutschlehrer in Verlegenheit setzen wollte. Er fragte deshalb: „Das mit den Äpfelchen kapier ich nicht!". Aber da war er denn doch an den Falschen geraten. Denn der Deutschlehrer sagte ganz trocken zu ihm: „Stell dich doch nicht dümmer an, als du bist!" Ich sehe noch, wie die Ohren des Schülers rot anliefen, als er sich hinsetzte.
Die einzigartige Bedeutung, die Goethes Faust-Dichtung in der Weltliteratur einnimmt, konnte ich freilich noch nicht während er Schulzeit, sondern erst nach eigenen Lebenserfahrungen erfassen.
Goethe machte aus seinem Herzen nie eine Mördergrube und äußerte sich in seinen Reiseberichten oft sehr freimütig, was seiner Umgebung nicht immer zusagte. So schreibt er in seiner **Italienischen Reise**, dass er am Gardasee eine Herberge betrat und den Wirt fragte, wo er denn hier einmal könne? Der Wirt gab mit vager Gebärde den Hinweis: „Da unten!"- Goethe wollte es denn doch etwas präziser wissen und fragte nach: „Wo da unten?" Der Wirt antwortete: „Überall da unten!" Das zu berichten, fanden einige Damen seiner Weimarer Umgebung doch reichlich ordinär und degoutant. -
Viele seiner **venezianischen Epigramme**, über deren harmlose Erotik wir heute lachen, wurden zu seiner Zeit als ungehörig getadelt; und noch zu meiner Jugendzeit wurden die Epigramme als Schullektüre für ungeeignet erklärt.
In der Schule lasen wir alle „bedeutenden" Gedichte und Balladen Goethes und lernten sie zum Teil noch auswendig, wobei wir sie nicht selten persiflierten. Als ehemaliger Berliner hatte ich große Schwierigkeiten, „mir" und „mich" zu unterscheiden, war aber andererseits auch stets bereit, als eifriges Mitglied unseres Schultheaters Gedichte

melodramatisch vorzutragen. Dabei erntete ich einmal großes Gelächter, als ich in der Aula unseres Gymnasiums beim Vortrag des Erlkönigs mit Emphase ausrief: „Mein Vater, mein Vater, jetzt fasst er mir an! Erlkönig hat mich ein Leids getan!“ Goethe hat aber auch viele Gedichte in die Gesamtausgabe seiner Werke aufgenommen, die in der Schule keine Beachtung fanden, die ich aber später für mich mit Begeisterung auswendig lernte und noch heute gerne vortrage.
Dazu gehörte das Gedicht **Beruf des Storches**, das heute von den Naturschützern getadelt wird:

Der Storch, der sich von Frosch und Wurm
An unserem Teiche nähret,
Was nistet er auf dem Kirchenturm?
Wo er nicht hingehöret?
Dort klappt und klappert er genug,
Verdrießlich anzuhören,
Doch wagt es weder Alt noch Jung,
Ihm in das Nest zu stören.
Wodurch – gefragt mit Reverenz –
Kann er sein Recht beweisen?
Als durch die löbliche Tendenz
aufs Kirchendach zu ...

Die Frösche

Ein großer Teich war zugefroren;
Die Fröschlein, in der Tiefe verloren,
Durften nicht ferner quaken noch springen,
Versprachen sich aber im halben Traum,
Hätten sie nur nach oben Raum,
Wie Nachtigallen wollten sie singen.
Der Tauwind kam, das Eis zerschmolz,
Nun ruderten sie und landeten stolz,
Und saßen am Ufer weit und breit.
Und quakten wie vor alter Zeit. –

Hübsch sind auch die folgenden Gedichte:

Schneider-Courage

„Es ist ein Schuss gefallen!
Mein; sagt, wer schoss dadraus?"
Es ist der junge Jäger,
Der schießt im Hinterhaus.
Die Spatzen in dem Garten,
Die machen viel Verdruss,
Zwei Spatzen und ein Schneider,
Die fielen von dem Schuss,
Die Spatzen von den Schroten,
Der Schneider von dem Schreck;
Die Spatzen in die Schoten,
Der Schneider in den ...

Geständnis

A. Du toller Wicht, gesteh nur offen:
Man hat dich auf manchem Fehler betroffen.
B. Ja wohl! Doch macht ich ihn wieder gut.
A. Wie denn?
B. Ei, wie's ein Jeder tut.
A. Wie hast du denn das angefangen?
B. Ich hab´ einen neuen Fehler begangen;
Darauf waren die Leute so versessen,
Dass sie den alten gern vergessen.

Die Auswahl könnte ich noch weiter fortsetzen, doch fordere ich Sie gerne auf, sich selbst auf Entdeckungsreise durch Goethes Gesammelte Werke zu begeben.

*

Goethe denunziert

Johann Wolfgang von Goethe schrieb im März 1811 an das Landes-Polizeikollegium Weimar (zitiert nach Albert Haueis „Briefe deutscher Klassiker", 1941):

Ganz gehorsamstes Promemoria.

Nach der älteren, erst vor Kurzem unter dem 26. Februar erneuerten Polizeiverordnung, welche den Herrschaften zur Pflicht macht, die Dienstboten nicht bloß mit allgemeinen und unbedeutenden Attestaten zu entlassen, sondern darin gewissenhaft ihr Gutes und ihre Mängel auseinanderzusetzen, habe ich der **Charlotte Hoyer,** welche als Köchin bei mir in Diensten gestanden, als eine der boshaftesten und inkorrigibelsten Personen, die mir je vorgekommen, ein, wie die Beilage ausweist, freilich nicht sehr empfehlendes Zeugnis bei ihrem Abschiede eingehändigt.
Dieselbe hat sogleich ihre Tücke und Bosheit noch dadurch im Übermaß bewiesen, dass sie das Blatt, worauf auch ihrer ersten Herrschaft Zeugnis gestanden, zerrissen und die Fetzen davon im Hause herumgestreut; welche zum unmittelbaren Beweis gleichfalls hier angefügt sind.
Ein solches gegen die Gesetze wie gegen die Herrschaften gleich respektwidriges Benehmen, wodurch die Absichten eines hohen Polizeikollegii sowohl als der gute Wille der einzelnen, den vorhandenen Gesetzen und Anordnungen nachzukommen, fruchtlos gemacht werden, habe nicht verfehlen wollen sogleich hiermit schuldigst anzuzeigen und die Ahndung einer solchen Verwegenheit einsichtsvollem Ermessen anheimzugeben; wobei ich noch zu erwähnen für nötig erachte, dass es die Absicht gedachter Hoyer war, in die Dienste des hiesigen **Hofschauspielers Wolff**[1] zu treten.

Beilage

Charlotte Hoyer hat zwei Jahre in meinem Hause gedient. Für eine Köchin kann sie gelten und ist zuzeiten folgsam, höflich, sogar einschmeichelnd. Allein durch die Ungleichheit ihres Betragens hat sie sich zuletzt ganz unerträglich gemacht. Gewöhnlich beliebt es ihr nur nach eigenem

[1] Gemeint ist der Schauspieler und Schriftsteller Pius Alexander Wolff (1782-1828), der 1803 nach Weimar kam und durch Goethe gefördert wurde.

Willen zu handeln und zu kochen; sie zeigt sich widerspenstig, zudringlich, grob und sucht diejenigen, die ihr zu befehlen haben, auf alle Weise zu ermüden. Unruhig und tückisch verhetzt sie ihre Mitdienenden und macht ihnen, wenn sie nicht mit ihr halten, das Leben sauer. Außer anderen verwandten Untugenden hat sie noch die, dass sie an den Türen horcht. Welches alles man, nach der erneuten Polizeiverordnung, hiermit ohne Rücksicht bezeugen wollen.

*

Über das Menschliche im Göttlichen

Es ist das Menschliche im Göttlichen, was uns an der Verhaltensweise der alten griechischen Götter bewegt und fasziniert. Die Götter liebten und hassten wie wir. Dass sie nicht sterben mussten, war das Wesentliche, was sie von den Menschen (und allen lebenden Kreaturen) unterschied. Die Unsterblichkeit ersehnen sich die Menschen so sehr, dass sie die komplizierten Gedankengebäude der Religionen erfanden, mit denen sie sich trösten wollten. Die Künstler zeigten in den Gesichtern der Götter menschliche Leidenschaften, damit die Menschen sehen konnten und darauf vertrauen sollten, dass die Götter ihre Nöte, Wünsche und Erwartungen verstehen. Die griechischen Götter der Antike waren erreichbar und ansprechbar, die Aktionen des über allem thronenden, unerreichbar fernen, nicht abzubildenden Gottes der Christen waren dagegen nicht nachvollziehbar und -zugespitzt formuliert- unmenschlich. Dass alle Götter diktatorisch handelten, sahen die Menschen noch am ehesten ein, weil sie selbst von jeher die unerbittlichsten Diktatoren waren, auch wenn sie sich für überzeugte Demokraten hielten.

*

Bachs Bibel

Das Überraschungsphänomen der Wiederentdeckungen. Es ist immer noch möglich, dass längst verloren Geglaubtes auftaucht. Im Nachlassverzeichnis Johann Sebastian Bachs von 1750 wird die dreibändige, von Johann Abraham Calovius kommentierte Bibelausgabe Luthers von 1681 aufgeführt. Das Exemplar galt als verloren, aber „habent sua fata libelli", wie Terentius Maurus sagte. 1969 wurde das Buch erstaunlicherweise in einer amerikanischen Bibliothek wiedergefunden. Es trägt den eigenhändigen Besitzvermerk Bachs **JSBach 1733** und somit blieb als einziges im Nachlass erwähntes Werk wenigstens Bachs Bibel erhalten. Welch großer Trost, dass nicht doch alle Bücher am Ende zum Einwickeln von Heringen zerrissen, in den Ofen gestopft oder als Tapetenunterlage verkleistert wurden, denn das war nicht so selten ihr Schicksal. Den Fund der Bibel verdanken wir Christoph Trautmann, der darüber Studien publizierte. Das Exemplar ist deswegen für die Forschung so wertvoll, weil Bach es mit Eintragungen und Unterstreichungen versah. Die schönste Randbemerkung machte Bach im 2. Buch der Chronik Kapitel 5 bei Vers 13 **Und es war, als wäre es einer, der drommetete und sänge, als hörte man eine Stimme loben und danken dem Herrn. Und da die Stimme sich erhob von den Drommeten, Zimbeln und Saitenspielen und von dem Loben des Herrn, dass er gütig ist und seine Barmherzigkeit ewig währet, da ward das Haus des Herrn erfüllt mit einer Wolke.**

Bach schrieb daneben:

Bey einer andächtig Musig ist allzeit Gott mit seiner Gnaden Gegenwart.

Diesen Ausspruch hat Karl Geiringer in seinem Buch „Johann Sebastian Bach" (Beck-Verlag München 1971) der Werkbeschreibung vorangestellt.

*

Der Mann

Vor Jahrzehnten wurde ich von meiner Freundin Eva Schwieger mit einem für die heutige Zeit kuriosen vierbändigen Buch beschenkt:

Der Mann. Ein anthropologisches Charaktergemälde seines Geschlechts. Ein Gegenstück zu der Charakteristik des weiblichen Geschlechts. Von Carl Friedrich Pockels, Herzogl. Braunschw. Lüneburg. Hofrathe, Canonicus des Stifts St. Blasii zu Braunschweig. Hannover, in der Ritscherschen Buchhandlung, 1805 - 1808.

Karl Friedrich Pockels (1757-1814) war Erzieher der beiden jüngsten Söhne des Herzogs Karl Wilhelm Ferdinand von Braunschweig (1735-1806). Pockels verfasste populäre psychologische und pädagogische Werke, u.a. zur Kinderpsychologie und zur Psychologie der Geschlechter. Vorangegangen war der **Versuch einer Charakteristik des weiblichen Geschlechts. Ein Sittengemälde des Menschen, des Zeitalters und des geselligen Lebens (1797-1801).**

Es folgt hier ein Zitat aus dem 1. Band **Der Mann**:

Die Geschichte älterer und neuerer Zeiten nennt uns eine Menge Helden und unsterblich großer Männer, deren bewunderungswürdiger Thaten- und Denkgeist in eine kleinliche, zartgebauete Körperform eingeschlossen war, und von der Zerbrechlichkeit seines Wohnhauses nicht wenig dulden musste. Überhaupt scheint auch nur mittelmäßige Größe des Körpers dem **höhern Genie** günstig zu seyn, und die Region derselben unter männlichen **Colossen** auf eine auffallende Art zu verschwinden. Die physische Schwerfälligkeit und Langsamkeit der letztern geht meisten Theils auch in ihre Denkkraft und ihren Charakter über, und die Natur scheint sie mehr zur Parade, als zur Verherrlichung ihrer thätigern Kräfte, hingestellt zu haben. **Als Gelehrte** sind sie gemeiniglich nur – Magazinköpfe, Sammler, Lexicographen, vielleicht sehr fleißige Arbeiter; aber unendlich selten – scharfe Selbstdenker. **Als Krieger** trauet man ihnen nicht viel Muth zu, weil dieser mit einer gewissen Leichtigkeit und Schnellkraft des Körpers in Verwandtschaft steht, und weil sie aus eitler Vorliebe für den hoch hervorragenden Körper zu sehr seine Verstümmelung fürchten. **Als Ehemänner** sind sie fast immer die passiven Sclaven ihrer Frauen, weil jene Riesen gemeiniglich von einer sehr materiellen Sinnlichkeit beherrscht werden, und aus Mangel eigener Bewegbarkeit sich gern **bedienen** lassen, wodurch ihre eigene Dienstbarkeit nur desto entschiedener wird. **Als Menschen** überhaupt sind sie nicht selten fade, langweilige und weibische Figuranten, die überall, vermöge ihrer Riesenfigur, und allein durch dieselbe, die Herzen der Weiber zu gewinnen glauben; aber gemeiniglich von diesen im Hintergrunde belacht werden. Es ist hier der Ort nicht, die übrigen Eigenthümlichkeiten dieser Menschen, ihre Neigung zum Possierlichen und Comischen, selbst in Miene und Geberdung, (worin sie mit zu **kleinen** Körpern viel Ähnlichkeit haben) oder auch das andere Extrem, die Huldigung fordernde Feyerlichkeit ihres Äußern, in so fern es von der Plumpheit ihrer Körpermasse und des Geistes hervorgebracht wird, zu erläutern. In allen Fällen scheint die Natur für die zart gebaueten Organisationen mehr, als für ihre **Flügelleute** gesorgt zu haben.

*

Julius Roderich Benedix

Julius Roderich Benedix (1811-1873) war ein deutscher Komödiendichter, Schauspieler und Theaterdirektor. Er verfasste das Schauspiel „**Das bemooste Haupt**“, das 1839 in Wesel uraufgeführt und 1840 nach der Aufführung in Königsberg in Deutschland und auch im Ausland zu einem ebenso großen Erfolg wurde wie Benedix‘ 1842 in Hamburg uraufgeführtes Stück „**Doctor Wespe**“.
Benedix publizierte (in Leipzig, Verlag Gustav Pönicke, ohne Datum) das Buch: **Die Ehestandskunst** unter dem Namen Benedix Roderich.

Zitat:
Keine Waffe aus der ganzen Rüstkammer des weiblichen Geschlechts ist so unheilbringend für uns Männer, als diejenige, die aus allen dagewesenen langwierigen ehelichen Zwisten als das „Schmollen“ bekannt geworden ist. Die Stimme erheben und mit einem Füßchen stampfen, könnte man mit dem Gebrauch des Ober- und Untergewehrs vergleichen; Krämpfe, Ohnmachten, Migraines als die Feldschlangen des weiblichen Belagerungsgeschützes ansehn; Thränenvergießen ihr Breschelegen nennen; ihr auf den Hals fahren ist ihr Breschelaufen. Allein das Schmollen – das ist das langwierige vor dem Platz Liegen, ist – um ihn zur Capitulation zu zwingen – die Aushungerung des Feindes! Man hat Regenschirme, Lichtschirme, Sonnenschirme, Blitzableiter, Hagelableiter, Feuerversicherungsanstalten, Lebensversicherungsanstalten etc., man errichtete unlängst sogar Versicherungsanstalten für Eisenbahnen. Aber man besitzt noch keinen Schmollschirm, noch keinen Schmollableiter, noch keine Schmollversicherungsanstalten. Eine schmollende Frau ist eine immerwährende Dachtraufe, welche endlich auch den härtesten Geduldstein aushöhlt. Verkleinerungssüchtige behaupten, jede Frau sei anders, jede Frau spreche anders, jede Frau hadre anders, jede Frau schmeichle anders: allein das müssen wir einräumen, alle Frauen schmollen auf gleiche Weise; ihr Schmollen ist die einzig gekannte Universalsprache, denn sie wird verstanden von den Irokesinnen an bis zu den Pariserinnen und Zwenkauerinnen, vom Throne bis zur Hütte ... Wenn eine Frau zankt, so zankt sie blos mit dem Manne; wenn eine Frau aber schmollt, so schmollt sie nicht allein mit dem Manne, sondern mit Allem, was diesem nahe geht. Sie schmollt mit seinem Hunde, mit seinem Reitpferd, mit seinem Pfeifenkopfe, mit seinem Schreibzeug, mit seinem Schlafrocke, mit seinem Lieblingsgerichte, mit seinen Pantoffeln; wenn er ein Künstler ist, schmollt sie mit seinen Gemälden, mit seinen Büsten, mit seinen Rollen, mit seinen Gedichten etc.; sie schmollt nicht nur mit ihm, sie schmollt auch mit seinem verstorbenen Großvater, mit seinem Jugendlehrer, mit seinem Barbier und mit seinem

Hühneraugenoperateur. Der schädliche Einfluß dieses Schmollens erstreckt sich vom Zenith des Mannes d. h. von seiner Schlafmütze an bis zu seinem Nadir, d.h. bis zu seinen Fußsocken hinab...

Nachsatz von Jürgen Schwalm:

Ich habe aber auch viele schmollende Männer erdulden müssen.

*

Voltaire

Es gibt unzählige Anekdoten, die sich um Voltaire (Francois-Marie Arouet, 1694-1778) ranken. Einige besonders bezeichnende stehen in der spannenden Biografie "Die göttliche Geliebte Voltaires - Das Leben der Émilie du Châtelet (1706-1749)" von Samuel Edwards:

1.

Bei einem Empfang bei Madame du Châtelet wurde eine leichte Verlegenheit im Saal bemerkbar, als Voltaire den Bischof von Chauveront begrüßte und sich dabei sehr herzlich nach dem Ergehen des Allmächtigen erkundigte.

2.

Originalton Voltaire: „Das einzig Schöne, das uns bisher hier begegnet ist, das ist die breite, baumbestandene Allee, die vom Eingangstor bis hinauf bis zu dem Schloss Beringhen führt. Ach, und die Gegend ist so karg und die Atmosphäre hier so trübselig, dass Mm. du Châtelet Hunde sich weigern, diese Bäume zu dem von der Natur gewollten Zweck zu benützen."

3.

Eines Morgens erschien Voltaire bei Hofe und zeigte voller Stolz eine Goldmedaille, in die das Bild des Papstes eingraviert war. Sie kam von Benedikt, und als Voltaire, wie er berichtete, sich beschwert hatte, weil sie so klein sei, hatte der Papst ihm geschrieben: „Dies ist die einzige Größe, die wir haben herstellen lassen. Wir könnten Ihnen keine größere geben, auch wenn Sie Petrus selbst wären."

*

Betrachtungen zur Biedermeierzeit

Was mit dem sanften Ausdruck Biedermeierzeit maskiert wurde, war eigentlich die Zeit verheimlichter Rebellionen. (Zitat aus Jürgen Schwalm: Hedwig und Franziska Dragendorff, Lebensbilder aus dem 19. Jahrhundert)

Biedermeier-Sofa

Verstimmte Etüden
werden mit Biskuitkrümeln und Mottenpulver
in die Ritzen verklimpert.
Fischbeinstäbe knacken
Borstenquasten zittern
und das Rosshaar quillt
wenn das Alter verfettet.
Nach dem Daumen-Drehen
folgt der Mittagsschlaf
in klammen Kissen
und die Tugend
hat an trostlosen Träumen
viel zu schnarchen.

*

Historismus

Uromas Schrank

Deutsches Holz ist aus kräftigem Mark.
Die Verzierungen sind gedrechselt
und für die Ewigkeit verschraubt.
Die Fächer lasten eichenstämmig
Die Löwenfüße stampfen kaisertreu
und erdverbunden lutherisch.
Obendrauf hockt Almas Engelskopf als Mitgift.

*

Der Trompeter von Säckingen

In meiner Bibliothek befindet sich die 1896 erschienene Luxusausgabe des **Trompeters von Säkkingen** von **Joseph Victor von Scheffel (1826-1886)** mit den Illustrationen von **Anton von Werner (1843-1915)**. Die Erstausgabe des Buches, dem Scheffel den Untertitel **Sang vom Oberrhein** gab, erschien 1854 in Stuttgart.
Bad Säckingen ist eine Kurstadt im Landkreis Waldshut in Baden-Württemberg. Scheffel wurde zu seinem Werk durch eine historische Begebenheit aus dem 17. Jahrhundert inspiriert, nämlich durch die Liebesbeziehung zwischen dem bürgerlichen Franz Werner Kirchhofer (1633-1690) und der adligen Maria Ursula von Schönau (1632-1691), die bei Scheffel Margareta heißt.
Scheffels „Trompeter von Säkkingen" machte den Ort berühmt; das Werk wurde bearbeitet, dramatisiert, vertont und verfilmt. Das Werk ist zweifellos ein romantischer Sang, doch wird die Romantik an vielen Stellen durch Humor und Ironie entzaubert, nicht zuletzt durch die „tierphilosophischen" Betrachtungen des Katers Hiddigeigei. Auf S. 151 stolpert man über den Vierzeiler:

Denn der Große frisst den Kleinen,
Und der Größte frisst den Großen:
Also löst in der Natur sich
Einfach die soziale Frage.

Anton von Werner ist der Maler des 1877 entstandenen Bildes: „Die Proklamierung des deutschen Kaiserreiches" 1871, das in mehreren Fassungen ausgeführt wurde und große Popularität erlangte. Seine Illustrationen zum Trompeter von Säkkingen entstanden in den 1860ger Jahren.

*

Das sterbende Pferd

Kriege werden nie durch den Sieg einer Nation beendet; auch die Gewinner sind schließlich die Verlierer. Jeder abgelaufene Krieg führt wegen der anschließenden Verhandlungen, die als Kompromisse zwischen den Kontrahenten zwangsläufig scheitern müssen, unmittelbar zum nächsten Krieg.
J.S.
Am letzten Tag der Kampfhandlungen 1945 stolperte das Pferd aus einer sinnlosen Schlacht. Es hatte seinen Reiter verloren und wusste nicht, wo es bleiben sollte. Ich war damals dreizehn Jahre alt und selbst auf der Flucht und sah, wie das Pferd aus dem kalten Morgennebel wie eine Geistererscheinung ganz langsam auf mich zukam, und ich stand und starrte es an und beobachtete, wie es starb.
Der Motor seines Herzens war aus dem Takt geraten und die Schaukellast des Beckens aus dem Gleichgewicht, die Pleuelstangen der Beine stießen an die Steine und der schwere Leib fiel wie von einer Axt gefällt in den Schlamm der von Panzerketten durchpflügten Straße.
Sein wohl schon über Wochen vernachlässigtes Fell war verfilzt von einer Borke aus Kot und Urin.
Kein Wassertropfen am Ende, kein Grasbüschel irgendwo in Sicherheit an einem Weidezaun. Am Ende schrie das Pferd wie ein Mensch. Die Zunge fiel ihm aus dem Maul durch die gebleckten Zähne.
Wenn da bloß nicht noch das Letzte gewesen wäre, dieser Augenblick, von dem ich wusste, dass er mich mein ganzes Leben lang verfolgen würde.
Als ich – selbst hilflos und ausgestoßen - dem Tier ganz nahekam, musste ich in seine großen, dunklen, abgrundtiefen und herzzerreißenden Augen sehen, in denen sich noch einmal der Himmel spiegelte, bevor er sich gnadenlos verschloss.

*

Das Missverständnis

Als wir mit unserer gerade fünf Jahre gewordenen Tochter in Altenau /Harz Urlaub machten, überraschte sie mich, indem sie mit wichtiger Miene verkündete, Altenau sei „voller Mutanten“. Ich staunte zunächst, dass ein so kleines Mädchen ein derartiges gelehrtes Substantiv gebrauchte, und überlegte, welche degenerativen Absonderlichkeiten sie vielleicht beobachtet haben könnte, dann fragte ich aber doch noch einmal genauer nach. Und siehe da: Mein Töchterchen skandierte das Wort noch einmal für den törichten Vater ganz genau: „Muh-Tanten“- wegen der vielen Kühe auf der Wiese neben unserer Pension!

*

Brot und Zirkusspiele

Der Ausdruck „Panem et circenses“ = „Brot und Zirkusspiele“ stammt von dem römischen Dichter Juvenal (ca. 60 - ca. 127 n. Chr.). Das römische Volk kümmerte sich in der Kaiserzeit nicht mehr um die Politik, die Staatsinteressen und das Gemeinwohl. Es ließ sich immer wieder durch Brot und Zirkusspiele bestechen und bei den Magistratswahlen zur entsprechenden Stimmabgabe verleiten.

In Georg Büchmanns „**Geflügelte Worte**“ (dtv 1967) wird dazu folgendes ausgeführt:

Nach Friedländer wurde ähnliches schon früher von der Bevölkerung Alexandriens gesagt. Auf Rom wendet den Ausspruch zuerst Kaiser Trajan (96-117 n. Chr.) an, der nach M. Cornelius Fronto (geb. um 100, gest. um 170 n. Chr.) sagte: „Populum Romanum duabus praecipue rebus, annona et spectaculis, teneri“ = Das römische Volk kann in der Hauptsache nur durch zwei Dinge in Zaum gehalten werden: dass man ihm genügend zu essen gibt und ihm spektakulöse Schauspiele bietet.

Im weitesten und übertragenen Sinn hat diese Aussage bis heute nichts von ihrer Aktualität verloren.

Und: Es wird immer derjenige Sieger, der die Menschen durch Versprechen, die nach der Wahl nicht eingehalten werden, am überzeugendsten täuschen kann.

*

Bücherverbrennungen

In den Lübecker Nachrichten vom 21.04.2023 stand folgende Notiz:
Hamburg liest verbrannte Bücher.
Hamburg. Ein stadtweites Literaturfestival „Hamburg liest verbrannte Bücher" erinnert an die Bücherverbrennungen der Nationalsozialisten im Jahr 1933. Vom 10. Mai bis 10. Juni werden in rund 50 Lesungen, Vorträgen, Ausstellungen, Poetry Slams und Liederabenden die geächteten Autorinnen und Autoren vorgestellt.
2006 erschien in der WFB VERLAGSGRUPPE der Essay von Jürgen Schwalm: Erst Bücher, dann Menschen – Zur Geschichte der Bücherverbrennungen. Daraus folgen hier einige Zitate aus der Einleitung:
Büchervernichtungsaktionen sind keine Erfindung der Nationalsozialisten, wie der Nationalsozialismus ja überhaupt nicht autochthon gewachsen ist, weder in seiner Ideologie noch in seiner Symbolik. Nicht nur die Nationalsozialisten schmückten Gebrauchsartikel und Kunstgegenstände mit dem Hakenkreuz. Als Svastika, abgeleitet von dem Wort „swasti", das im Sanskrit „Glück" bedeutet, ist es seit der Antike nicht nur in Indien, sondern weltweit verbreitet, also nicht nur ein germanisches Zeichen. Das Hakenkreuz spielte längst eine große Bedeutung in der Kunstbetrachtung, bevor die Nationalsozialisten es in der Form des rechtsdrehenden, also in die Zukunft rollenden Sonnen- und Siegesrades in Misskredit brachten. Die Angst vor dem Hakenkreuz war 1945 nach dem Zusammenbruch so groß und hysterisch aufgeheizt, dass sich sogar etliche deutsche Museumsleiter entschlossen, nicht nur die germanischen, sondern auch gleich die griechischen und römischen Fundstücke, die dieses Zeichen trugen, aus ihren archäologischen Sammlungen zu verbannen.

Kunst und Literatur, diese Sammelbecken schöpferischer Kraft und nicht selten selbst wahre Hexenkessel brodelnder Provokation und Opposition, konnten von jeher Opfer einer Inquisition werden, aus welcher Richtung auch immer. Erst eliminiert man die Werke und verstümmelt sie, dann bespuckt man die Künstler und schließlich verbrennt man die diskreditierten Menschen: Das brauchten die Nationalsozialisten nicht zu lernen, das hatte es alles schon längst gegeben.

Der Titel, den ich meinem Bericht voranstelle: „Erst Bücher, dann Menschen", ist ein abgekürztes Zitat aus Heinrich Heines „Almansor". Das 1820/1821 entstandene Werk wurde von Heine selbst als Tragödie bezeichnet, aber eigentlich entzieht sich die Form jeder Definition ...

Natürlich geht es um die Liebe, um die göttliche Liebe auf der einen Seite, aber – wie können wir das bei Heine anders erwarten – vor allem auch um die sehr irdische Liebe zwischen dem Moslem Almansor und der zum Christentum konvertierten Zuleima, die die christliche Kirche als „Hain der Liebe" bezeichnet und die entscheidende Aussage der Handlung formuliert: „Die Erde ist ein großes Golgatha, wo zwar die Liebe siegt, doch auch verblutet." In Heines Tragödie Almansor stehen die im Zusammenhang mit den Bücherverbrennungen häufig zitierten Worte:

Almansor: Wir hörten, dass der furchtbare Ximenes,
Inmitten auf dem Markte, zu Granada,
mir starrt die Zunge im Mund, den Koran
In eines Scheiterhaufens Flammen warf!
Hassan: Das war ein Vorspiel nur, dort wo man Bücher verbrennt, verbrennt man auch am Ende Menschen ...

*

Mathilde Wesendonck

Wenn die Musikhistorie der Familienhistorie begegnet, bleibt vielleicht ein wenig Goldstaub auf der Familienhistorie zurück.

Mein Großvater, der Archäologe Hans Dragendorff, war mit dem Ägyptologen **Friedrich Wilhelm Freiherr von Bissing** (geb. Potsdam 1873, gest. Niederausdorf /Obb 1956) befreundet. Dragendorff und Bissing arbeiteten 1896/97 zusammen in Athen am Deutschen Archäologischen Institut. Bissing wurde später der Patenonkel meiner Mutter Lotte, geb. Dragendorff. Er schenkte ihr neben einem Geldbetrag einen Täbris-Teppich und vor allem einen hübschen Schmuck, den meine Mutter zu besonderen Anlässen trug. Und von wem stammte dieser Schmuck? Von Bissings berühmter Großmutter **Mathilde Wesendonck** (1828-1902). In ihrem Zürcher Salon verkehrten die Größen ihrer Zeit, vor allem aber Richard Wagner. Welch Glücksfall für alle Wagner-Biografen; die Affäre bietet noch immer viel Stoff für Klatsch und Tratsch.

Wagner lernt das Ehepaar Wesendonck 1852 in Zürich kennen. Die schöne Gattin des reichen Kaufmanns bewundert Wagner. Zwischen ihr und dem Komponisten entwickelt sich eine schwärmerische Freundschaft. Die gegenseitige Freundschaft, von Minna Wagner, aber auch von Otto Wesendonck beargwöhnt, ist oft als Anlass für Dichtung und Komposition von Tristan und Isolde bezeichnet worden. Obwohl sich von einer Kausalität dieser Art nicht sprechen lässt, besteht doch ein deutlicher Zusammenhang zwischen den Tatsachen.

(Herbert Barth, Dietrich Mack und Egon Voss: Wagner, 1975)

Mathilde Wesendonck hat auch Gedichte geschrieben. Wagner war von Mathilde so angetan, dass er diese Texte sogar vertonte. Das sind die vieldiskutierten Wesendonck-lieder. Anfangs wurde verschleiert, dass die Gedichte von Mathilde herrührten. Man meinte zunächst, Wagner hätte, wie in seinen anderen Werken, eigene Worte vertont.

Es ist eine eigenartige Vorstellung, annehmen zu dürfen, dass der Schmuck, den meine Mutter besaß, bei Gesellschaften, zu denen erlauchte Geistesgrößen eingeladen wurden, von der Gastgeberin Mathilde getragen worden sein könnte – (vielleicht sogar, als Wagner kam?).

Geld, Teppich und Schmuck sind freilich längst dahin -: Sic transit gloria mundi.

Aber durch Zufall fiel meiner Mutter nach dem Krieg in einem Antiquariat ein Werk von Bissings über altägyptische Geschichte in die Hände. Wie staunte sie, als sie auf der ersten Seite eine Widmung Bissings für meinen Großvater entdeckte: Zur Erinnerung an den Winter 1896/97.

*

Es war einmal

Es war einmal:
Sehnsucht, die sich Träume schuf,
und alle Träume wurden Lieder.
Nun verströmen Verse aus einem Herzen,
das klug ist in seinem Schlaf,
und wir sollten es nicht wecken,
damit es sich und uns träumend erlöst.
Lasst uns nicht länger in den Kathedralen frösteln,
die der Verstand vermessen hat
und deren Kreuzblumen
uns den Himmel doch nicht näherbringen.
Diese aufgetürmten Steine sind der schweigende Tod,
aber das träumende Herz ist das tausendfältige Leben
und spricht für uns aus allen Welten wahr.

(Vorwort von Jürgen Schwalm für Marianne Junghans: „Muscheltraum und Sterngesang“, neusurrealistische Gedichte, 1979)

*

Des Sultans Entscheidung

Es war schon tief in der Nacht, als ich mir ein Taxi bestellen ließ, das mich nach Hause bringen sollte. Der Fahrer, der mich beobachtet hatte, wie ich alter Greis den Gehweg heranhumpelte, verstaute mich auf dem Beifahrersitz, indem er mich mehr trug als dass er mich schob, schnallte meinen Gurt fest und fuhr los. Schon nach den ersten Metern streifte mich sein prüfender Blick, der mit einem Lächeln endete: Er hatte dankbar registriert, dass ich geeignet war,

seine Lebensphilosophie anzuhören, die, wie sich bald herausstellte, aus allen Weltreligionen wundersam zusammengefügt war. Die Wegstrecke nach Hause war eigentlich gar nicht so lang, und ich amüsierte mich, dass der Fahrer immer langsamer fuhr, weil er sich die Freude nicht nehmen lassen wollte, mir seine Geschichten ungekürzt vorzutragen. Hinterher dachte ich: Wäre die Mehrheit der Menschen so einsichtsvoll wie dieser Mann, ginge es auf der Welt viel einträchtiger und verträglicher zu.
Zunächst berichtete der Fahrer, dass seine Eltern aus der Türkei nach Deutschland kamen. Dann tippte er auf sein neben dem Steuer montiertes Handy und zeigte mir die Bilder seiner Kinder in unterschiedlichen Alters- und Entwicklungsstadien.
„Ich arbeite und lebe für meine Kinder", sagte er. „Ich versuche, ihnen den richtigen Weg in das Leben zu zeigen, auch wenn sie es mir jetzt noch nicht danken. Ich erzähle ihnen die Geschichten, die mir schon mein Vater erzählte, und der hatte sie bereits von seinem Vater gehört.
Jeder Mensch", fuhr er fort, „hat auf der rechten Schulter einen Engel sitzen und auf der linken einen Teufel. Der Teufel flüstert dem Menschen ins Ohr, immer wieder Böses zu tun, faul zu sein, sich nur den Freuden des Lebens hinzugeben, Lastern und Leidenschaften zu frönen, Alkohol zu trinken und sich mit Drogen zuzudröhnen. Aber der Mensch sollte auch auf seine rechte Schulter blicken und auf seinen Engel hören, der da sitzt, und er sollte gute Werke tun und den Armen ihren Anteil geben, damit er am Ende zu Gott kommt und aufgenommen wird in das Paradies.
Und ich möchte Ihnen noch eine Geschichte erzählen. Es war einmal ein Sultan, der war so alt wie Sie und wollte sein Herrscheramt in jüngere Hände geben. Da bestellte er alle, die ihm für dieses Amt geeignet schienen, nacheinander zu sich und ließ vorher zu jedem sagen: ‚Komm an diesem Tag und zu dieser Stunde zu mir und bringe ein Huhn mit.'
Und der erste Kandidat nahm sein schönstes Huhn und schlachtete es und gab es beim Empfang dem Sultan. Da sprach der Sultan: ‚Was bringst du mir ein totes Huhn', und schickte den Mann fort. Und er bestellte den zweiten

Kandidaten zu sich, aber der machte es wie der erste, und der Sultan schickte ihn mit der gleichen Bemerkung auch fort. Und so ging die Suche weiter. Und dann kam der letzte Bewerber an die Reihe. Auch der nahm sein schönstes Huhn, aber er machte es dem Sultan lebend zum Geschenk. Und da sprach der Sultan: ‚Du wirst mein Nachfolger sein, denn ich sehe, du achtest das wertvollste Gut, das es auf Erden für jede Kreatur gibt, für den hässlichen Maulwurf in der Erde und den schönen Schmetterling in der Sommerluft. Du achtest das wertvollste Gut: das Leben'."
Damit war ich vor meinem Haus angelangt, und nach dem Aussteigen nahm der Fahrer mit festem Griff meinen Arm und sagte: „Sie müssen keine Angst haben, alter Mann, ich bringe Sie zu Ihrer Haustür. Sie können nicht fallen, weil ich Sie halte." Und als ich im Haus war, dachte ich dankbar: Er hat mich nicht nur gehalten, er hat mich die ganze Fahrt hindurch lehrreich unterhalten.

*

Chanson

Wenn der weiße Flieder wieder blüht,
sing ich dir mein schönstes Liebeslied ...
Ja, ja, jeden Frühling die gleiche, aber liebe Leier.
Doch kommt ein Abend wie heute,
dann fallen wir aus falschen Sternen von der Luftschaukel,
dann landen wir unter unserem Praterbaum,
der steckt den Mond an über unserem Bierdurst
und die Kastanienkerzen über der Würstchenbude.
Willst du nicht jetzt und hier
mit mir
im glücklichen Windlicht treiben?
Was schert uns der morgige Tag?
Diese Nacht schlägt sehr viel Schaum
und lässt sich aus dem Strohhalm saugen.
Wenn der weiße Flieder wieder blüht,
sing ich dir mein schönstes Liebeslied.

Alles reimt sich schon lange vor dem Schluss
immer wieder
im weißen Flieder
mit Genuss
am besten auf Kuss.
(aus: Archaische Träume, 1980)

*

Kehraus Anno Dazumal

Zum 30. April 2022 hatte Jürgen Schwalm Freundinnen, Freunde und Weggefährten in den Lübecker Ratskeller zu einem Frühlingsfest eingeladen. Bei der Organisation stand ihm Marina Warnick hilfreich zur Seite. Die Veranstaltung begann mit einem Konzert mit Martina Tegtmeyer (Akkordeon), Jan Baruschke (Violine) und Jürgen Schwalm (Rezitation). Es folgte ein Festessen („Buddenbrook-Menü") im Kapitänszimmer. Zum Abschluss des Konzertes brachte Schwalm sein Gedicht:

Kehraus Anno Dazumal

Drei Masken tanzen Terzett
auf dem Hinterhof an einem Frühlingsabend warm wie Öl
und keiner will ins Bett.
Da gleitet die Drehorgel aus und die Geige spielt sich wund
und die Hunde finden es nett
und das Publikum wiegt sich im Takt.
Die Sonne verzieht sich
und der Mond macht sich's gemütlich.
Frau Schmidt wirft im Unterrock
eine kleine Münze aus dem Fenster im dritten Stock herunter
und Frau Meier aus dem vierten den Hausschlüssel
für ihren Sohn Karli
denn wenn der erst einmal aus dem Haus ist
und wann das ganze Programm aus ist
wissen die Nachteulen die mit der Drehorgel heulen
auch nicht zu sagen.
Die niedlichste Maske wird dem Karli schon willig.
Pass auf mein Lieber das wird nicht billig
doch der Schutzmann Scharf
der nicht mittanzen darf
verhindert Karlis schönsten Kuss
mit einem energischen: „Schluss mit der Feierei!"
Au wei!
Da geben alle die Alten und die Jungen
notgedrungen
endlich Ruh
und Frau Schmidt knallt das Fenster zu!

*

Surrealismus

Warum ich Surrealist bin:
Ich bin Surrealist
wegen des Schreis aus dem Traum
wegen des Schreis aus dem Traum damit die Folterkammer des Menschengeheimnisses aufgeht
wegen des Schreis aus dem Traum wegen des Schlüssels zur Kindheit
Vitezslav Nĕzval (1900-1958)

Die Bilder unserer Träume sind ehrlicher und damit wahrer als die Bilder, die uns die Realität zeigt. Deshalb muss verhindert werden, dass sich die Realität über den Traum stellt. Realität und Traum sind in gleichem Ausmaß bedeutsam für das Leben und die Kunst. Die Realität darf die Träume nicht unterdrücken und die Träume sollen die Realität beraten. Dass sich Traum und Realität auf einer höheren Ebene in einer gemeinsamen Aufgabe zusammenfinden, das ist die Forderung des Surrealismus.
Jürgen Schwalm

Aus dem Universum der Träume erhebt sich eine neue Welt, die sich zwar an die Realität erinnert, aber deren Grenzen und Regeln überwindet.
Jürgen Schwalm

*

Kurt Kluge

Kurt Kluges (1886-1940) erstmals 1938 erschienener Roman „**Der Herr Kortüm**" gehört seit Jahrzehnten zu meiner Lieblingslektüre; er hatte diesen Rang aber auch schon für meine Eltern.
Es ist nicht zu viel gesagt, wenn wir die wenigen von Kurt Kluge hinterlassenen Prosawerke dem unvergänglichen Besitz deutscher Dichtung zurechnen, an der Spitze den umfänglichen Roman „Der Herr Kortüm". Diese Geschichte des schrullig-weisheitsvollen Hamburger Kapitäns, der, ein

Nachfahr der Don Quijote und Eulenspiegel, auf einem Thüringer Berge ein Gasthaus gründet, erweist Kluge als einen Meister deutschen Humors (Zitat aus „Christ und Welt" auf der Umschlagklappe der Volksausgabe von 1958).
Der Herr Kortüm ist bald, nachdem ihn sein Dichter erschaffen, zu einer Art legendärer Gestalt geworden. Denn dieser Mensch voll Weisheit und Tiefsinn ... wird jedem unvergesslich sein und bleiben, der ihm nur einmal begegnet, der nur einmal seinem Leben, Denken und Handeln nachgegangen ist. Dieser Gastwirt, von wenigen begriffen, von vielen getadelt und doch von allen genützt, ist ein „Gleichnis des schöpferischen Menschen, der nur hindurchgeht durchs Leben: Leben schaffend – ohne selbst genießend besitzen zu dürfen, was er geschaffen." (Umschlagklappe 1958).

Zum hundertsten Geburtstag von Kurt Kluge schrieb Rainer Drewes 1986 u.a.: *Kluges wichtigste Werke sind zweifellos die Romane „Der Herr Kortüm" (1938) und „Die Zaubergeige" (1940). Beide Bücher...überschreiten in den Kriegs- und Nachkriegsjahren die Halbmillionengrenze. Wie lässt sich dieser Erfolg erklären? Offenbar verkörperten die Hauptfiguren, der runde, kauzige Gastwirt Kortüm oder der arme, ganz in seiner Kunst aufgehende Geiger Andreas, gerade im III. Reich für viele Leser im In- und Ausland das „gute", das „andere" Deutschland. In die Sparte Nischenliteratur, die ihre Funktion in Trost und Ablenkung von der bitteren Realität hat, würden wir heute einen Großteil des Kluge'schen Oeuvres einordnen. Für ihn selbst stand immer das Formen des Erlebten im Vordergrund. Nichts deutet in seinen Briefen und Tagebuchnotizen darauf hin, dass er sich in irgendeiner Weise politisch engagierte ... So bleibt sein Werk für viele Interpretationsversuche offen. Sie reichen von einer scharfen Verurteilung der kritiklosen Anpassung an das Regime bis zu einem heimlichen „Zwischen-den-Zeilen"-Widerstand , wobei sich interessanterweise in der DDR die letztere Ansicht durchzusetzen scheint, die Kluge der bürgerlich-humanistischen Erzähltradition zuweist ...*
Sein 100. Geburtstag könnte ein Anlass sein, diesen fast vergessenen Dichter wieder neu zu entdecken. Es würde eine

Lesereise in ein „unbegrenztes" Vergnügen sein.

Kluge wurde bei der Gestaltung seines Kortüm durch die Biografie des Gastwirts Alexander Hermann Sigmund Wörner inspiriert, der 1896 nach Elgersburg (Ilm-Kreis/Thüringen) gezogen war und dort 1906 das Schöffenhaus errichtete, das er mit seiner Frau bewirtschaftete.

Auch der **Püsterich**, der auf Kortüms Grundstück ausgegraben und dort zur Destillation und später als Wasserspender eingesetzt wird, hat eine reale Vorlage, nämlich den 57 cm hohen bronzenen **Püstrich von Sondershausen**, der in den 1540er Jahren in den Ruinen der Rothenburg auf dem Kyffhäuser gefunden wurde. Püsteriche sind die erstmals von Heron von Alexandria (gest. nach 62) als **Aeolipile (Heronsbälle)** beschriebenen Wärmekraftmaschinen, die bis zur Erfindung der Dampfmaschine keinen praktischen Nutzwert erhielten, sondern lediglich physikalischen Unterhaltungswert hatten. Man ist immer wieder erstaunt, feststellen zu müssen, dass grundsätzliche wissenschaftliche Erkenntnisse und Erfindungen über viele Jahrhunderte vergessen wurden oder dass ihre Weiterentwicklung und praktische Nutzanwendung unterblieb. Vom Heronsball bis zur Dampfmaschine, die das industrielle Zeitalter begründete, vergingen immerhin zweitausend Jahre.

*

Das Henkelkreuz

Es ist ganz falsch, bei der Beschäftigung mit der altägyptischen Theologie das Augenmerk allzu sehr auf den Totenkult zu richten. Alle beim Totenkult eingesetzten komplizierten Rituale und alle Beschwörungen aus den Totenbuch-Texten galten nicht der Verherrlichung des Todes, sondern dem Abschied vom Tod.

Auch bei den alten Ägyptern stand nicht der Tod im Zentrum des Glaubens, sondern der entscheidende Weg zum Glück und zur ewigen Seligkeit führte immer aus dem Todesschatten ins Licht, und das Licht war das Leben.

Darin unterschied sich die altägyptische Religion gar nicht entscheidend von der christlichen, und tatsächlich hat das

Christentum Bilder aus der altägyptischen Glaubenswelt übernehmen beziehungsweise umdeuten können (Beispiel: Isis und der Horusknabe wird zur Maria lactans mit dem Jesuskind).
Das Symbol für das ewige Leben war bei den Ägyptern das Henkelkreuz (= das Anch-Zeichen, die Crux ansata, die Lebensschleife). Das Henkelkreuz wurde als koptisches Kreuz zum Symbol der koptischen Kirche und damit wie jedes Lebens- und Lichtzeichen auch ein Symbol für die Liebe als lebenserneuernde Kraft und Macht.

*

Robert Schwalm

Eine Freundin, die sich schon immer über meinen genealogischen Tick (wie sie das nannte) amüsierte, schickte mir das 1904 bei Breitkopf und Härtel herausgegebene Textbuch des Oratoriums „Der Jüngling zu Nain" nach einer Dichtung von Julius Sturm (1816-1896), das von **Robert Schwalm** als op. 65 (für Chor, Soli und Orchester/Orgel) vertont worden war. Die Broschüre war ihr, als sie im Bücherschrank nach Schubert-Noten suchte, entgegengefallen.
Sie fragte: *Ist der Jüngling zu Lübeck namens Jürgen mit diesem Robert verwandt? Und was weiß er über den frommen Komponisten?*
Natürlich studierte ich gleich meine Akten, fand jedoch keine verwandtschaftlichen Bezüge. Aber **Robert Schwalm** (geb.1845 in Erfurt, gest.1912 in Königsberg) war in wilhelminischer Zeit ein durchaus anerkannter Komponist. Er erhielt seine erste musikalische Ausbildung in Weimar, wobei er das Interesse Liszts fand, und besuchte dann das Leipziger Konservatorium. Seit 1875 war er Leiter des Königsberger Sängervereins, wurde außerdem dort 1882 Leiter der Musikalischen Akademie und 1881 zum Königlichen Musikdirektor in Königsberg ernannt. Seine Oper „Frauenlob" wurde immerhin unter dem bedeutenden Dirigenten **Arthur Nikisch** (1855-1922) in Leipzig 1885 aufgeführt. Nikisch wurde 1895 Chefdirigent der Berliner Philharmoniker. In Spemanns 1909 erschienenem Goldenen Buch der Musik

wird sowohl Robert Schwalm als auch sein Bruder **Oskar Schwalm** (1856-1936) erwähnt, der in Berlin die Filiale der Pianoforte-Fabrik von **Julius Blüthner** leitete, die 1853 in Leipzig gegründet worden war.
Vielleicht meldet sich ein Almanach-Leser von den Nachfahren Robert und Oskar Schwalms bei mir?

*

Arthur Fitger und Theodor Schwalm

Am 5. März 1908 ging das alte klassizistische Meininger Theater in Flammen auf. Schon einige Tage später entschied sich Herzog Georg von Sachsen-Meiningen für den Neubau des Hoftheaters, das bereits am 17. Dezember 1909 eröffnet werden konnte. Den Prospektvorhang für das neue Theater schuf Arthur Fitger nach Raffaels Fresko „Der Parnaß“ in der Stanza della Segnatura in Rom.
Mein Großvater **Theodor Schwalm** schrieb im November 1935:
...an mancher schönen Arbeit habe ich teilnehmen dürfen, so auch an Fitgers letztem, größeren Werk, einem Vorhang fürs Meininger Hoftheater. Es ist bezeichnend für Fitgers praktischen und sorgenden Sinn und die freundschaftliche Art zu denken und zu handeln, wie diese gemeinschaftliche Arbeit zustande kam. Er hatte seinem Freunde, dem Herzog Georg von Meiningen, versprochen, einen künstlerischen Entwurf und die Skizze zu einem Vorhang für sein neues Theater zu stiften. „Ich habe mir die Sache nun so überlegt“, meinte er zu mir, „wenn ich die Skizze so groß und soweit durchführe, dass von Anderen die Arbeit zu des Herzogs und meiner Zufriedenheit durchgeführt werden kann, so kann ich schon beinahe den Vorhang oder wenigstens einen großen Teil selbst malen, wenn bei geschickter Einteilung die einzelnen Abschnitte in meinem Atelier fertiggestellt und vor Ort zusammengenäht werden. Ich will also dem Herzog den Vorschlag machen, dass ich ihm auch den Vorhang malen würde, wenn er die Barauslagen ersetzt, und ich denke, auch Sie werden erfreut und gern bereit sein, daran mitzuarbeiten und den ornamentalen Teil daran ausführen“.

Entwurf und Vorschlag fanden des Herzogs Zustimmung. Die Ausführung und Vollendung dieser Arbeit sollten leider des Meisters letztes größeres Werk werden. Zusammengefügt und an Ort und Stelle gesehen hat er den Vorhang, der vortrefflich in dem schönen Zuschauerraum wirkte und des Herzogs ungeteilten Beifall fand, nicht mehr. Fitger erkrankte heftig, und ich vergesse nie des schmerzlichen Augenblicks, da der leidende Meister mich an sein Krankenbett rufen ließ und mir mit kaum noch verständlicher Stimme den Auftrag erteilte, nach Meinigen zu fahren und die etwa noch möglichen oder gewünschten Arbeiten auszuführen. Das waren die letzten Worte, die ich von dem lieben Menschen und Künstler hörte…

Mein Großvater Theodor Schwalm erhielt für seine Arbeit am Prospektvorhang 1909 vom Herzog Georg von Sachsen-Meiningen die Goldene Medaille für Kunst und Wissenschaft.

Einzelheiten dazu können Sie nachlesen in:
Jürgen Schwalm: Arthur Fitger und Theodor Schwalm – Dokumente einer Künstlerfreundschaft in Bremen, Seemann Publishing, 2022.

*

Zur aktuellen Lage

Immer und überall auf der Welt ähneln sich die Anweisungen, mit denen die Bevölkerung in Krisenzeiten zu Sparmaßnahmen aufgefordert werden sollen, auf fatale Weise. 1943, mitten in der Tragödie des Weltkrieges, lernte ich als Elfjähriger folgende Zeilen aus einer heute noch existierenden Zeitung auswendig:

Der Alltag lehrt so mancherlei,
teils ungestüm, teils nebenbei.
Zum einen, wie man Eisen spart,
das man der Rüstung aufbewahrt.
Zum andern, Tataratta-Creme
ist wirkungsvoll und angenehm,
auch wenn man wenig von ihr streicht,
damit die Packung lange reicht.

Den Namen des Produktes habe ich geändert, um keine juristischen Auseinandersetzungen loszutreten.
Als ich meiner Mutter damals den Werbespruch vortrug, kommentierte sie die Versorgungslage trocken:
„Tataratta-Creme ist immer schon weg, wenn ich sie brauche. Das ist wie bei meinen Seidenstrümpfen. Aber warum soll ich die schonen, wo ich doch nicht weiß, was morgen schon passiert sein kann. Laufmaschen kriegen sie sowieso alle sofort, und wann ich mal wieder zu neuen Seidenstrümpfen komme, verrät mir keiner. Also trag ich sie jetzt auf."

Immer wieder versucht man von allen Seiten, uns beim Verbrauch lebensnotwendiger und die Lebensqualität verbessernder Produkte durch geschmeidig oder penetrant formulierte Parolen zur Einschränkung und Enthaltsamkeit aufzufordern und schließlich zu verpflichten. Es sollte aber stets bei allen Maßnahmen beachtet werden, dass die Menschen ihre Würde und ihre Rechte behalten.

*

Von Edentaten und Implantierten

Früher wurden die Menschen in höherem Alter häufig Edentaten, also Zahnarme und schließlich Zahnlose wie das Schnabeltier und der Ameisenbär. Heute werden die Menschen bei zunehmendem Alter mehr und mehr zu Implantierten, bei denen die von den Sturmschäden des Lebens ramponierten Kiefer (laut Duden als Femininum ein Nadelbaum, als Maskulinum ein Schädelknochen) durch Setzlinge aufgeforstet werden.

HEINER WENK

Jahrgang 1957, geboren in Braunschweig.
Nach der Schulzeit habe ich in Kiel Medizin studiert und am Institut für Pathologie über Lymphome promoviert.
1982 begann ich die Facharztausbildung zum Chirurgen an der Universität Lübeck.
In Lübeck habe ich 1983 geheiratet, 1986 und 1988 sind unsere Kinder zur Welt gekommen.
1996 wurde ich zum Professor ernannt und übernahm die Leitung einer Chirurgischen Klinik eines kommunalen Krankenhauses in Bremen. Seit 2021 war ich Ärztlicher Direktor eines kleineren Hauses in Niedersachsen. Im Oktober 2022 beendete ich meine berufliche Laufbahn und bin seither ein „echter Ruheständler".
In Bremen bin ich Vorsitzender der Krebsgesellschaft, für die Deutsche Gesellschaft für Gefäßchirurgie (Sitz: Berlin) war ich 10 Jahre im Vorstand.
Seit 2012 schreibe ich für den Almanach Deutscher Schriftstellerärzte und bin Mitglied im Bundesverband Deutscher Schriftstellerärzte (www.bdsae.org).
Im September 2021 erschien mein Buch „Rudergedanken" bei Seemann Publishing. Es beschreibt meine große Liebe zum Rudersport und erzählt von Erlebnissen bei Rudertouren in Deutschland und Europa. ISBN: 979-8478922740, erhältlich bei AMAZON oder für Buchhandlungen beim Verlag.

Warum ich schreibe?

Am Grab von Kurt Tucholsky in Schweden steht eine Inschrift aus dem „Sudelbuch“, gestiftet vom Deutschen Botschafter anlässlich des 75. Todestages des Publizisten und Satirikers:
„Eine Treppe: Sprechen, Schreiben, Schweigen“.
Ich glaube an eine Hierarchie der Strukturiertheit des Denkens. Schreiben ermöglicht die Ordnung von Gedanken in weit höherem Maße als das Sprechen. Schreiben ist eine wertvolle Investition.

Die Lebensuhr

Beim Spazierengehen mit meinem Hund freue ich mich an einem sonnigen Februartag über die vielen Krokusse, die aus dem Gras sprießen. Und, während die Krokusse blühen, fällt mir ein, dass der Rasen auch in diesem Jahr wieder ein komplexes Programm abspult.
Wie eine Lochkarte noch heute unsere Waschmaschine steuert, und ihr sagt, wann das Wasser abgepumpt werden soll und wann geschleudert wird. Lochkarten gibt es seit dem 19. Jahrhundert, und sie werden immer noch verwendet.

Wo sitzt die Lochkarte für unseren Rasen?
Wir wissen ziemlich genau, dass er bald, nachdem die Krokusse verblüht sind, zu wachsen beginnt. Dann kommen auch der Klee und die Gänseblümchen.
Später treibt der Bambus durch das Gras, man muss ihn hundert Mal abschneiden, schließlich gibt er auf.

Und an einem schönen Sommerabend starten plötzlich, wie auf Kommando, tausende fliegender Ameisen aus dem Rasen.
So geht das jedes Jahr.

Wo die Lochkarten unserer Enkel sitzen, wissen wir ziemlich genau. Die Steuerung ist beeindruckend. Da werden Gene angeschaltet, und dann wachsen Zähne aus den Kiefern, und dann werden die Gene wieder ausgeschaltet.

Dann der Zahnwechsel.

Mit etwa 12 Jahren fangen die Keimdrüsen an zu arbeiten. Im Vergleich zu anderen Säugetieren ist das spät im Leben, man nennt es Pubeszenz, und die mündet unweigerlich ins Erwachsenenalter.
Was dann alles lochkartengesteuert anders wird: der Bartwuchs, die Haarfarbe, der Blutdruck, der Bauch, der Haarausfall ...

Man kann Gene, die in der Kindheit angeschaltet waren, und die im Erwachsenenalter „schlafen“, auch wieder aktivieren. Das passiert zum Beispiel bei Reparaturvorgängen und Heilungen nach Verletzungen.

Der Ablauf der Lebensuhr kann gestört werden: Durch Mutationen können Tumore entstehen, Strahlung kann Alterungsvorgänge erheblich beschleunigen.

Wir können auch die Lebensuhr manipulieren:

Unser Lebensstil und unsere Ernährung beeinflussen unser Älterwerden genauso wie Sport. Sport verbessert nachgewiesenermaßen die Situation an den Telomeren, den Enden unserer Chromosomen, die nach jeder Zellteilung ein bisschen kürzer werden.
Auch das Mikrobiom in unserem Darm, unser Blut, Schokolade mit viel Kakao und verschiedene Medikamente beeinflussen das Altwerden.
Was bei der ganzen Geschichte das Wichtigste ist, sei dahingestellt. Eine der ältesten Frauen auf diesem Planeten ist über 120 Jahre alt ... und raucht.

Das tut unsere Mutter mit ihren erst 100 Lenzen nicht.
Sie lebt einfach - gesund.
Und vielleicht hat sie eine besondere Lochkarte, wie man sie in automatischen Musikinstrumenten findet. Diese sogenannten Lochbandrollen können ziemlich lange laufen.

Aber nicht endlos,
weil alles, was einen Anfang hat, auch ein Ende haben muss,
wie auch diese Gedanken.

Kehren wir zurück auf den grünen Rasen und freuen uns über die vielen schönen Blumen zu dieser Jahreszeit. Die Uhr läuft.

1.Mai

Jemanden am 1. April in den April schicken, April, April, ist total widersinnig, denn er ist ja schon drin.
Am 1. Mai ist das was ganz anderes.
Ich wurde heute in den April geschickt, am 1. Mai, von meiner Bank, der Volksbank, der Bank für das Volk.

Mit dem Fahrrad wollten wir nach Aschwarden fahren, einem kleinen Ort in der osterstader Wesermarsch, zum Mühlentag. Da kann man Bratwurst essen, von den vielen kleinen Händlern lokale Kleinkunst und etwas zu Essen einkaufen.
Das machen wir jedes Jahr.

Uns fiel rechtzeitig auf, dass wir wenig Bargeld im Portemonnaie hatten, alle beide. Mit Karte bezahlen geht dort nicht, in den Buden gibts keinen Strom und kein Internet.
So fuhr ich vorab zu unserer Bank, der Volksbank. Meine Frau wünschte 500 €. Es kam mir viel vor.

Aber ich steckte die Karte in den Geldautomaten und konnte wählen 100 €, 200 € oder 500 €. Dazwischen gabs nichts. Also wählte ich die gewünschten 500 €, und gab die Geheimzahl ein. Karte entnehmen, und dann ging die Geldklappe auf.
Es erschien nur ein Schein: 500 €.
Den hatte ich noch nie gesehen.
Was kann man mit solch einem Schein machen? Das waren 1000 D-Mark!
Mir fiel mein Vater ein, der vor mehr als 50 Jahren mit einem 1000 D-Mark-Schein morgens loszog und sich Schuhe kaufen wollte. Eine EC-Karte gab es damals nicht, mein Vater kam ohne Schuhe wieder nach Hause: Es konnte niemand rausgeben.

Wir fuhren nach Aschwarden, kauften Chutneys, Käse, Brot von Bäcker „Starke“, und zwar das „Mühlenbrot“, das wirklich stark ist, und vom „Bunten Bentheimer Schwein“ die

Hausmacher-Kräuter Leberwurst für das Restgeld, das wir noch hatten; und wir wurden von Radio Bremen interviewt, und meine Frau kommt Montag im Radio.
Mit einem Musikbeitrag auf Bremen 1.

Den unangebrochenen Geldschein haben wir immer noch im Portemonnaie, und das wird wohl auch noch länger so bleiben.

Ich weiß jetzt:

1. wie die Bank für das Volk auf die Inflation reagiert,
2. dass Geld unter bestimmten Umständen tatsächlich nicht glücklich macht, und
3. dass man erst im Mai in den April geschickt werden kann, gewissermaßen zurückgeschickt.

Also: Wahrscheinlich haben die das extra gemacht.

Wende über Backbord

Mitten im norddeutschen Winter sollen mir diese Bilder einfallen:
Der Geruch nach frisch gemähten Weizenfeldern:
Es riecht nach Dikjen Deel (Zeltlager Sylt) 1969,
der Geruch von frisch gemähtem Gras,
keine Gülle mehr da zum Ausbringen.
Sonnenwende war schon,
aber noch sind die Tage nicht kürzer.
Sonnenuntergang ist heute um 21:50.
Um 20 Uhr, bei 26 Grad und Windstille, gleite ich durch den stillen Abend.
Nerven tun nur Gewittertiere, die meinen Körpergeruch
- ich schwitze - besonders mögen.
3-mal durchziehen, einmal umdrehen. Kein Verkehr, ich bin allein.
Es ist eine Traumlandschaft in grün und blau:
Wende über Backbord.

Mit dem Abendlicht sehend, bin ich plötzlich in guter Gesellschaft:
Unter Wasser Fische, an der Oberfläche Luft schnappend, auf der Oberfläche: ich!
Und mit mir: Mücken, Libellen, Bremsen.
Ein Abheben und Landen.
Und ich, der Störenfried, mache mich mit meinem Skiff aus dem Staub.
Ja, wirklich: Staub liegt auch auf der Wasseroberfläche.
Zeit, mal wieder richtig durchzurühren.
Die Herbststürme werden kommen.
Die Kälte, der Frost, das Eis. Dunkelheit um 4 !
Und dann sollen mir diese Bilder einfallen,
und der Geruch nach frisch gemähten Feldern.

Geburt (m)einer Aorta

Man träumt ja selten etwas Bemerkenswertes, und meistens vergisst man es auch gleich wieder.
Vor kurzem habe ich mich aber sehr über einen Traum gefreut, und ihn auch behalten. Ich habe ihn meiner Frau erzählt und den OP-Schwestern, und alle haben gelacht.

Ich träumte, ich sei gerade geboren worden.
Als Aorta.

Ich kam als Aorta auf die Welt und freute mich sehr, dass ich eine lebendige, biologische Aorta war. Alle Aorten um mich herum waren Aortenprothesen aus Dacron und Teflon, und es waren Stents dabei.
Ich aber hatte das Leben.
Diese Freude, so spinne ich meinen Traum weiter, muss man mitteilen. Darum schreibe ich dieses Essay. Als Aorta muss man sich andererseits natürlich mit jemandem anfreunden. Buchstäblich naheliegend wäre die hohle Vena cava, aber die wäre mir zu langweilig, zu blutreich und vor allem dünnwandig.
Zur Carotis würde ich andächtig aufsehen! Was die alles

hat: Barorezetoren, Chemorezetoren, und hinter sich ein Gehirn.

Ideal als Freundin ist aber meiner Ansicht nach die Nierenarterie.

Die Kreuzung zwischen Aorta und den beiden Nierenarterien ist anatomisch und ästhetisch ohne Zweifel die schönste aller Körperregionen. Mit der Nierenarterie würde ich mich auch gut verstehen und ihr auch immer ein bisschen Blut abgeben.

Ich würde mich gesund verhalten, nicht rauchen, ein wenig Alkohol trinken (das mag die Nierenarterie auch), vielleicht ab einem bestimmten Alter ein wenig Aspirin einnehmen und einen Fettsenker.

Hinter mir die Wirbelsäule, vor mir den Zwölffingerdarm hätte ich den Respekt meiner Umgebung, darauf würde ich pochen. 60 Mal pro Minute.

Ich wäre beleidigt, wenn jemand versuchen würde, mich zu ersetzen. Es gibt viele Aktivitäten in diese Richtung. Das auch deshalb, weil so viele Aorten schon in frühen Jahren völlig kaputt sind.

Ich muss also auf mich aufpassen. Ich mache das auch, verlasst Euch drauf.

Wieviel Wahrheit liegt im Wein?

- **Was ist Alkohol?**
- **Warum Alkohol gut tut**
- **Wie Alkohol entsteht und wie er abgebaut wird**
- **Der Beitrag von Alkohol zur Zivilisation**
- **Warum Alkohol gefährlich ist**

Was ist Alkohol?

Alkohole sind organische chemische Verbindungen, die aus einem Kohlenwasserstoff und einer Hydroxygruppe (OH-Gruppe) aufgebaut sind. Es gibt primäre, sekundäre und tertiäre Alkohole, und wegen der Hydroxygruppe hören alle Alkohole auf die Endung „-ol".
Der kürzeste Alkohol ist das Methanol mit nur einem Kohlenstoffatom. Methanol ist in Alkoholiker-Kreisen als „flüssige Sonnenbrille" bekannt, weil Methanol blind macht.
Der bekannteste Alkohol ist das Äthanol mit zwei Kohlenstoffatomen. Um Äthanol soll es in der Folge gehen. Wikipedia schreibt gar: „Alkohol" steht für die chemische Verbindung Äthanol, auch Äthylalkohol. Dabei ist Äthanol nur ein Alkohol unter ganz vielen Verbindungen.

Warum tut Alkohol gut?

Alkohol ist flüssig, hat einen niedrigen Siedepunkt, und wird von den Schleimhäuten des Verdauungstraktes gut aufgenommen.
Alkohol löst sich schnell im Blut und passiert gut die Bluthirnschranke. Im Gehirn führt Alkohol zur Freisetzung von Dopamin, was enthemmt und ein angenehmes Wohl-befinden auslöst. Daneben hat Alkohol mannigfache andere

Wirkungen, so die Hemmung von Antidiuretischem Hormon (ADH) in der Hirnanhangdrüse. Darum muss man pinkeln, wenn man Alkohol trinkt.
In höherer Dosierung hat Alkohol eine schmerzstillende und sedierende Wirkung.
Diese tritt umso stärker hervor, wenn ich die OH-Gruppe vom Ende der Verbindung wegnehme, und in die Mitte des Moleküls platziere. Dann habe ich Äther. Äther war lange Zeit das universelle Narkosemedikament. Wegen seiner stark sedierenden Wirkung.

Wie Alkohol entsteht und wie er abgebaut wird

Alkohol entsteht durch die sogenannte alkoholische Gärung, also die anaerobe Glykolyse von Zucker. Hierbei wird Glukose zu Pyruvat umgewandelt, wobei CO_2 frei wird. Im nächsten Schritt entsteht Acetaldehyd und schließlich Äthanol. Verschiedene Hefen katalysieren unterschiedliche Reaktionswege, nämlich genau den „Embden-Meyerhof Weg“ und den „Entner Doudoroff Weg“.
Da Acetaldehyd sehr giftig ist, entsteht nach Abschluss der Gärung ein Wein oder Bier, das frei von Krankheitserregern ist.
Diese Eigenschaft machte alkoholische Getränke bis zum Bau von Trinkwasserleitungen zum idealen Getränk für die Stadtbevölkerung im Mittelalter.

Beim Alkoholabbau wird chemisch quasi der umgekehrte Weg beschritten.
Zum einen wird Alkohol abgeatmet. Die Alkoholkonzentration in der Atemluft entspricht dabei direkt proportional der Blut-Alkoholkonzentration, was sich unsere Polizei bei Verkehrskontrollen mit den Geräten der Firma Dräger gerne zu Nutze macht.
Darüber hinaus wird Alkohol über die Niere ausgeschieden.
Bei der Leberpassage wird Alkohol oxidiert, und zwar zweimal:

Zunächst wird Alkohol zu Acetaldehyd oxidiert, und genau hier liegt das Problem.
Der Alkohol befindet sich biochemisch also sozusagen wieder auf dem Rückweg. Im Rahmen der alkoholischen Gärung gab es ja auch bereits einen Schritt zum Acetaldehyd, einer Substanz, die in Krankenhäusern unter anderem auch gerne zur Flächendesinfektion benutzt wird, weil sie mit hoher Sicherheit Keime und Krankheitserreger abtötet.
Mit dieser hoch giftigen Substanz, hat es nun unsere Leber zu tun. Wir erkennen: Nicht der Alkohol ist das Problem für die Leber, sondern das Acetaldehyd. In einem zweiten Oxidationsschritt wird dann aus dem Aldehyd eine organische Säure: Essigsäure.
Diese ist nicht so giftig für unseren Organismus, wird teilweise über die Niere ausgeschieden und geht zum Teil als Acetyl-Coenzym A in den Zitronensäurezyklus ein und trägt zur Energiegewinnung bei. Über diesen Mechanismus ist Alkohol auch ein besserer Energieträger als Zucker oder Eiweiß und enthält mit 7 kcal/g fast so viel Energie wie Fett.

Der Beitrag von Alkohol zur Zivilisation

In Vino Veritas:
Sowohl die Griechen, als auch die Römer maßen dem Wein eine immense Bedeutung zu: Der römische Gott Bacchus und der griechische Gott Dionysos zeigen, welchen Einfluss Alkohol bei den alten Kulturen des Mittelmeerraumes hatte. Auch im alten Ägypten gab es Alkohol, er diente sogar als Grabbeilage.
Die Germanen brauten Met, ein alkoholhaltiges Bier. Met wurde als Geschenk der Götter angesehen.
Wein wurde in unseren Breiten aber auch getrunken.
Schiller schrieb dazu:

„Trink ihn aus, den Trank der Labe,
Und vergiss den großen Schmerz!
Balsam fürs zerrissene Herz,
Wundervoll ist Bacchus' Gabe."

Vor etwa 1000 Jahren wurde in Vorderasien die Technik der Destillation entwickelt. Im 18. Jahrhundert wurde im englischen Königreich wegen einer Weizenüberproduktion so viel Gin hergestellt, dass es zu einer „Gin-Krise“ kam, in der die negativen Folgen übermäßigen Alkoholkonsums in England evident wurden.

In den Städten merkte man, dass der Genuss von Bier und Wein offensichtlich gesünder war, als Wasser zu trinken. Man kannte noch keine Bakterien, man hatte auch keine Kanalisation und kein sauberes Trinkwasser. Wasser war für die Menschen wegen seiner Verschmutzung und Keimbelastung hochriskant, Cholera, Ruhr, Magendarminfektionen wurden durch verschmutztes Trinkwasser mitunter epidemisch verbreitet.

Man merkte das, und es wurde darauf reagiert.

In Bremen gab es die Verordnung, dass man vor Brautagen keine Fäkalien in die Weser entsorgen durfte.
Im 18. Jahrhundert gab es in Lübeck mehr als 80 Bierbrauereien, und Alkohol zählte auch dort zu den Grundnahrungsmitteln für die Flüssigkeitssubstitution. Für die gehobenen Schichten gab es Wein, den Lübecker Rotspon, eine Cuvée aus Bordeaux und Rotweinen aus Nordafrika.

Alkohol ist bei den meisten gesellschaftlichen Anlässen präsent: Für besonders festliche Anlässe gibt es Champagner, Bier und Wein trinkt man zum Essen. Gemeinsames Trinken verbindet und entspannt.
Alkohol wurde als Aktivator des cerebralen Belohnungssystems erkannt, und das wurde in meiner Kindheit auch aktiv beworben: „Wenn Dir so viel Gutes widerfährt, dann ist das einen Asbach Uralt wert“.
„Darauf einen Dujardin“.
Oder in der Langversion der Satz mit zehn „P“, der natürlich nicht für die Öffentlichkeit bestimmt war: „Paul Pimpert Paula. Pimmel Passt Prima. Plötzlich Platzt Pariser: Peng. Darauf einen Dujardin.“

Für die Entspannung: „Der Tag geht. Jonny Walker kommt."

Mit der Erkenntnis, dass vor allem hochprozentige Alkoholgetränke lebertoxisch sind, wurde die Werbung dafür zurückgenommen.
Alkohol gehörte aber bereits in meiner Kindheit zum festen Begrüßungsritual. In unserer Familie gab es für die Männer bei Treffen zur Begrüßung jeweils einen Schnaps.
Die Kinder bekamen ersatzweise einen Eierlikör.
So wuchs man mit Alkohol auf, nicht nur in Deutschland.
In Schottland ist es üblich, kleine Kinder ruhigzustellen, wenn man ins Theater möchte, indem man die Kleinen mit einem Whisky sediert.

Dabei führt der chronische Genuss von Alkohol durchaus zu Persönlichkeitsveränderungen. Das Gehirn hat ein Alkoholgedächtnis, und das erzeugt bei Abstinenz ein starkes Bedürfnis nach Alkohol, das Craving.
Der chronische Alkoholmissbrauch führt zu einer Erkrankung des Gehirns, die man Wernicke-Encephalopathie nennt. Wernicke kommt durch die direkte Zellschädigung des Alkohols und durch einen alkoholinduzierten Vitamin B1 Mangel, einen Thiaminmangel, zustande, wenn die Kranken ihren Energiebedarf ausschließlich über Alkohol decken.
Die Patienten leiden unter Gedächtnisstörungen, Antriebsarmut, Euphorie, starken Gefühlsschwankungen.
Unbehandelt schreitet die Erkrankung fort und greift auf das limbische System und den Hippocampus über. Es entsteht das sogenannte Korsakow Syndrom. Sergei Korsakow hatte im 19. Jahrhundert 18 Alkoholkranke untersucht und fand ein sogenanntes polyneutritisches amnestisches Syndrom. Also: Eine Erkrankung der peripheren Nerven im Sinne einer Polyneuropathie mit Gefühlsstörungen und motorischen Funktionsstörungen, und das Problem der retrograden und anterograden Amnesie. Typischerweise konfabulieren die Patienten, indem sie ihre Erinnerungslücken mit Phantasieprodukten auffüllen.

In vielen zivilisierten Kulturen ist die Herstellung von Wein und Bier gängige Praxis und seit hunderten von Jahren bekannt. Dass man für die alkoholische Gärung Hefen braucht, weiß man allerdings noch nicht so lange, erst seit Mitte des 19. Jahrhunderts.
Davor hat man sich der Spontangärung für die Herstellung von Alkohol bedient. Spontangärung funktioniert auch und wird gerade heute im „Bio-Zeitalter“ wieder modern.

Aber auch Tiere wissen um die Wirkung von Alkohol, so fressen beispielsweise Pferde gerne spontan vergorene Äpfel.
Die Menschen vertragen Alkohol unterschiedlich gut. Ursache ist unter anderem, dass die Alkoholdehydrogenase, die für die Oxidation zum Aldehyd erforderlich ist, genetisch bedingt in unterschiedlicher Konzentration vorliegt. Menschen mit angeborenem Alkoholdehydrogenasemangel, in Japan ist das häufig, können den Alkohol viel schlechter verstoffwechseln und werden deshalb eher auf alkoholische Getränke verzichten.

Bei uns ist der Alkoholgenuss inzwischen umstritten und Teil der gesellschaftlichen Auseinandersetzung. Es gibt beispielsweise Restriktionen für den Alkoholgenuss im Straßenverkehr, wobei aber beispielsweise im Schiffsverkehr andere Maßstäbe angelegt werden als an Land.
Mein Vater durfte noch ohne Limit ans Steuer seines Autos: In den 60er Jahren gab es keine Promillegrenze. Juristen nahmen damals eine Fahruntüchtigkeit bei ca. 1,5 Promille an.
Gesetzlich wurde die 0,8 Promillegrenze 1973 eingeführt.

Wieviel Alkohol man trinken darf, ohne Schaden zu nehmen, ist ebenfalls umstritten. Ich habe im Studium gelernt, 80 Gramm Alkohol am Tag sei ok. Heute wissen wir, dass die Grenzwerte geschlechtsabhängig sind, und dass Frauen viel weniger Alkohol vertragen als Männer.
Es ist wohl auch von Relevanz, welchen Alkohol man trinkt:

Hochprozentiger, destillierter Alkohol ist wahrscheinlich viel toxischer als Alkohol in Wein und Bier. Der hochprozentige Alkohol ist offensichtlich nicht nur verantwortlich für die Leberzirrhose, sondern auch für die Entstehung von Speiseröhren- und Mundhöhlenkrebs. Es ist auch augenfällig, dass in Frankreich, wo mehr Wein getrunken wird, als in Deutschland, diese Erkrankungen seltener auftreten.

Trotz allem muss man festhalten, dass Alkohol genossen wird, solange wir in die Menschheitsgeschichte zurückblicken können. Und ob etwas gut oder schlecht ist, ist immer schwer zu sagen, weil alles Helle auch seine dunklen Seiten hat. Und alles was wirkt, hat auch Nebenwirkungen.
Vielleicht meinte Paracelsus, *Theophrastus Bombast von Hohenheim (geboren 1493) vor allem den Alkohol, als er formulierte:*

"Alle Dinge sind Gift, und nichts ist ohne Gift." Allein die Dosis macht, dass ein Ding kein Gift ist."

Die Maus auf der Invalidenstraße

Der ehemalige Grenzübergang Invalidenstraße lag in Höhe der Sandkrugbrücke über den Berlin-Spandauer Schifffahrtskanal, der die Stadtbezirke „Mitte“ und „Tiergarten“ trennt.

Da stand ich am 9. November 1989, als die Mauer fiel. Den Anblick der vielen, gerührten Menschen, die sich in den Armen lagen und feierten, vergesse ich nicht.

Der Grenzübergang ist weg, die Brache auf Westberliner Seite zugebaut, der Hamburger Bahnhof als Hauptbahnhof wiedererstanden.
Die Sandkrugbrücke selbst ist auch erneuert.

Die Strecke vom Hauptbahnhof zur Charité, neben der sich die Geschäftsstelle der Gefäßchirurgie befindet, bin ich über 10 Jahre lang zu Fuß gelaufen.

So voll wie heute war es noch nie. Was für ein Menschengewimmel.
Und plötzlich, direkt vor meinen Füßen, auf dem Fußweg, der noch mit den großen Platten aus DDR-Zeiten gepflastert ist, eine kleine Maus!
Ich bemühte mich, nicht draufzutreten. Was mir auch gelingt. Nach wenigen Metern verschwindet das Tierchen unter der Verblendung eines Charité Gebäudes.

Die Maus war sehr erschrocken, so viele Menschen auf der Invalidenstraße anzutreffen, Touristen, Betrunkene, Menschen wie mich mit Rollkoffer. Nur mit Mühe entging sie dem Tod durch Zertreten werden. Dagegen war hier vor einer Generation, vor dem Mauerfall, eine gespenstische Ruhe, unterbrochen von wenigen Inhabern eines Passierscheins. Wenn jemand illegal über die Grenze wollte, wurde geschossen.
Ansonsten war es mucksmäuschenstill.

Die Nebenwirkungen der Windräder

Windenergie ist eine der Antworten auf die Klimaveränderung, die von einigen sogar als Klimakatastrophe bezeichnet wird.
So entstehen an den Küsten, im norddeutschen Binnenland und sogar auf dem Meer Windparks.
Viele wollen das nicht, weil die Windräder die Landschaft verschandeln, weil sie Schatten werfen, weil auch Vögel durch die rotierenden Flügel erschlagen werden können.
Und nun hörte ich ausgerechnet von einem befreundeten Physiklehrer noch ein Argument:
Indem man Windenergie in Elektrizität umwandelt, entziehe man dem System Energie, und zwar in relevanter Menge, nämlich im Gigawattbereich, und beeinflusse somit wiederum das Klima. Nach dem Energieerhaltungssatz müsse das auch Nebenwirkungen haben, und die seien

niemandem bekannt.
Mir fiel dabei ein, dass Physiker manchmal zu sehr extravaganten Gedanken fähig sind. Dass sie auch, wie ein Professor an der Bremer Privatuniversität, die schon mehrfach ihren Namen gewechselt hat, ein Leben lang über die Wirkung von Handystrahlen auf den menschlichen Organismus forschen. Als Arzt würde man sagen: Handys werden seit 40 Jahren benutzt, ohne dass jemandem etwas passiert ist. Das ist zwar ein riesiges Humanexperiment, aber so etwas machen wir ja auch ohne schlechtes Gewissen bei der Einführung neuer Impfstoffe.
Was auch Tierversuche spart.
Aber auch der Leiter der klinisch experimentellen Forschungseinrichtung meiner Alma mater, Bruder eines Nobelpreisträgers für Physik, beschäftigte sich mit Handystrahlen.
Und noch heute wird in manchen Bremer Stadtteilen die Errichtung von Mobilfunkmasten bekämpft. Bedenken können zäh sein.

Es ist bestimmt nur Zufall, dass die aktuelle Ausgabe der Zeit unter der Rubrik „Wissen" über Energie, das Elixier der Zukunft, schreibt. Da erfährt man, erst einmal, um welche Größenordnungen es geht. Allein die Herstellung von grünem Wasserstoff durch Windenergie liegt schon heute im Terawattstunden-Bereich.
Das flößt Respekt ein.
Man kann sich, glaube ich, gar nicht vorstellen, wie viel Energie seit Inbetriebnahme des Industriezeitalters als fossilen Energieträgern, aus Kohle, Öl und Gas gewonnen wurde.
Diese Energie ist jetzt in der Welt, erwärmt die Erde und die Meere, führt zu viel mehr Wind, zu viel mehr Stürmen, Orkanen und Tornados.
Es geht um so unvorstellbar viel fossile Energie, dass einer meiner Lehrer uns Schülern in den 70er Jahren erklärte, zur Jahrtausendwende würden die Ölreserven dieser Welt erschöpft sein.
Leider oder glücklicherweise war auch dieser Lehrer nicht

im Besitz der absoluten Wahrheit, noch immer wird Öl gefördert, und das mehr denn je.

Und jetzt kommen die Windräder, die diesen Wind mit ihren Rotorblättern ein klein bisschen abbremsen und Strom daraus machen. Wenn wir den Strom speichern, wird damit wieder ein bisschen kinetische Energie in potentielle Energie zurück- oder umgewandelt. Da die Klimaveränderung dadurch bedingt ist, dass zu viel kinetische Energie und Wärmeenergie im System ist, würde ich das als Arzt befürworten, bei Risiken und Nebenwirkungen soll man den ja fragen.
Wir brauchen Windräder, Solaranlagen, Wasserkraftwerke, und gute Ideen für die Zukunft.

Klosprüche

Die internationalen Kontakte nach Russland sind zum Erliegen gekommen. Auf der Distriktsakademie von Rotary am 22.4.2023 hieß es: „Der Länderausschuss steht". Auf meine Frage nach dem „Warum" antwortete man, das sei nachvollziehbar, wenn russische Bürger wegen Westkontakten 25 Jahre hinter Gitter müssten.
Mir fiel eine Reise ein, die ich zusammen mit meinem evangelischen Gemeindepfarrer zu unserer damaligen Partnergemeinde in der DDR machen durfte, in den 70er Jahren. Für mich war das sehr spannend: Zum ersten Mal in Ostberlin, das so aussah, als sei der 2. Weltkrieg erst vor ein paar Minuten zu Ende gegangen. Noch heute gibt es Häuser mit Einschusslöchern in der Fassade und Spuren des Häuserkampfes vor der Eroberung Berlins im Mai 1945, zum Beispiel in der Hannoverschen Straße und in der Invalidenstraße am Gebäude der Humboldt- Universität.
Damals trafen wir die ostdeutschen Mitglieder unserer Partnergemeinde in einem Mietshaus, und in Erinnerung geblieben sind mir nach 50 Jahren zwei Dinge:
Am meisten gefreut haben sich die Ostberliner über den Bohnenkaffee, den wir mitbrachten. Was zeigt, was im

Leben wirklich wichtig ist.
Als ich im Laufe des Tages mal auf die Toilette musste, wurde ich in den Keller geschickt.
Nach Beendigung des Geschäfts fand ich auf der Klorolle den Spruch: „Das Papier ist hier so rau, damit auch der letzte Arsch rot wird.“

Klosprüche sind häufig eindrucksvoll und manchmal echte Treffer. Klosprüche habe ich in meinem späteren Leben noch bei der Bundeswehr gefunden, und später im Studium. Wobei die akademischen Sprüche den militärischen an Humor, Witz und Geist knapp aber eindeutig überlegen waren.
Klosprüche kultivieren sich dort, wo man mit seiner Meinung nicht frei heraus sein darf, sie aber doch aus einem herausdrängt. So kommen sie aufs Klo.
Der Kontakt mit den bösen Leuten aus der DDR, den Systemgegnern, war für mich höchst spannend und erhellend, zumal wir abends in der Volksbühne noch ein Stück von Berthold Brecht sehen konnten: Der gute Mensch von Sezuan. Das war episches Theater. Das war nicht schwarzweiß.
Zurück in den Westen und in die Gegenwart:
Trotz der Einführung des Farbfernsehens durch Willy Brandt am 25. August 1967 ist die Berichterstattung leider häufig und weiterhin schwarzweiß.
Gerade in Kriegs- und Krisenzeiten gibt es nur Gut und Böse, schwarz und weiß, keine Farben, keine Grautöne.
Ich wünsche mir, dass wir ein anderes, differenzierteres Niveau erreichen, vielleicht Mal durch, statt plus minus, vielleicht mehr Helligkeit statt Kontraste.
Wir sollten Nachdenken, statt vorpreschen.
Statt Anne Will wünschte ich mir: Sonia kann.
Wir müssen steuern, statt driften.
Rotary meint dabei Rotation statt Stillstand, Wechselstrom statt Energieverlust. Fokussieren ist wichtig.
Wobei der Focus häufig durch deftige Überschriften besticht, ohne dass ein gewinnbringender Inhalt hinterlegt ist.
Bleiben wir also kritisch, wie das Magazin „Monitor“, vom

WDR, das mich seit 1965 begleitet. Meine Eltern fanden das nicht so gut, Peter Merseburger war zu weit links.
Bei meinen Großeltern lief das aber – und schon das war immer einen Besuch wert.
Den Krieg entscheiden nicht deutsche Waffenlieferungen an die eine Seite, die Kampfpanzer und anschließend Kampfjets haben möchte, auch nicht Chemikalien für Giftgas an die andere.
„Die USA reagieren auf den Umgang mit Alexei Nawalniy in Russland mit Sanktionen. Auf einer Liste des US-Handelsministeriums taucht außerdem die Chemiefirma aus Lilienthal auf, die einem Ukrainer gehören soll", schreibt der Weserkurier am 18.3.2023.
Beide Seiten zu beliefern, beendet keinen Krieg, ist aber gut für die Wirtschaft.
Dort, hinter gut geschlossenen Türen, wird sicherlich auch der Fortgang des Konfliktes verhandelt und entschieden.
„Sei wachsam" heißt ein Lied von Reinhard Mey, es ist von 1996 und es ist absolut aktuell.
Ein Lichtblick war der Telefonanruf eines Rotariers nach dem Ende der Distriktsakademie, der mir sagte, meine Frage nach dem Länderaustausch mit Russland hätte ihn beeindruckt.
Ich signalisierte Verständnis für die Haltung Rotarys und verwies auf die Situation in Deutschland im Nationalsozialismus, auf den Rausschmiss von Thomas Mann.
Wie ich aber hörte, gibt es seit über 20 Jahren gute Beziehungen nach Russland, vielleicht heute eher auf dem Niveau unserer Ostberlinreise vor 50 Jahren.
Das war die Zeit, als Stephan Sulke sang: „Der Mann aus Russland konnte lachen, fröhlich sein und Witze machen, war ein Mensch genau wie ich und Du."

WOLFGANG GEORG HERBOLZHEIMER

Ich, Dr. med. Wolfgang Georg Herbolzheimer, wurde am 24.12.1943 in Ansbach/Mfr. geboren als Sohn des OStDir. Dr. phil. Georg Friedrich Herbolzheimer und seiner Ehefrau Karoline, geb. Nees (bei den „Englischen Fräulein"). Großeltern Nees führend in Buntpapierfabrik Aschaffenburg, Albert in Chemischen Werken Albert Klingenberg, später in den Farbwerken Höchst. Entfernte Verwandtschaft zum Jazzmusiker Peter Herbolzheimer. Ich war nach dem Besuch des humanistischen Melanchthon-Gymnasiums in Nürnberg und dem Medizinstudium an den Universitäten Erlangen, Heidelberg und Kiel u.a. bei Prof. Dodt am Max-Planck-Institut für physiologische und klinische Forschung in Frankfurt/M. und Bad Nauheim, am Father Mullers Hospital Mangalore/Kerala (Ärztliche Mission in Südindien), dem Bundeswehr-Zentralkrankenhaus Koblenz, Chefarzt in Boosstedt bei Neumünster, sowie der Universitäts-Augenklinik München klinisch-wissenschaftlich tätig. Von 1982 bis 2008 praktizierte ich als selbstständiger Augenarzt in Aschaffenburg. Seither betreibe ich im Landkreis Aschaffenburg eine private Augenheilkundepraxis. Ich bin Teilnehmer bei IPPNW (Ärzte gegen den Atomkrieg). Bereits seit meiner Schülerzeit verfasste ich gereimte Gedichte, seit 1990 intensivierte ich meine poetische Schriftstellerei vor allem mit freien Rhythmen. 1985 bis 1988 war ich Redaktionsmitglied des „Augenspiegel", seit 1988 bin ich als Mitglied im wissenschaftlichen Beirat der „Therapiewoche", seit 1997 in gleicher Eigenschaft bei „Therapie und Erfolg" tätig. Ich bin redaktionelles Mitglied verschiedener medizinischer Periodika, Berufs- und Autorenverbände, gehöre der Arbeitsgemeinschaft deutscher Autoren (AdA), dem Verband Deutscher Schriftsteller/innen VS sowie der

offenen Literaturgruppe OLGA an, leite den Aschaffenburger „Poetenclub Pegasus“ (PCP), den Philosophenclub (APC) und Sondershäuser Verband (SV). Seit 1990 bin ich Herausgeber und Verleger von bibliophilen limitierten Erstausgaben von Kunstbänden (Temenos Verlag, www.temenos-verlag.de, temenos = heiliger Bezirk, www.buchhandel.de), die z.T. vom Künstler originalsigniert und nummeriert wurden, wie z.B. „Spiegel des Lebens“ und „Temenos der Liebe. Im Wunderlicht der Dichtung“ von Dr. phil. Georg Friedrich Herbolzheimer. „Was für eine schöne Idee, die Gedichte seines Vaters in einer so liebevollen Weise zu publizieren.“ (Dr. Brigitte Schad, Kunsthistorikerin, 05.01.2014)
Neben zahlreichen Fachpublikationen mit neuen Forschungsergebnissen veröffentlichte ich zunächst Lyrik und Kurzprosa in Anthologien und Zeitschriften. Im Jahr 2004 erschien im Contessa-Verlag mein erster Gedichtband „Eine Rose blüht für immer“, dessen bereits mehrfach vertonte Texte (Helbig, Gerlach) unter die „Besten Gedichte 2005“ in die Frankfurter Bibliothek aufgenommen und aus knapp 1000 eingesandten Beiträgen mit dem Jahrbuch-Preis des Mohland-Verlags 2006 ausgezeichnet wurden. 2007 folgte bei Contessa der satirische Erzählband „Frau Rauchschwalb am Kamin“. Mit dem Band „Tod am Kamin“, Ertappt! Ein Krimianalogon, der Erzählungen und Episoden aus den vergangenen drei Jahren versammelt, legte ich 2011 bereits mein zweites Prosawerk im Contessa Verlag vor (ISBN 978-3-936441-14-7). Die Zweitauflagen der beiden Story-Bände erschienen 2016 und 2018. Auch in diesen neuen, anekdotenhaften Kurzgeschichten nehme ich wieder in gewohnt ironisch-satirischer Manier menschliche Schwächen und Eitelkeiten, die kleineren und größeren Probleme und Missstände auf zwischenmenschlicher wie gesellschaftlich-sozialer Ebene – das Groteske und Abgründige hinter der scheinbaren Normalität und Banalität des Alltags – literarisch ins Visier. „Nach einstimmigem Votum der Lektorenkonferenz ist Ihr Werk so überzeugend, dass der August von Goethe Literaturverlag interessiert ist, weitere Texte von Ihnen kennenzulernen.“ (1.10.2013)
Von mir sind im Contessa Verlag bereits erschienen: Eine

Rose blüht für immer. Gedichte, ISBN 978-3-936441-03-1. Frau Rauchschwalb am Kamin. Erzählungen, ISBN 978-3-936441-08-6. Ebenfalls erschienen ist das auch für medizinische Laien interessante und großenteils verständliche Augenheilkundebuch: Praxis und Theorie in der Ophthalmologie, München 2003.
Verlag ad manum medici, ISBN 3-928027-23-9.
Hobbys: Ski-, Schlittschuh- und Inline-Skater fahren, Klavierspielen (z.B. Pathétique von Beethoven), Segeln.
Veranstaltung von Dichterlesungen, Literatur und Kunst. Sprachen: Englisch, Griechisch, Latein.
Meine Ehefrau Dipl. Ing. Renate Herbolzheimer, geb. Vaitl, plant mit mir eine spendenoffene Stiftung für sexuelle Opfer, bzw. einen Empathiefond.
www.dr-herbolzheimer.de (Erläuterungen zu 7 Büchern)
www.temenos-verlag.de / www.whoiswho.li

Science, Wissenschaft, fächert sich auf und schlittert auf der Glätte von Grundlagenforschung, auch mit mir entlang

Das latente Prinzip des Lebens

Seine Geburtsstätten

„Das Leben ist ein Traum, lautet der Titel eines Stückes des spanischen Dramatikers Calderón de la Barca. Die Daseinsform von Leben besteht aus komplexen Systemen bereits bei einfachen Organismen wie smarten Insekten. Die Selbstorganisation von Ameisenkolonien, Schwärmen von Fischen oder Vögeln stellen Emergenzen-Systeme dar. Die Aufrechterhaltung der Organismen ist nur möglich, wenn sie sich in einem ständigen Fließgleichgewicht mit ihrer Umgebung befinden, d.h. in einem energetisch offenen System mit ständigem Stoffwechsel- und Energieaustausch. Dabei stellt Emergenz (vom Lateinischen: auftauchen, zum Vorschein kommen) ein verborgenes Grundprinzip des Lebens dar; hier besteht ein komplexes Regelsystem, also die Homöostase. In den Emergenzen-Systemen sollten wir die Komplexität mit ihren Kipppunkten verstehen lernen.
Molekulare Netzwerke werden zum Beispiel in der Humanmedizin repariert. Die Funktionsträger sind Makromoleküle wie Proteine und Ribonukleinsäuren, aber auch Polysaccharide, Lipide und Phosphate, die auch als Enzyme die Stoffwechselreaktionen ermöglichen. Die Fortpflanzungsfähigkeit des lebenden Organismus ist an Makromoleküle, die Ribonukleinsäuren, gebunden so-wie an deren Fähigkeit zur identischen Verdoppelung. Ihre Funktion als Träger des genetischen Materials sichert den Informationsfluss über Generationen hinweg, die Bedingung für den Fortbestand des Lebens über das einzelne Individuum hinaus.

Die komplexen Systeme des Lebens sind aus einzelnen grundlegenden Elementen entstanden. Komplexitätsforscher sind dabei, die Konsequenzen zu ergründen. Diese Naturwissenschaftler können bisher keine relevante,

physikalisch/chemische Definition für das Phänomen Leben geben, wohl auch aufgrund ihrer wissenschaftlichen und womöglich metaphysischen Verstrickungen.
Emergenzen-Systeme liegen zum Beispiel im Gehirn mit seinem Bewusstsein, etc. Leben ist ein Gefüge von Zelleneinheiten und stellt ein einheitlich geordnetes Ganzes dar. Balance muss da sein.

Inzwischen wurden weitere wissenschaftliche Erkenntnisse über den 4,5 Milliarden Jahre alten Planet Erde auf den Weg gebracht. Er entstand aus Vulkanen, die das meiste Wasser generierten, sowie Lavaseen, mit einer Temperatur von 1.200 Grad Celsius. Nun sind atemberaubende Forschungen zur vitalen Mikrogenealogie auf den Weg gebracht worden. Vor 3,5 Milliarden Jahren ist wohl das erste Leben entstanden und zwar in submarinen Systemen, vor allem in Areal von Vulkanen; sind sie wirklich die Geburtsstätten des Lebens? Vulkane seien die Reaktoren, die Brutstätte des Lebens, heißt es. Der Beginn sei Phytoplankton, das vom Zooplankton angelockt wurde. Die entscheidende humanoide Wandlung des Planeten Erde erfolgte dann im Anthropozän.
Alles ist mit allem verbunden, Planet Erde eine einzigartige Koinzidenz, auch in unserem Sonnensystem.

Wie wertvoll und zerbrechlich sind Demokratie und Freiheit?

Pluralistische Ignoranz in einer kapitalistischen Marktwirtschaft

Im Kapitalismus werden die wirtschaftlichen, sozialen und politischen Beziehungen der Menschen sowie der Organisationen und Institutionen wesentlich von den Unternehmern, die über den Einsatz der Sachwerte und des Finanzkapitals verfügen, bestimmt. Die Verfügungsmacht wird direkt oder durch Delegationen ausgeübt. Während bei den kleinen und mittleren Unternehmen die Eigentümer häufig zugleich Leiter des Unternehmens sind, delegieren bei

Großunternehmen die Eigentümer, bzw. bei Kapitalgesellschaften die Aktionäre, ihre Verfügungsrechte an spezielle Leitungsgremien, einen Vorstand oder Aufsichtsrat.
Mitarbeiter und Mitarbeiterinnen in diesen Unternehmen wollen etwas leisten und ein Selbstwertgefühl generieren, und viele versuchen die Welt besser zu machen. Dabei taucht die Frage auf: „Welche Arbeit betrachten wir als wertvoll? Sind wir auf ein Leben ohne viel Sinn und Erfolgserlebnisse vorbereitet? Schon als Kleinkind können wir erkennen, dass wir uns als Individuum und die Welt unterscheiden. Intuitiv lernen wir, ein Selbstwertgefühl sowie Selbstachtung zu entwickeln. Allerdings werden wir in der kapitalistischen Marktwirtschaft auf ein Leben ohne viel Sinn nicht vorbereitet. Die angeborene Neugier kann zerstört werden. Erwartungen können mit der kapitalistischen Demokratie kollidieren. Oft erleben wir leere Versprechungen in den marktwirtschaftlich überlasteten Betrieben; auch 60% Umstrukturierungen ändern dabei nichts. Die Löhne bleiben hinter der Produktivität weit zurück. Am besten tragen die im Niedriglohnsektor Schaffenden für das Bruttosozialprodukt bei, am wenigsten die Manager in den oberen Etagen, die viel verdienen. Die Devise der Ergonomie in vielen Betrieben lautet: die Arbeitsbelastung ständig allmählich steigern, jeden Tag ist mehr zu tun. Vor allem im Niedrigsektor ist die Belohnung oft mangelhaft und die soziale Anerkennung und Wertschöpfung, also die entscheidenden, wichtigen Punkte, werden zu wenig dargestellt. Gegenseitiges Vertrauen, honorierender Respekt stellen stets auch einen Faktor für die Effizienz und Produktivität dar. Die meisten Menschen wollen etwas leisten, um die Welt besser zu machen. Doch Angst und Stresslevel steigen an, weil immer mehr gefordert wird. Viele sind dagegen nicht gewappnet, kennen ihre Arbeitsrolle nicht. Die meisten simulieren Zufriedenheit, und meinen, nur er/sie habe ein Problem. Die Reaktion auf chronische Überforderung führt, laut WHO zur Erschöpfungsreaktion. Diese Menschen fallen durch das Raster der pluralistischen Ignoranz in die Tiefe eines Burnouts. Manche enden in Schlaganfall, Herzinfarkt oder gar Suizid.

Es begann um 1900, als die Menschen begannen, an Maschinen zu arbeiten und ein System von Management entstand. Sie mussten stundenlang alle paar Minuten die gleichen Handgriffe durchführen. Es lauerten seither leere Versprechungen, das Ausnutzen von schlichten, gering honorierten Arbeitskräften, Manipulation und schließlich verfehlter Lebenssinn.
Je größer die Betriebe wurden, desto schwieriger wurde es, positiv effektive Wirksamkeiten sowohl für die psychische Gesundheit als auch für den Kapitalismus zu erzielen. Das Stiften für Identität und Gefühlen von Gemeinschaft sowie Staatsräson stehen an der Spitze von freier pluralistischer Demokratie.

Wie viel ist genug?

Der Kapitalismus funktioniert nur mit Wachstum; doch leben wir auf einem endlichen Planeten. Allerdings wird das Streben nach unendlichem Wachstum schlussendlich jedes kapitalistische System zerstören.
Karl Marx wusste das schon vor 150 Jahren und prophezeite bereits das Ende des Kapitalismus. Die Grenzen des exponentiellen Wirtschaftswachstums hat auch der Club of Rome bereits 1972 angemahnt.

Inzwischen rasen wir auf dem Highway des Agro Business mit überhöhter Geschwindigkeit dahin, so als hätte das niemand ernstlich zur Kenntnis genommen. Baumfäller verjagen z.B. die indigene Bevölkerung im Amazonas-Regenwald; dann folgt massenhafte Rinderzucht, anschließend Agrarwirtschaft von Soja- und Maisanbau unter Verwendung einer Reihe von giftigen Spritzmitteln, die mit Kleinflugzeugen verteilt werden, um die Produktion anzukurbeln. Daneben werden 15 Millionen Hühner im Jahr produziert.
Der Wald bringe uns ja keinen Nutzen, keinen Ertrag heißt es und schließlich werde ja ein Wachstum von 20 % erzielt. Der Monetarismus blüht, d.h. es ist immer mehr Geld in die Wirtschaft zu pumpen. Eine Rendite von wenigstens 4 %

wird künftig erwartet, Stillstand würde Rückschritt bedeuten.
Ist Wachstum überhaupt ökologisch vertretbar? Ohne wirtschaftliches Wachstum könnten zum Beispiel die meisten Schulden größtenteils nicht zurückgezahlt werden. Unsere Gesellschaft würde im Chaos versinken, denn wir werden an unserer Performance gemessen. Finanzgeschäfte stellen nämlich die Quelle des Kapitalismus dar. Es heißt u.a, die kalte Logik des Marktes, die Kunst des Spekulierens würde gewinnen.
Der freie Markt sowie die Welt des Finanzkapitalismus sind nicht mehr aufzuhalten; die Wachstumszahlen entscheiden. Wir sind nicht in der Lage einen Rückwärtsgang einzuschalten, ähnlich wie auch bei der Laufzeit von Atomkraftwerken oder sonstigen politischen Ungereimtheiten. Wir können uns schlichtweg nicht neu erfinden.
Die Finanzkrise 2008 stellte einen Schock über unser finanzielles System dar. Die Steuerzahler mussten für die Staatsschuldenkrise büßen und darunter leiden. Der Kapitalismus war in eine neue Eskalationsstufe eingetreten. Verzweiflung breitete sich aus wegen der automatisierten Technologie des Hochfrequenzhandels, der im Nanosekundentakt, also eine Milliardstel Sekunden-Rhythmus, arbeitet; Dies können nicht einmal die Wall-Street-Manager sicher kontrollieren, da ihre Hochgeschwindigkeits-Rechenzentren zu schnell sind. So kam es wenige Jahre später schon wieder zu einem weltweiten rapiden Abstieg der Kurse, der unbeherrschbar war. Die Banker konnten in ihrer hilflosen Not nur alle Geräte abschalten, um die maßgeblichen unbeherrschbaren automatisierten Maschinen mit ihren Algorithmen sicher zu beenden. Hier handelt es sich um einen Flash Crash.

Es finden sich schon lange große, tiefe Spalten in der Oberfläche des Kapitalismus, die inzwischen bis ins Herz des Systems reichen. Der Finanzkapitalismus verspricht mit seiner Wachstumsmentalität Wohlstand für alle. Doch es gibt allmählich immer weniger Jobs und es steckt zunehmend mehr Missmut oder gar Verzweiflung in dieser Technologie des komplexen adaptiven Systems wie in der Wall Street, einem führenden Motor unseres finanziellen Wachstums. Die Menschen werden ständig durch einen langen Boom angelockt, doch plötzlich sind sie pleite, verarmt oder suizidal gefährdet, weil ein schlagartig tiefer Abschwung eintritt, beinahe so wie es schon in diversen Spielbanken passiert ist. Leider haben wir nur sehr wenig aus den Krisen gelernt; doch damit steigen auch unsere Staatsschulden, nicht nur durch die Fehlgeburt des Euro. Es sind die Bürger, die in den nächsten Jahrzehnten zunehmend darunter leiden werden; doch die Weltwirtschaft muss am Laufen gehalten werden, auch wenn der Kapitalismus immer wieder in neue Eskalationsstufen eintritt. Es darf nicht zu einer weiteren Exazerbation des Wachstums und schließlich einer kollektiven Schizophrenie ausarten.

Unsere Psyche sollte angeblich am ehesten mit dem Pessimismus des Verstandes und dem Optimismus des Willens gewinnen.

Ganz deutlich wird das Problem auch in der Sendung "System Error" von ARD-alpha am 03.03.2021:

Warum sind wir so besessen auf Wirtschaftswachstum, obwohl wir wissen, dass ewiges Wachstum uns schadet? Warum treiben wir es immer weiter voran, obwohl wir seit über 40 Jahren wissen, dass die Wirtschaft auf unserem Planeten angesichts endlicher Rohstoffe nicht unendlich wachsen kann?

Dies ist ein großer Widerspruch unserer Zeit; er stellt die scheinbar unumstößlichen Spielregeln des Großen und Ganzen im Weltgeschehen eindrucksvoll in Frage.

Die Finanzkrise war eine große Chance; doch haben wir diese nicht genutzt und vertan.

In der Börse können wir weiterhin dem unberechenbaren Kapitalismus, der auch das globale Wirtschaftswachstum bestimmt bei der Arbeit zusehen.

Klimaaktivismus für Naturvielfalt und Artenschutz

Naturvielfalt und Artenschutz liegen auch in unseren Händen, wobei in der Natur jegliche Flora und Fauna miteinander verbunden sind. Da wir Menschen auch an der Spitze der Nahrungs-Kette stehen, sind wir für ein ausgewogenes Ökosystem verantwortlich. Um dies in einer Metapher zu artikulieren: Wir stellen auch die Bildhauer der Biodiversität und Artenvielfalt dar und müssen versuchen, die Lebensräume aller unserer faszinierenden Geschöpfe zu erhalten. Dazu gehören Wölfe und Bären, die allerdings nicht in die menschlichen Gebiete eindringen dürfen. Durch Wolfsrudel sind doch dort in den letzten 7 Jahren 8 Menschen umgekommen. Es ist jedenfalls unsere Pflicht, nachhaltig zu versuchen, das Artensterben zu bremsen. Das Schicksal des Menschen ist untrennbar mit dem vitalen, tiefgründigen Bauch der Erde verbunden.

Feuchtgebiete werden durch die Menschen leider oft in Beton-Dschungel umgewandelt. Gehören doch Lagunen, Deltas und Flussmündungen zu den artenreichsten Gebieten; denn in der Natur ist alles miteinander verbunden.

2030 werden 70 % der Menschen in Städten leben. Inzwischen landen schon 200 Millionen Tonnen Gülle auf unseren Wiesen mit der Folge massenhaften Sterbens von Mikrobiom, pflanzlichen und tierischen Lebewesen, Klimakiller, so schlimm wie durch den Wiederaufbau alter Gebäude, Schiffscontainer, Flugzeuge oder multiple Chemikalien der Menschen. Dazu belastet dann Ammoniak das Grundwasser, die Flüsse und Seen. Mit dem Kunstdünger verschwindet die Artenvielfalt. Lerchen und Kiebitze, sowie 1.000 Insekten haben schon ihre Heimat verloren. Auch in Afrika wird die Natur zunehmend minimiert, so ist vor allem die Anzahl der Wildtiere auf dem Rückzug und durch Waldrodungen für Ackerflächen stark reduziert; vor allem die Ikonen des Tierreichs, die Löwen, leiden sehr. Ein gut funktionierendes, kapitalistisches Mittel zum Zweck der Arterhaltung stellt vor allem der Luxus - Ökotourismus dar. Gerade im Krüger-Nationalpark wird auf diese Weise sehr für die

Erhaltung der wunderbaren Fauna plädiert. Nun wächst schließlich die Anzahl der Menschen gerade auf der Südhalbkugel sehr stark an: so hat sich die Bevölkerung in Afrika in einem Jahrhundert verzehnfacht. Sie benötigt natürlich deshalb auch immer mehr territorialen Lebensraum und kollidiert mit dem Klima-Aktivismus.
Erstickt die Natur im Turbokapitalismus? Wie kann die Artenvielfalt überhaupt erhalten bleiben? Ohne die 3.000 Tierarten in naturbelassenen Wiesen mit wunderschönen Blumen, wie ich sie schon als Kind begeistert auf schmalen Pfaden durchstreifte, ohne ein globales Waldmanagement, smart Cities, eine biozyklische Agrarwirtschaft, unter anderem mit einer Renaturierung und massiven Reduktionen von Pestiziden in der Landwirtschaft, und einer Minimierung der Bevölkerungsexplosion, auch mit freiwilliger, kostenloser Geburtenreduktion, wie zum Beispiel global die Antibabypille, etc. anbieten, auf Wunsch auch die Sterilisation von Männern und Frauen, kann die Menschheit nachhaltig kein Gleichgewicht mit der Natur in einem gemeinsamen Leben erzielen. Hat doch schon 1975 der Club of Rome warnend auf die Grenzen des Wachstums hingewiesen. Beispielsweise wächst die Millionenmetropole Bangkok, eine Stadt der Könige, die niemals schläft, mit ihren quirligen Straßen, in rasanter Geschwindigkeit. Auch steht der CO_2-Ausstoß in Verbindung mit der Anzahl von Menschen gerade in der Südhalbkugel unseres blauen Planeten im Kontrast zur Biodiversität. Vernichten doch Manöver und Kriege, oft provoziert durch senile, aberrierende Autokraten, weitgehend unsere Ressourcen und schädigen das Klima unseres blauen Planeten massiv. Die Abgase von Kampfmaschinen mit fossilen Verbrenner-Motoren sowie die Herstellung von Beton für die Restaurationsmaßnahmen stellen eine der größten CO_2-Schleudern dar. Im Übrigen ist der Transport von Flüssiggas nach Europa ein größerer Klimakiller als die gleiche resultierende Energieeffizienz durch Braunkohlekraftwerke.
In der Ukraine hilft nur ein Vertrag über den Status quo für etwa 20-30 Jahre, um den Angriffskrieg zu beenden; dazu Restaurations- und Wiedergutmachungshilfen für den

Wiederaufbau. Dann sollte neu verhandelt werden. Sonst droht noch eine weitere Vernichtung zum Beispiel mit einer der modernen kleineren Atombomben. "*Russland kann nicht verlieren, um sich mit Narzissmus,* wie aggressive, usurpierende Steinmarder mit ihren großen Pfoten, nicht *zu zieren. Ich bin tief empört, wenn die Ukraine so zerstört!*"

Nur in einem Gleichgewicht mit der Natur können wir eine Klimakatastrophe verhindern. Wir benötigen riesige Schongebiete auf unserer Erde ebenso wie in der Tiefsee, um unsere Wild- und Meerestiere mit der gesamten Biodiversität erhalten zu können.
Da dürfen beim Angeln mit riesigen Schleppnetzen nicht hunderte von Fischen jämmerlich ersticken. Das wird kaum beklagt, meist nur bei Säugetieren in der Landwirtschaft, wie den Schweinen, denen bei uns schon sozusagen ein 3 bis 5 Sterne Hotel zugebilligt wird. Aber auch Tiere selbst quälen sich, wie Orcas, die die Seehunde beißen und umherwerfen. Ist nicht dort in einigen Kilometern Tiefe des Meeres bei den vulkanischen Rauchern sogar unser Leben entstanden?
Wird womöglich auch die Naturvielfalt global im Turbokapitalismus ertrinken, wie zum Beispiel in der Ukraine, als im Mai 2023 Sprengkörper im riesigen Staudamm positioniert wurden, die im Juni 2023 zur Explosion gebracht wurden, um das Biotop mit seiner Getreidekammer und Naturvielfalt weithin zu vernichten und die Ernährung der Welt zu reduzieren. Wie sollen denn da die eskalierenden Produktionsziele der Landwirtschaft nachhaltig für die Menschheit funktionieren? Könnten Menschheit und Natur gemeinsam im Dickicht unseres universitären Spielballs, der auch alleine eine noch Milliarden von Jahren gemeinsam mit der Sonne leben wird, womöglich untergehen? Ein Umzug auf andere lebenswerte Planeten würde leider eine zu hohe Anzahl von Lichtjahren benötigen.

Zusammenfassung: Wer wird nun im Lebensrad des Daseins auf unserem Planeten Gewinner, wer Verlierer in ferner Zukunft sein? Wir sind in jedem Fall für die Erhaltung der Vielfalt in einem ausgewogenen Ökosystem verantwortlich. Inzwischen sind nur noch 6 % Wiesen laut den Schmetterlingsindikatoren ökologisch in Ordnung. Auch hier ist die Wiederherstellung der Artenvielfalt von Nöten. Der Beziehungskit zwischen Flora und Fauna muss erhalten bleiben und, soweit überhaupt möglich, renaturiert werden.

Dabei bleibt die Welternährung entscheidend bedeutsam.

Wie richten wir unser Leben akkurat und nachhaltig gemeinsam mit der Natur ein, um die Biodiversität und Artenvielfalt zu erhalten?

Gehen wir mit der Methode „Ackerland für Biogas“ den richtigen Weg?

Wird die Menschheit einen Looser im Dickicht unseres planetaren, universitären Spielballs darstellen?

Wie können wir die Fehler auf unserem blauen Planeten anhalten und weitere Optimisten und Weltverbesserer generieren? Die Funken von Innovation müssen weltweit überspringen.

Sollen wir Wiesen in Ackerland, wie zum Beispiel für Maisfelder, umpflügen, um biologisches Gas, also Biogas, zu erhalten? Wollen wir wirklich in Zukunft die Vielfalt der Natur mit ihren massenhaften Lebewesen wie beispielsweise Insekten und Bodenbrütern, zerstören? Ein klares Nein lautet die Antwort. Auch Pilze, wie Saftlinge, können da nicht mehr wachsen und sind dem Untergang geweiht.

Klerikale Selbstverständnisse?

Die römisch-katholische Kirche stellt die größte christliche Kirche dar und zählt global über 1 Milliarde Mitglieder; dabei finden sich rund 5 Millionen in den unierten orientalischen Kirchen und über 2 Millionen Maroniten sowie 10 Millionen in den unierten Kirchen des byzantinischen Ritus. In Afrika, Asien und Lateinamerika leben rund zwei Drittel aller katholischen Christen; ihre Situation ist durch große karitative und theologische Herausforderungen sowie Kontextualisierungen geprägt. Die kleinste Struktureinheit stellt die Pfarrei dar. Faktoren die die katholische Kirche in Westeuropa und Nordamerika maßgeblich beeinflussen, sind einerseits der gesellschaftliche Prozess der Säkularisierung und seine Folgen wie Entkirchlichung weiter Teile der Gesellschaft und geringer werdende Einfluss der Kirchen im öffentlichen Bewusstsein sowie andererseits eine wachsende Zahl kirchlicher kritischer Laien in der Kirche, deren innerkirchliche Reformen anmahnende Anfragen an die Amtskirche wie zum Beispiel die Rolle der Frau, das Zölibat und die Bewertung von Sexualität, usw. die Grundlage von kirchlichen Volksbegehren sind. Wichtige interkonfessionelle Lehrgespräche liegen in den Übereinkünften über ein gemeinsames Verständnis der Christologie und dem lutherischen Weltbund veröffentlichten Entwurf einer gemeinsamen Erklärung zur Rechtfertigungslehre vor.
Wer die Zölibats-Pflicht verletzt, ist kein Täter sondern ein Sünder; ihm kann vergeben werden. Weltweit gibt es seit Jahrhunderten Millionen klerikale Missbrauchsopfer, die lebenslang an sexualisiertem Missbrauch leiden oder gar in ihrer Verzweiflung Suizid begehen. Leider mangelt es der weltlichen Justiz noch immer an einer Beißhemmung. Es gibt auch heute noch keine Wahrheitskommission. Die systematischen Vergewaltigungen von Kindern und Jugendlichen, insbesondere im Alter von 8-14 Jahren, sprechen Bände. Die Kirche stellt eine pädo-kriminelle Organisation dar, die Beihilfe durch Unterlassung begeht und Täter schützt. Man spricht weiterhin auch von den Todsünden einer verrotteten, verlogenen Kirche, die mit systematischem

Schweigen und Vertuschungsstrategien über Jahrhunderte unter dem Nimbus der Unfehlbarkeit wie dem Papst Benedikt XVI, dem ehemaligen Kardinal Ratzinger, tätig ist. Die schriftlichen Beweise wurden zum Teil vernichtet und der Zugang zu den Opfern konnte erst ab 2010 öffentlich werden. Oft kommen die seelisch gravierend geschädigten Menschen trotz lebenslanger Traumatherapien psychisch nie mehr auf die Beine, sondern driften in Suchtorgien, Alkoholdelirien und Armutsfallen ab. Ich kenne persönlich derartige niederschmetternde Fälle, die ich zum Beispiel bettelnde und am Bahnhof getroffen habe und versuchte, sie wieder ins Leben mit Liebe zurückzuholen. Das ist mir wenigstens ein Stück weit mit Unterkunft, Verpflegung und monetären Übereignungen gelungen. Im Übrigen hat Martin Pusch, ein Münchner Rechtsanwalt einer ganzen Reihe von klerikalen Missbrauchsopfern juristisch geholfen. In Frankreich hat in Lyon Francois Devaux eine Betroffeneninitiative gegründet. In Deutschland ist der Professor Christian Pfeiffer dafür Vorreiter. Doch die Bischöfe, unter anderem auch Kardinal Marx, wollten nicht und vernichteten die Akten. So scheiterte auch hier die Aufklärung, da überall generell torpediert wurde; Datenschutz wurde dafür vorgeschoben; es ging natürlich nur um Täterschutz. So scheiterte weitgehend die Suche nach Beweisen durch Vertuschung und Vernichtung von Akten. Auch in Belgien war das Ergebnis aller Ermittlungsversuche gleich Null. Die Opfer wurden somit erneut traumatisiert. Im Jahr 2010 wurden erneut Todsünden der Kirche bekannt und zwar im Canisius-Kolleg in München; doch Kardinal Marx half nicht. Tausende Leben wurden rücksichtslos machthungrig, narzisstisch von Priestern zerstört und bei den Losern eskalierte Wut, Aggression und Ekel. Es handelte sich um ein perfides Spiel, da die Täter nie belangt wurden; angeblich kamen die Gutachten von 2010 zum Beispiel unter Verschluss. Die Wege der wenigen Opfer, die sich meldeten, führten durch die kirchlichen Instanzen ins Nirwana. Die Tat-Wort-Schere klaffte zu weit auseinander. In einem monarchistischen, klerikalen System kann eine Revolution nicht erwartet werden. Der institutionelle Narzissmus siegt

immer noch. In den USA finden sich vergleichsweise enorm hohe Zahlungen für die Opfer.
Nimbus der Unfehlbarkeit/
Macht-Missbrauch, Egomanie und Eitelkeit.
Tief verletzte Stimmen/
ewig himmelweit erklingen.

In einem Traum erblühen

Sollten wir nicht besser die Hülle vergessen
um den Kern zu finden?
Haben wir uns im Inneren
in unserer Seele verschlossen?
Finden wir den Sinn bei unseren Zielen im Leben
nur im Epizentrum während eines Flows?
Haben wir Angst vor der geliehenen Zeit
vor unserer Zukunft?
Vor passageren oder permanenten Unterdrückungen?
Kämpft nicht jeder um seinen eigenen Narzissmus?
Finden wir Brücken im Glauben?
Waren sie zwischen uns und Jesus nur defekt?
Wurden Auferstehungen schon seit Jahrtausenden imaginiert?
Sprechen Pyramiden und Pharaonen Bände?
Finden wir hier unerschöpfliche Quellen
an Formen und Möglichkeiten?
Die Wahrheit bleibt ein verschwiegenes Geheimnis.

Entwickelt sich der Klimawandel womöglich zur Klimakatastrophe *

Der Klimawandel wird ohne Atomkraft kaum zu bremsen sein; auch Pellets stellen CO_2-Schleudern dar. Im Übrigen sind Flüssiggas-Importe größere CO_2-Produzenten als Braunkohlekraftwerke.
Natürlich hat Söder recht, wenn er auf die wissenschaftlichen Analysen der Ratgeber von Politikern pocht, da diese nicht durchsetzen und sich sogar manchmal innerhalb der Ampel widersprechen. Leider wurden immer noch nicht die Politischen Regeln so geändert, dass auch einmal ein CSU Bewerber, also der kleineren Partei, zu Kanzlerkariere infrage kommen kann.
Niemand sagt, wie viel CO_2- und auch Methanabgaben, die Produktion und das Entsorgen von Windrädern, Wärmepumpen, Heizungen, Sonnenkollektoren, etc., weltweite Flüge von Politikern, das Abschießen von Raketen, wie durch Musk, etc. kosten. Wir sollten die Gesamtheit betrachten und die Tatsache, dass wir nur 1-2 % am Klimawandel in Deutschland ändern können und nicht überall versuchen, als christliche, altruistische Musterknaben aufzutreten. Dann arbeiten nämlich immer mehr Autokraten zusammen.
Im Übrigen wird die Klimakatastrophe mit einem Eintauchen der Megametropolen am Meer in etwa 100 Jahren durch den exponentiellen Bevölkerungsanstieg kaum aufzuhalten sein, ohne mehr weltweite Bildung und eine freiwillige, kostenlose globale Geburtenkontrolle von Frauen und Männern. Aber das wäre natürlich auch keine Garantie für eine nachhaltige Eindämmung des Klimawandels, obwohl sich die Spermienzahl durch diverse Umweltgifte weltweit etwa halbiert hat.

*Main-Echo- 16.4.23, SZ und FAZ (Leserbrief zu Dr. Söder-Vorstoß zu Bayern-AKW- deutliche Absagen)

Osteopathie

Osteopathie
heilen aber wie

Diese manuelle Medizin beruht auf ganzheitlicher Körperbetrachtung.

Sie will Heilungskräfte aktivieren,
Babies früh fürs Saugen schon trainieren,
viszeral sich nicht genieren,
Schulter mit Magen zu massieren.

Die Osteopathie ertastet Verspannungen, die sie durch sanften Druck löst ebenso wie Blockaden am gesamten Bewegungsapparat. Sie aktiviert Selbstheilungskräfte, teilweise auch Bindungshormone und stellt eine ergänzende authentische, somatische Therapie dar, die mit Druck und sanfter Berührung Heilungen bei orthopädischen Erkrankungen oder Funktionsstörungen erzielen kann.

Die Kräfte sanfter Berührungen

Berührungen prägen unser Leben, denn wir stellen soziale Lebewesen dar. Sie sind existenziell bei Säugetieren, beeinflussen auch unser Vertrauen und unsere Kontakte, intendieren, wen wir lieben, schaffen die Tiefe der Emotionalität, des Selbstgefühls oder können die Empfindungen von Wahrnehmungen des Stresses und der Schmerzen minimieren.
Berührungen sind ein biologisches Grundbedürfnis, können uns entlasten und entspannen.
Sie haben auch eine soziale Funktion, da sie uns mit anderen Menschen verbinden und helfen unser emotionales Gleichgewicht zu behalten. Sie finden am häufigsten im Gesicht statt, denn wir berühren uns dort am liebsten mit den eigenen Fingern.

Körperliche Kontakte regen das Reizleitungssystem an und sorgen dafür, dass das Kuschelhormon Oxytocin ausgeschüttet wird; sie sorgen somit auch für Verlässlichkeit und Sicherheit.

Das in Pandemien unvermeidliche Social Distancing kann zu Ängsten, Depressionen, Auftreten von Suchtverhalten sowie zu den irreparablen seelischen Schäden, vor allem bei Kleinkindern und Säuglingen, führen. Kuscheln, Berührungen gehören zu unserem biologischen Grundprogramm.

Neuerdings stehen taktile Onlineprothesen über Kunsthaut in der Forschung an prominenter Stelle; doch sie können persönliche Begegnungen kaum ersetzen. Die Sehnsucht nach dem realen Anderen bleibt. Es gehört zu unserem biologischen Grundprogramm. Die Kuschelsensoren wollen ein Leben lang trainiert werden. Allerdings können die C-taktilen Fasern gerade bei Senioren ihre Empfindsamkeit vermindern oder wir verlieren sie, wenn wir sie kaum oder nicht verwenden. Verlässlichkeit, Sicherheit und Geborgenheit sind gerade bei älteren Menschen bedeutsam. Der Tastsinn nimmt bei ihnen zwar ab, doch sie schätzen Berührungen umso mehr; Kuschelsensoren wollen ständig konsequent trainiert werden. Dann beglücken uns Berührungen und Bindungshormone ein Leben lang.

Vertrauen und Kontrolle

Vertrauen nimmt in der Gesellschaft immer mehr ab. Die Suche nach der Wahrheit wird zunehmend diffiziler. Vertrauen heißt, sich einem kognitiven Schema anzupassen. Ist denn nur sich selbst zu vertrauen unsozial? Wir setzten das neue mit dem Bekannten zueinander in Beziehung. Vertrauen soll im Spannungsfeld zwischen Wissen und Nichtwissen stehen. Mit Vertrauen akzeptieren wir, wie sich zum Beispiel ein Partner verändert. Es hilft, Stress zu vermindern, die eigene Wertschätzung zu verbessern und die innere Wahrnehmung zu schärfen.

Vertrauen ergänzt unsere Offenheit für die Welt im Spannungsfeld zwischen Kenntnis und Nichtwissen.

Es gilt, Vertrauen und Kontrolle von Fall zu Fall auszuhandeln; das können wir unbewusst oder klug berechnend.

Wie wertvoll und zerbrechlich sind Demokratie und Freiheit?

Pluralistische Ignoranz in einer kapitalistischen Marktwirtschaft

Im Kapitalismus werden die wirtschaftlichen, sozialen und politischen Beziehungen der Menschen sowie der Organisationen und Institutionen wesentlich von den Unternehmern, die über den Einsatz der Sachwerte und des Finanzkapitals verfügen, bestimmt. Die Verfügungsmacht wird direkt oder durch Delegationen ausgeübt. Während bei den kleinen und mittleren Unternehmen die Eigentümer häufig zugleich Leiter des Unternehmens sind, delegieren bei Großunternehmen die Eigentümer, bzw. bei Kapitalgesellschaften die Aktionäre, ihre Verfügungsrechte an spezielle Leitungsgremien, einen Vorstand oder Aufsichtsrat.

Mitarbeiter und Mitarbeiterinnen in diesem Unternehmen wollen etwas leisten und ein Selbstwertgefühl generieren, und viele versuchen die Welt besser zu machen. Dabei taucht die Frage auf: „Welche Arbeit betrachten wir als wertvoll? Sind wir auf ein Leben ohne viel Sinn und Erfolgserlebnisse vorbereitet? Schon als Kleinkind können wir erkennen, dass wir uns als Individuum und die Welt unterscheiden. Intuitiv lernen wir, ein Selbstwertgefühl sowie Selbstachtung zu entwickeln. Allerdings werden wir in der kapitalistischen Marktwirtschaft auf ein Leben ohne viel Sinn nicht vorbereitet. Die angeborene Neugier kann zerstört werden. Erwartungen können mit der kapitalistischen Demokratie kollidieren. Oft erleben wir leere Versprechungen in den marktwirtschaftlich überlasteten Betrieben;

auch 60 % Umstrukturierungen ändern dabei nichts. Die Löhne bleiben hinter der Produktivität weit zurück. Am besten tragen die im Niedriglohnsektor Schaffenden für das Bruttosozialprodukt bei, am wenigsten die Manager in den oberen Etagen, die viel verdienen. Die Devise der Ergonomie in vielen Betrieben lautet: die Arbeitsbelastung ständig allmählich steigern, jeden Tag ist mehr zu tun. Vor allem im Niedrigsektor ist die Belohnung oft mangelhaft und die soziale Anerkennung und Wertschöpfung, also die entscheidenden, wichtigen Punkte, werden zu wenig dargestellt. Gegenseitiges Vertrauen, honorierender Respekt stellen stets auch einen Faktor für die Effizienz und Produktivität dar. Die meisten Menschen wollen etwas leisten, um die Welt besser zu machen. Doch Angst und Stresslevel steigen an, weil immer mehr gefordert wird. Viele sind dagegen nicht gewappnet, kennen ihre Arbeitsrolle nicht. Die meisten simulieren Zufriedenheit, und meinen, nur er/sie habe ein Problem. Die Reaktion auf chronische Überforderung führt, laut WHO zur Erschöpfungsreaktion. Diese Menschen fallen durch das Raster der pluralistischen Ignoranz in die Tiefe eines Burnouts. Manche enden in Schlaganfall, Herzinfarkt oder gar Suizid.

Es begann um 1900, als die Menschen begannen, an Maschinen zu arbeiten und ein System von Management entstand. Sie mussten stundenlang alle paar Minuten die gleichen Handgriffe durchführen. Es lauerten seither leere Versprechungen, das Ausnutzen von schlichten, gering honorierten Arbeitskräften, Manipulation und schließlich verfehlter Lebenssinn.
Je größer die Betriebe wurden, desto schwieriger wurde es, positiv effektive Wirksamkeiten sowohl für die psychische Gesundheit als auch für den Kapitalismus zu erzielen. Das Stiften für Identität und Gefühlen von Gemeinschaft sowie Staatsräson stehe an der Spitze von freier pluralistischer Demokratie.

Virenwandel global im Futur

Naturschutz - Ökosysteme - Klimawandel - Pandemien- Bevölkerungsexplosion

Prävention – Monitoring – Informatik –Globale Gesundheit –
Forschung mit künstlicher Intelligenz, KI, in weltweiter Solidarität

Viren (lateinisch virus Schleim, Gift) stellen eine biologische Vielfalt in einer Länge von 20-300 nm Durchmesser dar, die nicht über die für Wachstum und Teilung erforderlichen Enzyme verfügen, sondern dazu Wirtszellen von Pflanzen, Tieren oder Menschen bedürfen, auf die sie meistens krankhaft wirken.
Sie enthalten als genetische Informationen entweder nur DNA, also Desoxyribonukleinsäure, oder RNA,
also Ribonukleinsäure. Bakterienspezifische Viren nennt man Bakteriophagen.

Welche pathogenen Virusse sind nun so sehr in der Nähe von Menschen, um sie zu infizieren? Die nächsten Epidemien oder gar Pandemien werden sich mit Sicherheit entwickeln; es besteht nur die Frage, welche Viren dazu führen werden, und wie wir eine wirksame Prävention zu finden vermögen. Das könnte nur mit globaler Solidarität und Zusammenarbeit in einem Intelligenzschwall von Einfällen gelingen.

Besonders gefährlich sind das Influenza-Virus und das Nipah-Virus. Dabei ist die Veränderung das größte Problem. Das Influenza-Virus ist ein wahrer Verwandlungskünstler. Immer noch wird daher ein universeller Impfstoff dagegen gesucht. Es dauert leider noch ca. fünf Jahre, bis er gefunden sein wird.
Das Nepal-Virus wurde bei Flughunden gefunden, die damit infiziert waren, aber nicht erkrankten. Auch der Dattelpalmensaft könnte diesen Virus übertragen; wir sollten ihn

jedenfalls sicherheitshalber abkochen, da ein Ausbruch mit einer Infektion durch diesen Virus verheerend wirken könnte.

Ein weiteres hochgefährliches Virus in Afrika stellt das Lujo-Virus in Sambia dar. Zurzeit findet es sich nur in Lusaka und Johannesburg. Drei Viertel oder gar 80 % sterben daran und zwar insbesondere wegen neurologischer Störungen und einem viralen hämorrhagischen Fieber.
Das Ebola-Virus verursacht innere Blutungen und hat in Nigeria schon zu 11.000 Toten geführt.
Es finden sich weiterhin eine ganze Reihe von tropischen und subtropischen Viren, insbesondere die Flavi-Viren wie zum Beispiel das Zita-Virus. Gefährliche Erkrankungen stellen unter anderem das Dengue- und das Westnilfieber dar.

Sind hier die Menschen den Urwaldtieren, z.B. Fledermäusen, zu nahe, um sich zu infizieren? Ist es vielleicht bei der Vogelgrippe H5 N1 oder dem Primaten-Arteri-Virus, der (noch) nicht gefährlich für den Menschen sei?, so Das steht in den Sternen, - derzeit ist es nicht so weit. Doch geraten unsere Ökosysteme immer mehr aus dem Gleichgewicht; in der Folge erhöhen wir damit das Pandemierisiko. Mehr Naturschutz könnte das Pandemierisiko vermindern. Schließlich gibt es sogar etwa 600.000 Viren auf der Erde. Wir müssen die Genomsequenzen der oben genannten Viren und vieler anderer genau untersuchen. Es sind globale Virenkataloge zu schaffen. Dazu ist eine weltweite Solidarität und Zusammenarbeit erforderlich, langfristige nachhaltige Methoden sind gefragt. Auch hier steht der Klimaschutz an vorderster Stelle. Es werden mehr und mehr Emissionen, die den Treibhaus-Effekt anfeuern, durchgeführt. Wir müssen tatsächlich mit einem Temperaturanstieg von 2,5° C und 14,5 Millionen toten Menschen sowie 12 Trillionen $ Kosten bis zum Jahr 2050 rechnen. Der Meeresspiegel wird wahrscheinlich über 65 cm bis zum Jahr 2100 ansteigen. Zwar werden ja, bereits eine ganze Reihe von Maßnahmen versucht, um diese fatalen Prognosen zu bremsen .Dabei sollten wir aber auch an die Bevölkerungsexplosion, gerade in der Südhalbkugel unseres blauen Planeten denken, die mehr und mehr beispielsweise mit Urwaldrodungen, etc. einhergeht; man könnte ja vielleicht auch mit kostenloser freiwilliger Einnahme der Antibabypille oder gar Sterilisation oder Kondomen, gar Abtreibungen wirksam nachhaltig helfen. Es könnte auch Zertifikate für eine geringere Anzahl von Kindern geben und so eine Vermeidung einer Vielzahl von Kindern gerade in Afrika, Asien oder Südamerika erzielen. So könnten wir versuchen die gesellschaftliche und negative trophische Kaskade in unserer Südhalbkugel zu lindern und bremsen versuchen, und bei uns in der Nordhalbkugel die Bereitschaft zur interkulturellen Adaptation erhöhen und verbessern.

Im Übrigen mäandern tiefgründige Gedankenwellen mit neuer Inspiration durch mein Gehirn. Da darf ich noch ein ganz anderes Thema erwähnen. Mir fällt auf, dass sich bei fast allen Säugetieren nur die Besten am meisten fortpflanzen dürfen; das sieht man bei den Kämpfen um die Weibchen zwischen den männlichen Stieren oder Elefanten, Löwen etc. so außerdem bei den uns nur zu 2-3 % nicht verwandten Primaten, den Affen wie Gorillas oder Schimpansen, alle ausgestattet mit emotionaler Intelligenz, usw. Bei uns Menschen ist es leider umgekehrt. Da pflanzen sich die am höchsten Ausgebildeten und Intelligentesten am wenigsten fort - (Bei uns sinkt ja beispielhaft immer mehr der Leistungs- und Qualitätsanspruch beim Abitur. Es fehlt überall der Nachwuchs wie in den Kliniken und Pflegeheimen, sowie die erforderlichen Arbeitskräfte. Die Frauen bekommen erst mit 31 Jahren im Durchschnitt ihr erstes Kind, die Männer mit 32 oder 33 Jahren). -
Da klingeln spannende Hintergründe und Zusammenhänge: Brauchen wir uns denn da über Konflikte, einen Kampf der Kulturen, auch durch senile, oft aberrierende autokratische Regierungschefs, globale Krisen, terroristische Unternehmungen, überhaupt noch zu wundern? Narzisstische, vielfach auf ihrem schwierigen Lebensweg frustrierte Ministerpräsidenten, Potentaten quälen einen riesigen Part der Menschheit; sie wollen sich wohl an ihrem Lebensende

noch ein Denkmal setzen. Die Welt und der oberste Gerichtshof in Den Haag schauen zu und lassen sich alles gefallen. Darüber wissen wir ja alle genau Bescheid und viele Menschen leiden mehr und mehr darunter. Resilienz bleibt überall gefragt. Auch können sympathisierende Gemeinschaften dabei lindern und Sicherheit bieten. Dabei denken wir auch manchmal an die Rudelbildung von Wölfen und vielen anderen Tieren, die in ihrer engen Struktur ebenfalls Sicherheit bieten und werden
in meditativer, prospektiver motivierter Hoffnung in kleinen Schritten durch unsere zerrissene, unpersönliche
Welt eilen und versuchen uns an einige Highlights unserer Leben zu erinnern.

ROLF KAMRADEK

Dr. med. Rolf Kamradek. Anders als der spontane Witz ist sein Humor das Ergebnis von Beobachtung, Abstand und ernsthaftem Nachdenken. So kommt er zu dem Schluss: Die Menschen sind komisch.
Im Sudetenland geboren, aufgewachsen in Bayern und Schwaben, als Student in Kiel und Marburg, als Arzt im Allgäu, in Schleswig-Holstein, im Schwarzwald und im Saarland, hatte der Wahl-Schleswiger reichlich Gelegenheit sie kennen zu lernen.
So begleitet er liebenswerte Neurotiker mit Sympathie, erzählt in seinen Büchern "Die Sau im Kirschbaum" (Theiss) und "Spätzleduft und Nordseeluft" (Husum) schwäbische Lausbubengeschichten und entführt mit den Reiseerzählungen "Pharisäer" (Mohland) in komische Welten.
Ganz anders in dem Politthriller "Die German Angst" (Bookshouse, Okt. 2013). Zusammen mit seinem Coautor Helmut Fuchs, setzt er sich mit berechtigten und irrationalen Ängsten der Menschen auseinander, allerdings nicht mehr humorvoll und satirisch.
Als Arzt, u.a. für Naturheilkunde, lernte er sie ebenso kennen wie übersteigerte Hoffnungen in die Heilkräfte der Natur.
So erschien bei Bookshouse, der satirische Roman "Josef und seine Träume" als E-Buch. Der Autor begleitet seinen Protagonisten bei einer Rehabilitation in die skurrile Welt einer Naturheilklinik und beleuchtet humorvoll und spannend Kommerzialisierung und Instrumentalisierung in der Naturmedizin.
Ebenfalls als E-Buch erschien in der Kindle-Edition der Roman "Der Schrei im Kalkberg", ein klassisches Abenteuerbuch für Jungen, Mädchen und Erwachsene, die das Genre lieben, ganz ohne Hexerei, Zeitsprünge und Aliens. Es schildert die Sehnsucht eines Waisenjungen nach seinem Vater,

greift Themen wie Alkoholismus, Illegalität, Fußball „entartete Kunst“, Kunstraub und Fälschung auf, und gibt, eingebunden in Maltes Gedankengänge, Einblicke in die Kunstgeschichte.
Ansonsten schreibt er regelmäßig meist satirische oder humorvolle Lyrik für die Zeitschrift "Schleswig Kultur" sowie Erzählungen für verschiedene Anthologien.
Als Herausgeber veröffentlichte er "CoLibretto", eine Anthologie der Autorengruppe CoLibri, deren Mitbegründer er ist, die unheimlichen "Geschichten aus dem alten Prag" seines Vaters Hans Kamradek und bearbeitete die deutschböhmischen Kleinstadtgeschichten seines Großvaters Josef Benoni ("Der Idiot von Landskron").

1960 Scheffelpreis

Am 10.12.2023 wurde dem Autor vom Förderverein für zeitgenössische Literatur Nordbuch e. V. anlässlich der Vorstellung der alle 2 Jahre erscheinenden Anthologie Fundstücke der 1. Preis für Lyrik verliehen.

Bei Seemann Publishing erschienen die folgenden Bücher:

2016: Die seltsamen Reisen des R. K.: Unterwegs in komische Welten - Reiseerzählungen der etwas anderen Art
2017: Der Hexenrichter Tschenkowitz: Eine Geschichte aus der Zeit der Hexenverfolgungen
2017: Der Schrei im Kalkberg: Abenteuer eines Waisenjungen
2018: Der Schimmelreiter und die Schöne Lau: 33 Dichtermärchen zum Vorlesen neu gestaltet
2019: KARL MAY der Traum vom Fliegen: Ein Schau- und Hörspiel in 35 Szenen geschrieben zum 175. Geburtstag des Dichters im Jahre 2017
2020: Virus: Ein dystopischer Kriminalroman

Warnung
Die Erzählung spielt im Jahre 1950 und verwendet damals gebräuchliche Ausdrücke

Das tote Reh oder Grausamkeit

Meine Mutter seufzte tief und sagte: »Kinder sind grausam«, und dann schüttelte sie den Kopf, nahm meine zerrissene Hose und fing an, sie mühsam zu nähen.
Wir waren überhaupt nicht grausam, und außerdem, woher wusste sie das mit dem toten Reh?
Der Luckinger und ich waren zwei deutsche Jungen, die von Negern verfolgt wurden. Er hieß Tex und ich Bill. Ich hatte mit meinem Degen schon dreihundert totgestochen und der Luckinger sogar schon dreihundertzehn. Aber die ließen nicht locker.
Mit dem Luckinger konnte man toll spielen. Er kannte nicht nur Karl May, sondern auch Billy Jenkins, Tom Prox und Texas Bill, den er aber nicht so gut fand. Die durfte ich nicht nach Hause bringen, weil sie Schund sind. Deshalb musste ich sie bei ihm lesen.
Auf dem letzten Billy-Jenkins-Heft lag ein gefesselter Cowboy mit dem Rücken auf einem Förderband, mit welchem er sich einer Kreissäge näherte. Sein Kopf war schon ganz dicht am Sägeblatt.
Aber das mit den Negern stammte von Rolf Torring. Rolf Torring ist auch Schund, und ich musste ihn auch beim Luckinger lesen.
Ich sagte schon, dass man mit dem Luckinger toll spielen konnte. Wenn man dagegen zum Schutte sagte: „Die Komantschenkröte ist zu feige, um den Tomahawk zu erheben, dann grinste er einen blöd an und fragte: »Was soll i jetzt sage?«
Außerdem trug er lange braune Strümpfe mit Strumpfhalter und hinten an den Oberschenkeln schaute unter der kurzen Hose ein halbmondförmiges Stück Haut heraus.
Und so wollte er neulich Winnetou sein. Es war lächerlich. Winnetou war nur der Luckinger, und ich war Old

Shatterhand. Wir rollten uns die langen Strümpfe sofort bis zu den Knöcheln hinunter, wenn wir um die Straßenecke waren – sogar bei Frost.

Wir waren auch Blutsbrüder. Wir haben uns mit einer Nadel in die Fingerkuppen gestochen, um das Blut voneinander zu trinken. Es hat nur nicht ganz geklappt, weil kein Blut kam, und wenn man tiefer stach, tat es weh. Es galt aber trotzdem.

Aber jetzt war Sommer, und die Neger drangen immer heftiger auf uns ein. Ich hatte inzwischen vierhundertzwölf abgestochen und den Luckinger überholt. Deshalb stach und schlug er mit dem Stock umso wilder auf die jungen Buchenstämme ein und keuchte. Dabei zählte er immer schneller: »Vierhundertacht – vierhundertneun – vierhundertzehn...«

Dann hatten wir uns Luft verschafft und sanken völlig erschöpft auf einer Sumpfinsel nieder. Meine ganze Hose war zerrissen, und ich glaubte, ich hätte noch nie so schön gespielt.

Plötzlich schrie der Luckinger: „Ein Krokodil!“

Wir sprangen auf und töteten die Bestie, denn sie hatte schon seinen Arm gefasst.

Durch das Geschrei hatten uns die Neger wiederentdeckt, und wir mussten nochmals kämpfen. Wir stachen noch einmal jeder hundert ab.

Aber diesmal wurde es nicht so schön, obgleich wir uns sehr anstrengten.

Der Luckinger wurde von den Negern in ein Gebüsch abgedrängt und stieß plötzlich einen Schrei aus.

Ich dachte, er sei in höchster Gefahr und sprang hinzu, um ihn herauszuhauen. Aber da lag ein totes Reh.

Lange schauten wir es an, und es hatte ein ganz großes Auge. Das andere konnten wir nicht sehen, weil das Tier auf der Seite lag.

Schließlich meinte ich, dass man aus den Füßen bestimmt gute Messergriffe machen könnte. Der Luckinger hatte ein Taschenmesser, und abwechselnd versuchten wir, die Füße des Tieres abzusäbeln.

Aber wir trauten uns nicht, fest aufzudrücken, denn das Reh

schaute uns immer mit seinem Auge an ...
»Das Messer ist zu stumpf«, sagte der Luckinger.

Später erzählte der Schutte, Wilderer hätten im Wald ein Reh geschunden und ihm die Beine abschneiden wollen. Sie hätten es liegen lassen, wahrscheinlich seien sie überrascht worden und geflohen.
Der Luckinger und ich waren empört. Wenn man die Kerle kriegt, sollte man sie aufhängen. *

*Rolf Kamradek, gekürzt aus „die Sau im Kirschbaum und andere schwäbische Lausbubengeschichten", Theiss Verlag Stuttgart 1996

Der Schlussstrich

Der alte Finkbeiner-Karle war bei der Marine und ist nachher an der Küste hängen geblieben. Aber auch nach sechzig Jahren schwätzt er immer noch sein unverfälschtes Schwäbisch, und da auch ich einmal im Ländle lebte, ist mir, wenn ich ihn auf dem Gang meiner Praxis sprechen höre, als ziehe Vertrautes durch die Räume.
Mich hat der Karle, trotz meines Namens, sogar als Landsmann anerkannt, und deshalb besucht er mich zweimal monatlich.
„So, Herr Doktor", eröffnet er das Gespräch. „Was machet mir heit?"
„Ja, was fehlt Ihnen denn, Herr Finkbeiner?" frage ich zurück.
„Ha, nix! - Aber Sie miaßet ja au vo ebbes lääba."
Ich finde dann etwas, wovon ich leben kann, und anschließend erzählt er mir jedes Mal einen deftigen Witz.
Doch letzte Zeit kommt der Karle schon alle zwei Tage und das, ohne einen Witz auf Lager zu haben. Er wirkt tiefsinnig und berichtet ohne Einleitung vom Krieg im Atlantik und von der Kindheit im Schwarzwald. Er vergleicht Spätzle mit Majonäsesalat, Zwiebelrostbraten mit Grünkohl und Schweinebacke, ja sogar Württemberger Trollinger mit Flensburger Pils. Er ordnet, wägt ab und zählt zusammen, dass mir richtig Angst um ihn wird, und tatsächlich sitzt er

eines Tages vor mir und will einen Schlussstrich ziehen. „Herr Doktor, mir zwee wellet a Gschäft macha“, sagt er. Mir schwant nichts Gutes. „Na, welches denn?“, frage ich.
„I zahl's au privat. De Krankakass goht sell nix aa.“
„Ja, um was geht es denn?“
„Ha - Herr Doktor - i tät halt bitta, dass Sie mir's Glomb wegmachet.“
Ich weiß nicht, was er meint, da wird der Karle deutlicher: „Wisset Se - i war neilich beim Frisör, ond do hon i en da Illuschtrierta glääsa.“
„Ja was haben Sie denn da gelesen?“
„Ha – halt vom Proschtaata-Krebs – ond dass da sell von de Hormone kommt. Vo de männliche.“
Mir schwant was. Er wird doch nicht etwa „sei Sach“ meinen?
„Ah, sage ich, „und da dachten Sie...?“
„Ha – i hon mir halt denkt, wenn Sie mir's G`lomb wegmachet, na wär a Ruah“, und nach einer Pause fügt er hinzu: „I brauch's ja nimmeh.“
Sein Gesicht wirkt depressiv.
Ich lasse fieberhaft den ganzen Siegmund Freud im Kopf vorbeiziehen, komme aber zu dem Schluss, dass eine Überweisung zur Psychoanalyse bei dem Achtzigjährigen wenig Effizienz verspricht.
„I zahl's au in bar“, lockt der Karle und greift in die Tasche.
Ich versuche dem Gespräch eine rationale Wendung zu geben und nehme schließlich, um den Karle zu beruhigen, eine rektale Untersuchung der Prostata vor, welche, außer der altersüblichen Vergrößerung, einen vollkommen normalen Befund ergibt. Ich erkläre ihm, dass keinerlei Indikation für einen urologischen Eingriff bestehe, für welchen ich im Übrigen mit meinem Fachgebiet auch gar nicht zuständig sei.
Trotzdem – der Karle ist nicht erleichtert, sondern weiter unzufrieden. Schließlich brauche er das „G`lomb“ nicht mehr. Und ich sei schuld, wenn der "Proschtaata-Krebs" dann halt nächstes Jahr komme.
Er schlurft hinaus und ich höre ihn noch eine Zeitlang am Empfang rumbruddeln.

„So a liadrige Ondersuachung lass i net nochamol macha", erklärt er den Arzthelferinnen.

Vierzehn Tage später sitzt mir der Karle wieder gegenüber. „Heit ondasuachet mir's Bluat", eröffnet er das Gespräch.
„Auf was denn, Herr Finkbeiner?"
„Ha – Sie send doch da Doktor!"
„Nun – vielleicht haben Sie eine bestimmte Vorstellung oder irgendwelche Beschwerden?"
„Nooi, gar net. Aber mir kenntet amol - ha, wia hoischt des jetz glei wieder - helfet Sie mir halt!"
Ich kann mich heute gar nicht in ihn hineindenken, und so fällt es ihm schließlich ein, was er will:
„I moi – mir kenntet amole auf – auf d' Siff ondasuacha."
„Auf Syphilis? Aber warum denn gerade auf Syphilis?" frage ich neugierig.
„Ha - grad, dass ma's halt au amol gmacht hot."
„Ja, könnten Sie sich denn infiziert haben? Ihr G`lomb ist doch nicht mehr..."
"Ha! – A Viertele han i halt gschlozt – bloß oi Viertele. Geschtern obad."
"Ja, und...?"
"Ha – nix weider – nur grad...."
Er schaut mich nicht an, sondern aus dem Fenster. Ich warte.
"...nur grad, dass halt mei Nochbare..."
„Was ist denn mit Ihrer Nachbarin?"
„Ha . die ischt halt au dabei gwe...."

Jensens Tod

Es lohnt sich einfach nicht. Ein halbstündiger Hausbesuch bringt nicht mehr als eine zehnminütige Stippvisite. Aus medizinischen Gründen ist er ohnehin unsinnig.
Auch heute wird wieder nur der Pädagoge sprechen. Der Herr Studienrat. Er wird dem Arzt seine rektale Körpertemperatur mitteilen – abgelesen um sieben Uhr – danach wird er ihn mit der Höhe seines normalen Blut-

druckes überraschen – selbst gemessen um sieben Uhr fünfzehn – und dann wird er ihm die Zusammensetzung und Wirkung seines Müslis verraten: Um sieben Uhr dreißig eingeweicht, nimmt er es, nach exakt zehnminütigem Quellen, zu sich. Dazu erklingt, obwohl er eigentlich Wagnerianer ist, Vivaldis Trompetenkonzert, denn Barockmusik stimuliert das Immunsystem. Eine Probe seines genau vierzig Minuten später, also um acht Uhr fünfzehn abgesetzten Stuhles, wird er dem Arzt, der mittwochs pünktlich um neun Uhr einzutreffen hat, auf einem rechteckigen Papptellerchen präsentieren.

Neun Uhr ist längst vorbei. Aber heute kommt Dr. Brenner nicht. Er braucht nicht mehr zu kommen. Seine Frau, der die Lektüre der Todesanzeigen obliegt, hat es ihrem Gatten schon während des Frühstücks mitgeteilt. Deshalb sitzt der Arzt, mittlerweile ist es schon elf Uhr, einsam in der Bank einer schmucklosen Feldsteinkirche. Ein schlichter Kiefernsarg steht vor dem Altar. Ein Kranz betont die Verlorenheit. Jetzt hat es also auch den alten Studienrat erwischt. Wilhelm Jensen. Nun ja, der alte Herr war siebenundachtzig geworden. Der Mediziner durchforstet sein Gewissen nach möglichen Fehlern in Diagnose und Therapie ohne sicher fündig zu werden. Gut – er hätte vielleicht noch einen ACE-Hemmer verordnen können! Aber den hätte der Pädagoge ja doch nicht eingenommen. Wie schon gesagt, die Visiten waren wirklich Unsinn gewesen. Den Totenschein hat der diensthabende Kollege ganz sicher, wie in solch unklaren Fällen üblich, mit der Diagnose eines Herz-Kreislaufversagens ausgestellt. Man würde noch telefonieren.
Sofort entschlossen, der Beerdigung seines alten Lehrers beizuwohnen, dirigierte er die für den Vormittag bestellten Patienten um – immerhin hatte der Studienrat beim letzten Abschied anerkennend, die Schulter des Arztes berührt, ein Novum, das milde stimmte.
Der alte Mathematiklehrer hatte ihm nämlich seine gewünschten Vitamine und Spurenelemente – alle unnötig, aber bei einem Privatpatienten verordnungsfähig – aufgelistet, allerdings nicht die Anzahl der benötigten

Packungen, sondern voll Tücke nur die täglich einzunehmende Dosis in Milligramm. Und so hatte Arzt, nach Abzählen der noch vorhandenen Pillen, die benötigte Menge der fehlenden und die sich hieraus ergebenden wirtschaftlichen Packungsgrößen errechnen müssen. Und diese Aufgabe – eine bekam er immer – hatte er diesmal offensichtlich zur Zufriedenheit seines Lehrers lösen können. Daher das Schulterklopfen.
Nicht immer war das so gut gegangen. Gleich von der ersten ärztlichen Liquidation hatte der Lehrer fünfzig Cent abgezogen, einen Additionsfehler auf der Rechnung rot angestrichen und am Rand, mit einem zweimal unterstrichenem „f“ noch einmal hervorgehoben.

Dr. Brenner wundert sich, dass außer ihm kein weiterer Trauergast anwesend ist. Keine Verwandten, keine ehemaligen Schüler, auch keine Angehörigen des Lehrkörpers die dem alten Schulmann die letzte Ehre hätten erweisen können.
Wundert er sich wirklich? Wer war schon gerne zu Herrn Studienrat Jensen gegangen? Er selbst hatte stets beklommen, bange im Herzen und einen Kloß im Hals, vor ihm gestanden.
„Setzen Brenner!“ Wie viel Verachtung hatte in diesen Worten gelegen.
Und die Lehrer? Es hieß, seine Kollegen mochten ihn auch nicht. Sie hätten ihn Korinthenkacker genannt. Diesen Spitznamen hatten auch die Schüler später übernommen.
Außerdem – seine Kollegen konnten ja gar nicht kommen. Natürlich – der Alte hatte sie alle überlebt.

Nach einer halben Stunde erscheint doch noch ein Trauernder. Der Arzt hört seine schlurfenden Schritte auf den Steinfliesen und hinter sich das Rascheln eines Mantels.
Aus der Sakristei tritt der Pastor, mit ihm sechs kräftige Männer, die sich gleich zu beiden Seiten des Sarges gruppieren um ihn hochzunehmen.
Überrascht erblickt der Geistliche die beiden Trauergäste.

Mit einer dämpfenden Handbewegung weist er die Sargträger an zu warten, und mit wohlgesetzten Worten und viel Herzlichkeit in der Stimme freut er sich, dass doch noch zwei Freunde des Verstorbenen gekommen seien, um ihm das letzte Geleit zu geben. Viel könne er nicht sagen über ihn, über den selbst die Tochter im fernen München, die er am Telefon sprach, kaum etwas zu sagen wusste oder sagen wollte. Auch ihr sei der Verstorbene weitgehend unbekannt. Früher, das wusste sie, habe er bei der Marine gedient.
Immerhin, der Pastor hatte die auch schon betagte Tochter letztlich bewegen können, einen Kranz zu bestellen und eine Zeitungsanzeige aufzugeben.

So, so. Ein Kind hatte der Jensen! Und bei der Marine war er! Und die Tochter wusste nichts über ihn. Bestimmt hatte er die Mutter sitzen lassen.
Sitzen lassen – das hatte er ja immer geliebt. Auch ihn, Brenner, hatte er sitzen lassen.
Wäre es nach dem Studienrat gegangen – nie hätte er studieren dürfen. Wie froh war Brenner gewesen, dass er nach dem Abitur dem Korinthenkacker endlich entkommen war. Und als er ihm nach Jahren unverhofft wieder begegnete, hatte sich sofort wieder diese Schwäche in der Magengegend ausgebreitet.
Obwohl Brenner damals schon Doktor gewesen war!

Es war ein Notfall. Ein Notfall für beide Seiten.
Dr. Brenner auf der seinen hätte am liebsten gekniffen, als er plötzlich, mitten in der Nacht, vor seinem ehemaligen Lehrer stand ...
Auf der anderen Seite – das war ihm klar – hätte sich auch der Studienrat einen anderen Arzt gewünscht, hätte sich niemals diesem Brenner anvertraut, einem Schüler, dem er einst die Hefte mit den Fünfen auf den Tisch knallte und der das Abitur nur wegen eines zweifelhaften Ausgleiches in Englisch doch noch bestand. Nie hätte er diesen Schwachmathiker zu sich zitiert, wäre der ihn sonst behandelnde Spezialist auch nachts erreichbar gewesen.

„Brenner, Sie sehen meinen entzündeten Finger", hatte der Pädagoge gesagt und der Arzt hatte beklommen genickt.
Der rechte Zeigefinger, so oft drohend erhoben, war im Grundglied hochrot, unförmig geschwollen und glänzte. Mittel- und Endglied aber waren bereits schwarz verfärbt. Ein gelber, ekelhaft stinkender Verband lag aufgeschnitten auf dem Tisch.
„Honigumschläge haben leider nicht angesprochen", erklärte der Lehrer. „Es hat sich ein Gangrän entwickelt", erklärte er weiter, „und nun müssen wir amputieren."
Der Arzt spürte einen Kloß im Hals.
„Amputieren?", fragte er heiser, „wir?"
Zu seiner Erleichterung präzisierte Herr Jensen sein Anliegen: „Ich benötige lediglich eine stationäre Einweisung von Ihnen, Brenner."
Der Kloß im Hals des Mediziners löste sich und er rief den Krankenwagen.

Dass der Arzt ihm nicht widersprochen hatte, musste den alten Schulmann von den Fähigkeiten seines Schülers überzeugt haben. Trotz dessen Fünf in Mathematik befahl er Brenner, nach erfolgter Operation und Entlassung aus der Klinik, ihn fortan jeden Mittwoch um Punkt neun Uhr zu besuchen, eine ungünstige Zeit, denn da begann normalerweise die Sprechstunde.
Dr. Brenner hatte sie fortan für diesen Tag um eine Stunde verlegt.

Er wisse nur, und leider wisse er es erst jetzt, dass der Verstorbene seine letzten Jahre ohne jeden Kontakt zugebracht habe, hört der Doktor den Pastor wie von Ferne sagen. Ein Kirchgänger sei er ja nicht gewesen. Und die anwesenden Trauergäste kannten den Verstorbenen sicher besser als er. Herr Jensen habe sich vereinsamt, verarmt und von allen verlassen verabschieden müssen. Vorwurf liegt in der Stimme des Geistlichen.
Im Arzt regt sich Protest. Da war immerhin die halbstündige Visite – jede Woche eine halbe Stunde. Davon zwanzig Minuten unnötig und unvergütet. Sicher, er hatte es nicht

gerne getan, hatte sich über die vergeudete Zeit geärgert – aber immerhin – eine halbe Stunde. Und das allwöchentlich!
Er hört den Pastor beten. Auf einen gemeinsamen Gesang mit der Trauergemeinde verzichtet er – Gott sei Dank. Die sechs kräftigen Männer nehmen den Sarg auf, heben ihn auf einen Wagen und beginnen zu schieben. Der Arzt dreht sich zum Mittelgang, lässt sitzend die Träger mit dem Karren passieren. Der Herr hinter ihm ist bereits aufgestanden um ihnen zu folgen. Auch Brenner müht sich aus der Kirchenbank.
Das Haar des Vorrausgehenden ist weiß, vergilbt und schütter, steht am hochgeschlagenen Mantelkragen ab. Und dann sieht es Dr. Brenner:
An der herabhängenden rechten Hand fehlt der Zeigefinger.

Der alte Mann verteilt drei Schaufelchen in die Grube und lauscht, den Kopf schief haltend, den Klopfgeräuschen die die Erde auf dem Sarg hervorruft. Dann tritt er zurück und wartet, bis auch der Arzt das Ritual erfüllt hat.
„Ich habe um neun Uhr gewartet, Brenner", sagt er tadelnd.
„Einerlei. So konnte ich der Beerdigung meines Namensvetters beiwohnen. War doch neugierig. Schade, dass ich ihn im Leben nicht kannte."
Versonnen schüttelt er den Kopf.
„Traurig, traurig – und dabei hatte er eine Tochter. Wenn ich eine Tochter hätte... Nun ja.
Also, Brenner, das nächste Mal sind wir wieder pünktlich!"

DAGMAR KÜHL

Geboren 1944 in Halle/Saale; Vater Flugzeugbauingenieur; wegen Reparationsleistungen des Vaters gezwungenermaßen von 1946–1952 Aufenthalt in der Sowjetunion, Einschulung dort; nach der Rückkehr Schulbesuch in Halle, Abitur 1962; von 1962–1967 Studium der Kunsterziehung und Geschichte an der Ernst-Moritz-Arndt-Universität Greifswald; von 1967–1993 Lehrertätigkeit an verschiedenen Erweiterten Oberschulen (Gymnasien) in der ehemaligen DDR.
Ab 1993 Arzthelferin und Praxismanagerin in der Praxis des Ehemannes Dr. Wolfram Kühl in Bremerhaven.
Zwillingssöhne und eine Tochter

Zum Heulen schön

Anfangs lag da nur die Pappe. Dort saß, neben der Einfahrt zu einem Supermarkt, ein schmaler älterer Mann. Den Kopf gebeugt, die Hände über den angewinkelten Knien gefaltet, eine flache offene Schachtel vor sich.

Nach dem ersten Euro, den ich ihm dort hineinlegte, hob er kurz den Kopf, lächelte dankend. Ein erstaunlich junges Gesicht, das so gar nicht zu seinen weißen Haaren passte. Welche Geschichte lag hinter ihm, was hat ihn auf diese Pappe gebracht?

Warum bat er nicht lauthals, mit klapperndem Becher um Spenden? Er wurde nicht frühmorgens mit einem Kleinbus in das Stadtzentrum gefahren und, ausgerüstet mit Karton und Becher, an einer der belebtesten Straßen postiert. Neben ihm stand kein Schild, auf dem in dürftigem Englisch um Gaben für drei hungernde Kinder gebeten wurde.

Im Laufe der Jahre musste ich mir des Öfteren Sprüche anhören wie diese: „Ich gebe nie etwas für Bettler, ich zahle schließlich genug Steuern!“ Oder: „Der dort sitzt, der hat bestimmt seinen Mercedes in der nächsten Straße geparkt, diese Bettler haben alle mehr Geld als unsereins!“

Ob jemand wirklich freiwillig und aus reiner Gier einen ganzen Tag auf einer Pappe hockt, im Straßenstaub, in gleicher Höhe mit Hosenbeinen und Hunden? Ich habe vor Jahren einmal beobachtet, wie ein Hund an einem schlafenden Bettler ein Bein gehoben hat. Sein Herrchen hat ihn nicht einmal weggezogen.

Wie erniedrigend muss es sein, jedem Passanten erwartungsvoll entgegenzusehen und dann die zahlreichen Enttäuschungen hinzunehmen? Sah „mein“ Bettler das auch so?

Seine ruhige, fast demütige Dankbarkeit für jede einzelne Münze blieb wohl nicht unbemerkt. Eines Tages, auf den Straßen stand noch die Nässe eines frühen Gewittergusses, ersetzte eine kleine zusammenklappbare Fußbank die Pappe. Er strahlte, als ich ihn darauf ansprach und zog hinter seinem Rücken ein aufgerolltes Cape hervor.

„Auch ein Geschenk", meinte er nur und verstaute den Regenschutz wieder.
„Hast du Kinder? Eine Familie?", wollte er einmal wissen. Als ich bejahte und meinte, dass sie längst erwachsen seien und selbst Kinder hätten, nickte er. „Familie ist gut, Kinder sind gut! Alles Gute für deine Familie!"
Von diesem Tag an fragte er immer wieder nach dem Wohlbefinden meiner Familie und gab mir stets gute Wünsche für sie und für mich mit auf dem Weg. Ein anderes Mal überwand ich mich und fragte ihn nach seiner Familie. Er winkte ab und nahm danach nur kopfschüttelnd die angesammelten Münzen aus seiner Schachtel.
Mittlerweile wusste ich, dass er Pako hieß, aber nicht, woher er stammte, wo sein Zuhause war. Zuhause? Spanien, Südamerika, Rumänien? Mein Spanisch ist nicht gut genug, um das an seinem Akzent zu erkennen. Als ich es genauer wissen wollte, meinte er nur: „Die Leute sind arm dort, sie haben nichts, sie können nichts geben."
Das ist alles geblieben, was ich je an Privatem von ihm gehört habe.
Inzwischen vermehrten sich seine Besitztümer um einen großen Sonnenhut, anstelle der Schachtel stand für die Spenden nun ein hübsches kleines Körbchen vor ihm.
Es freute und berührte mich sehr, wie ihm durch solche kleinen, bescheidenen Gaben Aufmerksamkeit zuteilwurde.
Aber ich ertappte mich auch dabei, dass ich, wenn ich auf meinen Fußwegen zum Stadtzentrum kein passendes Geld zur Hand hatte, die Straßenseite wechselte. Ich scheute mich wohl ein wenig davor, möglicherweise etwas Ähnliches zu erleben wie wenige Tage zuvor auf einem Wochenmarkt. Da hatte mich eine Frau mit weinerlicher Stimme gebeten, ihr doch ein wenig Geld zu geben, damit sie für ihre armen Kinder Kartoffeln kaufen könnte. Da ich nach meinen Einkäufen nur noch einen großen Schein im Portemonnaie wusste, sagte ich ihr das und lehnte ab. Darauf nahm sie ihre Börse aus der Tasche, öffnete sie und zeigte mir einige Zehn- und Zwanzig-Euro-Scheine und meinte, sie könne alles wechseln. Mein überraschtes Gesicht hat sie wohl auf ihren Fauxpas aufmerksam gemacht.

Mit einem roten Kopf verschwand sie in der Menge.
Aber auch Pako verschwand. Der Markt war geschlossen worden, die Einfahrt verbarrikadiert. Bald kündigte ein riesiges protziges Schild den Neubau eines Marktes einer weltweit bekannten großen Handelskette an. Das alte Gebäude wurde innerhalb weniger Tage zusammengeschoben, abtransportiert und schließlich an gleicher Stelle eine tiefe Baugrube ausgehoben.
Und Pako? Ich erwartete ihn an einer der anderen, ebenso belebten Plätze zu finden. Doch die besetzten längst andere Bedürftige.
Es ärgerte mich sehr, dass er nun, nach vier, fünf Jahren, von seinem längst zum Stadtbild gehörenden angestammten Platz vertrieben worden war. Auf meinen Wegen suchte ich auch stadteinwärts manchmal nach ihm, doch er blieb verschwunden.
Bis ich ihn, völlig überraschend, in einem anderen, nahegelegenen Supermarkt begegnete. Wir freuten uns beide darüber, und ich nahm sofort mein Portemonnaie aus der Tasche, um Versäumtes nachzuholen. Er lachte und schob meine Hand zur Seite.
„Danke, ich brauche das nicht mehr! Ein Mann auf der Straße, jemand wie du, der hat mir Arbeit gegeben!“ Sein Gesicht strahlte: „Ich brauche das nicht mehr! Ich arbeite jetzt, ich habe wieder mein Geld. Und ich habe eine Wohnung, auch von dem Mann. Ich danke dir, dass du mir immer geholfen hast!“
Ich wehrte seinen Dank ab. Mit guten Wünschen nach beiden Seiten hin trennten wir uns.
Es berührte mich sehr, ihn nach den Jahren auf seinem Bettelplatz nun so froh, ja glücklich wiederzusehen. Er war nicht von diesem Platz vertrieben worden. Jemand hat ihn mitgenommen, so einfach die Erklärung für sein Verschwinden von dort.
Als ich etwas später aus dem Marktgebäude kam, wartete er dort, streckte beide Hände aus, griff meine, drückte sie und sagte noch einmal: „Danke! Danke, weil du mich immer gesehen hast!“

Dann gingen wir auseinander. Ich konnte nichts dagegen tun, dass mich diese Begegnung zu Tränen rührte. Weil es eine kleine Geschichte mit einem schönen Ende war. Eine Geschichte, einfach zum Heulen schön.

WOLFRAM KÜHL

Geboren als Sohn eines Bildhauers in Stettin. Kindheit auf der Insel Rügen verbracht. Abitur in Schleusingen. Studium der Medizin und Psychologie in Prag, Berlin und Jena. Studium der Philosophie.
Ausbildung zum Facharzt für Augenheilkunde. Fachpublikationen in wichtigen europäischen Zeitschriften. Verheiratet, drei Kinder.

Habilitation in Greifswald. Zwanzig Jahre Chefarzt der Augenklinik im Bezirkskrankenhaus Schwedt/Oder. Seit 1993 Augenarzt in freier Niederlassung in Bremerhaven.

Aphorismen, Lyrik und Essays in verschiedenen Zeitschriften und Anthologien, insbesondere im Almanach deutschsprachiger Schriftsteller-Ärzte seit 2005. Sammelband „Aphorismen“ 1999 bei Haag und Herchen.

„Gesammelte Aphorismen“ 2008 im Ingo Koch Verlag Rostock.

„Aphorismen und Gedichte aus drei Jahrzehnten“, Verlag Tredition Hamburg.

„Das Wort im Licht“ Teil 2 und 3 Aphorismen aus vier Jahrzehnten. 2022 bei Seemann Publishing.

Aphorismen

Auch wenn die Wiege klein und possierlich, es hat das Grab sich daraus erwachsen.

Es braucht schon eine sehr lange Zeit bis aus einem ungestalten Knaben ein kräftig gutes Mannsbild geschnitzt ist.

Zeitvergessen in der Kindheit und der Liebe - fragile Ewigkeitsfragen.

Bei seiner Geburt ist der Mensch ein kleiner Kokon. Und alle wundern sich, was sich daraus entwickelt.

Der Mann macht einen großen Unterschied daraus, ob er von einer guten oder einer bösen Dirne ausgenommen wird.

In manchen Ehen herrscht Zugluft: Der „trockene" Wind der Grausamkeit.

Wer ein Leben nach dem Tod sucht, sollte zumindest Kinder haben.

Aus wenigen Buchstaben, Zahlen und aus Papier kann man ein Weltreich herstellen: ein Buch!

Wenn wir für unsere Grundhoffnung einen sicheren Pflock eingeschlagen haben, dann lässt sich im Umfeld sicher grasen.

Man sollte nicht zu viele Fehler machen! Aber manche muss man gemacht haben.

Worte können oft Tatsachen werden. Aber zu oft bleiben sie doch Schall und Rauch.

Wenn doch der Irrtum eine Farbe hätte, wir könnten uns so viel besser orientieren.

Die Künstler sollten eigentlich der Schönheit Gestalt geben, und so oft kommt nur Finsteres heraus.

Nicht nur die Entscheidungsämter pflegen die berüchtigten aseptischen Gesinnungen, sondern auch die Gerichte.

Die Eigen-, bzw. Selbsthypnose hat den schönen Vorteil, dass man den Heiler immer bei sich hat.

Kleine Wohnungen, kleine Häuser, große Häuser, große Paläste! Was zählt ist die innere Behausung!

Immer wieder schleicht sich das Gefühl ein, dass man seine schönsten Gedanken vergisst.

Alle wünschen sich ein sehr leichtes Leben. Haben sie nicht Angst, dass es zu seicht werden könnte?

Die Justiz und die Politik leben eigentlich von der Unschuldsvermutung. Den geringsten Abweichungen nach rechts droht aber die Faschismuskeule.

Manche sagen, die Liebe ist schmerzhaft. Sie sei launisch, führe zu nichts – dabei ist sie das Alpha und Omega.

Die Lust ist evolutionstechnisch sicher unabdingbar. Ob sie aber als Lustseuche auftreten muss, ist sicher fraglich.

Wer zur Ruhe kommen will, muss hart an sich arbeiten.

Liebe bringt mit dem ersten Augenblick die Wahrnehmung: Ich habe dich erkannt.

Zu den größten aller Dinge gehört die Liebe. Deshalb ist sie auch am schwersten zu verinnerlichen.

Wenn auch die Erinnerung der Wind hat verweht, dann wird es Zeit Abschied zu nehmen.

Liebe ist das einzige Geschenk, das sich verdoppelt.

Die Freude an der Oberfläche lässt sich mit allerlei mehr oder weniger guten Gaben des Alltags leicht erreichen. Aber es ist nur die Freude im Herzen, die beseelt.

Sie treiben sich überall herum, die Merk-, Erinnerungs-, Vokabel- und Aufgabenzettel. Aber der kleine gerahmte Glückszettel, wo ist er?

Das Wesentliche, das allen Augen verborgen ist, sieht das Herz.

Die Menschen sehnen sich immer so heftig nach dem Glück. Aber viele haben schuldhaft viel Glück verloren.

Echte Schönheit ist der Glanz und die Strahlung des Seltenen.

Auch wenn es nicht möglich ist, jeden Tag ein paar treffliche Worte zu finden, ein paar sehr bewegte Gedanken sollten es schon sein.

Selten entdeckt sich die große Freude zweimal.

Wer Gutes tun will, muss allseits beharrlich sein.

Ein sensibler Satz in fünf Worten kann wie eine Kleinbahn im Gebirge sein.

Trotz aller Bemühungen scheint die Eumonie – die „gute Ordnung" noch in sehr weiter Ferne zu liegen.

Wir haben heute sechszehn Bundesländer. Aber Schlesien, Pommern, Ostpreußen und die Sudeten speisen weiterhin ihre Kultur, Kunst und Geschichte ein!

Irgendwann kommt der Umkehrpunkt, wo man das Leben komplett rückwärts betrachtet.

Die heutigen Menschen aller Couleur betrachten sich als omnipotent. Dabei bleibt die Zeit doch immer in „göttlicher" Verwaltung.

Die Zunge ist ein sehr kleines Gebilde, aber sie kann eine Unmenge Bosheit erzeugen.

Der menschliche Geist kann aus sich selber Himmel und Hölle schaffen. Und lässt sich dabei von niemandem aufhalten.

Wer den Tag töricht beginnt, wird er ein starkes Tagwerk haben können?

Immer glaubt man, man könne aus den Fehlern anderer lernen, wenn es aber soweit ist, läuft man in dasselbe Gestrüpp.

Die schönsten Fehler sind die, die eine Zukunft haben.

Auch die sehr Klugen kommen erst zur Vernunft, wenn sie lange nachdenken.

Wenn wir etwas Gutes über die guten alten Zeiten lesen, dann denken wir, die haben damals genauso gelogen wie wir heute.

Die größte Prüfung Gottes für die Menschen war nicht die Vertreibung aus dem Paradies, sondern die Erfindung der Kampfaxt.

Wer seine Nachtträume vergisst, sollte in seinen Tagträumen die hellen Straßen aktivieren.

Jeder icherfahrene Mensch ist sich sicher, dass er unter Wert gehandelt wird.

Es gibt Leute, die glauben, dass in jeder Erkenntnis auch etwas Poesie stecke. Die Mathematiker wird es freuen.

Kein Gewissen ist zuverlässig ohne eine hartnäckige Grenzkontrolle.

Wenn auch das Herz im Alter seine Fühl- und Leistungskraft mindert, die Seele fürchtet das Alter nicht.

Das Herz ist so ein aktiver, starker Muskel. Und doch gibt es den Tod an gebrochenem Herzen.

Wo sollte unser Bewusstsein herkommen, außer aus ständig reflektierendem, vernetzendem Denken?

Der Weg von der Klugheit zur Weisheit führt durch sehr viele Sümpfe.

Wenn der Alten Tage grauer werden, dann werden die Jugendtage rosiger, um sie mit mehr Wehmut anfüllen zu können.

Die einfachsten Erkenntnisse sind oft die, welche am meisten Zeit brauchen.

Der Weg zur Weisheit ist wohl nur mit einer besonderen Gelassenheit zu finden.

Wer ein langes Leben hat erfahren, der wird auch in eigenster Sprache so viele Wandlungen durchlebt haben.

Wenn der Tod beständig ist, ist auch der Wechsel beständig.

Wer sich intensiver mit der modernen Kunst beschäftigt, dem entwickelt sich vor allem eines: Resignation.

Aus dem Weinberg des wilden geistigen Kelterns lassen sich selten Spitzenprodukte erzeugen.

Wer sich auch noch so gut mit dem Feuer, Eisen, Blasebalg und Schmieden auskennt, das eigene Glück schmiedet er nicht.

Der ephemere Zustand der Seele erlaubt es ihr vielleicht, die Ewigkeit abzutasten.

Auch nach intensiver Untersuchung, das Hässliche ist leichter zu verstehen als das Schöne.

In Zeiten der KI-Gläubigkeit und maximalen Reizüberflutung besteht immer noch der sonderbare Glaube, dass unsere Wünsche den Gang der Dinge wesentlich beeinflussen könnten.

Mit der Informationsexplosion stirbt anscheinend das Erhabene auch.

Ist die Vergangenheit nicht manchmal etwas, wo ein weiser Uhu auf deiner Schulter sitzt und dir ins Ohr uhu-t?

Dass ein Egozentriker in „Mich-Liebhaberei“ verfällt, ist nicht selten. Aber muss das gleich in Egoismus ausarten?

Für äußere Wunden gibt es sehr gute Pflaster und Salben. Aber das innere Weh findet Hilfe nur schwer.

Wer sein Ich zu einer guten Wohnung ausbauen kann, der ist ein sehr gemachter Mann.

Die Intelligenzija hat die Zeitverdichtung jetzt zunehmend provoziert, intensiviert und delegitimiert. Die Aussteiger erfinden die Berghöhlen neu.

Und immer wieder die Katastrophe neu. Ein Krieg blutet aus und zehn neue werden geboren.

Wenn dir eines Tages das große Glück unverhofft begegnet, so ist es doch nie ein treuer Freund.

Doch höher steigt der, der das Schönste geliebt, als der, der das Tiefste gedacht?

Wer in der DDR gelebt hat, weiß wie man Ideen, Überzeugungen, Bücher und Worte verfemt, verfälscht und auf den Index gesetzt hat. Und erlebt nun all dies in den USA und (WEST)Deutschland von neuem.

Das Außerordentliche sei das Maß aller Größe. Werden uns nicht aber doch die Kleinsten, die Mitochondrien und die Gene das Fürchten lehren?

Immer wenn ich mir einen großen Fehler aufdecke, suggeriere ich mir, das ist nicht mein Ich, das ist mein Nicht-Ich.

Jeder ist Herr seiner Welt. So denken viele. Aber ihr Innenleben kennen sie nicht. Ihre Seele genauso wenig wie ihr Mikrobiom. Aber beim Glaserl Wein, da wird man doch fündig.

Das schönste Wachstum kommt nur nach heftiger Anstrengung. Und wer möchte sich dem schon aussetzen?

Manche glauben nach dem ersten „Tod“ könne man besser lieben.

Die Vergangenheit ist nicht gar so selten ein Unglücksrabe auf deiner Schulter, aber so oft doch auch eine kleine Glücksfee.

Wenn der Mensch das Mysterium seines Bewusstseins entschlüsseln sollte, wird er auch nicht glücklicher sein.

Wer über seine Wunden zu sich selbst finden will, wird wohl auch zu einem Neurotiker.

Immer wieder versuchen die Menschen die Wahrheit zu behausen. Aber sie wohnt nicht in Schlössern, Akademien oder Hütten, sondern in Gedanken, Ideen, Wissenschafts-Analysen, die endlos auf den Prüfstand gestellt wurden, mit dem Ziel die Menschen zu verbessern und das Leben zu erkennen.

Alle Weisheit dehnt sich in einem merkwürdigen Spannungsfeld zwischen Kraft und Milde.

Es gibt in jeder Sprache besondere Worte. Das deutsche Wort Liebe ist auch phonetisch ein Diamant.

Als der Eremit lange geträumt hatte, glaubte er, er sei eine Libelle. Und nach einiger Zeit glaubte er, sie sei ein Eremit.

Die Kunst hat sich immer wieder um den goldenen Schnitt bemüht. Aber wir Menschen passen nicht recht hinein.

Die alte und die neue Zeit lassen sich so oft gefühlvoll sammeln – in eines klugen Sängers Lied.

Die Wissenschaft mit ihren futuristischen Prognosen verschmäht leider so oft den schnöden Alltag.

Wer sich in eine eigene Wortbildnerei begibt, der weiß, wie schwer es ist „fein gehobelte Hölzer“ zu erzeugen, da doch immer einige harte Balken übrigbleiben.

Manch ein Autor sollte sein Buch besser „zureiten“, man merkt ihm fehlen die Sporen.

Wenn unter den Millionen von Büchern die nützlichen und schönen ein wenig herausgestellt würden, es wäre der Welt sicher zum Vorteil.

Das „Ewige“ hat die Kirche erdacht. Das Unendliche die Philosophen und die Astrophysiker. Und dazwischen hängt das Menschlein wie ein Mehrtages-Glühwürmchen.

Wer der Kunst und Schönheit Gestalt geben will, der sollte vielleicht auch schöne Produkte abliefern.

Eine der entscheidenden Denkveränderungen wird es wohl sein müssen, dass wir die Umwelt als Mitwelt zu verstehen lernen.

Die Wortkonserve Buch ist doch der Tonkonserve CD in mehreren Dimensionen überlegen.

Manchmal gelingt es in der Kunst, uns den Staub von der Seele zu waschen.

Und als „wenn die Welt voll Teufel wär", das haben die aktuellen Kriege uns heute doch wieder einmal bewiesen.

Wie viele Menschen aber sind es doch, die in ihrem Inneren wissen, dass Lügen verbreitet werden, aber trotzdem daran glauben.

Die breithüftigen und breitbäuchigen Chargen des Überflusses haben auch einen Anteil an dem Umweltjammer.

Wer seine Küchenmesser wetzt und wetzt, der sollte auch wissen, wieviel Fleisch er hat.

Bei so vielen Menschen ohne Heimat ist doch das Wehmutherz nie mehr zur Ruhe gekommen.

Nun haben sie es endlich geschafft, die Ultraveganer: Alles was gut schmeckt ist vom Teufel.

So, wie viele heute keinen Familiensinn mehr besitzen, so haben sie auch kein Heimatgefühl mehr.

Die Todesvergessenheit der Moderne hat nie von Katastrophen, Erdbeben, Vulkanen, Tsunamis, Meteoriteneinschlägen oder Seuchen lernen wollen. Ein kleines Coronavirus justiert alles neu.

Die Zahl der heimatlosen Gesellen ist heute auf merkwürdige Weise exponentiell gewachsen.

Und wenn die Welt untergeht, wird es noch immer Druckereien geben, die Lügen verbreiten.

Manche Genchirurgen glauben, dass das Altern ein Schiffbruch sei – relativ leicht zu beheben. Aber selbst das Universum altert erheblich.

An den Rändern der Macht entsteht immer wieder etwas Abschaum. Kunstvoll wird es verstanden, diesen zu verbergen.

Und die, die hinausgegangen sind, um die Welt zu erkennen, die haben doch oft nichts erkannt.

Wenn die Grünen und Klimaforscher die Kieselsteine entdeckt haben – auch sie haben Träume gehabt.

Die philosophischen Großtaten werden durch den Verlust des Sensitiven immer kärglicher ausfallen.

Vielleicht gibt es nur zwei Kategorien von Menschen: Die Kaltblütigen und die Trostbedürftigen. Letztere scheinen sich heute stündlich zu vermehren.

Das Zusammenleben der Völker wird sich erst verbessern, wenn eine gemeinsame Wertewelt durchgesetzt worden ist.

Wer so hohe Ziele mit uns hatte, sieht er nicht in des Menschen Zeit eine Sackgasse der Evolution?

Die Jünger und Apologeten der KI setzen sich ständig eine Krone des überbordenden Fortschritts auf.

Viele junge Frauen sagen heute: Ich will keinen Mann, ich will keine Kinder, ich will nur einen Hund. Also sind sie auf den Hund gekommen.

Die Futurologen sind weitgehend der Ansicht, dass sie zwanzig bis dreißig Jahre vorausberechnen können. Wie die Wirtschaftskrisen und die Coronaepidemie beweisen, sind es höchstens vier bis fünf Jahre.

Ist Geld wirklich das Allheilmittel? Auch für alles was schmerzt?

Die Furie des Versschwindens ist besonders über die schönen alten deutschen Wörter hergefallen.

Die Grünbewegten wollen uns glauben machen, das Automobil sei eine Erfindung des Teufels. Aber es gibt so viele Regionen und Wetterunbilden, die überwinden die Tretfüßler nie.

Die Konditoreien wollen, das wir uns mit Süßigkeiten vollsaugen, und die Gesundheitspropheten wollen uns mit Insekten und Algen füttern.

Es gab noch Zeiten, wo sich die Menschen um Edelsinn bemühten. Heute ersticken die Medien in Vulgaritäten.

Die modernen Gesellschaften scheinen in deprimierender Weise alle die Wahrheit zu verachten.

Wenn ein Krieg in Frieden überführt werden soll, geht nichts ohne Demut.

Das Hauptproblem aller Herrschenden sind die imperialen Gelüste.

Die Grausamkeiten, die die Menschen sich heute immer wieder ausdenken, sind doch alles Atavismen aus der Zeit der Saurier.

Die Sprache war früher einmal ein Herrschaftsinstrument. Heute ist sie ein Diktum der Straße.

Der Mensch, der seine geistigen Fähigkeiten deutlich steigert, kann auch sein Aktionspotential auf eine neue Stufe heben.

Die von der Politik und der Mehrheit akzeptierten Wahrheiten sind leider oft die fragwürdigsten.

GUNTER KLOSINSKI

Geb. 1945 in Wüstenrot, Kreis Heilbronn.

Arzt für Psychiatrie und Psychotherapie.

Arzt für Kinder- und Jugendpsychiatrie und Psychotherapie.

1986-1990: Lehrstuhlinhaber für Kinder- und Jugendpsychiatrie der Universität Bern.

1990-2010: Lehrstuhlinhaber für Kinder- und Jugendpsychiatrie der Universität Tübingen.

1964: 1. Preis der Internationalen Sommerakademie für Bildende Kunst, Salzburg (Schule des Sehens von Oskar Kokoschka), Malereikurs.

Seit 1972: Mitglied des Tübinger Künstlerbundes.

Einzel- und Kollektiv-Ausstellungen im In- und Ausland.

Gedichtbeiträge in zahlreichen Lyrik-Anthologien: Ärzte-Lyrik Heute, Breit, 1975; Wortgewichte, Banaschewski, München, 1978; Spektrum Zürich, 1979.

Seit 1978: jährliche Beiträge im Almanach deutschsprachiger Schriftsteller-Ärzte

GEDICHT-UND BILDBÄNDE:

Klosinski, G.: Aquarelle, Meditationsbilder, Collagen. Attempto-Verlag Tübingen, 2000.

Klosinski, G.: Innenwelt – Außenwelt (Fotocollagen). Attempto-Verlag Tübingen 2005

Klosinski, G.: Ein Händedruck der Zeit – Gedichte und Collagen. Mit einer Einführung von Karl-Josef Kuschel. Attempto-Verlag Tübingen, 2007

Kuschel, Karl-Josef und Klosinski, Gunther: Buddha und Christus – Bilder und Meditationen, Patmos-Verlag, Düsseldorf, 2009

Klosinski, G.; Strähne Zeit – Gedichte. Mit einer Einführung von Karl-Josef Kuschel. Klöpfer & Meyer-Verlag Tübingen,

2012
Kuschel, Karl-Josef und Klosinski, Gunther: Auf Tod und Leben. Begegnungen mit der Endlichkeit in Bildern und Texten. Patmos-Verlag der Schwabenverlag AG, Ostfildern, 2012
Klosinski, G.; Die Stille verschweigen – Gedankensplitter, Geistesblitze. Mit einem Nachwort von Christoph Fasel. Klöpfer & Meyer Verlag, Tübingen, 2013
Klosinski, G.: Übergänge – Transitions. Mit einer Einführung von (With an introduction by) Karl-Josef Kuschel. Wasmuth-Verlag Tübingen/Berlin, 2014
Klosinski, G.: Sprichwörter – gedreht und gewendet. Mit einem Vorwort von Christoph Fasel. Klöpfer & Meyer Verlag, Tübingen, 2015
Klosinski, G.: Wie ich mir – so ich dir. Aphoristische Annäherungen an den Seelenfrieden. Mit einem Geleitwort von Gerhard Eschweiler. Schattauer Verlag Stuttgart, 2016
Klosinski, G.: Unter Wegs und Abseits. Mit einer Einführung von Christoph Fasel. Wasmuth-Verlag Tübingen/Berlin, 2016
Klosinski, G. und Biesinger, A.: Zweifel an Gott – Kleines agnostisches Kompendium. Herder-Verlag, Freiburg i.Br., 2017
Klosinski, G.: Was unter die Haut geht – Aphorismen. Mit einem Vorwort von Karl-Josef Kuschel. Klöpfer & Meyer Verlag, Tübingen, 2018
Klosinski, G.: Um-Schreibungen. 200 Aphorismen über Gott und die Welt. Mit einem Vorwort von Christoph Fasel. Laupp & Göbel, Gomaringen, 2019
Klosinski G.: Wenn Bilder sprechen und Worte malen. Mit einem Vorwort von Karl-Josef Kuschel. Klöpfer, Narr GmbH Tübingen, 2020.
Klosinski G.: Mein lieber Schwan – Aphorismen und Bildmontagen. Laupp & Göbel, Gomaringen, 2020
Klosinski G.: Leitsprüche geklopft und PI mal Daumen abgewogen. Laupp & Göbel, Gomaringen, 2021
Klosinski G.: Auf den Punkt gebracht – kurze Gedanken. Körner Edition Klöpfer, Körner Verlag, Stuttgart, 2021
Klosinski, G.: Zweizeilige Kurzwahrheiten – Epigramme. Mit

einem Vorwort von Christoph Fasel.
Laupp & Göbel, Gomaringen, 2022
Klosinski, G.: Zwiesprache mit Händen& Füßen, Gedanken – Bilder & Fotomontagen.
Laupp & Göbel, Gomasringen, 2022
Klosinski, G.: Faltungen - Bilder & Aphorismen Laupp & Göbel, Gomaringen, 2023

SICH SELBST EIN BEIN STELLEN

Wer sich selbst ein Bein stellt tut gut daran
Schon vorher über seinen Schatten zu springen

BESTIMMTE DINGE

Bestimmte Dinge nicht gemacht zu haben
Kann manchmal noch schöner sein
Als sie sich immer wieder ausdenken zu müssen

BEMÜHENSZUSAGE

Eine Bemühenszusage wird als gesichert erachtet
Solange der Lagerbestand an Vorratshoffnung
Nicht überquillt

ANSPRUCHSLOSE HOFFNUNGSLOSIGKEIT

Ist die letzte Geheimwaffe
Des Verzweifelten

STREIT

Der Streit ist der Vater aller Dinge
Die sich nicht einig sind
Wen die Mutter am liebsten hat

PRÄSUIZIDALE GEDANKEN

Wer nicht aus noch ein weiß
Hält sich die Option offen
Sich aus- oder einzuschließen

HÖHERES ALTER

Lässt zu wünschen übrig
Was Wünsche betrifft

VOM ZUTRAUEN UND VORBEHALT

Wir fürchten uns vor und sehnen uns nach
Dem Zutrauen das Andere in und zu uns haben
Und wir vertrauen auf den Vorbehalt
Den wir Anderen entgegenbringen
Weil wir uns vor uns selbst fürchten

IRREN IST MENSCHLICH

Es lebt der Mensch solang er irrt
Selbst wenn er ist total verwirrt

DIE TÄTOWIERUNGSFRAGE

Sollte was uns heute gut zu Gesichte stünde
Uns für immer ins Gesicht geschrieben werden

WER BIN ICH

Der letzte Hintermann
Hinter meinem nächsten Vordermann

ALLWISSENDE GÖTTER

Ihre Hintergedanken übersteigen bei weitem
Die Unbegrenztheit ihrer Allmachtsphantasien

VOR ANKER GEHEN

Die Liebe geht mit der Hoffnung vor Anker
Der sich lichtet durch Mitgefühl wenn sie berührt wird

DAS SCHWEIGEN ÜBERHÖREN

Ist
Wer das Schweigen überhört
Schwerhörig oder taub

LAUTLOS LEISE EWIG UND GEMACH

Was habe ich vor im Leben danach
Das Funkeln der Sterne zu summen
Lautlos leise
Auf seltsame Weise
Nicht zu verstummen
Ewig und gemach

GEWISSENSBISSE IM ALTER

Gewissensbisse Hochbetagter sind selten
Wegen der oft fehlenden Zähne

EINGEFRORENE WAHRHEIT

Muss überreife Wahrheit die nicht faulen soll
Eingefroren werden

STOSSGEBETE

Stoßgebete riskieren
Dass sie an den Pfosten
Der Himmelspforte anecken

OHNE WEITERES

Ohne Weiteres
Geht es nicht weiter
Mit weiterem Zutun
Ist es oft nicht getan

VORHABEN LEBEN

Nachsuchen
Nachempfinden
Nachsehen
Nachgeben
Vorsehen
Vorhalten
Vorbehalten
Von weiteren Vorhaben
Absehen

GEWISSENSKÄMPFE

Wir können uns nur schlecht und recht
Gegen ein schlechtes Gewissen wehren
Was aber wenn sich ein gutes Gewissen
Gegen uns verwahren würde

ZWISCHENRÄUME

In den kleinsten Zwischenräumen
Lässt sich meistens trefflich träumen

EINMAL NICHT GESTORBEN ZU SEIN

Manche würden sich gerne wünschen
Später einmal nicht gestorben zu sein
Aber heute schon sich daran erinnern zu können

WELTGEDENKTAGE

Sind Weltgedenktage nicht auch dazu da
Um all jener Menschen auf der Welt zu gedenken
Für die nicht aller Tage Abend sein wird

TRAUMBILDER

Gebilde die Nachsehen gewähren
Ohne Gewähr

ERAHNEN UND ERDENKEN

Was sich erahnen lässt
Muss nicht mehr erdacht werden
Doch was erdacht wurde
Lässt sich oft nicht mehr erahnen

SELBSTGESPRÄCHE

Selbstgespräche sind selbstredend
Sie bieten den Vorteil
Auf uneingeschränktes Selbstverständnis zu stoßen
Und geben das gute Gefühl Gehör zu finden

WER IMMER ZU SPÄT KOMMT

Wer immer zu spät kommt
Hat die Erfahrung gemacht
Wenn er zu früh kommt
Regt sich niemand auf
Und wenn er pünktlich ist
Merkt es niemand

KLEINMÜTIGE

Kleinmütige wachsen über sich selbst hinaus
Wenn Großmütige sie bewundern oder adoptieren

EINVERNEHMLICHER DISSENS

Wenn man sich einig ist
Dass alles anders ist
Als der Andere denkt

GLAUBE AN DAS SEELENHEIL

Wenn alte Rechnungen beglichen werden
Muss das Seelenheil daran glauben

REIFESTADIEN DER WAHRHEIT

Unreife Wahrheit schmeckt sauer und bitter
Überreife hat einen fauligen Nachgeschmack

WERTVOLLSTE LÜGEN

Wertvollste Lügen
Sind aufwendig edel verlogen

DER ALLES ENTSCHEIDENDE AUGENBLICK

Was für ein Gefühl beschleicht wohl
Den alles entscheidenden Augenblick
Wenn alles beim Alten bleibt

GLAUBEN BEZEUGEN

Den Glauben wahrhaft zu bezeugen
Fällt schwer
Leichter gelingt es
Zweifel zu überzeugen mittels
Beglaubigter Halbwahrheiten

RADIKALISIERTE

Radikalisierte können es sich nicht leisten
Im Gleichklang mit Gleichgesinnten
Anders als anders zu denken

WAS IST DER MENSCH VOR ALLEM

Der Leibeigene seines eigenen Leibes

HANSJÖRG KUPPARDT

Privatdozent Dr. med. habil. Hansjörg Kuppardt. Geboren am 19.03.1939 in Leipzig. Schulbeginn 1945 in einer kleinen Dorfschule. Ab 1952 wohnte ich in Leipzig. Dort erfolgten die weitere Schulausbildung und das Medizinstudium. Als begeisterter Sportler habe ich in Leipzig die Weiterbildung zum Facharzt für Sportmedizin absolviert. Die Einheit unseres deutschen Vaterlandes habe ich mit großer Freude erlebt. Aus beruflichen Gründen zogen meine Frau und ich nach Bayern. Dort haben wir an einer großen Rehabilitationsklinik als Ärzte gearbeitet und zusätzlich den Facharzt für Physikalische und Rehabilitative Medizin erworben.
Ich bin noch immer aktiver Sportler (Tennis und Lauf).
2011 sind wir wieder in meine Geburts- und Heimatstadt Leipzig zurückgekehrt. Wir wollten besser zur Betreuung unserer fünf Enkel beitragen.
Neben dem Sport ist das Schreiben zu einem echten Hobby geworden. Mit großer Freude habe ich in den letzten Jahren kleine Beiträge in Prosa oder in Gedichtform niedergeschrieben.
Es würde mich sehr freuen, wenn es trotz meines Alters noch einige Jahre möglich wäre.

Mensch sein ist alles, was zählt.

1985 schrieb ich in der damaligen DDR ein Gedicht, mit dem ich mich gegen die diktatorische Behauptung: „Die Partei, die Partei, die hat immer Recht" auflehnen wollte. Eine Veröffentlichung war damals nicht möglich. Gedruckt wurde es erst viele Jahre später in unserem geeinten Vaterland. Mein Schlusssatz lautete: Mensch sein ist alles, was zählt.
Kürzlich hörte und sah ich im Fernsehen ein Interview mit der 102 Jahre alten Jüdin Margot Friedländer. Sie hat durch den Holocaust ihre gesamte Familie verloren und stand 1945, als 25-jährige vor dem Nichts.
Ihre Worte im Fernsehen haben mich tief beeindruckt.

„Ihr helft mir, indem Ihr mir zuhört. Man muss im anderen Menschen doch den Menschen sehen!"

Und dann diese Bemerkung:

„Ich habe nie gehasst."

Das sagt eine Frau, der von ruchlosen deutschen Barbaren so unfassbares Leid zugefügt wurde. Weiter sagte sie:

„Es gibt kein christliches, muslimisches oder jüdisches Blut, nur menschliches."

Welche Größe hat diese Frau. Bei meinen Ausführungen möchte ich deshalb versuchen immer den Bezug herzustellen zu der Zielstellung:

„Mensch sein, ist alles was zählt."

Das bedeutet: Versuchen, immer menschlich zu handeln, den Menschen verstehen und achten, Lösungen vermitteln, die das menschliche Leben verbessern, alle Menschen mitnehmen. Unsere Zielstellung muss es sein, dass wir auf dieser Erde ein gemeinsames, friedliches und gleichberechtigtes Leben führen können, ja eigentlich, ohne Einschränkun-

gen müssen, um zu verhindern, dass diese schöne Erde nicht dem Untergang preisgegeben wird.
Ich möchte in den nachfolgenden Mitteilungen deshalb unterschiedliche Situationen unseres menschlichen Lebens analysieren, um festzustellen:
Handeln wir Menschen so, wie wir handeln müssten, denkend, fühlend und agierend im Interesse unserer Mitmenschen oder ist unser Vorgehen verstärkt von Egoismus und menschenunwürdigem Verhalten bestimmt?

1. Das „normale Verhalten" von uns Menschen?

So wollen wir nun einige Beispiele aus unserem ganz „normalen" Leben analysieren. Das Fernweh hat uns gepackt, auch Kreuzfahrten sind der totale Renner. Wir wissen, die über 300 Kreuzfahrtschiffe belasten unsere Umwelt. Anreisen zu den Ausgangshäfen mit Bussen, Autos und Flugzeugen tun ein Übriges. In den angelaufenen Häfen stehen hunderte Busse für Ausflüge bereit. Aber trotzdem, wir reisen und reisen. Mehr, immer mehr wollen wir haben. Sollten wir Menschen nicht endlich wissen und begreifen, dass wir auch mit weniger aus-kommen können? Ja, wir wissen es wohl. Aber die Gier ist stärker als das Wissen. Der Sieger ist das „Mehr"
In unseren heimatlichen Gefilden stürmen wir Winter- und Sommerschlussverkäufe, wissend dass viele angebotene Waren unter menschenunwürdigen Bedingungen in Asien und Afrika produziert werden, doch wir kaufen und kaufen. Wir werden zu Schnäppchenjägern und akzeptieren, dass sehr oft erniedrigende Kinderarbeit zum Preis der Waren beigetragen hat, aber wir jagen und jagen. Unsere Bauern kämpfen zurzeit um ihre Existenz. Aber schon vor einigen Jahren wurde der Literpreis für ihre Milch so niedrig gehalten, dass damit ihr Weiterarbeiten gefährdet war. Das war uns bekannt. Aber wir taten nichts dagegen. Entscheidend war für uns Menschen der besonders gute Preis.

2. Unser Wirtschafts- und Finanzsystem

Geld regiert unser Verhalten. Die Verantwortlichen von Volkswagen wissen sehr wohl, dass unsere Umwelt gefährdet ist. Aber dennoch manipulierten sie den Schadstoffausstoß ihrer Autos. Taten also nichts für die Umwelt und betrogen noch ihre Käufer.
Im Waffenverkauf steht Deutschland mit an der Weltspitze. Den Produzenten ist sicher bekannt, dass die verkauften Waffen auch in falsche Hände gelangen können, aber sie verkaufen und verkaufen und tun nichts oder sehr wenig dagegen. Die enormen Einnahmen sind die entscheidende Größe. Man möchte sich nicht die Horrorvision vorstellen, dass deutsche Waffen in Syrien eingesetzt werden und die Menschen zum Flüchten zwingen.
Denken wir auch an die Bankenkrise. Bankprofis, die wussten, was sie taten, brachten dennoch Produkte auf den Markt, die ein Zusammenbruch des Finanzsystems möglich machten. Die Regierenden wussten von diesen Manipulationen, aber taten sehr wenig, um die freien Kräfte des Marktes nicht zu zügeln. Es wurde erst eingegriffen, als es bis zum Abgrund nicht mehr weit war.
Produktionsstätten werden von Land zu Land verlagert, um Kosten zu senken. Man weiß, dass die Arbeitenden in den neu erschlossenen Ländern zum Teil vom erhaltenen Lohn kaum leben können. Aber man macht es dennoch, denn entscheidend ist der Preis der Ware im globalen Wettbewerb.
Wir exportieren von der EU gestützte Agrarprodukte nach Afrika, obwohl wir wissen, dass mit einem solchen Vorgehen die dortige Landwirtschaft geschädigt, ja ruiniert werden kann.
Wir wissen, dass wir Steuereinnahmen für unseren Staatshaus-halt dringend brauchen, aber lassen dennoch zu, das Weltkonzerne, die bei uns produzieren, in Steueroasen flüchten können und uns dadurch die Steuereinnahmen verloren gehen.

3. Unsere eigene Arbeitswelt

Die Medizin hat sich zu einem hochentwickelten und optimal spezialisierten Fachgebiet entwickelt. Mein medizinisches Staatsexamen liegt 60 Jahre zurück. Nicht in meinen kühnsten Träumen hätte ich für mein Fachgebiet einen solchen phänomenalen Aufschwung erwartet. Dennoch müssen wir auch hier das Gesamtkonzept betrachten und entsprechend unseres Themas einige Anmerkungen treffen.

Krankenhäuser und andere medizinische Einrichtungen sollen als Wirtschaftsunternehmen geführt werden und schwarze Zahlen schreiben. Zunehmend wurden Großunternehmen aufgebaut, die sogar an der Börse fungieren.

Ist das der richtige Weg für uns Menschen? Werden wir nicht dann folgerichtig als „Ware" abgestempelt, die gut verkauft werden muss? Steht dieses Vorgehen nicht unserem humanitären Auftrag, den Menschen im Vordergrund zu sehen, diametral entgegen?

Wir lassen uns die Leitungszügel unserer Einrichtungen von Betriebswirten aus der Hand nehmen, wissend, dass damit der absolute Gelderwerb für unsere Einrichtung im Vordergrund steht.

Wir lassen zu, dass hochwichtige Medikamente, wie zum Bei-spiel Penicillin, in China produziert werden, weil die Produktionskosten niedriger sind. Es fehlten zu Corona-Beginn selbst Schutzmasken aus den gleichen Gründen. Die Pflege von Menschen in den entsprechenden Einrichtungen war zu Corona Beginn damit wegen fehlender Masken deutlich erschwert. Wo bleibt da die Verantwortung für die zu betreuenden Menschen?

Ist es medizinisch notwendig, dass Krankenversicherungen privat und gesetzlich getrennt geführt werden? In der ärztlichen Versorgung bestehen erhebliche Engpässe. Zunehmend ist es aber so, dass privatversicherte Patienten wesentlich früher einen Arzttermin erhalten. Sicher auch, weil sie mehr zur Zielstellung, schwarze Zahlen zu erreichen, als die Kassenpatienten, beitragen.

In Deutschland gibt es eine Vielzahl von verschiedenen Krankenkassen, die mit einem sehr hohem Verwaltungsauf-

wand geführt werden. Auch hier sollte man fragen, was bringt dieser Mehraufwand uns Menschen.
Noch ein Wort zur deutschen Einheit: Sie war ein Gottesgeschenk, das uns Deutschen gegeben wurde. Doch bei solchen politischen Umbrüchen, wie sie in Deutschland erfolgten, entscheidet eben auch nicht immer die positive vorhandene Realität, sondern Kurzsichtigkeit und Beharren auf alten Standards. Die Polikliniken und Landambulatorien in der DDR wurden zur Wende abgeschafft, obwohl sie bewährte Einrichtungen für das Gesundheitssystem waren, wie die letzte Präsidentin der DDR, Frau Bergmann Pohl feststellte. Auch hier wurde nicht nach den Bedürfnissen von uns Menschen gehandelt, sondern egoistische Interessen und kurzfristiges Denken stand im Vordergrund. 20 Jahre später wurde nach ähnlichen Lösungen gesucht, nun genannt MVZ, (Medizinische Versorgungszentren).

4. Globalisierung und freier Markt, Garanten für Gerechtigkeit?

4.1.Marktwirtschaft, Globalisierung und Profit

Ich lebte in einem Staat, der von der Maxime beherrscht wurde: „Die Partei, die Partei, die hat immer recht.“ Jeder Abweichler von dieser These war ein potentieller Gegner. Das konnte nicht gut gehen.
Die Bereitschaft und Energie von vielen Menschen führten zur friedlichen Revolution und brachten die Wende und die Wiedervereinigung unseres Vaterlandes. Große Glücksgefühle wurden in uns ausgelöst, aber auch mit der Frage verbunden: Was erwartet uns im vereinigten Deutschland? Kommen wir von der Diktatur der Ideologie nun zur Macht des Geldes?
In meinen weiteren Ausführungen möchte ich zu der gestellten Frage Stellung nehmen. Im Buch „Der größte Raubzug der Geschichte“ von Weik und Friedrich fand ich

treffende Aussprüche von großen Persönlichkeiten zu diesem Thema.

Ich möchte einige davon zitieren.

Heiner Geißler formulierte:

„Wenn es nicht gelingt, die überfällige Reform der internationalen Finanzmärkte durchzusetzen, sind die westlichen Demokratien in der jetzigen Form nicht zu retten."

Die getroffene Feststellung hat mich zu tiefem Nachdenken veranlasst. Ich habe bisweilen den Eindruck, dass sich die meisten Politiker noch nicht im Klaren sind, wie sehr sie bereits heute unter der Kontrolle der Finanzwirtschaft stehen und so-gar von dieser beherrscht werden. Weik und Friedrich stellten fest:

„Ein immer größerer Teil der Bevölkerung wird aufgrund des Geldsystems in die Schuldenfalle getrieben."

Weik und Friedrich weisen außerdem darauf hin:

„Banken und Versicherungen machen nicht nur Produkte gegen die Menschen und für ihr Eigenwohl, sondern sie machen auch Gesetze."

Inzwischen weiß ich, das ganze Heerscharen von Lobbyisten in Berlin angesiedelt sind und versuchen, auf die Politik Einfluss zu nehmen und an der Gesetzgebung mitzuwirken. Bezüglich der Bedeutung von Geld und Profit kann man sogar historische Erkenntnisse anführen.

Schon A. Lincoln schlussfolgerte:

„Die Macht des Geldes beutet die Natur in Friedenszeiten aus und verschwört sich gegen sie in Kriegszeiten. Sie ist despotischer als ein Monarch, unverschämter als ein Autokrat und egoistischer als eine Bürokratie."

Meine eigenen Erfahrungen gehen auf das Jahr 1945 zurück. Mein Vater hatte für uns Kinder Versicherungen angelegt. Es wurde alles zu Schall und Rauch. Nicht erwartet hatte ich, dass wir 2008 fast schon wieder vor einem solchen Scherbenhaufen gestanden haben.

So möchte ich noch den verdienstvollen Politiker Weigel (2008) zitieren:

„Was auf den Finanzmärkten läuft, ist doch Betrug."

Wir müssen also feststellen, dass unsere Bedenken zur Macht des Geldes, die wir zur Wendezeit und mit dem einmaligen Glücksgefühl über die Einheit unseres deutschen Vaterlandes getroffen haben, nicht in einem luftleeren Raum entstanden sind, sondern mit konkreten Fakten verbunden werden. Wir Menschen werden zu Objekten des Geldes und verlieren unsere Menschlichkeit. In der Diktatur zählte die Masse des Volkes und nicht der einzelne Mensch. Die Flügel wurden ihm gestutzt, wenn er nicht voll im Strom von allen „seinen Flug" starten wollte.

4.2.Noch einige Bemerkungen zur Steuerung und Reglung von Marktwirtschaft und Globalisierung

Bei diesen Ausführungen stütze ich mich auf das Buch von Ha-Joon Chang mit dem Titel, „Lügen, die sie uns über den Kapitalismus erzählen."

Der Autor kommt zu der Schlussfolgerung:

„Die gewaltige Aufgabe, die vor uns liegt, ist eine vollkommene Neuordnung der Weltwirtschaft. Ein Profitstreben ohne jegliche Beschränkung führt nicht zu den gewünschten Ergebnissen. Der Markt bedarf einer sorgfältigen Regulierung und Steuerung. Wir brauchen gesetzliche Rahmenbedingungen, ansonsten kann es zu Ungleichheiten und zum finanziellen Crash kommen!"

Hier sind wir wieder bei unserem vorangestellten Thema. Die Interessen von uns Menschen müssen berücksichtigt werden. Alles das haben wir 2008 in der größten Krise nach der Wende erlebt. Nicht eine Deregulierung bringt uns weiter, sondern nur eine zielgerichtete Regulierung, die eine humanistische Prägung einschließen muss. In der Mehrheit bestimmen kurzfristige Eigeninteressen die Wirtschaft. Die Gesamtverantwortung für die Gesellschaft, also für uns Menschen wird zweitrangig. Der Autor Ha-Joon Chang fordert eine:

„bessere Balance zwischen Finanzgeschäften und echter Aktivität."

Er meint weiter:

„Es geht überall um den schnellen Profit. Der Staat muss stärker aktiv werden." Das bedeutet, wir Menschen müssen in diesem Prozess nicht als Kostenfaktor, der reduziert werden muss, sondern als Menschen mit menschlichen Bedürfnissen gesehen werden."

Wir schlussfolgern also: Der freie Markt und die Globalisierung sind keine Selbstläufer, sondern benötigen immer auch ein gewisses Maß an Steuerung und Regelung.

4.3. Auswirkungen der Marktwirtschaft und der Globalisierung in Deutschland

Betrachten wir die wirtschaftlichen Voraussetzungen aus der Sicht der Mittelschicht, können wir feststellen: Es ging uns in Deutschland noch nie so gut, wie zum jetzigen Zeitpunkt, dies betrifft die Wohnverhältnisse, das Reisen, die medizinische Versorgung, die unermesslichen Angebote. Die Arbeitslosigkeit ist gesunken. Wir haben großartige kulturelle Angebote. Also, wo sind die Probleme? Leben alle Menschen in unserem Land so?
Wir verwenden hier Fakten mit Jahresangaben, die etwas länger zurückdatiert sind, aber es hat sich in Deutschland

seit dieser Zeit nichts grundsätzlich geändert.
In Deutschland leben 15-20 % der Menschen an der Armutsgrenze. Unsere Maßnahmen müssen deshalb so gestaltet werden, dass die Schwächeren in unserer Gesellschaft nicht zu-rückgelassen werden, sondern jeder seine Chance hat. Wir brauchen einen gut funktionierenden Sozialstaat. Unser Einsatz ist gefragt. Ich beziehe mich bei meinen Angaben zum Teil auf das Buch „Der Crash ist die Lösung" von Weik und Friedrich. Zu einigen Fakten:
Während die Anzahl der Milliardäre und Millionäre gestiegen ist, hat das ökonomisch schwächste Fünftel der Bevölkerung kein Vermögen. Bei 7% dieser Gruppe sind die Schulden höher als die Einnahmen. 6,6 Millionen Deutsche können ihren Zahlungsverpflichtungen nicht nachkommen. Bis zu 20% sind im Niedriglohnbereich beschäftigt. Mehr als 1 Million Menschen stehen an den Tafeln an. Der Paritätische Wohlfahrtsausschuss berichtet 2019 von einer Armutsquote von 15,5%. Besonders betroffen sind kinderreiche Familien, Alleinerziehende und Rentner. Sehr viele Rentnerhaushalte sind armutsgefährdet. 2018 wurden 678.000 Menschen registriert, die von Wohnungslosigkeit betroffen sind. 10.000 Menschen leben auf der Straße. Ursachen für Wohnungslosigkeit sind nicht nur persönliche Gründe, sondern auch Mietschulden, Zwangsräumungen und Krankheiten.
Zu fragen ist auch, wie die Chancen zu einer gerechten Bildung in Deutschland zu sehen sind, denn Bildung ist der Schlüssel zur vollen gesellschaftlichen Teilhabe. Die Bildungschancen in Deutschland sind nach wie vor ungleich verteilt. Es gibt immer noch einen hohen Anteil sozialökonomisch benachteiligter Schüler. Die Bildungsarmut wird durch Kinderarmut verstärkt. Die soziale Herkunft entscheidet noch sehr oft über den Bildungserfolg. Das soziale Umfeld bestimmt die weitere Entwicklung. Die genannten Fakten beeinflussen somit in hohem Maße und in vielen Fällen eine gerechte und optimale Teilhabe am gesellschaftlichen Leben.

4.4 Wie gestalten wir eine gerechtere Zukunft?

Es geht darum, dass jeder Einzelne von uns gefordert ist. Was kann jeder von uns tun? Ich möchte Peter Maffay zitieren, der sagt:

„Eine ganze Menge. Vor allem das: Etwas tun. Lethargie ist nicht die Antwort auf diese Herausforderung. Die Summe aller einzelnen Beiträge ist die Energie, die etwas bewegen kann. Das hat auch sehr viel mit unserem Demokratieverständnis zu tun."

F. Fukuyane analysierte 1989:

„Das Ende des Kommunismus bedeutet das Ende der großen ideologischen Auseinandersetzungen. Marktwirtschaft und liberale Demokratie hätten gewonnen. Kapitalismus in seiner jetzigen Form kann alle Probleme lösen. Es gibt keine Probleme mehr zu bewältigen. Wir sind an der höchsten und letzten Stufe der Menschheitsgeschichte angekommen."

Meiner Meinung nach bedeutet das den Stillstand. Der amerikanische Historiker Snyder wehrte sich gegen die Aussage, dass die Geschichte zu Ende ist und es keine Alternativen mehr gibt. Er bemerkte unter anderem:

„Wenn alles automatisch passiert, muss der Einzelne nichts mehr tun. Es gibt keine Zukunft mehr. Eine Mitverantwortung des Einzelnen entfällt. Nach Snyder braucht eine Demokratie Zukunftsideen. Nur, wenn Zukunftsideen vermittelt werden, erkennt jeder Einzelne, dass seine Stimme zählt und dass selbst kleine Dinge, die wir tun, etwas bewirken können. Es müssen Hoffnung und Begeisterung erzeugt werden und Probleme bewältigt werden. Ungleichheiten erzeugen Hoffnungslosigkeit, aber ein funktionierender Sozialstaat führt zur Mobilität. Die Demokratie braucht keinen Stillstand. Wir sollten ein Gefühl für die Zukunft entwickeln."

Ich denke, Snyder gibt uns einen echten Ansatz, wie wir unsere Demokratie weiterentwickeln können. Das ist dringend notwendig, um erhebliche Störungen des Systems zu begrenzen. Wichtig bei diesem Vorgehen ist aber, dass jeder an seinem Platz sich zu diesem Vorgehen bekennt. Der Milliardär und Millionär genauso wie der Minister, Manager oder der normale Arbeitnehmer in unterschiedlichen Funktionen. Das bedeutet, dass das Profitstreben Einzelner oder bestimmter Gruppen zu begrenzen ist. Verwerfungen in der Gesellschaft müssen vermieden werden. Wir Menschen dürfen nicht zum Humankapital disqualifiziert werden. Diese Kosten wollen bestimmte Gruppen senken durch Zeitverträge, Leiharbeit und andere Maßnahmen. Nein, der Mensch und seine berechtigten Ansprüche und Bedürfnisse müssen Richtschnur und Zielstellung für alle Menschen in unsrer Gesellschaft sein, denn „Mensch sein, ist alles was zählt," muss das Handlungsregime von uns allen sein. Leider sind wir derzeit in unserem so glücklich vereinten Deutschland weit davon entfernt. Unsere Einheit war ein Wunder der Geschichte. Erinnern wir uns an dieses Wunder und lösen unsere derzeitigen Probleme. Wir brauchen dringend wieder eine gesellschaftliche Einheit, in der die Menschen im Vordergrund stehen.

HANS-HERMANN BRIESE

Der Autor ist:

- Arzt und Schriftsteller -
- Ostfriese und Heimatdichter -
- Amtsarzt und Mundartautor -
- Chirurg und Woordensnieder -
- Unfallchirurg und Verseschmied -
- Flottenarzt und Seepoet -
- Sportarzt und Kurzprosaist -
- Betriebsarzt und Wortarbeiter -
- Sozialmediziner und Sprücheklopfer;

Briese wuchs in Ostfriesland auf und ging in Norden zur Schule. Er legte 1960 das Abitur am Ulrichsgymnasium Norden ab und studierte an der Ruprecht-Karls-Universität Heidelberg Medizin. Er bestand 1965 das Staatsexamen und wurde 1966 in Heidelberg zum Dr. med. promoviert. Nach dem Studium war er als Medizinalassistent, Assistenzarzt und Oberarzt tätig. Zuletzt war er Amtsarzt des Landkreises Aurich. Außerdem war er Flottenarzt der Reserve im Marinesanitätsdienst. Privat widmet sich Briese der Pflege der Niederdeutschen Sprache. Er schreibt seit über 30 Jahren überwiegend in Plattdeutsch Lyrik und Prosa. Der Autor lebt in seiner Geburtsstadt Norden.

https://www.peoplepill.com/i/hans-hermann-briese
https://de.wikipedia.org/wiki/Hans-Hermann_Briese

Bücher

Suchen und Retten, Volksbank Norden 1985
Wat di bleiht, Soltau-Kurier Norden 1985, Titel von Beate Briese, Fotos von Hans-Bruno Schmidt-Bergemann
Up een Woord, SKN 1987, Titel von Hans-Bruno Schmidt-Bergemann
Kört un knapp, SKN 1989, Titel von Manfred Briese (Kachelmalerei)
Wor to Huus, SKN 1990, Illustrationen von Siegfried "Fiff" Apetz (Federzeichnungen),
zugleich Jahresband 85 der Quickborn Vereinigung Hamburg
Bilder aus der Kindheit, SKN 1990, mit Gemälden von Heinz Kramer-Hinte
Neet anners as anners, Verlag Dr. Reinhard, Leer, 1995, Bilder von Kurt Szameitat
Marine Impressionen, Verlag Dr. Reinhard, Leer, 1998
Brüder Briese: Mitnanner, Utrooper-Verlag, Leer, 1999, mit Manfred Briese
Ik loop mien Dag vörut, DIESEL-Verlag, Emden, 2003, Titel und Zeichnungen von Beate Briese
Zusammenklang, Bretzler-Druck, Emden, 2004, Kunstmappe mit aufeinander abgestimmten Gedichten, Bildern Acryl auf Leinen) von Andy Möbius, Wirdum, einer CD mit Kompositionen für Gitarre van Stefan Albert, Wien
Unner de Buukreem, DIESEL-Verlag, Emden, 2006, Hg. mit Johannes Diekhoff un
Carl-Heinz Dirks, Zeichnungen von Joachim Jaenichen
Gedichte auf Brötchentüten, Bäckereien Grünhoff, Norden; Schuirmann, Holzdorf; Lorenz, Aurich 2008
Haut, DIESEL-Verlag, Emden 2010, 30 lyrische Texte zu 30 Aktbildern von Detlef Guhl (DeHahn), hochdeutsch
Billerstörm, DIESEL-Verlag, Emden 2010, Hg. mit Carl-Heinz Dirks, Titel von Joachim Jaenichen
Ruugfröst-Sötesnuut, DIESEL-Verlag, Emden, 2011, Hg., Bilder von Beate Briese und Adriano Pittini

Maskendanz, DIESEL-Verlag, Emden, 2012, Hg. mit Carl-Heinz Dirks, Titel von Joachim Jaenichen, Kollagen von Hans O.E. Gronau

Kaa-Kalenner för elke Jahr, Immerwährender Dohlen-Kalender, DIESEL-Verlag, Emden 2012, mit lustigen Dohlenstreichen rund um den Norden Marktplatz, Federzeichnungen von Waltraud Jeschar

Woordensnieder, DIESEL-Verlag, Emden, 2012, Titel von Uda Krull, Bilder (Acryl auf Leinwand) von Beate Briese

De Schimmelrieder von Theodor Storm, Ostfriesisch von Hans-Hermann Briese, Manfred Briese und Carl-Heinz Dirks, DIESEL-Verlag, Emden, 2013, Vignette von Beate Briese

Wunnerwark, Schrieverkring Weser-Ems, DIESEL-Verlag, Emden 2015, Hg. mit Manfred Briese, Carl-Heinz Dirks, Titel von Hans O.E. Gronau

Wiehnachten in Huus, DIESEL-Verlag, Emden, 2016, Bilder von Sara Pittini, Beate Briese

BinnenLeven, DIESEL-Verlag, Emden, 2916, farbige Zeichnungen von Klaus G. Müller-Bochum (1938 - 2015)

LevensStörm, DIESEL-Verlag, Emden, 2017, Bilder von Melanie Krickhuhn

LevensBahn, DIESEL-Verlag, Emden, 2018, Bilder von Beate Briese

Klören, 14 Zyklen, DIESEL-Verlag, Emden, 2020, Titelbild von Beate Briese

Leven old, DIESEL-Verlag, Emden, 2013, Umschlagbilder von Beate Briese

Ik harr mi troot

Ik danzde un sprung
smeet de Eerswaarte van mi
tillde mi hoog
harr ik en Bild van di
vör Ogen

Ik leet mi Flögels wassen
floog in de Lücht
gaff mi hen
truck dat Lengen na di
in mien Hart

Ik sprenkelde Füürklören
in ’t All
sweevde over Chagall
sien Manege
vergung vör Lüst
versmult de Leevde to di
heel in mi

Ich hätte es gewagt

Ich tanzte und spränge
würfe die Erdschwere ab
erhöbe mich
hätte ich ein Bild von dir
vor Augen

Ich ließe mir Flügel wachsen
flöge in die Lüfte
ergäbe mich
ruhte mir Sehnsucht nach dir
im Herzen

Ich sprühte Feuerfarben ins All
schwebte über Chagalls Manege
verginge vor Lust
tauchte die Liebe zu dir
in mich ein

Ik mit Gaten

An en annern Dag
harr mi dat Woord
nix anhebben kunnt

Vör de Spegel mörgens
harr ik mi al
neet lieden mucht

De hele Dag
leep ik mit Gaten
in mi herum

De Wind fleitde
dör mi hendör
mook mi kold

Ik was schofel
harr nare Nood
mi to verlesen

Amenn harr ik
keen Kracht mehr
tegen dien Woord

Amenn harr ik
nix mehr totosetten
was verloren

Ich mit Löchern

An einem anderen Tag
hätte das Wort
mir nichts anhaben können

Vor dem Spiegel morgens
hatte ich mich schon
nicht leiden mögen

Den ganzen Tag
lief ich mit Löchern
in mir herum

Der Wind fegte
durch mich hindurch
machte mich frösteln

Mir war übel
ich hatte Angst
mich zu verlieren

Zuletzt hatte ich
keine Kraft mehr
gegen dein Wort

Zuletzt hatte ich
nichts mehr aufzubieten
war verloren

Lamento

Over Charkiw örgeln Raketen
Schrapnells klimpern in holle Husen
Staccato tacken Maschiengewehren
In heel grelle Klang giert de Dood dat ut

En eenzig Requiem de Stadt
Ut de Kellers dat Lamento
Olle Frolüü singen de Heergott vandag
In de Diskant van dat Piengereer

De Siegers sünd keen Triumphmarsk nöderg
Sükse Siege sünner Oratorium
Sükse Siege sünner Magnificat
De Siegers sünd keen Triumphmarsk nöderg

Lamento

Über Charkiw orgeln Raketen
Schrapnells klimpern in hohle Häuser
Stakkato tacken Maschinengewehre
In ganz hohen Tönen streicht der Tod die Saiten

Ein einziges Requiem die Stadt
Aus den Kellern das Lamento
Alte Frauen singen den Herrgott herbei
Im Diskant der Schmerzensschreie

Siegern bleibt der Triumphmarsch erspart
Solche Siege fordern kein Oratorium
Solche Siege brauchen kein Magnificat
Siegern bleibt der Triumphmarsch erspart

Makonde

De Schirokko broch Hitt mit van Afrika, en hete Wind, de an de Struwwelkoppen van de Palmen am de Strand düchtig reet un ruckelde. Daar kwamm ok en Göör van Dröögde mit un van Wietde, van Sand un Sahara.
Dat was vöölsto heet um disse Tied, Enn November, sülvst up Gran Canaria, sövenuntwintig Graad. Ik harr to doon, van Harvst in Oostfreesland hoogtoschruven up kanariske Temperaturen, alltomaal hier an de Süüdkant van dat Eiland, in Mogán, en lüttje Nüst mit Haven.
Over de Markt flimmerde dat Lücht un de Stoff hung in fiene Wulken over de Verkooptafels. Fredags is Markt in Mogán, daar komen de Lüü van wied un sied, to kieken, to schachern un to kopen. Kleer, Tafeldekens, mooi Stricksaken, welke de Lüü up 't Land, in de lüttje Logen tüsken de Bargen warken, daartüsken seker ok wat ut Taiwan. Overall liggen runne Deckens mit de Wiehnachtssteeern ut, ofkeken van de Blööm, de up dat Eiland allerwegens wassen deit, dat hele Jahr over mit en rode Rosettenblössem. Passt good, doch ik, in twee Daag is de Eerste Advent.
Ok Waren van Leer wurren anboden, alle Soorten Tasken, Reems, Halsbannen un anners wat. Swarte Gesellen in buntklören Kittels harren hör Reev meest up de stofferg Footdeel utbredd, Holtsaken harren se, Masken, sowat as Scherbellenskoppen ut Afrika, Figuren, Kriegers in Fellgewand un Maiden mit Glitzersmuck, allerhand Deren van de Kontinent, Nööshoorn, Elefanten, Langhalsen, Zebras, Löwen, all heel süver Handwark.
Daar full mien Oog up Makonde. De Figuur muss ik besitten! Neet groot, sowat dartig Zentimerters hoog, swart Evenholt, Mit dat Mest sneden ut en Knurr Holt, unwürkelk haast, so as de boverst Deel, Borst un Kopp sük stütten an vöölsto lange Unnerbeen, kunn dat linke wesen, mit versett' Huft un Kneei, twee starke Borstmuskels, van welke de Arms ofgahn, links mit en overlange Arm un en overlange Hand, de en Book hollt, rechts de Hand as en Schoffel, de an de Kopp leggt is, so as wenn een na heel

sachte Musik of Woorden lustert, man de Kopp sünner Gesicht – un doch en Wesen, kickt in dat Book, anspannt, vull van Verlangen, to lesen, mehr to weten un to verstahn. De Liev fehlt, tüsken Borst un upslaan Book komen de Been, to lang, in Sicht.

Wat de Figuur kösten sull, froog ik. Twalvdusend Peseten wull dart swarte Kruushaar daarför hebben. Schachern höört daarto. Ik harr hum al up sessdusend un ik wuss, he leet noch mehr na. Ik leet hum stahn. Man mien Rundgang was neet allto lang. To stark harr de Figuur al van mi Besitt nomen. Makonde, en Kultfiguur, de Denker, Mann of Froo nettgliek, de Urfiguur, dat Versammeln up een Punkt, de Gedachten streng, all upsugen un all ofgeven, sük in de Deepde störten un hoog upflegen, Makonde.

Ik kreeg de Figuur för fievdusend.

An leevsten harr ik Makonde so laten as se was, vull van Stoff, daar satt noch de gele Klei an. In welke Huus of Hütt of Telt hett Makonde stahn? Well hett hör weggeven? Un woso?

Denn hebb ik Makonde doch wat upschiert, offreven; daar kwamm dat dunker Holt vandag; un as de Sünn leeg stunn, gaff dat Steden van Lücht un van Scharr, un mit de Sünn wesselden de Steden, un Makonde fung an to leven un sük to rögen.

As de Maan sien gele Lücht in mien Kamer in dat Hotel leet, keek Makonde mi mit en trürig Gesicht an un wull van mi weten, woso ik schachert harr, woso se mi de twalvdusend Peseten neet weert was.

Midden in de Nacht, tüsken Drööm un Dag, daar gaff Makonde mi Antwoord up all mien Fragen. Moder Afrika umsloot mi, soog mi in sük up. Un ik was mitmaal an de Stee, waar ik mi upstellt hebb un up twee Been wiederleep, an de Stee, waar ik de Woorden unnerfunnen hebb un proten kunn, an de Stee tüskern Euphrat un Tigris, waar mi de schreven Schrifft tofull.

Dat köölde neet of, disse Nacht. Mien Huud was sweetnatt un kleverg. De Atlantik leep sacht tegen de Strand an.

Tüsken Drööm un Dag gung ik upstahn, ut dat Hotel un an de Strand. Un denn swumm ik, de See was week as Siede, swumm un swumm, hen na Afrika.

Makonde

Der Schirokko brachte Hitze mit von Afrika, einen heißen Wind, der an den Struwwelköpfen der Palmen am Strand tüchtig riss und ruckelte. Da kam auch ein Geruch von Trockenheit mit und von Weite, von Sand und Sahara.
Es war viel zu heiß um diese Zeit, Ende November, selbst auf Gran Canaria, siebenundzwanzig Grad. Ich hatte zu tun, vom Herbst in Ostfriesland hochzuschrauben auf kanarische Temperaturen, allzumal hier an der Südseite der Insel, in Mogán, einem kleinen Dorf mit Hafen.
Über dem Markt flimmerte die Luft und der Staub hing in feinen Wolken über den Verkaufstischen. Freitags ist Markt in Mogán, da kommen die Menschen von nah und fern, zu gucken, zu schachern und zu kaufen. Klamotten, Tischtücher, schöne Stricksachen, welche die Leute auf dem Lande, in den kleinen Dörfern zwischen den Bergen herstellen, dazwischen sicher auch Waren aus Taiwan. Überall liegen runde Deckchen mit dem Weihnachtsstern aus, abgeschaut von der Blume, die auf der Insel überall wächst, während des ganzen Jahres mit einer roten Rosettenblüte. Passt gut, dachte ich, in zwei Tagen ist der Erste Advent.
Auch Waren aus Leder wurden angeboten, alle Sorten Taschen, Riemen, Halsbänder und mehr. Schwarze Gesellen in bunten Kitteln hatten ihre Sachen zumeist auf dem staubigen Boden ausgebreitet, Holzsachen hatten sie, Masken, solche aus Afrika, Figuren, Krieger in Fellumhängen und Mädchen mit Glitzerschmuck, allerhand Tiere des Kontinents, Nashörner, Elefanten, Giraffen, Zebras, Löwen, alles ganz ordentliches Handwerk.
Da fiel mein Auge auf Makonde. Diese Figur musste ich besitzen! Nicht groß, etwa dreißig Zentimeter hoch, schwarzes Ebenholz. mit dem Messer ausgeschnitten aus einem Stumpen Holz. Fast unwirklich, wie der obere Teil, Brust und

Kopf, sich an viel zu langen Unterschenkeln stützen. Könnte der linke Unterschenkel sein, mit versetzter Hüfte und Knie. Zwei starke Brustmuskel, von denen die Arme ausgehen, links mit einem überlangen Arm und einer überlangen Hand, die ein Buch hält, rechts mit einer Hand wie eine Schaufel, die an den Kopf gelegt ist, so als wenn einer nach ganz leiser Musik oder Worten lauscht. Jedoch der Kopf ohne Gesicht – und doch ein Wesen, das in das Buch schaut, angespannt, voller Verlangen, zu lesen, mehr zu wissen und zu verstehen.

Der Leib fehlt, zwischen Brust und aufgeschlagenem Buch kommen die Beine, zu lang, in Sicht.

Was die Figur kosten solle, fragte ich. Zwölftausend Peseten wollte der schwarze Krauskopf dafür haben. Schachern gehört dazu. Ich hatte ihn schon auf sechstausend und ich wusste, er ließe noch mehr nach. Ich ließ ihn stehen. Jedoch war mein Rundgang nicht allzu lang. Zu stark hatte die Figur bereits von mir Besitz genommen. Makonde, eine Kultfigur, der Denker, egal ob Mann oder Frau, die Urfigur, das Versammeln auf einen Punkt, die Gedanken streng, alles aufsaugen und alles abgeben, sich in die Tiefe stürzen und hoch auffliegen, Makonde.

Ich bekam die Figur für fünftausend.

Am liebsten hätte ich Makonde so gelassen wie sie war, voller Staub, da saß noch der gelbe Lehm dran. In welchem Haus, welcher Hütte oder welchem Zelt hatte Makonde gestanden? Wer hat sie weggegeben? Und warum?

Dann habe ich Makonde doch etwas gereinigt, poliert; Da kam das dunkle Holz zutage; und als die Sonne tief stand, gab es Stellen von Licht und Schatten, und mit der Sonne wechselten die Stellen, und Makonde begann zu leben und sich zu rühren.

Als der Mond sein gelbes Licht in meinem Zimmer in dem Hotel ließ, schaute Makonde mich mit einem traurigen Gesicht an und wollte von mir wissen, warum ich geschachert hatte, warum sie mir die zwölftausend Peseten nicht wert war.

Mitten in der Nacht, zwischen Tag und Traum, da gab Makonde mir Antwort auf alle meine Fragen. Mutter Afrika umschloss mich, saugte mich in sich auf. Und war auf einmal an dem Ort, wo ich mich aufstellte und auf zwei Beinen weiterlief, an dem Ort, wo ich die Wörter fand und sprechen konnte, an dem Ort zwischen Euphrat und Tigris, wo mir die Schrift zufiel.
Es kühlte nicht ab in dieser Nacht. Meine Haut war schweißnass und klebrig. Der Atlantik lief leise gegen den Strand. Zwischen Traum und Tag stand ich auf – aus dem Hotel und an den Strand. Und dann schwamm ich, die See war weich wie Seide, schwamm und schwamm, hin nach Afrika.

Straaf

So mien swarte Gedachten
in Tallen un Letters
an mien Steern lüchden

So well de Stünnen uprekent
de mi de Wut
haast ut'nannerreet
de Haat mi
in 't Hart brannde
ik vör Nood
neet in Slaap kwamm
de Ohren hangen leet
vör Twiefel vergung

So mi de Ofgünst
in 't Gesicht schreven was
un mien Gierigheid

So all dat unner Straaf stunn
hörde ik achter Tralljes
insperrt mit nix
as dat Klimpern van Harpen
in mien Ohren
bit an dat Enn
van mien Dagen

Strafe

Wenn meine schwarzen Gedanken
in Zahlen und Lettern
an meiner Stirn aufleuchteten

Wenn einer die Stunden
aufrechnete
die mich die Wut
fast auseinanderriss
der Hass mir
im Herzen brannte
ich vor Angst
nicht in Schlaf kam
die Ohren hängen ließ
vor Zweifel verging

Wenn mir der Neid
ins Gesicht geschrieben wäre
und meine Gier

Wenn all das unter Strafe stände
gehörte ich hinter Gitter
eingesperrt mit nichts
als dem Klimpern von Harfen
in meinen Ohren
bis an das Ende
meiner Tage

DAVID P. EISER

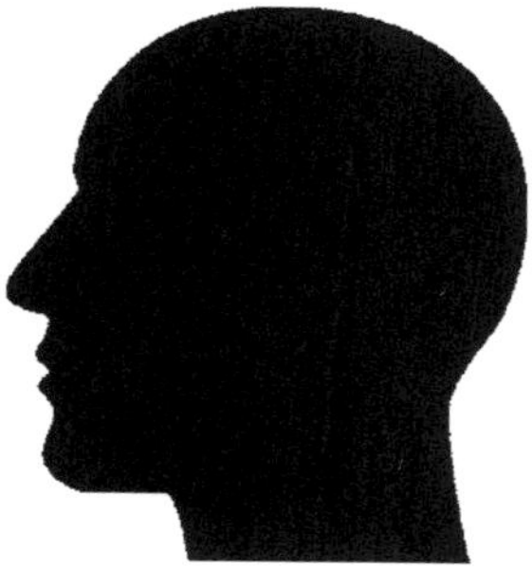

Der Autor wurde 1941 in der Mark Brandenburg geboren, ist aber in Westdeutschland groß geworden. Er schreibt unter einem Pseudonym.
Nach Abitur Medizinstudium. Fachrichtung Psychiatrie. Ärztliche Tätigkeit bis 2005. Lebensraum Norddeutschland. Nebenberuflich u.a. Funkamateur, Fernsehstudioleiter, Familienvater, Haus- und Gartenmeister, Tagebuchführer und Gelegenheitsautor.

Erste literarische Veröffentlichungen in den 60-er Jahren. Schon früh haben ihn die Werke von Theodor Storm, Stefan Zweig, Heinrich Böll und Wolfgang Borchert beeindruckt, und auch haben Truman Capote und jahrzehntelanges SPIEGEL-Lesen seinen Schreibstil geprägt.
Geschrieben hat er immer nur, wenn er Lust dazu hatte. Manchmal begann es mit einem Satz, der ihm tagelang „in den Ohren lag". Die meisten seiner Kurzgeschichten und Essays entstanden dann innerhalb von ein bis zwei Tagen. Er hatte bis 2018 nie den Anspruch, Längeres als eine Kurzgeschichte zu schreiben.

2019 veröffentlichte er seinen ersten Roman „Begegnung im Terminal" bei Seemann Publishing.

Eine Besonderheit des Autors ist die permanente Kleinschreibung. Interpunktion und Orthographie orientieren sich am Funkfernschreibdienst Mitte des 20. Jahrhunderts. Eine Übereinstimmung mit aktuellen oder zwischenzeitlichen Regeln wäre rein zufällig und ist auch nicht beabsichtigt. Im Internet gibt es mehr: siehe www.ars-et-saliva.de

frieden... welche sorte?

wenn wir im Westen von frieden reden, dann meinen wir frieden-in-freiheit. das ist etwas ganz anderes als das, was Putin unter frieden versteht. für ihn ist frieden lediglich die abwesenheit von krieg.

frieden-in-freiheit sind zwei dinge, die für uns – aber nicht für Putin – ein untrennbares paar bedeuten. wenn es also dazu kommen sollte, in sachen Ukraine über frieden zu reden, dann darf man diese kombination nicht aus den augen verlieren. Putin ist möglicherweise an einem frieden interessiert, aber nicht an der -für uns und die Ukraine-dazugehörigen freiheit. deshalb sind alle derzeitigen bemühungen um eine beendigung des krieges zum scheitern verurteilt; denn Putins ziel besteht darin, die Ukraine so gründlich zu unterwerfen, dass sie ihm als schussfeld, als leicht zu beherrschende grosse pufferzone gegen Westeuropa dienen kann. das liesse Putin zu frieden sein. (sic!)

die bekannten argumente, die Putin in diesem zusammenhang in die welt posaunt, sind kriegspropagandistisches begleitgeräusch, also ein teilaspekt des eingesetzten waffenspektrums und können deshalb nicht mit rationalen gegenargumenten beantwortet werden. als teil des russischen waffenarsenals muss ihnen adäquat militärisch begegnet werden, weil es -zur zeit- keinen argumentativen zugang zu Putins persönlichen ansichten und anliegen gibt.

Putin zum friedensgespräch zu bitten, wird nicht funktionieren, solange er das sagen hat. im gegenteil, er wird es sein, der zum tanz auffordert und alles mobilisiert, was ihm an kräften zur verfügung steht.

das zwingt den Westen in eine ungeliebte proaktive militärische reaktion. proaktiv heisst in diesem fall: nicht mehr hinterherlaufen, weil die bisherigen antworten erfolglos blieben, sondern eine militärische herausforderung schaffen, die Putin signalisiert, dass er gesprächsbereit sein muss, wenn er noch etwas von seiner aggressiven reputation retten will. das bedeutet, auf dem boden der Ukraine offensiv gegen den aggressor vorzugehen, indem zügig wirkungsvolle offensivwaffen geliefert werden, dazu ausreichend munition und instandsetzung und natürlich entsprechendes
– zeitraubendes – training.

wenn wir mit der Ukraine weiterhin dauernd hinter den aktionen des Kreml herhinken, werden wir schwerlich einen punkt erreichen, an dem Putin gesprächsbereit wird.

frieden-ohne-freiheit ist das, was Putin will. und wir müssen entscheiden, ob wir damit leben wollen.

die Ukrainer wollen dies nicht. das ist ihr gutes recht. aber Putin hat angst vor der freiheit. er fürchtet sie wie der teufel das weihwasser. deshalb lässt er töten und zerstören, bis es keinen widerstand mehr gibt. und nach dem, was er sich in den letzten 20 jahren geleistet hat, müssen wir damit rechnen, dass er weiter morden und plündern wird, wenn wir ihn nicht gemeinsam zurückjagen und ihn auf sein land beschränken. es wäre geradezu naiv, zu erwarten, dass er sich gegenüber Moldau/Transnistrien, Slowakien, Polen und den baltischen staaten anders verhält als in der Ukraine.

alle nichtmilitärischen antworten auf sein verhalten haben ihn bisher nicht beeindruckt, und es ist im augenblick – nach einem jahr krieg – auch nicht zu erkennen, dass sich dies in absehbarer zeit ändern wird. er als despotischer herrscher und seine mitläufer haben keine negativen auswirkungen zu ertragen. das volk zahlt letztlich die zeche, das machtlose, unterdrückte volk, das seit jahrhunderten die knute gewöhnt ist, die armut, die rohe herrschende gewalt und noch nie ernsthaft danach gefragt wurde, ob es frei sein wollte.

einen despoten zu friedensgesprächen zu bitten, ist noch nie gelungen. roher gewalt kann man nicht erfolgreich mit demokratischen mitteln begegnen.

der preis, den wir zahlen werden, um zu einem ende dieses krieges zu kommen, bemisst sich jetzt schon nach hunderten milliarden Euro/Dollar und wird, wenn es nicht bald zu einem ende kommt, die billionengrenze leicht überschreiten. weitere tausende von soldaten und zivilisten werden ihr leben dafür lassen müssen oder ihre gesundheit und unversehrtheit. und tausende von quadratkilometern erdboden werden verwüstet, vergiftet, unbrauchbar sein, um in naher zukunft bewohnbar oder bearbeitbar zu werden.

das ist der preis für unser frieden-und-freiheit-paket.

oder wollen wir so leben wie die russen?

offener brief an den präsidenten der russischen republik Vladimir Putin

Deutschland, 24. Juli 2023

lieber Vlad,
bitte verzeih mir die vertrauliche anrede, aber ich glaube, wir sind brüder im geiste und da ich der ältere bin, erlaube ich mir eine solche begrüssung.
die entwicklung deiner militärischen spezialoperation in der Ukraine ist dir ja sicher auch ein anliegen, das du

erfolgreich zuende bringen möchtest. leider haben sich die bisherigen aufwendungen für das erreichte nicht im kalkulierten rahmen gehalten, und bei der fortgesetzten subventionierung der Ukraine durch den Westen ist wahrscheinlich damit zu rechnen, dass sich das investitions/opfer-verhältnis vollends ins negative dreht. mir ist da eine idee gekommen, wie wir deine befürchtungen, dass Russland eines tages vom bösen, verderbten Westen überrollt werden sollte, ad absurdum führen können.
du möchtest doch auch, dass Russland in frieden mit seinen nachbarn lebt, dass die militärischen kosten reduziert werden, damit das volk wieder hoffnung auf bessere zeiten entwickeln kann, dass eine friedenswirtschaft reichtum und wohlergehen schafft, für alle...
und es wird einen frieden geben, das ist unverzichtbar. es ist nur eine frage der zeit, ob sich beide parteien bis an den rand der erschöpfung ziehen lassen oder den mut und die entschlossenheit aufbringen, den konflikt vorher zu beenden.

wie wäre es mit folgendem vorschlag:
da dir die Ukraine offenbar am wichtigsten ist und du alle historischen argumente zusammengetragen hast, um deinen anspruch auf das land – oder einige seiner teile – zu rechtfertigen, könnte der Westen dir die übernahme dieser gebiete unter russische herrschaft zugestehen, wenn unter anwendung einer entsprechenden westeuropäischen argumentationskette
1. Deutschland ganz Ostpreussen zurückbekommt (bei zunehmender erderwärmung werdet ihr den früher einzigen eisfreien zugang zur Ostsee eh nicht mehr benötigen)
2. Polen die ehemaligen ostpolnischen gebiete zurückerhält und diese mit den in Westpolen lebenden bürgern wieder auffüllt, damit Pommern, Westpreussen und Schlesien sowie der polnische teil Ostpreussens wieder von Deutschland übernommen werden können.

das wäre doch ein fairer handel.
die restliche Ukraine könntet ihr dann bei wegfall der militärischen kosten nach friedensschluss ohne wesentliche mehrbelastung eures haushalts für die von euch verursachten schäden im land entschädigen und so für einen friedlichen übergang sorgen.
überleg es dir mal in ruhe. von diesem vorschlag würden alle beteiligten profitieren: die Ukrainer, die nun wieder aufbauen könnten, ihr Russen mit dem garantierten sicherheitskordon im süden eures reiches atmet auf. zusätzlich fallen die kosten für die unterhaltung der ostpreussischen exklave weg, und der verzicht auf das ehemalige ostpolen dürfte euch bei zugewinn der ukrainischen gebiete wohl kaum schmerzen. die Polen würden sich freuen, wieder auf ihrem ursprünglichen land zu leben, und Deutschland wäre endlich wiedervereinigt und bräuchte keine revanchistischen eruptionen mehr, um auf sich aufmerksam zu machen.

das sind doch vielversprechende aussichten für ein gedeihliches miteinander an der grenze zwischen Europa West und Europa Ost. wenn du es schaffst, Europa auf diese weise neu aufzuteilen, dann kannst du dich genüsslich zum Schwarzen Meer fliegen lassen, um dort am Kap Idokopas deine rente zu geniessen.
es grüsst dich ganz herzlich
in enger verbundenheit
dein neuer westfreund

diese verborgene sehnsucht nach rückkehr ins anorganische

die wege der menschen sind teils pflaster mit goldenen steinen, teils durch die welt geschlagene schlamm- und geröllpisten. nicht jedem, der auf den goldpfad geraten ist, bleibt dieser untergrund erhalten, und nur die wenigsten der bisher auf der erde lebenden menschen dürften die chance gehabt haben, ihr ganzes leben im glanz dieser pracht zu verbringen. die grosse masse hat ihr leben auf den wilden, unbefestigten wegen verteidigen müssen, wenn nicht permanent, so doch meistens, weil das schicksal es so wollte.

die aus heutiger sicht noch einigermassen überschaubare vergangenheitsspanne dürfte bei ca. 2000 jahren liegen. in diesen überstandenen jahrhunderten hat sich die menschheit viel einfallen lassen, um ein leben führen zu können, das von sicherheit und wohlbefinden gekennzeichnet sein sollte.

fleiss, ideenvielfalt, intelligenz und auch notlagen haben dazu beigetragen, den wohlstand einiger erheblich und anderer deutlich zu heben. aber trotzdem hat es immer auch die grosse masse gegeben, die unterdrückt und nach möglichkeit kurz gehalten wurde, sei es sächlich oder mental. oder beides.

nach der überwindung von schicksalsergebenheit und kritikloser gläubigkeit setzten wissenschaftliche erkenntnisse und soziale eruptionen neue, vielversprechende entwicklungen in gang, provozierten erwartungen und hoffnungen auf eine schönere zukunft, hinaus aus der finsternis von mittelalter, adligem standesdünkel, religiösem hochmut und unangemessenem herrschertum.

und immer wieder tauchten stimmen auf, die für eine bessere welt votierten. immer war das erreichte noch nicht gut genug. immer gab es millionen von menschen, die zu kurz gekommen waren und einzelne, die der meinung waren, es müsse doch – notfalls auch mit gewalt – endlich mal zum frieden auf der immer enger werdenden welt kommen, wo sich in den letzten zweihundert jahren die bevölkerung explosionsartig vermehrt hatte und sich inzwischen der 8-milliarden-marke nähert.

doch die rückschläge nahmen kein ende. falsche propheten und demagogen gewannen immer wieder die oberhand und stürzten ihre völker ins unglück, hinterliessen breite spuren der verwüstung und der vernichtung und überliessen den traumatisierten nachkommen neustart und wiederaufbau, alles als ausdruck hoffnungsvoller erwartungen, hin zu sicherheit und wohlbefinden.

aber, was ist denn aus dem wütenden schrei „nie wieder krieg!“ geworden? die zehn finger beider hände reichen bei weitem nicht aus, all die militärischen einsätze nach dem zweiten weltkrieg aufzuzeigen. selbst länder, die arg unter den folgen des letzten weltkrieges gelitten haben, waren und sind nicht in der lage, sich mit aller kraft für frieden mit ihren nachbarn einzusetzen.

weltweit gab und gibt es immer noch und immer wieder genug menschen, die sich als anstifter für kriegerische massnahmen präsentieren und andere, die sich, gehirngewaschen, von diesen vereinnahmen und kommandieren lassen, wohl wissend, dass es sich immer und ausnahmslos um ein spiel um leben und tod handelt.

wenn denn wenigstens eine reale aussicht auf frieden und wohlergehen absehbar wäre... wenn denn am horizont eine belohnung winken würde, die den einsatz vielleicht nicht gerade rechtfertigen, aber doch lohnen lassen würde... wenn, ja wenn der zweck vielleicht das mittel heiligen würde... aber nein. allein in den letzten 200 jahren haben militärische aktionen keine nennenswerten globalen friedenserfolge nach sich gezogen. lokal allerdings durchaus, aber im laufe der jahrzehnte erodierte manche friedenserrungenschaft und wurde abgelöst von erneuter aufrüstung und rüstungserweiterung und vor allem bereitschaft zum militärischen handeln.

und dann ist da noch die übervölkerung ins spiel gekommen und mit ihr die rücksichtslose ausbeutung der ressourcen unseres planeten. bereits anfang Mai 2023 hat Deutschland seinen jahresressourcenanteil verbraucht. wenn alle länder so lebten wie wir, benötigten wir drei erden, um das, was wir verbrauchen, nachwachsen zu lassen.

irgendwann werden die fragen auftauchen, wie wir uns alle satt kriegen sollten, wie und wo wir alle wohnen könnten, wie und wo wir arbeit finden würden, um unser leben zu finanzieren...

aber unverzüglich erscheinen immer wieder wissenschaftliche erkenntnisse, deren anwendung den agrarbereich zu einem industriell geführten globalen unternehmen umgestalten konnten, um ausgestattet mit entsprechenden technischen hilfsmitteln und künstlichen düngergaben sowie entsprechend hochgezüchteten pflanzen und tieren dem hunger in der welt paroli bieten zu können.

das ganze allerdings auf kosten natürlicher ressourcen, die zunächst unbedacht, dann jedoch wider besseren wissens unwiederbringlich ausgeschöpft wurden und unsere lebensgrundlagen auf diesem planeten zerstörend gefährdeten.

sehenden auges laufen wir seit mindestens 50 jahren in dieses verhängnis hinein. immer wieder geblendet von erfindungen und entdeckungen, die die bewältigung der zukünftigen probleme zu versprechen scheinen, aber letztlich nichts an der verschwendung der ressourcen, der vermüllung der erde und des umgebenden weltraums ändern und uns somit jeden tag einer globalen notlage näher bringen.

wir sehen dies alles, aber wir tun nicht, was wir tun sollten: verzichten auf grenzenloses wachstum. verzichten auf verletzung natürlicher gleichgewichte. verzichten auf verbrauch von ressourcen, die zu unseren lebzeiten nicht nachwachsen können.

die durch menschenhand aus dem gleichgewicht gebrachte umwelt bedeutet schon heute für abertausende menschen direkte bedrohung der persönlichen lebenswelt.

vertreibung und flucht sind in der tagesordnung angekommen. die persönliche zukunft ist für millionen menschen nicht mehr aktiv gestaltbar. die zu erwartenden völkerwanderungen führen zu abwehrmassnahmen und massiven integrationsstörungen, weil die flüchtlinge weder willkommen sind noch unterkünfte und arbeitsangebote zur verfügung stehen.

anstatt alle vertriebenen und flüchtigen in den stand zu versetzen, sich selbst ernähren zu können, werden von den noch funktionierenden reichen ländern milliardenhilfsprogramme aufgelegt, die lediglich für ein zeltdach und mit glück für eine warme mahlzeit täglich reichen. aber sie führen nicht dazu, dass diese menschen eine chance für ein leben in eigenregie führen und sich ihre zukunft nach eigenen vorstellungen gestalten können. sie werden degradiert zu permanenten lethargisierten fremdhilfebeziehern.

all dieses wissen und ahnen wird uns nicht helfen, die probleme, die wir verursacht haben, zu beseitigen, die folgen abzumildern und zukünftige unvernunft zu vermeiden. es wird immer und überall menschen geben, die nicht bereit sind, ihre gier zu zügeln, ihre herrschsucht zu begrenzen und sich der überforderung des planeten entgegen zu stellen. und sie werden immer wieder genügend mitläufer finden, von denen sie sich bestärkt fühlen, einfach weiter zu machen wider besseren wissens.

wir haben eine katastrophale entwicklung ausgelöst und befinden uns bereits in einer phase, deren fortschreiten nicht mehr gebremst geschweige denn verhindert werden kann.

angesichts dieses weltumfassenden bedrohungsszenarios müsste die weltgemeinschaft eigentlich zu regeln finden, um weitere schädigungen zu vermeiden und die negative entwicklung abzumildern (abbrechen wird schon nicht mehr möglich sein). aber es geschieht nicht. wir machen weiter wie gehabt und riskieren tod und verderben anstatt gemeinsam um frieden und wohlergehen zu kämpfen.

was ist es, das uns hindert, rationalen erkenntnissen zu folgen? was steckt hinter diesem wegschauen, dieser ignoranz, dieser verleugnung? macht uns das schlechte gewissen denn nicht zu schaffen? womit rechtfertigen wir denn unser nichts-tun gegenüber unseren nachkommen, die chancenlos diesem ungemach ausgeliefert sind? schämen wir uns nicht, eine welt zu hinterlassen, die unbrauchbar werden wird für abermillionen menschen, denen nichts weiter übrig bleibt als die konsequenzen unserer ignoranz auszubaden?

welche macht ist das, die es vermag angesichts einer solchen bedrohung intellektuelle erkenntnisse zu ignorieren und dazu führt, dass am ende die selbstvernichtung droht, die rückkehr ins anorganische?

es ist wohl der eingebaute genetische schalter, von dem wir wissen, dass er existiert und uns von anfang an zwingt, uns mit der erkenntnis zu arrangieren, dass unser leben begrenzt ist, auch wenn wir (noch) immer älter werden.

wir weichen gefahren nicht aus, begeben uns täglich in den lebensgefährlichen strassenverkehr, produzieren waffen, mit denen wir das leben auf der erde mehrfach beseitigen könnten und ziehen ins feld, um gegen vermeintliche feinde zu kämpfen, trinken unmengen alkohol, ziehen uns nikotin, cannabidiol, kokain, heroin, fentanyl und andere gifte rein, um glückshormone freizusetzen, erzeugen tödliche feinstaubbelastungszonen, machen die meere zu müllkippen und vernichten seine bewohner, von denen wir leben sollten...

es ist ein wettbewerb ausgebrochen zwischen den völkern, die schon lange „alles haben" und denen, die auch so viel haben wollen, und zwar von allem. und wer den finger hebt und ruft: „wehret den anfängen. nicht nehmen ist weise sondern verzichten!“, der wird nicht gehört; denn die gier steuert dieses tun, nicht die ratio.

nachdem das leben entstanden ist, versucht es zwar, sich am leben zu erhalten: leben zunächst als funktionsauftrag. aber leben heisst kämpfen um den erhalt, täglich, unendlich wiederkehrend, letztendlich ermüdend, weil das wissen um die endlichkeit des seins immer stärker ins bewusstsein und der zeitpunkt für den abgang unbeeinflussbar näher rücken und die aussicht auf innere ruhe und frieden immer attraktiver wird.
warum ziehen die menschen zu tausenden in einen krieg, obwohl sie wissen, dass nur ein bruchteil von ihnen unversehrt zurückkommen wird und ein grosser teil auch das nicht mehr? sie könnten überleben, wenn sie die waffen einfach ignorierten. aber sie ziehen los und lassen sich zu krüppeln schlagen und töten in einem gemetzel, das keine gnade kennt.

in diesen situationen bricht sich die sehnsucht nach rückkehr ins anorganische seine bahn: hin zur ewigen ruhe, um durch zerstörung des organischen materials den lebensauftrag zu erledigen.

nach Schopenhauer
"...ist... das Dasein anzusehen als eine Verirrung, von welcher zurückkommen Erlösung ist... Als Zweck unseres Daseins ist in der Tat nichts anderes anzugeben als die Erkenntnis, daß wir besser nicht da wären..."

FRIEDRUN JAEGER

Von Beruf bin ich Fachärztin für Gynäkologie und Geburtshilfe sowie Psychoanalytische Beraterin in Sexual- und Partnerschaftskonflikten.

Das Licht der Welt erblickte ich 1941 in Teterow und wuchs in Alt Rehse und später Neustrelitz auf. Nach dem Abitur und einem klinischen Praktischen Jahr studierte ich 1961-1967 Humanmedizin an der Humboldt-Universität Berlin. 1968-1990 war ich zunächst im Kreiskrankenhaus Grimmen und seit 1970 im Bezirkskrankenhaus Stralsund ambulant und klinisch tätig.
Nach der politischen Wende baute ich zuerst eine Evangelische und nachfolgend eine Beratungsstelle der pro familia auf und erfüllte mir den Traum einer mehrjährigen berufsbegleitenden Psychoanalytischen Ausbildung in Darmstadt.

Lesen und Schreiben sind lebenslang meine Leidenschaft. Einige Notizbücher, in die ich sechs- bis achtjährig, mit Kopierstift „eigene" Märchen und Verse, auch Zeichnungen, „gezaubert" habe, sind noch erhalten.
„Was mich bewegt", ein Erzählband, kam 2010 in der Papyrus Druck GmbH Berlin heraus.
Seit fast fünfzehn Jahren bin ich aktiv in der Schreibwerkstatt der VHS mit jährlichen Veröffentlichungen. Die letzten zehn Bände des „Almanach deutschsprachiger Schriftstellerärzte", jetzt Seemann Publishing, enthalten Beiträge „aus meiner Feder".
Ich bin mit dem Bildhauer Hans-Peter Jaeger verheiratet. Wir haben drei Kinder.

Elfchen

Wird
es der
Menschheit je gelingen
ein Friedenslied gemeinsam zu
singen?

Meister Grimbarts Betrachtungen

„Liebe Kinderchen und teure Mamas," gurrt der Dachs, nachdem er durch die steile Rutsche in seinen selbstgegrabenen Bau geschlüpft ist, „ratet mal, wen ich gerade gesehen hab! Das Menschenpaar, die beiden, die ich schon ewig kenne! Die kommen immer, Jahr für Jahr! Meist halten sie sich bei den Händen. Jetzt haben sie schon wie wir -aber viel, viel mehr- Weiß auf ihren Häuptern, und wie blass sein Bart geworden ist, grunz! Ich mag sie. Mach jetzt mal wieder hoch und lug ab und zu raus. Ah, da ist er ja! Allein jetzt. Geht zu der riesigen entwurzelten Buche, begutachtet sie. Der kennt sich aus mit Gehölzen!"
„Totholz, von -zig Pilzen und Käfern, Würmern, Insekten, Kröten, Vögeln, vielleicht gar einem Dachs besiedelt, da darf man nicht stören", raunt der Wanderer still vor sich hin, „und genau das brauchen unsere strapazierten Wälder für ihre Genesung."

Er winkt seiner Liebsten zu. Bis die wieder auf der Bildfläche erscheint, dauert es, ist sie doch stante pede ein paar Schritte auf die Lichtung zugegangen. Mit spärlichen Blütenstängelchen in der Hand taucht sie schließlich wieder auf:
„Schade, dass die Anemonenzeit vorbei ist! Ich fand gerade noch diese mickerige Wegwarte. Und Butterblumen. Doch hier – ein Stängelchen Wilden Thymian hat' s noch gegeben!", sagt sie und strahlt übers ganze Gesicht.
„Nein", schreit Grimbart da grollend und quietschend,

jedoch für das menschliche Ohr unhörbar, auf, „das geht zu weit! In einen Nationalpark darf man nichts rein – und aus ihm nichts raustragen! Und das hier ist einer, wenn auch der kleinste in Deutschland, der Nationalpark Jasmund. Seine Buchenwälder gehören bereits ein Dutzend Jahre zum UNESCO-Welterbe!"

Er reagiert seine Wut ab und schlägt sich ins Dickicht des Unterholzes, um sich gleich darauf – für seine Tierart, die Marder, ungewöhnlich – unverhohlen hinter einen Radfahrer auf den Weg zu stürzen und sich an den von ihm gedankenlos überfahrenen Mistkäfern, die lebendig unendlich wohltuend für den Waldboden sind, gütlich zu tun.
„Hm, super, was für eine Leckerei", schmatzt er, „auch für unsere Kleinen." Nachts wird er nochmal mit der Familie vorbeischauen, nachdem er wie jeden Abend am Herthasee fette Regenwürmer besorgt hat, nimmt er sich vor.

Später, es dunkelt bereits, bricht die hungrige Meute auf. Wieder gerät Familie Dachs der bärtige Spaziergänger ins Visier.
‚Boah! Der wetzt ja! Unverschämt, wie besengt! Verfolgt er jemand? Gott sei's geklagt - die Frau Ringelnatter!!'
Grimbart grollt vor sich hin, atmet aber auf, als er auf dem Handy des Rabauken lediglich das Foto seiner Waldgefährtin wahrnimmt.
‚Hm, er hat sie nicht verletzt! Aber sie so in die Enge zu treiben, gehört sich einfach nicht, bedeutet genau wie für seine Menschenrasse Stress für uns Waldtiere. Vielleicht hat die Ärmste nun sogar ihr Abendbrot, ein Mäuschen etwa, laufen lassen müssen. Doch Hauptsache, sie lebt!'

Sie aber, die Frau des Fotowütigen, steht gelassen am Ufer des Sees.
Es raschelt so heimelig und plätschert, zwei Eisvögelchen betören sie, am gegenüberliegenden Ufer lauert beharrlich ein Reiher auf einen guten Happen und am blauen Himmel zieht ein Seeadler gelassen seine Kreise.

„Ist das schön hier!“, seufzt sie, legt eine Hand auf ihre Brust und atmet tief durch.

Da, urplötzlich, erfasst ein Schaudern ihren Leib, sie kriegt Gänsehaut, zittert, ihre Zähne klappern.
„Oh, wie gruselig!“, haucht sie, „es schnürt mir den Hals zu.“
Sie zieht sich in sich zusammen, wird kleiner und kleiner, ängstlicher und ängstlicher.
„Spürst du das auch, Schatz? Es spukt! Gibt es hier Geister? Guck mal, der See wird jetzt grüngrauschwärzlich, gibt schaurige Geräusche von sich, gluckert, zischt.
Und dieses Säuseln und Knacken in den Bäumen! Wenn die umstürzen! Eisvögel, Enten, Gänse – alle sind auf und davon, wie vom Erdboden verschluckt. ‚Totenvögel‘ verdunkeln den Himmel. Und uh – da – Hilfe – ein Strudel! Weg, schnell weg hier, sonst passiert noch ein Unglück!“
Liebevoll umfasst er sie.
„Geister? Klar, gibt‘s die hier – Waldgeister, Wassergeister! Wir sind doch an dem berüchtigten Herthasee, Mädchen! Einem großen, fast rundem Loch, 11m tief und ganz, ganz finster. Und Hertha, eine Gottheit, der Sage nach die Erdenmutter, soll hier ihr (Un)wesen treiben, des Nachts. Vor Zeiten sei sie in einem von Kühen, manche sagen gar von Menschen, gezogenem Wagen über Land gefahren, um Frieden und eine gute Ernte zu überbringen. Jedoch soll sie zu ihren Untergebenen nicht gut gewesen sein, weshalb der See sie alle, mit Mann und Maus verschlungen habe. Doch ihre Geister lebten dem Volksmund nach bis heute darin weiter und spukten umher. Diese Story ist allerdings so nur eine mehrerer Varianten.“
Jetzt schaudern beide, frösteln, kuscheln sich aneinander, laufen zum Auto, fahren heim. Auch Familie Dachs, vollgeschlagen mit Schnecken, Eidechsen, Spinnen und sogar Fisch, tritt, nunmehr allerdings gelassen, den Heimweg an. Wieder begegnen sie einander, was die verschreckten Menschen aber nicht bemerken.

„Haben die vielleicht Scheuklappen?“, lästert die Dächsin, und trägt ihr Näschen dabei etwas höher.

Die Spaziergängerin jedoch ist längst noch nicht durch mit dem Thema.
Plötzlich, bereits im Bett und bis zum Hals zugedeckt, flüstert sie:
„Wald- und Wassergeister – gut und schön, doch wie äußert sich nun tatsächlich des Waldes Geist im allumfassenden Sinn?“
„Ruhe, er strömt Ruhe aus“, ist seine spontane Antwort.
„Regt die Fantasie an“, meint sie.
„Stärkt Herz und Sinne“, er.
„Hält fit und gesund, reinigt die Luft“, sie.
„Steigert die Abwehrkräfte“, er.
„Stoppt den Klimawandel“, sie.
„Bringt Farbe ins Leben. Wie Grün, die Farbe der Hoffnung“, er.
„Und macht so müde“, sie.
Aber das nimmt er schon nicht mehr wahr.

„Hurra, endlich ist der Wald wieder unser. Die Menschen schlafen, und es ist stockdunkel. Ich aber hab‘ mir noch eine Überraschung ausgedacht. Auf, liebe Kinderchen und teure Mamas, lasst uns mal eben einen Abstecher zu den leckeren Mistkäfern machen,“ gurrt Meister Grimbart den Seinen zu. Schnüffelnd und schmatzend machen sie sich auf ihren kurzen, aber kräftigen Läufen auf den Weg.

Der Kleine Wald

Wie gern spaziere ich durch das „Gehäg"
auf jenem traumhaft malerischen Weg!
Mit erstem Schritt schon geh ich wie gebannt
- als Kranichweg ist er der Welt bekannt.

Der lichte Mischwald milde hüllt mich ein,
ich atme tief – die Luft, hier ist sie rein.
Nicht zählbar Buchen, Erlen, Fichten,
nie könnt auf solche Vielfalt ich verzichten.

Sie wachsen hoch, sie wachsen quer,
natürlich, wüst, so dicht am Meer.
Ein wundersüßer Honigduft
der Stechpalme liegt in der Luft.

Das Unterholz sogar lässt sich nicht lumpen,
trumpft auf mit Blüten, Beeren, Stumpen.
Und unendliche Efeuranken
entziehen manchen quälenden Gedanken:

Ich glaub' an Frieden, hoff' auf Glück,
verloren' Zuversicht kehrt nun zurück!
Die Meise singt, der Buntspecht pocht,
wie ich es eh und je gemocht.

Da! Jäh und in grandiosem Bogen
der Kranich rufend kommt geflogen.
Und jedermann auf Erden weiß es wohl
der Kranich ist des Glücks Symbol!

Ich werde immer wieder ins „Gehäg"[1] dort gehen
und selbst vom Himmel einst darauf noch sehen.

---

[1] „Gehäg" ist ein Eigenname, der von Hag abgeleitet ist. Es liegt bei dem Ort Kinnbackenhagen in MV

Advent

Komm, du schöne Weihnachtszeit,
unsre Herzen sind bereit,
unsre Seelen brauchen Liebe
nah des Terrors Mordgetriebe –
Friede, Friede ist so weit.

Weihnachtsengel, komm herbei,
bring zur Ruh' der Welt Geschrei,
lass des Himmels Licht erscheinen,
bis wir endlich nicht mehr weinen.

Immergrüner Tannenbaum,
komm und gib der Hoffnung Raum,
dass auf unsrer weiten Erden
Schwestern wir und Brüder werden.

Komm, du schöne Weihnachtszeit,
unsre Herzen sind bereit,
unsre Seelen brauchen Liebe
nah des Terrors Mordgetriebe.
Paix, Schalom, Salam, Peace, Mir –
Friede komm, so leben wir.

HELGA THOMAS

Dr. phil. Helga Thomas.
Wenn ich mir mein Leben betrachte und daran denke, meine Biografie zu schreiben, dann erscheint es mir wie ein Zopf, geflochten aus drei Strängen oder noch besser: ein Webmuster, raffiniert einfach und doch sind die einzelnen Fadenverläufe schwer nachzuvollziehen. Ein Strang ist das Mütterliche. Ich spielte nicht mit den Puppen, ich kümmerte und sorgte mich um sie. Wenn ich zur Schule ging, kam ich unter Stress, alle Puppen waschen, anziehen, Frühstück zu bereiten . . . Was wussten die Erwachsenen, wenn sie sagten: „Sie ist so vernünftig und spielt immer noch mit Puppen!“ Hilflose und Kranke hatten vermehrt meine Aufmerksamkeit, egal ob als Erwachsene, Kinder oder Tiere (vor allem Hunde) oder Pflanzen. War das die Motivation für meine spätere Ausbildung und Arbeit als Analytikerin, Psychotherapeutin? 1976 machte ich mein Diplom am C.G.Jung-Institut Zürich. Seit damals arbeite ich in meiner Praxis mit Kassenzulassung (geboren bin ich am 31. Januar 1943 in Berlin). Heute bekäme ich die Kassenzulassung nicht mehr, denn ich habe weder Psychologie studiert (ich mochte die Tests nicht) noch Medizin (ich meinte, ich könne keine offenen Wunden sehen). Beides fand die Berufs-/Studien-Beraterin geeignet, aber sie fand auch Kriminalistik, Archäologie und Pädagogik (vielleicht Kunst oder Musik?) geeignet. Nun, in meinem Beruf ist davon sehr viel abgedeckt.
Ich meine für meinen Beruf (und das wäre der zweite Strang) war die Erkenntnissuche wichtig. Warum und wozu das Leid? Die Ungerechtigkeit? Das Böse? Und im Formulieren der Fragen kam es zur Dichtung. Mit 15 entdeckte ich nach der Flucht aus Ostberlin (1957, damals war die Mauer noch nicht gebaut), das Briefe- und Tagebuchschreiben und mit 18 Jahren kam der Durchbruch zur Lyrik, meiner

eigentlichen Domäne. Das wäre der dritte Strang. Doch allgemein das Interesse für Kunst und fremde Länder . . . wohin gehört das?
Vor meiner Ausbildung am Jung-Institut hatte ich Slavistik und Germanistik studiert und zu diesem Zweck hatte ich ein Jahr, noch zur Zeit des Eisernen Vorhangs, in Sofia studiert, um Material für meine Doktorarbeit zu sammeln. In Sofia begann die intensive Beschäftigung mit C.G. Jung wie auch mit Rudolf Steiner (das darzustellen würde den Rahmen sprengen). Schicksalhaft scheint es mir nun, dass 33 Jahre nachdem ich das letzte Mal in Bulgarien war, meine Arbeit in einer so genannten Develoupinggroup in Sofia begonnen hat. Die IAAP (Internationale Gesellschaft für analytische Psychologie) unterstützt in den Ländern des früheren Ostblocks wie auch sonst in entfernten Gegenden den Aufbau einer psychotherapeutischen/analytischen Ausbildung nach Jung. Seit 2003 bin ich mindestens zweimal im Jahr für längere Zeit in Sofia, um dort Analysen und Supervisionen, Seminare und Vorträge durchzuführen und es ist irgendwie „stimmig", dass ausgerechnet in Bulgarien ein Teil meiner Bücher jetzt erschienen ist, die Lyrik zum Teil zweisprachig.
Trotz dieser intensiven Arbeit und Freude an meinem Beruf und an meinem intensiven Schreiben empfinde ich doch eigentlich meine beiden Kinder als das Zentrum meines Lebens, auch wenn sie inzwischen erwachsen sind (Tochter geboren 1978 Heilpädagogin, Sohn geboren 1979 Mediziner) und meine beiden Enkeltöchter Luisa, geboren 2007 und Mathilda, geboren 2009. Inzwischen sind zwei weitere Enkelkinder (Kinder meines Sohnes) hinzugekommen: Julian geboren 2016 und Anna geboren 2019.
Und immer ist ein Hund an meiner Seite.
Mein ganzes Leben habe ich geschrieben, aber heute weiß ich, dass 1994 durch das dichterische Aufarbeiten eines Traumas eine Blockade meines Schaffens gelöst wurde. Mein Beruf kommt also mir selbst zugute in meinem dichterischen Schaffen und mein dichterisches Schaffen hilft mir wieder in meinem Beruf, damit wären wir an dem von mir am Anfang erwähnten Webmuster.

Meine mir wichtigsten Bücher:

Helga Thomas: Emotionen. Gedichte, Tegra Verlag, Sursee 2000
Helga Thomas: Dunkelblüten - Lichtsamen. Gedichte, Verlag CH. Möllmann, Borchen 2003
Helga Thomas: Warte, bis die Seerose blüht, Roman, Verlag CH. Möllmann, Borchen, 2006
Helga Thomas: Halt inne . . . Blick in eine andere Richtung Gedichte, Sofia 2007
Helga Thomas: Lausch auf den Atem verborgenen Lebens. Gedichte für Nelly Sachs und Paul Celan, Borchen 2007. Für diesen Band erhielt ich 2008 den Horst Joachim Rheindorf-Preis des Bundes deutscher Schriftstellerärzte.
Helga Thomas: Geschichten (m) einer Kindheit. Erzählungen, Sursee 2007
Helga Thomas: Lichträume, Räume der Liebe und des Lebens, bulgarisch-deutsch, Sofia 2008 (Cover von Max Meinrad Geiger, im Vorwort erwähnt)
Helga Thomas: Urformen, bulgarisch-deutsch, Gedichte, Sofia 2009
Die Bücher sind zu beziehen über: Dr. Helga Thomas, Ob der Gass 3, 79540 Lörrach oder beim Verlag
Helga Thomas: Gesicht im Fenster, Gedichte, Wien 2011

Sonne

Freudig begrüßt du
bei Sonnenaufgang
den neuen Tag
und betrittst
deinen Weg
in die Zukunft

Warum empfängst
du die Sonne
nicht bei ihrem Untergang
zu Beginn der Nacht?

Denn nun ist sie ganz
in der Erde
ist bei uns
und begleitet uns
unsichtbar im Dunkeln
der Nacht

Im Dunkel der Nacht
ruhen die Samen
unserer Vergangenheiten
aus unendlichen Fernen

Die verborgene Sonne
hilft uns
sie morgen keimen zu lassen
unsere Vergangenheit
wird morgen gewandelt
erblühen

Volkstrauertag 2023

Heute, am 19.11.2023, am Volkstrauertag, war im Klages Weltweisheiten-Kalender ein Ausspruch von Ludwig Boerne zu lesen:
„Wir leben immer für die Zukunft: ewiges Stimmen – und nie beginnt das Konzert."
Drei Gedanken erschienen als Reaktion aus meinem Inneren gleichzeitig. Zusammen entstand folgender kleiner Text:

Ja so ist es, der Tod ist die Generalprobe. In der geistigen Welt erfolgt dann die Uraufführung. Wer nur in der materialistischen Welt lebt, für den es keine geistige Welt gibt, kein echtes Jenseits, für den ist diese Erkenntnis schrecklich. Logische Folgen sind Depression oder Kampf mit Hilfe der Technik gegen die Sterblichkeit.
Doch ... Psychotherapeuten fanden die Zauberformel: Bleib im Hier und Jetzt!
Sie haben übersehen, auch im Hier und Jetzt gibt es Fenster oder sogar Türen ins Morgen, ins Gestern, in die Welt der Fantasie, Hoffnung, Erinnerung, ... eben die Geistige Welt. Versuchen wir lieber auf das Konzert des Menschheitsorchesters zu hören. Vielleicht stimmen sogar Engel mit ein und Klagelieder der Trauer wandeln sich zu Freudenhymnen.

Impressionen
Abfall oder Kompost?

Morgen Mittag Abend Nacht
Frühling Sommer Herbst und Winter
Sonne Mond und Sterne
glitzerndes Licht
spiegelndes Wasser

Zerstöre diese Schönheit nicht
bewahre sie in dir
sie ist die Nahrung deiner Liebe
deiner Liebe zum Leben
und ein Baustein
für die Erde der Zukunft

Folgender Text wurde inspiriert von einem Gemälde von Niko Pirosmani

Zu fliegenden Fischen, Vögeln und Engeln kommen jetzt noch fliegende Menschenköpfe hinzu! Was waren sie früher oder sollen sie werden?
Sind es die Köpfe Ertrunkener zu Zeiten sintflutähnlicher Überschwemmungen, die, bevor sie zu fischähnlichen Meeresmenschen wurden, schon erlöst wurden und statt Flossen Flügel erhielten. Geistern sie jetzt als Nachtvögel in unseren Albträumen herum oder sind sie auf dem Weg zum Engelsein?

Gedankensplitter

Vielleicht müssen wir Pläne aufschieben, weil wir nicht wissen, ob wir auf ihre Verwirklichung jetzt verzichten müssen oder weil wir zum Opfer nicht bereit sind.

Im Nahen der Sonne,
in ihrer Heimkehr,
wenn sie tröstend uns winkt,
blühen verborgene Rosen.

Schließe die Augen,
du hörst ihren Duft
und erinnerst dich zärtlich,
als zum ersten Mal
du geliebt.

*

MENSCH, du issest Sonnenlicht,
das durch der Erde Dunkel ging,
in deinem täglichen Brot.

Nun leuchtet in deinem Blute
der Rosenblüte
lebendiges Rot.

*

Was könnte ich tun
wenn ich mich
kraftlos müde fühle
Lust und Sehnsucht fehlen?

Ich weiß wenn
ich leben will und
ich will leben
muss ich essen schlafen und mich bewegen

Doch mir fehlen Lust und Kraft
und ich fürchte den Schlaf
fürchte zu versinken
im unendlichen Nichts...

Da...
ein Vogel am Fenster
eine flüsternde Stimme
sprach er zu mir oder
war er der Bote meines Engels?

Geh raus
geh auf Straßen und Wegen
danke den Blumen
für ihre Blüten
danke den Bäumen
für ihren Schatten

Sage ihnen, wie schön sie sind
versuche den Blick
kleiner Kinder zu halten
lächle ihnen zu
bis sie mit einem Lächeln
dir antworten

Streichle Hunde und Katzen
wenn du es nicht wagst
streichle sie in Gedanken
mit deinen unsichtbaren Händen

Lausche auf das
was zwischen dem Lärm
der Stadt der Straßen
zu hören ist

Auch am hellen Tag
kannst du das Lied
von Sternen und Mond hören

AUSZUG AUS MEINEN ERINNERUNGEN AN MEINE STUDIENZEIT IN BULGARIEN 1966/67

1966/1967, also noch zur Zeit des Eisernen Vorhangs, studierte ich etwas mehr als ein Jahr in Sofia, d.h. ich sammelte Material für meine Doktorarbeit. Mein damaliger bulgarischer Freund nahm mich mehrmals zu längeren Aufenthalten in sein Heimatdorf mit. Jahrzehnte später kehrte ich wieder nach Sofia zurück, aber jetzt als Psychotherapeutin Jungscher Richtung, um am Aufbau der PT-Ausbildung nach C.G. Jung in Sofia mitzuarbeiten. Es war von 2003 mit einer Corona bedingten Unterbrechung bis jetzt, 2023 (und es geht weiter).
Aus verschiedenen Gründen war es angezeigt, mich jetzt mit den Erinnerungen aus beiden Epochen (und der Zwischenzeit) auseinanderzusetzen. Ich schrieb meine Erinnerungen, die voraussichtlich zu einem Teil auch auf Bulgarisch erscheinen werden. Einige Auszüge aus diesen Erinnerungen habe ich hier zusammengestellt.

Als ich nach den Weihnachtsfeiern nach Sofia zurückkehrte, ich wollte meinen Geburtstag unbedingt in Sofia feiern, war ja einerseits eine entspanntere Atmosphäre, es war alles vertraut, alle freuten sich, mit denen ich zu tun hatte, und die Sache mit dem Spitzel, der von Ivan Berichte wollte, hatte sich ja aufgelöst. Sicherlich wollte ich bald nach Boikovetz, und ich denke, dass ich jetzt davon erzählen kann. Ich weiß nicht, wann wir gefahren sind, denn im Winter war sowohl die Fahrt wie der Aufenthalt dort sehr mühsam.
Also, jetzt endlich zu Ivans Dorf Boikovetz. Ich habe überlegt, dass ich eigentlich darüber ein eigenes Dokument machen könnte. Also ich muss von dem Ort erzählen, ich muss von der Lebensweise dort erzählen, von Ivans Familie und die Geschichten, die ich dort erlebt habe. Ich glaube die stelle ich mal extra zusammen unter dem Titel «Geschichten aus Boikovetz». Ja, das Leben in Boikovetz war lange Zeit zurückgeblieben, es war sozusagen von unserer

modernen Lebensweise betrachtet, ziemlich archaisch. Heute ist es natürlich auch nicht mehr so, aber wenn ich den Bulgaren, den heutigen modernen Bulgaren aus dieser Zeit erzähle dort, dann haben sie so viel Fragen, und ich merke, wie sie eigentlich einen besseren Bezug zu ihren Wurzeln haben möchten, aber es ist bis jetzt mir noch nicht gelungen, das zu intensivieren. Es ist zwar in der analytischen Arbeit sehr häufig ein Thema gewesen, aber wahrscheinlich noch nicht genügend.

Der Ort ist etwa 100 km von Sofia entfernt. Ich erzähl jetzt aus der Zeit aus den 60er Jahren, nicht aus der heutigen Zeit. Man erreichte ihn mit einem Bus, wo man umsteigen und dann nochmal mit einem Bus fahren muss. Er ist eingebettet, so empfand ich es, im Balkangebirge, mit viel Wald umgeben. Ganz so stimmt es nicht, denn es gab große Weideflächen für die Schafe und es gab auch Hochebenen, aber Wald gab es sehr viel. Ein Fluss war in der Nähe, der manchmal reißend war und manchmal nur gemächlich dahin sickerte. Wir wohnten dann in Ivans Haus, das Erbe seines Vaters, der im Krieg gefallen ist, ich weiß bis heute nicht, wann und auf wessen Seite. (D.h. inzwischen weiß ich es von Ivans Sohn. Der Vater kämpfte als Partisan gegen die Deutschen und ist in diesem Kampf gefallen, aber, betonte er, niemand hatte jemals etwas gegen die Deutschen.) Das Haus gehörte damals ihm und seiner Schwester. In diesem Haus lebten wir. Die Häuser in bulgarischen Dörfern sind einerseits ebenerdig und haben dann eine Außentreppe und einen Laubengang und einen ersten Stock. Im Sommer, wenn es heiß ist, spielt sich viel unten in den Räumen ab, wo oft auch die Ställe sind, im Winter sonst oben, wir lebten oben. Es war ein großes Zimmer, in der Breite des Hauses und es gab eine nicht ganz so große Küche. Elektrischen Strom gab es, aber es gab kein fließendes Wasser. Zum elektrischen Strom muss ich eine Einschränkung machen; Ivans Großvater, der am Rande des Dorfes lebte, schon etwas höher gelegen, hatte keinen elektrischen Strom. Wasser holte man zum Putzen aus dem Fluss, das war näher für uns und ansonsten vom Dorfbrunnen. Das, was man aus alten Geschichten kennt, das viele Leben, was sich am

Dorfbrunnen abspielt, die Geschichten, die Neuigkeiten, die ausgetauscht werden, all das habe ich eindrücklich erlebt. Ich sagte schon, es gab eine Bushaltestelle, der Bus fuhr nicht sehr oft, und bei der Bushaltestelle gab es einen Laden, wo man die wichtigsten Dinge kaufen konnte.
Was man im Laden nicht bekam, dafür fuhr man dann in die nächstgelegene größere Stadt, meistens versuchte man dann einen Ausflug nach Sofia zu machen. Was den normalen Lebensunterhalt betraf, hatte man das meiste ja in seinem Garten. Ich weiß nicht, wie viele Äcker es gab, es war eigentlich ein Dorf von Schafhirten und in den Gärten wuchs das Gemüse, was man brauchte. Toilette war im Garten, in der hintersten Ecke, ein Plumpsklo. Das Leben war auf der einen Art sehr primitiv und auch anstrengend, aber irgendwie gewöhnte man sich daran und es war ganz echt. Geheizt wurde mit Holz und im Winter war es sehr kalt. Ich weiß gar nicht, ob das große Zimmer überhaupt zu heizen war oder ob das auch von der Küche aus mitgeheizt wurde. Im Winter war die Küche der Wohnraum, so war es auch bei den Großeltern. Man hatte in der Küche ein riesiges Bett wo mehrere Familienmitglieder, wenn es zu kalt war, schlafen konnten. Ich hatte mitbekommen, dass Ivans Mutter ihm eingeschärft hatte, dass wir nach Möglichkeit doch nicht im vorderen Zimmer schlafen sollten. In dem großen, vor allem nicht, wenn es ein stürmisches Wetter ist. Ich sah das nicht ganz ein, es schien mir bequemer, auch Ivan war einverstanden, wir schliefen dann in dem großen Zimmer. Es war ein stürmisches Wetter, es hieß der Balkan singt. Und dann erlebte ich Alpträume, ich erlebte furchtbare Alpträume, ich schreckte immer wieder hoch und sagte: da jault ein Hund, da ist ein Hund draußen, wir müssen den Hund reinlassen! Immer wieder redete ich vom Hund. Aber es war kein Hund da. Nächsten Tag erfuhr ich dann von Ivans Mutter, warum sie nicht wollte, dass wir dort schlafen. Sie erklärte, dass ich sensibel sei und ganz viel spüre und auch die ganzen unguten Dinge, die passiert sind. Mir wurde nun die Geschichte erzählt, wie ein tollwütiger Hund sich in das Haus gerettet hatte und genau in diesem Zimmer. Und anstatt zu versuchen, ihn irgendwie zu fangen und ihn wieder laufen zu

lassen, hat man ihn in dem Zimmer erschlagen. Im Haus wird kein Tier getötet, das ist ein Verbrechen! Also ich weiß nicht genau, wie sie es erklärten, aber dem Sinn nach, dass dann eine unerlöste Seele ist, die nicht in das Weltall zurückkehren kann. Ich sagte, es war so unheimlich, dass ich beim nächsten Sturm nicht wieder in dem Zimmer schlafen wollte. Ich fragte, ob man nichts tun kann. Ivan wollte davon nichts hören, er war schließlich ein moderner Intellektueller. Aber seine Mutter gab uns bestimmte Kräuter, die wir verbrennen sollten, und sie fragte mich zaghaft, ob ich bete. Ich sagte ja, ich bete, und dann sagte sie, gut, ich solle für diesen Hund beten, mehr könne man im Moment nicht machen. Ich dachte immer, davon möchte ich mal erzählen, von dem Lied des Balkans und dem Geist des erschlagenen Hundes. Ja jetzt habe ich es hiermit getan.

Der Weg von Ivans Haus zu seinem Elternhaus, also zu dem Haus, wo seine Mutter und ihr Mann lebten – ich nehme an, dass sie nicht verheiratet waren, es war in Bulgarien wie in Deutschland nach dem Krieg auch; die Kriegswitwen heirateten nicht, weil sie sonst ihre kleine Rente verloren hätten – und dieser Weg führte zum und durch den Fluss, wir mussten ein Stück durch den Fluss gehen, es gab keine Brücke, aber es gab große Steine, so dass man trockenen Fußes ans andere Ufer kam, wenn er nicht sehr viel Wasser führte. Dann mussten wir einen sehr viel längeren Weg gehen, der nicht den Fluss überqueren musste. Als es einmal sehr stark geregnet hatte und Ivans Mutter meinte, wir sollten doch jetzt den anderen Weg gehen, fand Ivan, das war so wenig Wasser als wir herkamen, das ist jetzt noch nicht so viel, wir können gehen. Und sie sagte dann: pass auf. Helga ist ein hübsches Mädchen und der Wassermann hat es auf hübsche Mädchen abgesehen. Ich musste innerlich darüber lachen und fand es eine lustige Geschichte, Ivan fühlte sich genervt und wir gingen. Und wir gingen über die Steine, es war inzwischen dunkel geworden und anscheinend bin ich auf einem nassen Stein abgerutscht. Ich bin aber nicht nur abgerutscht, ich vermute im Nachhinein, dass mein Fuß dann zwischen zwei Steine geriet und festklemmte – es war, als ob jemand meinen Fuß festhielt, es war furchtbar! Ich würde gleich in dieses kalte Wasser fallen, mit furchtbar großen Steinen dazwischen, ich schrie und rief, Ivan soll mich vom Wassermann befreien. Er kam zurück und zog meinen Fuß raus, hielt mich ganz fest umschlungen und sagte, die Grenze zwischen der Realität und der Welt der Geister ist wirklich sehr schmal. Das war alles, was er sagte.

Eigentlich wollte ich jetzt von Metscho, dem Hund, der von einem Wolf abstammt, erzählen und überhaupt von den Tieren. Wenn Metscho mich sah, dann kam er auf mich losgestürmt, bremste vor mir und sprang mit allen vier Beinen gleichzeitig in die Luft, immer wieder, das hatte ich bis jetzt bei keinem Hund gesehen. Diado klärte mich auf, dass man ihm beigebracht hatte, dass er die Menschen nicht anspringt. Aber er will doch springen, um seine Freude zu zeigen. Und dann macht er es eben so. Er sagte mir, er kann es mir nicht vormachen, weil sonst Metscho es nicht versteht, ich soll mal an meinem rechten Oberschenkel klopfen. Ich tat das, dann kam Metscho sofort und schmiegte sich fest an mich. Das Anschmiegen war so, dass er mich fast umgeschmissen hätte und dann rieb er seinen Kopf an meinem Bein und ich streichelte ihn, und er fand das ganz toll. Metscho spielte auch eine Rolle bei den Lämmern. Zu den Lämmern muss ich sagen, dass sie ja nach der Geburt sehr liebevoll auch von den Menschen betreut wurden. Wenn es sehr kalt war z.B. dann holte man sie in die warme Küche und nahm das frischgeborene Lamm mit ins Bett. Ich müsste eigentlich hier die Geschichte vom Djavoltsche, was Teufelchen heißt, erzählen. Aber das ist eine Geschichte für sich. Die Lämmer spielen auch miteinander und wenn sie abends von der Weide nach Hause getrieben werden, kann es passieren, dass ein Lamm in der falschen Familie landet, weil es so lange mit seinen Spielkameraden gespielt hat, dann geht das Geblöke los. Im Stall von dem Lamm, das seine Mutter sucht, und im anderen Stall von der Mutter, die nach ihrem Kind ruft. Dann rennen die Leute durch die Gegend und suchen ihre Lämmer und wenn sie wissen, wo sie sind, dann schicken sie den Hund, der holt es dann. Ich weiß nicht, wie der Hund genau kapiert, welches Lamm das ist, aber er holt es dann. In dem Zusammenhang muss ich sagen, dass die Lämmer auch zu mir kamen und mit mir spielen wollten. Also nicht nur zu mir, auch sonst zu Menschen, die lieb zu ihnen waren. Ich hatte den Eindruck zu mir kamen besonders viele und Djado erklärte mir, das läge nicht daran, weil ich so besonders nett sei und den Lämmern so verwandt scheine, sondern sie wissen und sehen ja, wie sehr Metscho mich mag, und Metscho wurde auch von den Lämmern geliebt. Sie kuschelten bei ihm, er spielte mit ihnen, er gab ihnen Schutz und sie sahen, dass er lieb zu mir ist und dann mochten sie mich automatisch auch.

Es war der zweite Abend in Boikovetz, dass Ivans Mutter vorschlug, dass sie mich den Hühnern vorstellt. Ivan wehrte sich etwas dagegen, aber Ivans Mutter meinte, wer mit Katzen spricht, spricht auch mit Hühnern. Ja, ich hatte mit der kleinen Katze gesprochen. Katzen spielten im Dorf von Ivan auf den ersten Blick keine große Rolle, man brauchte sie im Frühjahr, damit sie die Vögel verscheuchten, wenn man Samen ausgesät hatte und natürlich wie überall auf der Welt zum Mäusefangen. In Boikovetz hatten sie zudem, die ehrenvolle Aufgabe, Spielkameraden für kleine Kinder zu sein. Also Ivans Mutter führte mich in den Hühnerstall. Sie erzählte den Hühnern wer ich bin, dass ich aus Deutschland komme, ich fand das alles sehr interessant, vor allen Dingen, weil die Hühner dann auch kamen und guckten und dann sagte sie: Wir wollen unserem Gast heute eine schöne Hühnersuppe kochen. Wer will das Geschenk für unseren deutschen Gast sein? Ob ihrs glaubt oder nicht – wenn ich heute noch dran denke, läuft mir jetzt noch eine Gänsehaut den Rücken runter – ein Huhn kam auf mich zu stolziert und stellte sich vor mich hin. Ich war fassungslos. Ich bückte mich und streichelte das Huhn. Es schmiegte sich ganz an meine Hand. Ich war den Tränen nahe. Ivans Mutter sagte: danke ihm. Ja, und dann dankte ich dem Huhn. Seitdem habe ich eine andere Einstellung zum Fleischkonsum und auch zum Vegetarismus. Wenn ich Fleisch esse, was ich zum Teil sehr gerne tu, dann danke ich immer innerlich dem Tier dafür, dass es sich mir geschenkt hat.

Jetzt kehren wir zu den anderen Tieren und den Schafen zurück.
Ich habe davon erzählt, wie abends beim Heimtreiben in den Stall oft Schafe, vor allem kleine Lämmer sich verirrten, weil sie bei ihrem Spielkameraden blieben. Dann hörte man das Blöken der Kinder und das Rufen der Mütter. Ein unbeschreibliches klagendes Rufen von Lämmern und von Schafmüttern war aber am Georgstag über den ganzen Tag; dann wurden die Lämmer von ihren Müttern getrennt, es wurde entschieden, welches Lamm geschlachtet wird, welches zur Zucht verwendet wird, welches als Zuchttier verkauft wird, welches einfach in die Herde integriert wird. Es war einfach schrecklich, für Mensch wie auch für Tier. Hier müsste ich jetzt eigentlich von Djavoltsche erzählen. Dieses Lämmchen war sozusagen ein Irrtum. Seine Mutter, ein uraltes gutes Zuchtschaf, das nicht geschlachtet wurde, sondern sterben durfte, hatte doch noch aufgenommen und dieses schmächtige Lamm geboren. Man hielt es für zu schmächtig und wollte es schlachten. Aber ich sah, wie dieses Lamm unbändige Kräfte entwickelte, um an die Zitzen der Mutter zu kommen, und unglaubliche Liebe und Schutzbedürfnis für dieses schwache Wesen erfüllte mich. So wurde es nun nicht geschlachtet, weil ich es liebte. Man zeigte mir kräftige weiße Lämmer, aber dieses gefiel mir besser, ich wollte es einfach schützen. So schenkte man es mir. Ich fand es nett, aber was sollte ich mit einem Schaf? Ivan erklärte mir dann, dass von der Wolle dieses Schafes die ersten Stücke für die Aussteuer meiner Kinder gewebt würden. Als ich Abschied nahm, bevor ich nach Deutschland zurückkehrte, durfte ich mir schon einige Stücke, die mir besonders gefielen, aus Ivans Aussteuer aussuchen. Dabei war ein sogenanntes Babytuch, in das das Kind eingewickelt werden konnte, das ich lange Zeit als Wandteppich benutzte. Später ist es zum Lagerplatz für meinen Hund geworden. Ich dachte immer, es sei ein Stück von Djavoltsche, von seiner Wolle gewebt, was natürlich nicht sein kann, es war noch viel zu jung. So sind für mich mein kleines Lamm und Ivans Aussteuer in einem Bild zusammengeflossen. Hätte ich

beim Abschied so klar gewusst, dass ich das Djavoltsche, das kleine Teufelchen, dieses schwarze Lamm mit weißen Flecken nie mehr streicheln würde, nie mehr dem Großvater zuhören würde draußen auf der Weide oder auf dem Weg neben seinem klugen Esel, der die Milchkannen allein zur genossenschaftlichen Molkerei trug, ich weiß nicht, wie ich dann den Abschiedsschmerz überstanden hätte.

Vielleicht sollte ich doch erst vom Diado, vom Großvater, erzählen, bevor ich die Geschichten von Esel, Ziege und Schwein erzähle.

Diado, Ivans Großvater, der Vater seiner Mutter, war nicht nur eine anerkannte Respektsperson der Familie, sondern des ganzen Dorfes. Wer Fragen hatte, Schafe betreffend oder vor Entscheidungen handlungsunfähig schlaflose Nächte verbrachte, ging zu ihm. Erst wurde sein Rat eingeholt, sein Tee getrunken, sein Kraut gegessen, bevor man zum Arzt ging. Oder er nannte nur den Namen seiner Tochter, das hieß, es ist nicht schlimm, geh zu ihr, sie wird die Krankheit besprechen.

Alles konnte man ihn fragen. Ihn, der nichts schreiben konnte außer seinem Namen. Allen Erzählungen und Berichten hörte er zu. Er hatte nie ein Buch gelesen und doch schien er die ganze Bibel zu kennen, die ganze bulgarische Geschichte. Sein Analphabetentum war der Grund, dass er fahnenflüchtig wurde ... Aber das ist eine Geschichte, die ich wohl lieber später im Anhang anführe, damit ich jetzt hier den Fluss nicht zu sehr aufhalte.

Ich möchte noch etwas genauer vielleicht schildern, wie unsere Beziehung war. Er sammelte für mich Bienenwaben, knackte und schälte die ersten Nüsse und schenkte mir handgewebten Stoff von einem braunen Schaf für ein Kostüm. Er war wie ein echter Großvater. Er hatte wirklich für mich gefühlsmäßig Ähnlichkeit mit dem Vater meiner Mutter. Die Beziehung war so vertraut, dass ich es wagte eine ganz persönliche Frage zu stellen. Ich fragte ihn, wie er es verkraftet, dass all die Berge und Wiesen, die früher vor dem Krieg seine waren, nun nicht mehr sein Besitz sind? (Ivan hatte mir mal erzählt, dass er nun enteignet worden war, auch wenn er als verdienter Schäfer des Volkes galt).

Wie das nun für ihn war, wenn sie ihm nicht mehr gehörten? Wie überhaupt stellte er sich zur anderen Regierung? Er machte eine weit ausholende, den ganzen Horizont umfassende Handbewegung. Dieses Land war und blieb seines, auch wenn er es nicht verkaufen könne. Das hatte er ohnehin nie vorgehabt. Er erzählte von Urzeiten, von den Thrakern, den Protobulgaren. Die kamen und gingen und immer hüteten sie Schafe. Und dann wurden sie Christen. Dann kamen die Türken und straften sie dafür. Aber immer hüteten sie Schafe. Und nun seinen die Kommunisten gekommen... und sie hüteten Schafe und würden weiter Schafe hüten, wenn auch sie wieder gingen eines Tages irgendwann ... Als sein Blick aus der Weite zu ihr zurückkehrte, fragte er, ob sie noch mehr wissen wollte. Sie verneinte.
Einschub aus der aktuellen Gegenwart. Heute ist der 22.10.2023. Auf meiner archäologisch-historischen Exkursion vor einer Woche erfuhr ich, dass – ich kann keine genauen Angaben machen – das Schafe hüten so zurückgegangen sei, dass die Berge jetzt verbuschen. Was hätte Diado jetzt wohl für eine Erklärung?

Jetzt noch ein paar kleinere Tiergeschichten.

Zu jeder guten Schafherde gehört ein Esel, denn der Esel ist der beste Leithammel. Ich sah, wie ein Esel in einen Bach ging, der durchquert werden musste, es gab keine Brücke, es hatte ziemlich starke Strömung, der Bach war eigentlich schon ein kleiner Fluss. Da hielt der Esel inne und kehrte um. Hinter ihm war der Leithammel, der natürlich nun ebenfalls umkehrte und die Schafe nach dem Leithammel auch, doch auch die Schafe am Ufer gingen ins Wasser bis zu der Stelle, wo Esel und Leithammel umgekehrt waren. Da kehrten auch sie um und kehrten zurück. Man folgt dem Leithammel wirklich den ganzen Weg. Esel gelten als klug und weise, nicht nur in der Mythologie. Dem Esel konnte man die Milchkannen aufladen und er ging alleine zur Genossenschaft, um sie abzuliefern, wartete, bis man ihm die leeren Kannen wieder aufládt und kehrte dann nach Hause zurück oder dorthin, von wo man ihn weggeschickt hatte.

Vereinzelt gab es auch Ziegen in Boikovetz, von Kindheit an liebe ich diese lustigen Tiere, die immer an allem interessiert und wendig sind und überall gucken und schauen. Man bezeichnete sie als neugierig. Ich empfand es nie als neugierig, ich empfand es schon als Kind; sie wollten wissen und sie wollten Kontakt mit ihrer Umgebung haben. Aber in Boikovetz hat mich eine Ziege furchtbar erschreckt und ich verstand, warum der Ziegenbock auch als Symbol des Teufels gelten konnte. Wir waren im Wald, entweder sammelten wir Kräuter und Brennholz oder gingen nur spazieren. Da meckerte es über mir. Im dichten Wald meckert es über mir. Ich bekomm einen Schreck und guck nach oben und da sehe ich einen Bocksfuß und dann einen Ziegenkopf. Es war schrecklich der Schreck. Ich erfuhr hinterher, dass Ziegen, wenn die untersten Äste nah genug am Boden sind, auch auf Bäume klettern, um an Laub zu kommen. Deshalb hat man auch in den bulgarischen Dörfern wenig Ziegen, weil sie nicht in den Wald dürfen, darauf wurde, jedenfalls damals, Strafe bezahlt, denn der Wald sollte nicht von den Ziegen beschädigt werden. Nun gab es aber einen Ziegenbauern müsste man sagen in Boikovetz, der seine Ziegen liebte und er fand, sie haben das Recht, im Wald zu sein und er zahlte bereitwillig die Strafe, er sah ein, man muss ja neue Bäume pflanzen, wenn so viele kaputt gehen. Aber er hatte eigentlich kein Geld. Wie sah die Lösung aus? Jeder rät ihm, seine Ziegen abzuschaffen. Nein, seine Ziegen schafft er nicht ab. Er schaffte sich stattdessen ein paar Schweine an und fing mit der Schweinezucht an. Schweine sind in Bulgarien, zumindest in Boikovetz damals, sehr selten. Es wird mehr Lamm und Rindfleisch gegessen als das Schweinefleisch. Er schaffte sich Schweine an, züchtete Schweine und verkaufte sie günstig. Nun hatte er Geld. Er hatte soviel Geld, dass er getrost die Strafe für seine Ziegen zahlen konnte, die er weiter in den Wald ließ. Es blieb auch für ihn noch einiges übrig, was sein Leben erleichterte.

Damit wären wir bei einem anderen seltenen Tier in

Boikovetz, dem Schwein.
Ivans Mutter und ihr Partner hatten eine Sau, nur eine. Es gab auch einen Eber im Dorf. Was lag näher, als dass man die beiden zusammenführte, als die Paarungszeit für Schweine gekommen war. Aber da gab es Schwierigkeiten. Denn die beiden Männer hatten sich verkracht. Der Partner von Ivans Mutter erklärte kategorisch, dein Eber steigt nicht auf meine Sau. Der andere sagte, ich stell dir meinen Eber auch gar nicht zur Verfügung. Damit war alles klar. Aber man wollte ja Ferkel haben, und man musste ja auch Geld verdienen, und dann konnte man Ferkel verkaufen, großziehen und schlachten und verwerten. Im Nachbardorf gab es auch einen Schweinebauern. Der Partner von Ivans Mutter, begab sich ins Nachbardorf, es war ein langer anstrengender Weg, aber Schweine können ganz gut laufen. Er kam dann schließlich wohlbehalten mit dem Eber zurück. Bloß in der Zwischenzeit war etwas passiert. Was, das klärte sich erst hinterher, nachdem ich auch einen furchtbaren Schreck bekommen hatte. Wir wussten alle, dass der Partner von Ivans Mutter sich auf den Weg gemacht hatte, um den Eber aus dem Nachbarsdorf zu holen. Entweder war er noch auf dem Weg oder er war schon auf dem Weg zurück. Es war niemand im Haus oder Hausnähe. Wir gingen hin, wir sollten wieder der Katze Milch hinstellen, die Hühner füttern, vielleicht noch eine Kleinigkeit machen – da kamen wir und dann grunzte es und brummte und krachte und ein Eber trat uns entgegen. Das hätte als Schreck völlig genügen können, aber dieser Eber hatte Schaum vor dem Mund, eine riesengroße Schaumwolke! Ich bekam einen Schreck – Tollwut! Ab und zu gab es in den Wäldern Tollwut. Alle hatten Angst und schauten, dass man sich, die Kinder und vor allem die Tiere schützt. Woher hatte dieser Eber Tollwut? Ivan versuchte gut auf ihn einzureden und ihn aus unserem Weg zu treiben und kam nach kurzem zurück und beruhigte mich und musste furchtbar lachen und sagte gleich, es ist eigentlich kein Grund zum Lachen. Ich erzähle jetzt, was sich hinterher rausstellte. Nach gründlichem Recherchieren war folgendes klar: der Eber im Dorf hatte auch eine feine Nase; er roch das paarungsfähige Weib im Dorf. Und er

brach aus dem Stall aus und machte sich auf den Weg. Er paarte sich mit ihr und danach war er erschöpft und hungrig, woraufhin er sich auf Nahrungssuche begab. Er jagte die brütende Henne fort und fraß alle Eier auf, das genügte aber noch nicht, wahrscheinlich hatte er auch noch ein paar Küken vermampft. Er suchte im Gemüsegarten einiges und dann sah er den Trog, der vorbereitet worden war zum Wäschewaschen. Dort lag ein großer Klumpen selbsthergestellte Seife. Und wie man weiß, wird in der Seife auch Knochenmehl verwendet und wer weiß, was noch alles. Jedenfalls fraß er diesen Klumpen Seife und soff hinterher Wasser. Ja und dabei war der Schaum entstanden! Alle lachten herzlich über die Geschichte, sogar die beiden Männer, die sich verkracht haben, konnten nicht anders als dass sie lachen mussten. Der Eberbesitzer sagte, gut, ich verlange nur ein Ferkel von den Jungen und ansonsten nichts, du hast ja für seine Versorgung gesorgt. Es war so, wenn ein Eber eine Sau begattete, dann weiß ich nicht wieviel junge Ferkel der Eberbesitzer einfordern konnte, auf jeden Fall wurde die Ernährung für einen Tag für seinen Eber sichergestellt. Das Dumme war nun, der Eber, der nun kam, kam nicht auf seine Kosten. Er wurde aber verwöhnt, er durfte sich ausruhen, er wurde gefüttert, nicht mit Seife und Eiern, sondern mit echtem Schweinefutter, wobei ich nicht weiß, was das echte Schweinefutter ist, denn ich erlebte immer nur, dass Schweine alle Reste fressen. Ja und dann wurde er wieder zurückgeführt. Ich weiß nicht, ob der Besitzer dann dieses Ebers, der umsonst gekommen war, auch Recht auf irgendein Ferkel hatte, das entzieht sich meiner Kenntnis.

EBERHARD SCHLICKER

In Stuttgart 1952 geboren; 1972 Abitur. Studium der Humanmedizin 1972-79 in Freiburg und Heidelberg (praktisches Jahr in Bad Mergentheim); 1979 Approbation und Promotion. Forschungstätigkeit in Pharmakologie in Heidelberg (1979), Essen (1980-86) und Bonn (seit 1986) als wissenschaftlicher Assistent (1979-86), Facharzt (seit 1984), Privatdozent (1986-87) und Professor (seit 1987). Bis zur Pensionierung 2016 stellvertretender Direktor des Instituts für Pharmakologie und Toxikologie und bis heute stellvertretender Vorsitzender der Ethikkommission der Medizinischen Fakultät der Universität Bonn. Seit 1988 mit der Biologin Dr. Michaela Schlicker, geb. Bourauel verheiratet; ein Sohn (Tobias; *1990).

Die Gedichte reflektieren unwichtige bis mittel-wichtige Begebenheiten aus 63 Jahren meines Lebens. Drei Fünfzeiler beziehen sich beispielsweise auf das Erlernen neuer Alphabete auf dem Gymnasium sowie auf eine bei einer Hochzeit in Oberschwaben vorgetragene Anekdote über Liebesgeflüster. Bis auf das Dankgebet (1990) sind alle Gedichte erst kürzlich entstanden.

1959 – Fronleichnams-Vorbereitung

Für den Fronleichnams-Zug galt es, Fenster zu schmücken,
gar an zwei Fronten des von uns bewohnten Baus.
So fuhren denn die Eltern, mit uns Kids im Rücken,
im neuen VW Käfer vorabends zum Haus

des Oberstudienrats und seiner Frau hinaus.
In ihrem großen Garten ging man Pflanzen pflücken:
viel saftiges Gezweig und manch Päonien-Strauß.
Es war schon Nacht, als wir wieder ins Auto stiegen.

Heimfahrt mit Diskussion: Reicht denn der Pflanzen-schmuck,
reicht nicht, gedreht. Dann doch, es sind Pflanzen genug,
erneut gewendet. Nein, es reicht halt nicht, ruck-zuck

gedreht und endgültig zurück zu den Bekannten.
Weiß nicht, wie sie uns späte Rückkehrer empfanden,
auch nicht mehr, wie tags drauf die Prozession verlief ...

1962 – Der Zeilensprung

Ein Zeilensprung (auch Enjambement), wie *Zeit verstrich*
im Nu, erschwert es, Lyrik schön zu deklamieren.

Weiß auch der Lehrer und lässt Mitschüler und mich
zwei Zeilen zu Kölns Heinzelmännchen rezitieren,

doch die Version *Die Zimmerleute streckten sich*
(Zäsur) *hin auf die Spän'*, die alle gleich skandieren,

verwirft er Mal um Mal und kontert souverän
Die Zimmerleute streckten sich hin auf die Spän'.

1966 – Griechisches Alphabet

Hier Alpha, Beta, Gamma, Delta, Epsilon
und Zeta, Eta, Theta, Iota, Kappa da,
dann Lambda, My, Ny, Xi und Omikron
plus Pi, Rho, Sigma, Tau und Ypsilon
vor Phi, Chi, Psi und Omega.

1969 – Hebräisches Alphabet

Alef, Bet, Gimel, Dalet, He, Waw
stehn vor Sajin, Chet, Tet, Jod und Kaf;
        hinter Lamed zu reihen
        sind Mem, Nun, Samech, Ajin
vor Pe, Tsade, Qof, Resch, Schin und Taw.

1978 – Liebesgeflüster trilingual

Wo Franzosen mit *Je t'aime* Freude haben
und sich Briten mit *I love you* erlaben,
ziemt *Dees därft mer gar au*
wieder weißala lau
Bett- und Bettzeug-beflissenen Schwaben.

1979 – Die sympathische Kollegin

Am Samstag, zehnten Elften neunundsiebzig ließen
sich im Kongresshaus Baden-Baden Ärzte plus
Ärztinnen blicken, und auch ich Jung-Medikus
aus Heidelberg wollte die Fortbildung nicht missen.

Thema und Zeitablauf lässt mein Archiv erschließen:
Rheumatisches Gelenk, was gilt?, was ist im Fluss?
Vier Vorträge, danach Round Table und zum Schluss
des Vormittags im Foyer noch Leckerbissen.

So saßen zwei, drei Ärztinnen mit mir zum Mahl,
auch sie, die mir gefiel, doch sich schon bald empfahl,
schon ist sie, wie die Glasfront zeigt, vor dem Portal,

dann seh' ich sie (eil' ich ihr nach?) die lange Straße gehen,
kann sie schon klein, noch kleiner, doch noch immer sehen,
bis sie rechts abbog – ohne Revoir.

1982 – Erst mal zahlen!

Schwierigkeiten mit Schriftenregalen
an katholischen Kirchenportalen
klagt die Studikerin
aus Rhein-Ruhr, woraufhin
ihr der Pfarrer souffliert: Ers' ma' zahlen!

1990 – Dankgebet

Wie nur Dir danken, Herr?
Vielleicht gebrauche ich ganz schlicht das Wörtchen *danke*.
Ob ich dies Wort mit einem anderen umranke,
so wie in *danke sehr*.

Auch möglich wär',
dass ich ein Sätzchen bilde, wie etwa *Ich danke*
Dir, Herr, für alles. oder dass ich Dich durch lange
Gebete ehr'.

Soll ich den Dank durch gute Taten,
vielleicht durch all' mein Denken, Reden, Tun abstatten?

Egal – in allem, was von mir an Dank verrichtet wird,
tritt Mangel zutage,
Mangel, den Deine Größe kompensiert,
sodass ich danken wage.

2002 – Vetters Schwiegervater letztmals gesehen

Seit Jahren meinen Vetter und gar seit Jahrzehnten
seinen nun greisen Schwiegervater nicht gesehn,
war ich (mit Eltern, Schwester, Sohn) Gast beim Cousin
und seiner Frau, konnte mich auch dem Greis zuwenden,

den von der Tochter ja nur ein paar Treppen trennten
und der, Witwer, gebrechlich, sich im Einzelnen
an die Familie und uraltes Geschehn
erinnerte, ohne die Jetztzeit auszublenden.

Beim Abschied blieb der alte Herr allein im Haus,
wir andern sieben tauschten uns im Freien aus.
Scheu schaut der Herr vom Fenster zu, wie wir kein Ende

beim Abschied-Nehmen finden, schaut zu mir heraus,
als ob es letztmals sei. Nun Schluss mit Abschied, Hände
gedrückt und los! – Hab' den Herrn nie mehr gesehn.

2018 – Mein schönster Guthirten-Sonntag

Amazonas zur Osterzeit. Das Schiff passierte
Kolumbien. Land- und Kirchgang in Leticia.

Ja, Freude war es, die der Kantor intonierte,
den ich zwar singen und spielen hörte, doch nicht sah.

Verstand ich von der Predigt auch nur *Guter Hirte*,
ging mir die Frohbotschaft doch ganz besonders nah,

die auch die vielen Feiernden im Dom erfreute
und selbst den Hund im Mittelgang nicht scheute.

2019 – Den Kollegen letztmals gesehen

Ein Herr hatte den Grüngutsammelplatz passiert,
eh er sich seinem weißen SUV zuwandte.
Ist das der Arzt-Kollege, den ich flüchtig kannte,
doch lange Zeit nicht sah, war er doch pensioniert?

Was tun? Distanz oder den Herrn kurz kontaktiert?
Ist's der Kollege, käme ein Gespräch zustande;
doch ist er's nicht, dann droht, dass der von mir Verkannte
platt, spöttisch oder gar unwillig reagiert.
Schon stieg der Herr in sein Gefährt, rechts die Gemahlin,
das Auto stieß zurück, und just in dem Moment
sah ich im Rückschild zwischen Kreis-Kürzel und Zahlen
meines Kollegen Initialen.

Postskript: Jüngst starb, nun selbst Patient,
der Herr Kollege.

2022 – Der siebzigste Geburtstag

Zahlung des Ärztekammer-Beitrags ist halt Pflicht,
selbst wenn ich D-Mark rauswarf und Euros verplemper'.
Drum freuten mich Brief und Offerte vom September,
dass Nordrheins Ärzteblatt mein Wiegenfest bespricht.

Ich stimmte sofort zu, war sehr darauf erpicht,
und prompt erschien im zwölften Heft Ende November
mein Siebzigster am siebzehnten Dezember
nicht.

Am Ehrentag war ich zu Probe und Konzert
in Bornheim-Roisdorfs Kirche Sankt Sebastian
und hatte dort des schwachen Alters-Stimmchecks wegen

mein letztes Chorprojekt. Anfangs der Probe ehrt
mich der Chorleiter für die Mitgliedschaft, und dann
erklingt für mich ganz unverhofft „Viel Glück und viel Segen...".

RICHARD OLIVER SCHULZ

(Rufname: Oliver) Ich wurde 1959 in Karlsruhe geboren und studierte Psychologie und Philosophie in Trier und Humanmedizin in Homburg/Saar. Ich bin Diplom-Psychologe und Facharzt für Psychiatrie und Psychotherapie. Schriftstellerische und künstlerische Ambitionen bestanden schon seit meiner Kindheit. Und noch bevor ich schreiben konnte, malte ich meine Geschichten in Form von Bilderserien.
Unter dem Künstlernamen „Richard Oliver Skulai" veröffentlichte ich bisher den Märchenroman „Die Bewohner von Plédos" und die Märchenromanreihe „Tiraki, das Kind aus dem Meer" für Kinder und Jugendliche sowie die Sammlung von Novellen und Kurzgeschichten „Märchen und fantastische Geschichten" (erschienen im Novum-Verlag), außerdem die sozialkritischen und satirischen Romane „Radieschen der Gelehrsamkeit" und „Die Zungenkirche" (erschienen im Frankfurter Literaturverlag).
Darüber hinaus das philosophische Sachbuch „Die Religion und ihr Janusgesicht" und den Zukunftsroman „Krakos" (erschienen im Helmesverlag Karlsruhe). Daneben verfasste ich weitere noch unveröffentlichte Gedichte, Kurzgeschichten, Romane und philosophische Sachbücher. Bei book on demand erschienen „Unheimliche Erzählungen" und „Mitternachtsland", im Wiesenburg-Verlag „Licht und Staub", „Zeitblüten" und „Trumpf der Bosheit", außerdem zuletzt „Liebesmacht".

Bei Seemann Publishing veröffentlichte ich seit 2021 zehn weitere Bücher, die in meiner Homepage www.richardoliverschulz.de vorgestellt werden. Der in diesem Almanach vorgestellte Text "Elinor oder das Land am Rande der Zeit" enthält die 4 ersten Kapitel eines abenteuerlichen Romans um das Mädchen Elinor, die in den zwanziger Jahren des 22. Jahrhunderts in Deutschland heranwächst und im Begriff steht, die Geheimnisse einer vor der Jugend verschwiegenen Vergangenheit zu entdecken."

Elinor und das Land am Rande der Zeit

Die Sehnsucht

Elinor war ein fröhliches Mädchen. Sie hatte rotblonde, schulterlange Haare und grüne Augen, die im Sonnenlicht wie Diamanten funkelten. Jeden Morgen wachte sie mit einem Gefühl der Freude auf, denn es gab immer neues zu entdecken. Die Bienen, die in ihrem Garten um die bunten Blumen herumsummten. Wespen, die ihre Nester im Innern des Sonnenschirms bauten, der auf der Terrasse stand. Die schweren Hummeln, die mit Gebrumm sich in den Kelchen der Tulpen niederließen. Die roten Augen der gestreiften Schwebefliegen oder die schillernden Rücken der großen Schmeißfliegen. Sie fühlte sich durch alles in den Bann gezogen. Sie konnte stundenlang beobachten und vergaß dann alles andere um sich herum. Elinors Vater war ein Gelehrter, der über viele Bücher verfügte. Sie füllten das ganze Haus. Es waren große schwere Bände, und sie waren mit vielen farbigen Bildern versehen. Elinors Mutter war eine Malerin.

Elinor liebte es zu träumen. In ihren Träumen war sie frei. Die Tage vergingen. Es wurde Morgen und Abend und es schmerzte Elinor, dass man die Tage nicht festhalten konnte. Es machte sie ganz traurig. Wenn es Abend wurde, dann war das Licht der Sonne voll und rötlich und schien ihr zuzurufen: „Vergehen, vergehen, ich bleibe nicht! Ich eile dem Abend zu! Und das Licht wurde voll und rot und ging an den Wänden der Häuser auf, aber es blieb nicht dort haften, sondern es blasste ab, allmählich, unmerklich. Es versank in der Ruhe des Abends und wurde zur Nacht. Elinor beobachtete die Nachmittage und forschte ihrem Leben nach, das scheinbar so leicht und gleichgültig zerrann. Besonders traurig waren die Sonntagnachmittage. Denn sie verwiesen auf den Montag, an dem die Freiheit von Schulpflicht vorbei war. Aber in ihren Träumen war Elinor frei. Da durchforschte sie die Räume und Epochen. Da war sie frei von der Zeit, frei vom Zwang, die Dinge zu nehmen, wie sie den meisten erschienen. Da war sie geborgen. Da hatte sie immer Zeit, immer. In den verborgenen Räumen tief im Innern der scheinbaren Zeit, die den Lebensbereich ihrer Altersgenossen bildete, da gab es eine ewige Jugend, die niemals vergehen würde. In ihr geborgen hatte sie das sichere Empfinden, schon Jahrtausende gelebt zu haben und doch ein junges Mädchen zu sein, was sie auch tatsächlich war. Aber immer dann, wenn sie sich von dieser Tatsache überzeugte, kam es ihr wie ein Wunder vor. In dem sicheren Raum, ihres Innenlebens fehlte der Wechsel von Tagen Wochen und Jahreszeiten. Dort war sie zu Hause. Es war ihr eigenes Land. Es war ein Land in der Seele. Aber darum nicht weniger wirklich als jedes wirkliche Land. Im Gegenteil viel wirklicher. Denn es war ein ewiges Land, ein Land der Morgensonne. Es war ein endloses Land, denn es wuchs in den Träumen und wurde entdeckt und war doch immer dasselbe. Dagegen wirkte die Welt der Altersgenossen geradezu schattenhaft. Auch die Träume in der Nacht waren wie Schatten. Aber irgendwo zwischen den Schatten der Träume und den Tagen der Welt, den immer gleichen Welttagen, die sich ganz allmählich und kaum merklich wandelten, lag dieses Land. Elinor hatte es gesehen. Und sie wusste nicht einmal, wann und wo sie es gesehen hatte. Sie trug es tief in ihrer Seele.

Stundenlang konnte man sie vor dem Fenster träumen sehen. Sie träumte mit großen Augen vor sich hin. Sie träumte von Schlössern und Burgen hoch in den Bergen, umgeben von feurigem Abendrot. Sie träumte von Prinzen und Drachen. Sie dachte auch an die großen neuen Städte im fernen Norden oder im äußersten Asien, wo es, wie man ihr sagte, im Winter sehr kalt war und wo es Schnee gab. Sie hatte in ihrem Leben noch keinen Schnee gesehen. Dann dachte sie an die Menschen, die dort lebten und schwere, warme Kleidung tragen mussten, und ihre Gedanken waren die folgenden: „Wie mag es all den Kindern in solchen Ländern ergehen? Wenn man die Lichter der Städte in einer dunklen Winternacht aus der Ferne sieht, sehnt man sich nach den stillen, warmen Zimmern, die sie erleuchten. Ist

man aber erst einmal darin, hat alles bald keinen Reiz mehr. Das Zimmer wird eng und wird zu einem Gefängnis, und man sehnt sich wieder hinaus. Mag das auch so mit den Sternen sein? Und warum ist das so? Warum sind wir nirgends zu Hause und träumen uns durch die Fremde, und nur das Fremde und Ferne ist schön? Diese Frage stellte sich Elinor, und sie wurde nicht froh dabei. Wir suchen immer nach einem Zuhause, aber nirgends ist uns wohl, und selbst der schönste Abend und der schönste Morgen vergehen in wenigen Stunden, und wieder sind wir ohne Heimat, und selbst das größte und schönste Schloss ist uns fremd und wird bedeutungslos, wenn wir es einmal kennen. Und meine Mutter? Kann meine Mutter mich ewig schützen? Und kann sie es überhaupt zu jeder Zeit? Das ist eine wundersame und unheimliche Welt! Und wie mag es oben in den Sternen aussehen? Vielleicht gibt es deshalb so viele von ihnen, weil niemand in keinem von ihnen zu Hause ist. So dachte Elinor. Die Sterne sind wie die Lichter aus warmen Zimmern in einer kalten Winternacht. Was wäre, wenn ich die Nacht durchwandere, wenn ich der Kälte trotze, wenn ich die Zähne zusammenbeiße und hindurchgehe und in keines der Häuser einkehre, die mich einladen, auf der Suche nach meinem Zuhause.
Elinor träumte weiter. Es gab Schlösser, es gab fremde Täler, es gab Türme und Labyrinthe. Und sie erlebte Abenteuer in diesen Schlössern und Türmen, und am nächsten Morgen wusste sie nichts mehr davon.
„Da seht, da geht sie hin, die Träumerin“, sagten die Jungen, die sie kannten.

„Mama“, sagte Elinor einmal, “ich sehne mich nach einem fernen Land, einem Land, in dem es keine solchen bösen Lehrerinnen gibt, die dummes Zeug daherreden und Schüler quälen.“
„Was mag das für ein Land sein?“, fragte die Mutter. „Ich kenne kein solches Land. Überall gibt es schlechte und unpädagogische Lehrerinnen und Lehrer. Die Menschen sind überall gleich. Das hängt nicht vom Land ab. Auf unsrer Erde gibt es jedenfalls kein solches Land.“

„Ich habe es in meinen Träumen gesehen“, sagte Elinor.
„Es ist also ein Land in deiner Fantasie.“
„Nein, nicht in meiner Fantasie. Ich weiß, dass es dieses Land gibt. Ich sehe es wie in einer Erinnerung. Nur kann ich es nicht zuordnen. Es ist ein Land mit weiten, weiten Ebenen. Es hat Wälder und Flüsse.“
„Länder wie dieses kommen oft in unseren Träumen und Vorstellungen vor“, sagte die Mutter. „Das sind Bilder unserer Seele, die unsere Wünsche und Sehnsüchte zum Ausdruck bringen. Sie haben keine äußere Realität.“
„Doch“, sagte Elinor. „Ich erinnere mich daran, wie an etwas, das ich wirklich erlebt habe. Ich habe mich noch nie in meinen Erinnerungen getäuscht. Alle diese Erinnerungen sind echt gewesen. Ich habe es immer dann gemerkt, wenn ich zum ersten Mal an den Orten war, an die ich mich erinnert habe. Und ich habe sie fast so vorgefunden wie in meiner Erinnerung. Wenn ich also sage, dass ich mich wirklich erinnere, dann meine ich das auch so.“
„Du könntest dich auch an ein Bild erinnern, das du einmal gesehen hast“, wandte die Mutter ein.
„Nein, dazu war es viel zu lebendig. Ich habe dieses Land gesehen. Ich habe darauf herabgeblickt wie auf ein Tal.“
„Du hast schon vieles in deinen Träumen gesehen“, sagte die Mutter.
„Man kann auch in Träumen sehen, woran man sich erinnert. Und ich erinnere mich an fremde Orte noch bevor ich sie gesehen habe.“
„Wirkliche Erinnerungen können in Träumen verfremdet werden“, wandte die Mutter ein.
„Aber das merke ich dann“, erwiderte Elinor. „Wenn etwas in meinen Träumen verfremdet wird, dann kann ich feststellen, auf welches vergangene Ereignis es sich bezieht, und dann merke ich das!“
„Manchmal kann man sich nicht an das Ereignis erinnern, das in den Träumen verfremdet wird.“
„Ich schon. Ich kenne immer die Erlebnisse zu einem Erinnerungsbild. Manchmal aber erinnern mich bestimmte Landschaften an Ereignisse, von denen ich weiß, dass sie – wenigstens in diesem Leben – nie geschehen sind. Was mag

das sein?"
„Ich weiß nicht", sagte die Mutter, die keine Antwort wusste, und sie beendete die Unterredung.

Obwohl Elinors Vater Historiker war und man davon ausgehen konnte, dass er über vergangene Epochen Bescheid wusste, hatte sie doch das Gefühl, dass man vor ihr geheim hielt, was für eine Zeit das war, in der sie aufwuchs. Über die Vergangenheit, so schien es ihr, war ein Mantel des Schweigens und des Vergessens gebreitet. Hätte ein Mensch des neunzehnten Jahrhunderts in die Umgebung geblickt, in der Elinor ihre Kindheit verbrachte, dann hätte er kaum einen Unterschied zwischen dieser und den ländlichen Idyllen auf den Bildern des Malers Spitzweg entdeckt. Allein die Kleidung der Dorf- und Stadtbewohner war nicht so fein und geziert, wie auf den Bildern des Malers. Sie wurde aus Wolle und grobem Leinen gefertigt. Und doch sollte es einmal große Flugzeuge gegeben haben und die Luft hatte von den Motoren der Automobile vibriert und es hatte Fernsehgeräte und sogenannte Computer, fantastische Rechengeräte gegeben. So war es ihr von Urgroßtante Tabea berichtet worden, wenn die Eltern nicht anwesend waren. Elinor wusste nicht, was sie davon zu halten hatte. Über diese Dinge wurde in den Schulen nichts gelehrt. Harmlose Andeutungen diesbezüglich wurden von den Lehrern gar nicht oder ausweichend beantwortet. Auf direkte Fragen über Computer, „Tablets" und Fernsehgeräte erntete man nur Kopfschütteln. Bestenfalls erklärte man es für wilde Fantastereien. Die Lehrer verhielten sich merkwürdig. Es schien da wohl einen Zeitabschnitt gegeben zu haben, den man lieber vergessen hätte. Der Geschichtsunterricht in der Schule reichte nur bis zum Anfang des neunzehnten Jahrhunderts. Über den Rest schwiegen die Lehrer sich aus. Man erfuhr nur so viel, dass ein gewisser Napoleon, Kaiser von Frankreich, durch kriegerische Eroberungen ein Weltreich habe aufbauen wollen, aber die Nationen Europas hätten dies verhindert und ihn zurückgeschlagen. Einsam und in der Verbannung sei er gestorben. Über die Jahrhunderte danach schien wenig bekannt zu sein. So suchten

wenigstens die Lehrer sich herauszureden. Jedenfalls aber sei alles viel besser geworden und man habe es geschafft, einen Zustand des Friedens, des Gleichmaßes und der Stabilität herbeizuführen. Den Auftakt dazu hätten die Koalitionskriege gegen Napoleon gegeben. Mehr könne und wolle man dazu nicht sagen. Elinor vermutete, dass irgendetwas geschehen war, das man nicht wissen durfte. Doch letztlich schien es zum Guten geführt zu haben. Seit der sogenannten „Biedermeierzeit" sei alles so geblieben wie es war. Es gab schon lange keine Kriege mehr. Die Völker lebten in Eintracht. Die Felder blühten und brachten reiche Ernten. Und es herrschte Stille auf dem Land und in den Städten.
Große Gebiete Russlands waren erschlossen. Über Sibirien breiteten sich fruchtbare Gegenden aus, blühende Ländereien, die großen Zustrom aus Mitteleuropa erhielten, wunderbare Landschaften mit zahlreichen Seen und Gebirgszügen. Elinors Mutter regte sich sehr über die Auswanderungswellen auf. „Da ziehen sie hin", sagte sie oft, „in ein Land, das so schlimme Verbrechen an den europäischen Nationen zu verantworten hat. Heißt das, seinem Land die Treue halten?"
Aber wenn Elinor fragte, worin denn diese Verbrechen bestanden haben sollten, wich auch die Mutter ihr aus und machte dunkle Andeutungen.

An den Festtagen kamen regelmäßig Angehörige des Bundes der Morgenlandfahrer zu Besuch. Das waren junge Leute, die meist an kirchlichen Seminaren studiert hatten, aber auch Absolventen anderer Studienzweige, die sich zum Predigerdienst berufen fühlten. Es war üblich, sie einzulassen, wenn sie kamen. Sie abzuweisen galt als Schande. Elinors Mutter duldete sie widerwillig. Sie hielt nicht allzu viel von Religion. Noch keine Religion, so sagte sie, habe es vermocht, den Menschen den Frieden zu bringen. Jetzt, nach großen Katastrophen, schien es, dass alle Völker aufatmen konnten. Aber das war nicht der Religion geschuldet. Die Religionen hätten nur Übel gebracht. Man solle froh sein, dass nach den ungeheuerlichen Zerstörungen die Menschen Sehnsucht nach Frieden empfänden und

Staatsorgane geschaffen seien, die dem Aufstieg von Tyrannen große Steine in die Wege legten. Aber der Bund der Morgenlandfahrer verkündete schamlos den kommenden Antichristus. Er erschrecke kleine Kinder mit gruseligen Endzeitprophezeiungen. Das sei schon schlimm genug. Darüber hinaus sei so etwas heute vollkommen unzeitgemäß. Der Frieden habe schon über dreihundert Jahre gedauert. Er habe unmittelbar nach den Koalitionskriegen begonnen, betonte die Mutter.
In Wahrheit hielten sich die Prediger des Bundes Kindern gegenüber mit ihren eigentlichen Ansichten zurück. Sie wagten diese nur anzudeuten. Entweder sie sprachen über die Bibel und führten Stellen aus dem Buch der Offenbarung an oder sie illustrierten in Bildern, welche Gefahren der Menschheit bevorstehen würde. Elinors Mutter reichte das aber schon, um von diesen Leuten Abstand zu halten. Dennoch ließ sie diese Leute, wenn sie kamen, bereitwillig in ihr Haus, weil die Tradition es so wünschte. Sie hielt ihre Erzählungen und Prophezeiungen für Fabeln, mit denen man Kinder erschreckte. Sie glaubte weniger an echte Prophezeiungen als vielmehr an solche, die Menschen sich selbst erfüllten, indem sie fest an sie glaubten. Zu allen Zeiten hätten die Menschen sich ihre Tyrannen selbst geschaffen, erklärte sie den Predigern, und so konnte es ebenso mit dem letzten, großen Tyrannen bestellt sein, der in der Bibel verkündet wurde. Entgegen der Unheilverkünder um die Jahrtausendwende sei er ja doch nicht gekommen und es stehe zu hoffen, dass er auch in Zukunft nicht kommen werde. Dagegen war für den Bund der Morgenlandfahrer die Ankunft des weltbeherrschenden Antichristus eine unumstößliche Tatsache, die biblisch belegt und durch den Lauf der bisherigen Ereignisse gestützt worden sei.
Elinor ihrerseits war der asketische Ernst, mit dem die Prediger vor die Familien traten, suspekt. Sie wirkte in ihrer Gegenwart scheu und zurückhaltend. Der Ernst und die traurige Erscheinung der jungen Gestalten machte sie betreten. Sie fühlte Mitleid mit ihnen. Was mussten diese jungen Leute durchgemacht haben, um so in Erscheinung zu treten? Was lastete auf ihrer Seele? Wenn sie sprachen,

drückte sich in ihren Worten die Sorge um das Heil der Menschen aus. Sie beklagten den Materialismus. Sie beklagten die Gier nach weltlichen Gütern. Elinor hörte zum ersten Mal das Wort Materialismus, und sie konnte nicht bestätigen, dass die Menschen in ihrer Umgebung nach Reichtümern gierten, dass sie mitleidslos waren und andere Menschen unterdrückten. Zumindest in den umliegenden Dörfern schien das nicht der Fall zu sein. Materialismus, das schien zu bedeuten, dass man nur für äußere Gegenstände Interesse hatte. Auch das konnte Elinor nicht bestätigen. Weiterhin hieß es, dass Vergnügungen und Spaß haben schlecht und oberflächlich sei und dem Seelenheil entgegenstünde. Was die Prediger meinten, wenn sie von „Seelenheil" sprachen, war Elinor ebenfalls unklar. Sie schienen der Meinung zu sein, dass es nur Spaß an Essen und Trinken, Tanzen und Springen gab und daneben auch an etwas, das sie mit „Sex" bezeichneten. Das hatte wohl etwas mit der Anziehung zwischen Mann und Frau zu tun, aber Elinor konnte sich nicht vorstellen, was daran schlecht sein sollte. Zwar sprachen die Prediger von einem Übermaß und einem Missbrauch von Sex, aber von so etwas hatte sie keinen Begriff. Sie konnte sich auch nicht vorstellen, wie man Essen und Trinken missbrauchen sollte. Beides endete doch mit der Sättigung. Die Prediger gaben der Lehre der Materialisten die Schuld, dass der größte Teil der Menschen vor den Katastrophen, von denen sie sprachen, die Zeichen der Zeit zu wenig beachtet hätten. Sie hätten dadurch das Unheil genährt und den Zorn der Unterdrückten und Versklavten über sich selbst heraufbeschworen. Sie beklagten das Los der Nationen, die unter der Herrschaft der falschen Gottesanbeter, versklavt und ausgebeutet, in Hass und Verblendung gehalten wurden. Und sie berichteten über korrupte, bestochene und gekaufte Politiker, die die Völker zugrunde gerichtet und ihnen Krankheit, Seuchen und Tod beschert hätten. Sie berichteten von Hungersnöten und einem großen Krieg. Sie schilderten ein großes Weltbeben und den Durchgang der Erde durch den Schweif eines großen Kometen. Aber sie verzichteten auf eine Angabe von Jahreszahlen und wichen aus, wenn Elinor sie danach fragte. Offenbar herrschte ein Tabu darüber, das ihnen befahl: Bis hier hin und nicht weiter! Die Mutter kommentierte solche Berichte, wenn sie dabeistand, mit starrem, unwilligem Blick und hochgezogenen Brauen. Allein schon diese Geste zeigte den Mitgliedern des Bundes der Morgenlandfahrer, dass hier eine unausgesprochene Grenze eingehalten werden musste. Wenn Elinor eine direkte Frage nach den Jahreszahlen mit Blick auf die Mutter stellte, antwortete diese, dass es im Mittelalter und der beginnenden Neuzeit derartige Hungersnöte und Kriege gegeben habe, diese seien wohl gemeint. Die Morgenlandfahrer bejahten dies weder noch verneinten sie es. Der Vater hatte sich indessen in sein Studierzimmer zurückgezogen. Er vermied jedes Gespräch mit den Morgenlandfahrern. Auch der Vater gab Elinor über den Verlauf der letzten dreihundert Jahre keine Auskunft.

Elinor entwickelte ein lebhaftes Interesse für die Vergangenheit. Aber der Geschichtsunterricht reichte, was konkrete Angaben anbelangte, kaum über die erste Hälfte des neunzehnten Jahrhunderts hinaus. Er endete ziemlich genau nach dem Sturz des Tyrannen Napoleon und der darauffolgenden Zeit der Bürgerkönige. Seitdem, so versuchte die Lehrerin, Frau Butterblume, den Schülern weis zu machen, habe sich nichts Wesentliches geändert. Die Kriege seien zurückgedrängt worden, die Menschen hätten in Frieden gelebt. Wenn Elinor an die Besucher vom Bund der Morgenlandfahrer dachte, hielt sie etwas völlig anderes für viel wahrscheinlicher und bezweifelte die Worte ihrer Lehrerin. Warum sagte ihr denn niemand ganz konkret, was nach der Zeit der Bürgerkönige geschehen war? Warum konnte ihr niemand mehr Namen wichtiger Persönlichkeiten nennen, die in der Zeit von da bis heute gelebt haben mussten, warum verschwiegen die Lehrer die Wahrheit und machten ein Geheimnis daraus, wenn man sie darauf ansprach? Man hatte förmlich den Eindruck, es hätte in den letzten dreihundert Jahren nichts mehr gegeben, was sich lohnte erwähnt zu werden. Aber war das wirklich so?

Allein die Urgroßtante Tabea schien über die verschwiegenen Zeiten Auskunft geben zu können, die von den Eltern und Lehrern verweigert wurde. Sie wusste von den letzten kalten Wintern in Deutschland zu berichten, als Kinder in ihren Gärten manchmal noch Iglus und Schneemänner gebaut hatten und Sibirien, das sonnige Sibirien, eine Schnee- und Eislandschaft gewesen sein sollte, die Zeit bevor in Deutschland Orangen- und Zitronenbäume blühten, eine Zeit voller dunkler Geheimnisse, die die jüngeren Erwachsenen lieber totgeschwiegen hätten. Urgroßtante Tabea wusste von diesen dunklen Geheimnissen, die von den übrigen Erwachsenen verleugnet wurden, sie kannte sie noch aus eigener Erfahrung und aus den Berichten ihrer Eltern und Großeltern. Sie war die Künderin einer verschollenen Zeit. Es war eine Zeit der technischen Wunder gewesen, die aber niemand wirklich zu schätzen wusste, eine Zeit der großartigen Rechenmaschinen, der bewegten elektronischen Bilder und nicht zuletzt der zahllosen Flugzeuge und der selbstbeweglichen Wagen, die in großer Zahl in den Straßen verkehrten. Wenn Elinor ihrer Mutter Geschichten erzählte, die sie von Urgroßtante Tabea gehört hatte, schüttelte diese nur ungläubig den Kopf und bezeichnete sie als Märchen und fantastische Übertreibungen. Sie wollte von den vergangenen Zeiten nichts wissen. Alles, was sie darüber hörte und las, hielt sie für Lügenmärchen. Schneemänner hielt sie für physikalisch unmöglich, an selbstbeweglichen Bildern und elektronischen Photographien zweifelte sie. Wenn es so etwas gab, pflegte sie zu argumentieren, warum ist dann so wenig davon zurückgeblieben? Ein großer Kataklysmus vor hundert Jahren kann doch damals nicht alles davon vernichtet haben! Urgroßtante Tabea aber behauptete, dass es genauso gewesen sei.

Klassenkameraden

In der fünften Klasse hatte Elinor sich Englischgrundkenntnisse angeeignet und in der sechsten mit Latein begonnen. In der siebten Klasse besuchte Elinor mit ihren Klassenkameraden erstmals den sogenannten romanischen

Parallelkurs. In diesem Schulkurs lernte man vier Sprachen, französisch, italienisch, spanisch und Latein zur gleichen Zeit. Eine neue, hochentwickelte Methode ermöglichte dies. Vokabeln wurden einzeln und dann parallel in allen vier Sprachen erlernt und nach den Eigenheiten der Sprache unterschieden, sodass sich Assoziationsbrücken zwischen ihnen ausbilden konnten. Es wurden einzelne Sätze sprechen gelernt, diese in den einzelnen Sprachen einander gegenübergestellt und miteinander verglichen. So eigneten die Schüler sich in kurzer Zeit das fließende Sprechen an. Elinor war fleißig und wissbegierig und machte große Fortschritte. In einem späteren Jahrgang sollte noch Russisch hinzukommen. Die Sprachen wurden spielerisch und kreativ angegangen. Die Lehrer waren jederzeit zur Korrektur und zu Verbesserungsvorschlägen bereit, ergänzten Vokabeln und Satzteile. Mathematik wurde vor allem von der philosophischen Seite her gelehrt. Es kam weniger auf Rechenleistung an. Fast alle Schüler ihrer Klasse kamen gut mit im Unterricht. Dafür waren sie auch ausgewählt. Aber es gab Ausnahmen. Es gab vier Außenseiter in Elinors Klasse, die, obwohl sie nicht gerade schlechte Schüler waren, bei den Lehrern aneckten und auf Widerstand stießen. Sie passten nicht ins Bild des guten, fortschrittlichen Schülers.

Da war Arek aus Sibirien, dem wundersamen, sonnendurchfluteten Sibirien mit seinen vielen Auen und Seen. Früher einmal, vor vielen Jahrzehnen und Jahrhunderten, sollte es angeblich eine Eislandschaft gewesen sein und sogar ein Strafgefangenenlager beherbergt haben. Die näheren Umstände dieser Wandlung waren Elinor unbekannt. Die Geschichtslehrer sagten, dass insgesamt alles auf dieser Welt besser geworden sei. Näheres verrieten sie nicht. Für Elinor jedenfalls war von je her der Name Sibirien mit wunderherrlichen, sonnendurchfluteten Landschaften verbunden gewesen. Aus einer solchen Landschaft stammte der blonde Arek. Er war in Elinors Alter und ein außergewöhnlicher Träumer. Vor einem Jahr war er in Elinors Klasse eingetreten. Aber er zeigte sich am Unterricht wenig interessiert. Seine künstlerische Begabung war sprichwörtlich. Es hatte sich herumgesprochen, dass er in seiner freien Zeit fast ausschließlich malte und zeichnete. Die Bilder, die er seinen Klassenkameraden zeigte, waren so außerordentlich gelungen und eindrucksvoll, dass ihnen wohl keiner die Anerkennung versagen konnte. Sie waren nicht nur technisch nahezu perfekt. Es lebte in ihnen etwas wie der Hauch einer geheimen Sehnsucht, die jeden berührte, der sie sah. Es waren vornehmlich Landschaftsbilder, in denen es von wunderlichen Wesen wimmelte. Elinor beneidete Arek um die Inspiration, die er in den herrlichen Landschaften Sibiriens empfangen hatte. Und sie beneidete ihn um sein Talent. Auch mitten im Unterricht skizzierte und malte er. Er hatte immer einen Aquarellfarbkasten und Ölpastellkreiden dabei. Die Lehrer hatten es aufgegeben ihn zu ermahnen. In den neuen Demokratien, wie man die Staaten des Europäischen Völkerbundes nun seit beinahe hundert Jahren nannte, durften die Persönlichkeitsrechte des Einzelnen nicht eingeschränkt werden, sofern die der anderen dadurch nicht beschnitten wurden. Daher ließ man Arek gewähren. Die Lehrer erlaubten sich dennoch Fragen zu stellen. Und Arek beantwortete sie nach Lust und Laune. In manchen Fächern fielen ihm die Antworten leicht und man merkte dann, dass er trotz seiner privaten Betätigungen dem Unterricht teilweise folgte. Den Mathematikunterricht freilich hasste er am meisten und blieb dort überwiegend die Antwort schuldig.

Dann war da noch Jonas, ein stiller, dunkelhaariger Junge mit Brille, ein völlig anderer Typ als Arek. Er träumte nicht wie Arek, sondern verbrachte seine Zeit mit intensivem Nachdenken. Allerdings dachte er meist an völlig andere Dinge als an den Schulunterricht. Zu Hause baute er Maschinen aller Art, die alle möglichen Dinge verrichteten. Er war der geborene Erfinder. Aber er hielt es bei keiner Sache lange aus. Manchmal sprang er mitten in einem Gedankengang auf einen anderen. Überhaupt war es seine Gewohnheit, mehrere Themenbereiche parallel zu bearbeiten.

Der Vierte im Bunde war Alois, mit ihm hatte es etwas ganz Besonderes auf sich. Er unterschied sich in seiner Art von allen anderen Schülern. Er war ständig tief in sich versunken und ein stiller Beobachter. Er sprach wenig, wenn er aber einen Kommentar abgab, traf er den Nagel damit immer auf den Kopf. Am Unterricht beteiligte er sich nicht. Wenn er aufgerufen wurde, gab er zwar immer eine Antwort, aber diese schien den Lehrern selten zu passen. Fast immer erregte das, was er sagte, heftigen Widerstand. Elinor konnte spüren, dass seine Antworten die Lehrer trafen, sie spürte dies auch dann, wenn sie sie nicht richtig verstand. Daraus schloss sie, dass es wohlüberlegte und weise Antworten waren. In der Klasse gab es einige Wenige, die der Meinung waren, dass Alois ein weiser Junge war, der weiseste überhaupt. Sie nannten ihn den „Alten im Knaben". Die meisten hielten ihn aber für einen Idioten und merkwürdigen Kauz. Sie verstanden ihn nicht. Es gab Menschen, die alles ablehnten, was sie nicht verstehen konnten. Diese Menschen lernten nicht aus echtem Interesse, sondern weil sie es nicht ertragen konnten, von anderen in etwas übertrumpft zu werden. Alles Ungewohnte war ihnen unheimlich und wurde von ihnen verurteilt. Sie ertrugen es nicht. Elinor war sich sicher, dass sie Menschen, die so dachten wie diese Mitschüler, nie zu ihren Freunden wählen würde. Leider betraf dies den überwiegenden Teil der Klasse. Darum fühlte sie sich ganz besonders zu den vier Sonderlingen hingezogen und schloss Freundschaft mit ihnen.

Elinor wollte wissen, warum der Geschichtsunterricht kaum über die Französische Revolution hinaus und nur bis zu Napoleon ging, aber der Geschichtslehrer gab ihr darauf keine Antwort. Man mochte glauben, dass sich seit 1790 kaum etwas verändert hatte und doch waren inzwischen über 300 Jahre vergangen und das Einzige, was man sehen konnte war, dass sich die Klimazonen verändert hatten und die kalten Winter in Europa ganz verschwunden waren, dass grüne Auen und fruchtbare Felder sich ausbreiteten, wo früher trostloses Ödland war.
Ein jüngerer Lehrer munkelte etwas von einer dunklen

Verschwörung, die in der Zwischenzeit die Welt beherrscht hatte. Er war nicht lange an der Schule. Elinor erfuhr von seiner Entlassung. Über die Gründe wurde nichts Näheres bekannt gegeben. Es hieß, er habe eine bessere Stelle gefunden. Aber Elinor ahnte, dass er nicht freiwillig gegangen war.

Ein stiller Ort

Es gab einen Ort, den niemand kannte außer Elinor, einen Ort, an den sie sich zurückzog, wenn sie die Einsamkeit suchte. Nur sie allein kannte diesen Ort, zumindest glaubte sie das. Er lag inmitten der Wildnis. Vom Elternhaus war er nicht allzu weit entfernt, doch kannte nur sie den Weg dorthin. Er führte durch das wilde Naturschutzgebiet, das sich hinter dem Rande der Stadt über mehrere hundert Quadratkilometer auszubreiten begann. Elinor fuhr mit dem Fahrrad, und es war ein weiter Weg dorthin. Zu beiden Seiten ihres Weges lagen wunderbare Obstplantagen inmitten großflächiger Wiesen und Felder mit hochgewachsenem Gras und goldenen Ären, die in der Sonne glänzten. Dazwischen breiteten sich Moorlandschaften aus. Es brauchte einige Zeit, bis sie dem Wald erreichte. Im Wald jedoch, bis zu dem Seengebiet, musste sie das Fahrrad schieben. Es gab dort keine Fußpfade und ihre Wege kreuzten Wiesel und große Bisamratten. Manchmal auch Luchse, die sie aus neugierigen Augen betrachteten. Aber sie taten ihr nichts. Das Mädchen schritt tapfer voran. Elinor wusste, dass die Hupe an ihrem Fahrrad die Tiere vertreiben konnte, wenn es gefährlich werden sollte. Endlich war die große, grüne, kreisrunde Lichtung erreicht, in welcher der See lag. Der See war von Bäumen umgeben. Mit dreien von ihnen war sie vertraut. In ihrer Nähe stellte sie ihr Fahrrad ab. Hier fand sie die nötige Ruhe, um ihren Gedanken und Sehnsüchten nachzuhängen. Diese Lichtung mit dem See war menschlichem Einfluss entzogen. Elinor hegte die Überzeugung, dass sie die Einzige war, die von ihr wusste. Hier war die Umgebung ganz still. Außer dem Zirpen der Grillen und süßem Vogelgesang war nichts zu hören. Sie sprach mit den

Bäumen. Und die Bäume antworteten ihr. Hier fühlte sie sich wohl. Das Sonnenlicht schien ungewöhnlich hell. Dort konnte sie viele Stunden verbringen, besonders an den Wochenenden, wenn man sie nicht vermisste. Manchmal blieb sie dort bis zu der Dämmerung. Die Dämmerungen in der Lichtung waren ganz besonders schön. Dann strahlte der See in flammendem Violett. Und die Bäume hoben sich schattig wie warnende Hände gegen den Himmel ab. Dann durfte sie sich aber nicht in Tagträumereien verlieren. Es durfte nicht völlig dunkel werden. Sonst fand sie den Weg nicht zurück. Auf dem Rückweg musste sie die Dynamoleuchte einschalten. Da jedoch das Dynamo, um Licht zu spenden, die Reibung des Vorderrates benötigte, und sie das Fahrrad im Wald nur schieben konnte, kam es nur zu einem schwachen, aufflammenden, immer wieder unterbrochenen Glühen und Elinor bekam es mit der Angst zu tun.

Eines Samstagsmorgens in der Frühe kurz vor Sonnenaufgang fuhr Elinor wieder zum See. An jenem denkwürdigen Samstag brach sie schon sehr früh auf, fand die undichte Stelle im Zaun, machte ihren Weg durch das Dickicht des Waldes zum See und stand mit ausgebreiteten Armen vor der aufgehenden Sonne. Sie blieb den ganzen langen Tag am See. In ihrem Rucksack hatte sie sich Essen mitgenommen. Sie gab sich Betrachtungen über die Natur hin und machte Eintragungen in ihr Tagebuch. Erst am Abend, mit der hereinbrechen-den Dunkelheit, brach sie wieder nach Hause auf. Das Licht war noch stark genug, dass sie auch ohne Fahrradlampe durch die Wälder fand. Plötzlich hörte sie ein stampfendes Geräusch, das näherkam. Die Erde dröhnte. Und zwischen den Bäumen erkannte sie ein großes, fellbedecktes Ungeheuer. Mit schweren Schritten kam es geradewegs auf sie zu. Es hatte ein langes, zottiges Fell und mächtige Hörner und erinnerte an einen Bison. Aber es war größer und die Hörner waren länger. Elinor überlegte, ob sie die Gelegenheit ergreifen und auf einen Baum flüchten sollte. Einer der Bäume, der ihr gerade im Weg stand und einen schrägen langen Ast ausstreckte, bot sich ihr dazu an. Da aber stand das Ungetüm schon wenige Schritte vor ihr und sie merkte, dass es zu spät war. Es stand direkt ihr gegenüber still und als es das Maul öffnete, wurde Elinor starr vor Schrecken, denn es war mit messerscharfen Zähnen besetzt. Sie hatte ein solches Tier noch nie gesehen. Möglicherweise war es ein Produkt genetischer Experimente, wie sie vor Jahrzehnten durchgeführt worden sein sollten. Näheres war ihr darüber nicht bekannt. Aber es war immer wieder von den „wilden Dreißigern" die Rede gewesen. Klare Auskunft darüber hatten die Lehrer verweigert. Manche Schüler hatten den Ausdruck „wilde Dreißiger" mit dem Dreißigjährigen Krieg im siebzehnten Jahrhundert in Verbindung gebracht, aber eigentlich war jedem klar, dass man zu dieser Zeit genetische Experimente nicht durchgeführt hatte. Dass es überhaupt Versuche dieser Art gegeben hatte, hatte man den Schülern nur in Andeutungen mitgeteilt. Gleichviel, das Ungeheuer war gefährlich. Was sollte sie tun? Sie hielt es für ratsam sich nicht zu bewegen. Es blieb ihr auch keine andere Wahl. Elinor erstarrte in ihrer Bewegung und hielt den Atem an. Auch das Ungeheuer rührte sich nicht. Es prustete und öffnete noch einmal seinen Rachen. Mit einem unbeschreiblich traurigen Ausdruck in den gelbbraunen Augen blickte es zu Elinor herab. Dann hob es den Kopf, trat zur Seite und trabte eilig davon.

Das Schulfest

Im April fand eine große Feier für sämtliche Klassen statt, die ihr fünftes Jahr des Konfirmandenunterrichtes abgeschlossen hatten. Alle anderen Jahrgänge waren dazu eingeladen.

Der Konfirmandenunterricht war eine ernste Sache und wurde mit großer Sorgfalt als ein besonderes Schulfach gelehrt. In der Regel begann er in der siebten Klasse und erstreckte sich bis in die zwölfte. Er war mit dem Fach philosophische Religionskunde gekoppelt, das ab der siebten Klasse unterrichtet wurde. In den Klassen davor, seit der Grundschule, wurde biblische Geschichte gelehrt, zu der schon die siebenjährigen Kinder spielerisch eingeladen wurden, ihre Meinung zu äußern. Der Konfirmandenunterricht ab der siebten Klasse war weniger spielerisch, er wurde mit großem Ernst betrieben. Es wurde ungeheuer viel darüber diskutiert und die Lehrer mussten auf einen Schlagaustausch mit den Schülern vorbereitet sein. Das Ziel am Ende des fünften Jahres war die freie Entscheidung für oder gegen den christlichen Glauben. Die Lehrer der Konfirmanden, ob Geistliche, Philosophen oder Naturwissenschaftler, standen jedenfalls, so war bekannt, alle fest im christlichen Glauben. Jede Klasse hatte verschiedene Lehrer, die alle ihren eigenen Schwerpunkt vertraten. Dies diente dazu, Einseitigkeiten zu vermeiden und den Schülern ein möglichst unvoreingenommenes Bild zu vermitteln. Die allgemein anerkannten Informationen über die Grundlagen des christlichen Glaubens sollte den Schülern möglichst objektiv, umfassend und vielseitig dargestellt werden. Wer sich trotz all dieser vielseitigen und umfassenden Informationen am Ende des fünften Konfirmandenjahres dennoch gegen den christlichen Glauben entschied, wurde deshalb nicht verachtet.

Man spielte Samuel Barber und Frederick Delius, deren Kompositionen für seelenstärkende Musik gehalten wurden. Elinor fragte sich, ob es auch Musik geben könnte, die die Seele nicht stärkte. Das Wort Musik war in ihrem Geist untrennbar mit dem Wort „seelenstärkend“ verbunden. Sie konnte sich nicht vorstellen, dass es eine Musik gab, die anders war. Gleichwohl hatte sie verlauten hören, dass es einmal solch eine Musik gegeben haben sollte, eine Musik, die die Seele geschwächt haben sollte. Aber warum und wann? War es ein Experiment gewesen? Vielleicht hatte es sie ja nur in der Fantasie der Menschen gegeben! Aber wie konnte man sich etwas vorstellen, was nicht nur nie existiert hatte, sondern auch ein Widerspruch in sich selbst war? Eine Musik, die die Seele schwächte? Auf ihre vorsichtige Frage sagte Frau Butterblume, es habe dazu einmal einige Versuche gegeben, aber sie alle seien in kurzer Zeit aufgegeben und vernichtet worden. Es sei besser nicht mehr daran zu denken. Das neunzehnte Jahrhundert und die erste Hälfte des zwanzigsten wurden in den schönsten Farben ausgemalt, obwohl über die geschichtlichen und politischen Ereignisse nicht viel in Erfahrung zu bringen war. Man sagte ihr, es sei eine ruhige Zeit gewesen. Nach dem zwanzigsten und einundzwanzigsten Jahrhundert befragt, nickte die Lehrerin bedächtig. „Ja, da gab es Versuche", sagte Frau Butterblume. „Sie haben alle nichts getaugt, sie wurden aufgegeben."

„Das ganze zwanzigste Jahrhundert und die erste Hälfte des einundzwanzigsten hindurch?", frage Elinor ungläubig.

Frau Butterblume antwortete ausweichend. „Aber nun denke nicht weiter darüber nach. Wir wollen den festlichen Abend genießen."

Und wirklich: Elinor genoss die wunderbare Musik. Sie fand sie innerlich erhebend. Sie gesellte sich zu einer Gruppe von Schülern, die den älteren Jahrgängen angehörten.

„Und? Was habt ihr so alles gelernt?", fragte Elinor einen neunzehnjährigen Konfirmanden.

„Ich bin froh, dass ich es hinter mir habe", sagte der ältere Junge. „Diese endlosen Diskussionen! Alles könnte so einfach sein, wenn sich die Menschen nur ein wenig lieben würden."

„Und das tun sie nicht?", fragte Elinor.

„Wenn sie sich wirklich lieben würden, dann würden sie nicht so viel diskutieren. Man kann Liebe nicht durch Diskutieren wecken."

„Aber ist in den letzten paar hundert Jahren nicht alles viel besser geworden? Befinden wir uns nicht auf dem aufsteigenden Ast der Menschheit?"

„Das glaubst du ja wohl selbst nicht. Die machen uns hier alle nur etwas vor. Es gibt Hinweise darauf, dass man uns über die wahren Ereignisse der näheren Vergangenheit im Unklaren halten will. Mir ist da so einiges zu Ohren gekommen."

„Was denn?"

Statt zu antworten sagte der Junge: „Weißt du nach welchen Komponisten die Musik hier zusammengestellt ist?"

„Barber und Delius", sagte Elinor. „So heißt es wenigstens."

„Und welcher der beiden sagt dir mehr zu?"

„Das kann ich nicht sagen. Dazu kenne ich beide zu wenig.“
„Weißt du denn, wann sie gelebt haben?“
„Auch das weiß ich nicht.“
„Letzte Hälfte neunzehntes bis zweite Hälfte zwanzigstes Jahrhundert. Beide waren Zeitgenossen, Delius fünfzig Jahre älter als Barber, ein Engländer, allerdings deutscher Abstammung, und Barber Amerikaner. Man hat hier freilich das Beste von Barber ausgewählt. Aber wenn du genau hinhörst, wirst du feststellen, dass der Engländer Delius viel harmonischer ist als Barber, der Amerikaner. Delius hat wunderbare Stimmungsgemälde entworfen, da stimmt eines zum anderen. Barbers Musik dagegen enthält eine Menge Dissonanzen, die es stellenwese fast unerträglich machen zuzuhören. Zumindest nicht für heutige Ohren. Ich meine, dass sich in Barbers Disharmonien schon die Einflüsse ankündigen, die zum wirtschaftlichen und kulturellen Untergang von Amerika geführt haben.“
„Ja, da habe ich inzwischen so einiges gehört“, sagte Elinor. „Von meiner Urgroßtante. Es soll in Amerika schreckliche Naturkatastrophen gegeben haben.“
„Nur Naturkatastrophen? Nein, das war erst der Gipfel des Eisberges! Die amerikanische Regierung hat sich im zwanzigsten und einundzwanzigsten Jahrhundert furchtbarer Verbrechen schuldig gemacht, und zwar sowohl gegenüber der eigenen Bevölkerung als auch gegenüber anderen Nationen. Sie zettelte unter dem Deckmantel humanitärer Aktionen zahlreiche Kriege an. Und die dekadente Kultur dieses Landes hatte weitreichenden Einfluss auf die Staaten Europas. Einige Autoren haben die Dekadenz der Amerikanischen Staaten später vor allem auf ihr völlig irrtümliches Gottesbild zurückgeführt, und zwar handelte es sich dabei genaugenommen um zwei verschiedene, einander entgegengesetzte, aber gleichermaßen perverse Gottesbilder: Das Gottesbild der Calvinisten und das der Freimaurer.“
„Ich fürchte, ich weiß zu wenig darüber. Würdest du mir erklären, um welche Gottesbilder es sich da handelt.“
„Der Calvinismus geht auf den Reformator Jean Calvin aus dem sechzehnten Jahrhundert zurück“, sagte der Junge. „Er gründete in Genf einen Kirchenstaat. Dieser Mann glaubte,

dass Gott über alles die absolute Kontrolle habe. Er habe die ganze Zukunft der Welt und jedes einzelne Ding nicht nur vorausgesehen, sondern in Ewigkeit selbst vorausgeplant, also auch alles Schlechte und Böse. So habe er auch bestimmt, dass eine bestimmte Anzahl der Menschen, und zwar der weitaus größte Teil der Menschheit, zu ewigen Folterqualen im Jenseits verdammt sei, darum, dass die Menschen schlecht seien, schlecht aber eben durch Gottes ewigen Ratschluss. Nur einer geringen Zahl von Menschen sei es vergönnt, gerettet zu werden, moralisch zwar genau so schlecht wie die auf Ratschluss Gottes Verdammten, wegen des geplanten Sündenfalles, aber durch die Gnade Gottes auserwählt und unwiderstehlich gezogen, mit dem einzigen Ziel, die absolute Allmacht Gottes zu erweisen und alle Menschen ihre völlige Unterwerfung unter den Willen Gottes spüren zu lassen. Denn darin allein bestünde die Ehre Gottes, die man deshalb heilig nennen müsse."

„Das ist völlig absurd", sagte Elinor. „Noch nie im Leben habe ich etwas so Dummes gehört."

„Das will ich meinen, dass das dumm ist. Das Erschreckende ist, dass Millionen Menschen an so etwas geglaubt haben. Viele haben ihr Leben für diese Lehre gegeben. Und es ist noch gar nicht so lange her, dass solche Ansichten aus dem Bewusstsein der Weltbevölkerung verschwunden sind. Jedenfalls sind damals viele ihrer Anhänger aus der Schweiz, Frankreich und Deutschland seit dem sechzehnten Jahrhundert nach dem neu besiedelten Amerika geflohen, um ihre verrückte und menschenverachtende Religion dort ungestört leben zu können. Sie haben das Gesicht Amerikas durch ihre Lehren anfänglich zum größten Teil geprägt. Da die Calvinisten davon ausgingen, dass alle Menschen von Grund auf schlecht seien und keiner etwas für seine Rettung vor der ewigen Verdammnis durch Gott tun könne, es sei denn, er werde von Gott selbst aus unerforschlichen Gründen ohne Verdienste gerettet, gab es für diese Leute auch kein sicheres Merkmal, durch das sie die zur Rettung Vorgesehenen von den zur Verdammnis Bestimmten unterscheiden konnten. Natürlich ist ein so unsicheres Leben unter der ständigen Drohung ewiger Verdammnis eine einzige

Horrorvision, und um sich diesen Schrecken nur ein wenig zu erleichtern, ersannen sie sich ein Erkennungsmerkmal. Sie gingen nämlich davon aus, dass die von Gott zur Rettung Bestimmten schon während ihres irdischen Lebens durch besondere Gaben und persönliche Vorteile von Gott gesegnet seien und bemühten sich daher, besonderen Wohlstand zu erlangen, um diesen Segen sich selbst beweisen zu können. Dadurch trugen sie beachtlich zum wirtschaftlichen Aufbau des Landes bei. Die Lehre der Calvinisten ist natürlich dem Evangelium völlig entgegengesetzt. Nach evangelischer Lehre gilt vor Gott kein äußeres Ansehen der Person und Reiche und äußerlich Erfolgreiche haben in der Regel sogar geringere Chancen, in das Reich Gottes einzutreten als arme, erfolglose und demütige Menschen. Das dürften die Anhänger Calvins schließlich zum Teil auch eingesehen haben. Darum einigten sie sich bald auf eine andere Glaubensgrundlage: Sie alle vertraten Calvins Ansicht, dass allein schon die Zugehörigkeit zu seiner Kirche und das Bekenntnis zu seiner Lehre ein sicheres Zeichen sei, zu den Auserwählten für das Himmelreich zu gehören. Blieb da nur noch das Problem, dass auf Grund der von ihnen angenommenen abgrundtiefen Schlechtigkeit der Menschen niemand von ihnen wissen konnte, ob er in Wahrheit vielleicht nur ein Heuchler war."

Elinor hatte dem Jungen aufmerksam zugehört. Sie bewunderte sein umfangreiches Wissen. Aber noch mehr wunderte sie sich über den unglaublichen und kaum fassbaren Irrsinn, dem Menschen wie diese Calvinisten hatten verfallen können.

„Und was hat es mit den Freimaurern auf sich?", fragte sie.

„Richtig, die Freimaurer! Die Freimaurer waren ursprünglich eine mittelalterliche Vereinigung von Handwerkern, die am Kirchenbau beteiligt waren. Sie bildeten geheime Logen, in denen das Wissen von `Eingeweihten´ vermittelt wurde. Jeder, der in solch eine Loge eintrat, unterwarf sich der Führung solcher selbsternannten `Eingeweihten´ und akzeptierte sie, ohne deren genauen Pläne zu kennen. Ihnen allen aber war gemeinsam, dass sie von einem Gott ausgingen, der die Welt zwar erschaffen, sie dann aber ihrem Schicksal überlassen habe. Von nun an müsse der Mensch selbst zusehen, wie er mit sich und der Welt zurechtkäme und die volle Verantwortung für sein Schicksal in die eigene Hand nehmen, die Selbstvergottung mitinbegriffen, zu welcher er fähig sei. Die Freimaurer lehrten auch, dass Gott unpersönlich sei und jeder Mensch seinen eigenen Gott in sich trage, den er nur erkennen und tatkräftig verwirklichen müsse. Und die `Eingeweihten´ dieser Lehre, so hieß es, wüssten nicht nur am besten von allen, wie man hier vorzugehen habe, sondern verfügten auch über die entsprechenden Mittel, sich zu einem gottähnlichen Wesen emporzuarbeiten und an der Spitze der Menschheit zu stehen. Daher strebten diese eingeweihten Freimaurer die Weltherrschaft an. Ihr Symbol war die Pyramide mit dem Auge an der Spitze, wie es auf dem amerikanischen Dollarschein abgebildet war, einem damaligen Zahlungsmittel. Und die Weltherrschaft war genau das, was auch die Calvinisten, nur unter einer anderen, im Grunde völlig entgegengesetzten Lehre, anstrebten. Darin, in der Erringung der Weltherrschaft, waren sich beide Richtungen einig, wenn es auch das einzige war, worin sie sich einig waren. Zwar nicht in ihren Lehren, aber in ihrem Ziel und ihren Mitteln, waren sie sich tatsächlich völlig einig. Der Calvinismus und die Freimaurerei waren die beiden, teils entgegengesetzten, teils synthetischen Kräfte, die das allgemeine Bewusstsein der amerikanischen Staaten beherrschten. Selbsterlösung und der Dünkel des Auserwählt-Seins wurden nebeneinander gepredigt und der materielle Wohlstand als das höchste Ziel des irdischen Daseins gepriesen. Diese beiden ideologisch unvereinbaren Geistesströmungen mit gleicher Zielsetzung sind, meine ich, die eigentliche Ursache für das Streben der damaligen amerikanischen Regierung nach wirtschaftlicher und politischer Vormachtstellung, das zu den vielen Kriegen und letztlich auch zu den verheerenden Naturkatastrophen geführt hat."

„Die haben wirklich stattgefunden?"

„Vor gar nicht so langer Zeit."

„Aber warum haben wir in der Schule nichts davon gehört? Oder lernt man das in den höheren Klassen?"

„Nein."
„Warum nicht?"
„Weil man sich der Vergangenheit wegen schämt. Einer Vergangenheit wegen, die in der Schule nicht gelehrt wird."
„Wie heißt du eigentlich?", fragte Elinor.
„Theodor, Theodor Bergen. Und du?"
„Elinor Chalut."
„Chalet?"
„Nein, Chalut."
„Sind deine Vorfahren Hugenotten?"
„Hugenotten?"
„Du weißt nicht, was Hugenotten sind?"
„Eine Bevölkerungsschicht mit einer bestimmten religiösen Auffassung? So habe ich gehört."
„Ganz recht. Hugenotten waren französische Calvinisten, die aus dem katholischen Frankreich nach Amerika und anderen Staaten ausgewandert sind, um ihren Glauben zu leben, ohne verfolgt zu werden. Deine Vorfahren könnten Hugenotten gewesen sein."
„Willst du mich beleidigen?"
„Es war nur eine Frage. Ich wollte damit nichts gegen deine Person sagen. Schließlich kannst du ja nichts für die Weltanschauung deiner Vorfahren."
„Der Vater meines Vaters war Franzose, wenn du es ganz genau wissen willst", sagte Elinor. „Mit einer so verrückten Ideologie wie dem Calvinismus haben wir nichts zu tun."
„Man sollte sich aber mit diesen Verrücktheiten auseinandersetzen", sagte Theodor. „Verrücktheiten wie diese haben in der Vergangenheit ganze Völker zugrunde gerichtet."
Darauf trat für mehrere Sekunden Schweigen ein.
„Welchen Bibelvers zur Konfirmation hast du dir eigentlich ausgewählt?", fragte Elinor.
Theodor zögerte nicht mit der Antwort. „Diesen Spruch aus dem Korintherbrief:
Denn er muss herrschen, bis er alle seine Feinde unter seine Füße getan hat. Der letzte Feind, der weggetan wird, ist der Tod. Wenn ihm aber alles unterworfen sein wird, dann wird auch der Sohn selbst dem unterworfen sein, der ihm alles unterworfen hat, auf dass Gott alles in allen sei."

Elinor überlegte einen Moment. Dann sagte sie: „Wäre das aber nicht eintönig, ich meine, wenn alles in einem wäre?"
„Keineswegs. Denn in Gott ist ja die größte Fülle aller Dinge. Ich kann mir nichts Größeres vorstellen, als dass alle Wesen, die es gibt, an ihr teilhaben, alle versöhnt miteinander."
„Wäre das nicht langweilig?", fragte Elinor.
In diesem Augenblick schwoll die Musik zu einer, wie Elinor empfand, geradezu mitreißenden Wildheit an. Ein richtiges Ballett. Ein Ausdruck zweifelnden Erstaunens trat in Theodors Gesicht. „Ich frage mich, warum sie ausgerechnet den `Dance of Vengeance´ als Motiv für den Konfirmationsball gewählt haben", sagte er.
„Vielleicht weil es einen frischen Wind hineinbringt und die Leute in Stimmung versetzt", mutmaßte Elinor. „Das Ballett ist sehr anregend."
„Es muss eine Bedeutung haben, dass es gerade der `Dance of Vengeance" ist", meinte Theodor.
„Man muss nicht in allem eine Verschwörung sehen", sagte Elinor. „Willst du mit mir tanzen?"
„Ich kann nicht tanzen, habe es nie gelernt, wollte es auch gar nicht lernen."
„Ich auch nicht. Ich habe es mir selbst beigebracht. Es gibt Dinge, die lernt man am besten in der Schule, weil man da die Unterstützung braucht, man kann sie nicht ohne Anleitung lernen, und es gibt Dinge, die muss man sich selbst beibringen, da verdirbt die Anleitung die Freude an der Übung. Dazu zählt auch alles Kreative. Kommst du nun mit oder kommst du nicht?"
„Nein, ich will nicht. Das ist hier ja eine richtige Orgie! Ich lehne Orgien ab!"
„Ist es nicht. Es ist ein richtiges Ballett!"
„Selbst wenn man es so nennen könnte, wir haben ja nicht dasselbe Alter. Und ich bin größer als du."
„Ach, das ist eine Ausrede! Aber wenn du nicht willst ..."
Und schon hatte Elinor ihren Platz verlassen und sich unter die Tänzer gemischt. „O Mädchen, Mädchen, was machst du?", murmelte Theodor und schüttelte den Kopf.
„Ich weiß gar nicht, was er gegen die Musik hat", dachte Elinor. „Widerspricht sie seinem Glauben?"

Sie eilte dahin, an den Reihen der Sitzenden vorbei und tanzte zunächst allein. Unter den Sitzenden fand sie Arek, den man auch den träumenden Maler nannte, und forderte ihn zu einem Tanz heraus. Er lächelte verschämt und schlug die Augen nieder. Dann stand er auf und gab ihr die Hand. Er tanzte leicht und beschwingt, und Elinor konnte ihn dazu bringen, sich mit ihm im Einklang zu bewegen. Das Orchester spielte mehrmals dieselbe Sequenz, so dass man Zeit genug hatte, sich auf den Rhythmus einzustellen. Sie flogen auch an Fritjof vorbei, der in sich versunken auf seinem Stuhl saß und die Szene mit kühlem, kritischem Blick betrachtete. Elinor richtete es so ein, dass sie, im Kreis tanzend, mehrmals an ihm vorüber kam. Als sich an seiner Körperhaltung auch noch nach der dritten Runde nichts geändert hatte, rief sie ihm lachend zu: „Na, Fritjof, hast du dir auch schon einen Konfirmandenspruch für die Feier in vier Jahren herausgesucht?“

„Ja“, sagte Fritjof trocken.

Elinor entfernte sich mit Arek. Alles wirbelte im Kreis. Nach der nächsten Runde rief sie Fritjof zu: „Welchen?“

Fritjof zögerte nicht zu antworten: „Rächt euch nicht selbst“, zitierte er. Schon wieder waren die beiden vorübergewirbelt und bald schon kamen sie erneut an ihm vorbei. „Sondern gebt Raum ...“, fuhr Fritjof fort. Aber Elinor und Arek konnten das weitere nicht hören. Sie wurden mit dem Strom der Tanzenden mitgerissen. Bald war die dritte Runde beendet. „... dem Zorn Gottes!“, beendete Fritjof den Spruch.

Elinor stoppte den Tanz, ließ Arek stehen und kam mit einem Lachen ganz nahe an Fritjof heran. „Das ist ja ein sauberer Spruch. Glaubst du an einen strafenden Gott?“

„Glaubst du an einen gleichgültigen Gott, der die Verbrecher fortfahren lässt, Verbrechen zu tun?“, hielt Fritjof entgegen. „Ein Gott der Liebe ist nicht gleichgültig. Er tritt für die Opfer ein. Es gibt nämlich reuelose Täter, und es gibt Verbrechen, die nicht vergeben werden können. Ich werde mir diesen Spruch heraussuchen, weil hier in der Schule alles verharmlost wird. Ich verharmlose nichts.“

Solch eine Haltung beeindruckte Elinor sehr.

DIETRICH WELLER

Ich wurde 1947 in Leonberg geboren und bin da auch aufgewachsen. Studium der Humanmedizin in Tübingen, Wien und Mannheim. 1972 deutsches Staatsexamen in Tübingen und Promotion in Mannheim, 1975 US-Staatsexamen (ECFMG). Nach den Weiterbildungen zum Kinderarzt (1979) und Allgemeinarzt (1981) führte ich elf Jahre eine eigene Praxis als Hausarzt und nebenher neun Jahre lang ein eigenes Seminarzentrum für Lebensberatung. Ich hielt regelmäßig Seminare und Vorträge, auch für Pharmafirmen, über Kommunikation, Konfliktlösungen und Gesundheitsfragen. Anschließend baute ich als ärztlicher Geschäftsführer mit einem Projektentwickler die damals größte Mutter-Kind-Reha-Klinik auf und leitete diese. Dann arbeitete ich zehn Jahre lang in zwei neurologischen Rehabilitationskliniken: in Karlsbad-Langensteinbach und zuletzt in den Kliniken Schmieder Gerlingen und Stuttgart. 2007 erwarb ich die Zusatzbezeichnung Palliativmedizin. Seit März 2012 genieße ich meinen kreativen (Un-)Ruhestand und arbeite regelmäßig in den Notfallpraxen des Krankenhauses in Leonberg und des Marienhospitals in Stuttgart.
Ich bin verheiratet, habe zwei erwachsene Kinder und einen Enkel.
Literatur und klassischer Musik sind wichtige Bestandteile meines Lebens. Schriftstellerische Aktivitäten mit Prosa und Gedichten bereichern mein Leben. Fotografieren ist für mich eine kreative Möglichkeit, die Feinheiten des Alltags, scheinbar unwichtige Kleinigkeiten und wichtige Ereignisse aufmerksam zu dokumentieren. Einige meiner besten Bilder veröffentliche ich in der fotocommunity und auf meiner Homepage: http://dietrich-weller.de/

Ich bin seit 1996 Mitglied im Bundesverband deutscher Schriftstellerärzte BDSÄ und war von 2014 bis 2022 Präsident.

Meine Veröffentlichungen:
TERABOL®, Monografie über Methylbromid-Vergiftung mit Entwicklung der ersten kausalen Therapie, Übersicht über die Weltliteratur zum Thema und mit eigenen Fallbeispielen. DEGESCH, Frankfurt 1982.
„Die gute Kommunikation in der Arztpraxis" in dem Buch „Zielorientiertes Praxismanagement", Herausgeber R. R. Wolff, praxis team, Oberndorf 1993.
„Wenn der Herbst zum Frühling wird", Authentischer Bericht aus der Praxis in Romanform über eine ganzheitliche Krebstherapie und praktische Lebenshilfe für Gesunde und Kranke, Eigenverlag 1993.
„Wenn das Licht naht – Der würdige Umgang mit schwerkranken, genesenden und sterbenden Menschen", Verlagsgesellschaft W.E. Weinmann e.K., Filderstadt 1997.
„Als Schiffsarzt unterwegs – und andere ärztliche Kurzgeschichten", Betulius Verlag, Stuttgart 1998.
„Voll von Lachen sei dein Heim" – Irische Wünsche. Bild-Text-Band, Betulius Verlag, Stuttgart 1999.
„Das Geständnis" – Kurzgeschichten (gemeinsam mit Birgit Weller), Betulius Verlag, Stuttgart 2000.
„Ich verstehe Sie! – Verständigung in Praxis, Klinik und Pflege", Verlagsgesellschaft W.E. Weinmann e.K., Filderstadt 2006. Grundlagen und praktische Beispiele.
Gedichte in „Ich hörte einen Ruf", deutscher lyrik verlag 2009.
„Schlaganfall mit 33 – Mein Weg zurück ins aktive Leben", gemeinsam mit dem Patienten Dr. jur. Bruno Pfeifer, Verlagsgesellschaft W.E. Weinmann e.K., Filderstadt 2010.
„Almanach deutschsprachiger Schriftsteller-Ärzte", unter meiner Herausgeberschaft jährlich erschienen 2012 bis 2020, Verlagsgesellschaft Weinmann e.K. Filderstadt.
„Mein Leben ist bunt", Verlagsgesellschaft W. E. Weinmann e.K., Filderstadt, erschienen am 11.09.2013.
„Wir tun nicht, was wir wissen".

Herausgegeben mit Christoph Rinneberg. Eigenverlag, 2016.
„betrifft: Dich!“ Von den Versuchungen der Mächtigen und der Verführbarkeit der Ohnmächtigen. Herausgegeben mit Christoph Rinneberg. Eigenverlag, 2020.
„Schlüsselerlebnisse“, eine wechselvolle Biographie, erscheinen bei Seemann Publishing im April 2023.

Die Supervirtuosen

In diesem Kapitel möchte ich nur über die jüngeren Vertreter dieser Gattung schreiben und eben nicht über Vladimir Horowitz, Artur Rubinstein, Arturo Benedetti Michelangeli und Martha Argerich. Obwohl es natürlich ein Extravergnügen ist, wenn wir heute noch **Martha Argerich** zuhören und zuschauen können. Ich hatte dreimal Karten für ein Konzert von ihr, zweimal hat sie das Konzert ausfallen lassen, und einmal hat Igor Levit im Festspielhaus Baden-Baden für sie das Schumann-Klavierkonzert gespielt. Aber die YouTube-Aufnahmen und meine zahlreichen CDs von ihr geben wenigstens einen guten Einblick in das immer noch stupende Können dieser jetzt 81-jährigen Ausnahmepianistin.

Ich möchte mit **Marc-André Hamelin** beginnen, dem Frankokanadier, der 1961 in Montreal geboren wurde und sich einen großen Namen geschaffen hat als brillanter Pianist und Liebhaber ausgefallener Werke von weitgehend unbekannten Komponisten. Hamelin ist ein extrem fleißiger und sorgfältiger Arbeiter, der mit beeindruckender Bescheidenheit besonders Festivals weltweit mit seinen Konzerten bereichert, in denen er Raritäten vorstellt, die kaum ein anderer Pianist zu spielen vermag. Ich denke da an die Jazz-Etüden von Nikolai Kapustin und die extravaganten Klavierpreziosen von Roslavets, Kaikhosru Sorabji und Ferruccio Busoni. Durch Hamelin werden wieder die kaum gespielten Klavierkonzerte von Max Reger, Anton Rubinstein, Xaver Scharwenka und einigen anderen unbekannten Komponisten bekannt.

Nicht zu vergessen die enorm komplizierten Bearbeitungen der Chopin-Etüden durch den berühmten Virtuosen Leopold Godowsky. Hier werden wirklich alle Register der extremen Schwierigkeiten auf dem Klavier gezogen. Godowsky kam sogar auf die Idee, Etüden so zu bearbeiten, dass mehrere Chopin-Etüden in einem einzigen Stück gegeneinander laufen, z.B. Op 10, No. 5 und Op. 25, No. 9 oder Op. 10, No. 11 und Op. 25 No. 3! Eine Gesamtaufnahme dieser Chopin-

Godowsky-Etüden, die bei Hyperion erschienen ist, gehört in die Sammlung jedes Klavierenthusiasten. Wer mal fetzige Klaviermusik von Johann Strauß hören möchte, sollte zu den Walzer-Bearbeitungen durch Godowsky greifen!

Hamelin komponiert auch. Er hat sich z.B. „12 Etüden in allen Moll-Tonarten" geschrieben. Um diese „Übungsstücke" spielen zu können, muss man Hamelin heißen. Wer mal richtig ausflippen will, schaut sich bei YouTube an, wie Hamelin die 2. Ungarische Rhapsodie von Franz Liszt spielt: Sie fängt „ganz normal virtuos" an, wunderschön gespielt, akkurat, singend, kraftvoll rhythmisiert. Dann gibt es eine kleine Pause. Ist das die Ruhe vor dem Sturm? Nein! Da bricht ein Tornado los, ein Orkan fegt durchs Wohnzimmer, der alle Sinne weghaut mit einer Improvisation von Hamelin über diese Rhapsodie! Auch mit einer Zeitlupe ließen sich diese Hände wohl kaum zähmen. Sie spielen glasklar mit einer Leichtigkeit, die sprachlos macht. Das ist ein wahres Extravergnügen für solche „Klavierfreaks" wie mich.

Der nächste Virtuose ist dagegen an Extrovertiertheit kaum zu überbieten. Ich gestehe, dass ich ihm nur zuhören kann, wenn ich ihn nicht anschaue. Seine manierierten Kopfdrehungen, sein Augenrollen und die gesteigerte Mimik, die Beifall heischenden Blicke ins Publikum während seines brillanten Spiels lenken mich ab, sie stören mich sehr. Ich gebe es zu. Ich rede von **Lang Lang**. Er erinnert mich an ein Zitat von Joachim Kaiser, dem berühmten Musikkritiker. Er schrieb einmal über Glenn Gould: „Wenn ein Läufer sich vor und nach dem 100-m-Lauf benimmt wie ein Blender und die 100 m trotzdem in 10,2 Sekunden läuft, ist er eben kein Blender." – Und wenn ein Pianist sich während des Spiels benimmt wie ein beifallsüchtiger Pianist, und trotzdem brillant spielt, ist er eben doch ein sehr guter Pianist. Aber für mich gehört er trotzdem vom Habitus her zu beurteilen bei allem Respekt vor seinem brillanten Können zu den Entertainern.

Als Lang Lang im Curtis-Institut in New York bei Garrick Ohlsson studierte, hatte dieser noch eine andere Schülerin, die bereits bei Ihrem Abschlusskonzert eine sensationelle Darbietung der 1. Chopin-Ballade mit der fingerbrecherischen Coda lieferte und inzwischen unbestritten zu den absoluten Ausnahmeerscheinungen in der klassischen Klaviermusik gehört. Diesen Namen muss man sich merken: **Yuja Wang**, geboren 1987, eine Chinesin, die als Kind schon nach New York zum Studium kam. Den endgültigen Durchbruch erreichte sie, als sie im März 2007 kurzfristig für Martha Argerich einsprang und mit dem Boston Symphony Orchestra das 1. Tschaikowski Klavierkonzert spielte. Ich habe Yuja Wang noch nicht im Konzert erlebt, weil das Konzert, für das ich Karten hatte, wegen der Corona-Pandemie ausfiel. Aber ich verfolge ihre Konzerte, die zu großer Zahl in YouTube hochgeladen sind und einen sehr guten Eindruck ihrer überragenden Kunst vermitteln. Die Leichtigkeit in extrem schwierigen Passagen und die nach meiner Meinung sonst unerreichte Virtuosität ihrer Hände, vermischt mit erfrischendem Humor und hoher Sensibilität sind bewundernswert. Diese Kombination in dieser Ausprägung habe ich noch nirgendwo sonst erlebt. Ich habe den Eindruck, diese Pianistin kann einfach alles mit spielerischer Eleganz und tiefer Musikalität spielen.

Und nicht nur das! Sie schafft sogar Megakonzerte, die es meines Wissens so noch nie im Konzertleben gegeben hat: An einem Abend alle drei Bartok-Klavierkonzerte! Und am 28. Januar 2023 in der Carnegie Hall in New York mit dem Philadelphia Orchestra einen Rachmaninoff-Marathon mit allen vier Klavierkonzerten und noch den Paganini-Variationen dazu! Ein Konzert über viereinhalb Stunden mit Pausen. In YouTube kann man sehen, wie der Dirigent, Yannik Nézet-Séguin, am Ende des Konzerts applaudierend auf dem Podium vor Yuja Wang in die Knie ging! Das Publikum tobte. Und die Pianistin stand lächelnd daneben und sah aus, als wollte sie gerade das Konzert *beginnen* – völlig unangestrengt, ausgeruht, kraftvoll, kein Schweißtropfen auf der Stirn. Dann schenkte sie dem Publikum noch eine Dreingabe: „Tanz der seligen Geister“ aus Orpheus und Eurydike von Gluck, eine hauchzarte und sehr schwierige

Bearbeitung für Klavier – mit der wunderbaren Melodie, die Yuja Wang auf dem Klavier „singt".

Aber nehmen wir es mal ein bisschen „kleiner": Hören und sehen Sie in YouTube ein paar typische ihrer Dreingaben: Die Prokofjew-Toccata, die sie wie mit Stahlfingern und trotzdem hochmusikalisch in die Tasten klopft (Toccare heißt auf Italienisch und Lateinisch klopfen!). Oder „Gretchen am Spinnrad" von Schubert in der Transkription von Franz Liszt. Da zeigt sich, was eine große Künstlerin wirklich kann: die leisen Töne, den Gesang auf dem Klavier und sozusagen nebenbei das absolut untergeordnete Virtuosenspiel – so schlicht und schön. Im „Erlkönig" packt sie mit Kraft das rasante Tempo an, und wer den Text des Lieds kennt, ist versucht mitzusingen, so ergreifend und dramatisch lässt sie den Zuhörer das Drama des Kinds miterleben! Sie sollten auch das berühmte Stück „Tea for two" hören in der Bearbeitung von Art Tatum! Und die witzige Cziffra-Bearbeitung der „Tritsch-Tratsch-Polka", den „Hummelflug" von Rimski-Korsakoff und den „Türkenmarsch" von Mozart, den Arcadi Volodos witzig und hochvirtuos bearbeitet hat. Vor vielen Jahren habe ich Volodos damit in Stuttgart gehört. Das war grandios! Und bei Yuja Wang eine Faszination an sprühendem Humor, flirrender Leichtigkeit und atemraubender Brillanz! Es ist wunderbar, diese tiefe Musikalität zu hören, die auch noch in den virtuosesten Passagen selbstverständlich mitklingt! Die „Carmen-Variationen", die Horowitz komponierte und als einziger Pianist damals spielte, legt Yuja Wang in einer so unglaublichen Lockerheit und so spielerisch hin, dass man sich kaum vorstellen kann, wie extrem schwierig dieses Stück zu meistern ist. Und sie spielt es stellenweise fast doppelt so schnell wie Horowitz!

Ein anderer Stern ging am Pianisten-Himmel auf, als **Daniil Trifonov**, 1991 in Russland geboren, nach seinem Studium in Cleveland zuerst 2010 den dritten Preis im Chopin-Wettbewerb in Warschau und im Mai 2011 den 1. Preis im Artur-Rubinstein-Wettbewerb in Tel Aviv und einen Monat später den 1. Preis im Tschaikowski-Wettbewerb in Moskau gewann. Das hatte vor ihm noch keiner geschafft! Ausschnitte aus dem Wettbewerb in Tel Aviv sind auf YouTube zu bewundern. Trifonov ist ein introvertierter Pianist, der spielend scheinbar ins Klavier kriecht, um die Töne noch intensiver zu machen. Er schwitzt beim Spiel stark, weil er sich völlig verausgabt. Aber was für ein Spiel! Nicht ist zu schwer. Trifonovs Debut in der Carnegie-Hall im Februar 2013 war eine Sensation, sie ist auf CD erhältlich. Als er vor ein paar Jahren die 12 Etudes d´exécution transcendante von Liszt einstudiert hatte und in Lyon im Konzert vortrug, überhäuften ihn die Kritiker mit Lob. Das Konzert gibt es auch auf YouTube zu bewundern. Im Konzert habe ich Trifonov schon zweimal erlebt. Einmal spielte er in Stuttgart mit einem Kammerorchester (ohne Bläser!) beide Chopin-Konzerte, und obwohl ich dachte, diese Konzerte gut zu kennen, erlebte ich an diesem Abend ganz neue Varianten von herrlichen Passagen, die ich so noch nie gehört hatte. Und in einem Konzert in Baden-Baden unter Valeri Gergijev lernte ich das Klavierkonzert von Scriabin kennen. Es hörte sich an wie ein drittes Klavierkonzert von Chopin, wunderbare Musik meisterhaft interpretiert.

Jetzt muss ich noch von **Yunchan Lim** berichten, der im März 2004 in Südkorea geboren wurde. Er war schon bei mehreren internationalen Jugendwettbewerben erfolgreich, bis ihm 2022 beim International van Cliburn-Wettbewerb in Fort Worth/Texas die Sensation gelang. Er gewann den 1. Preis und den Publikumspreis als jüngster Teilnehmer, seit es den Wettbewerb gibt. In YouTube sind alle seine Konzerte während der einzelnen Runden anzuschauen, insbesondere die sensationelle Darbietung der Transzendentalen Etüden von Liszt. Hier kann man beobachten, wie ein 18-Jähriger(!) eine Sammlung der kompliziertesten und kraftraubendsten Klavierstücke meistert – locker, scheinbar spielerisch leicht, glasklar, mit hoch differenziertem Klangspektrum und stupender Technik.

Ein aussagestarkes Detail: Bei den „Feux Follets“, den „Irrlichtern“ – ein Pianistenschreck erster Klasse! – hat Lim noch ein zufriedenes Lächeln auf dem Gesicht, als wolle er sagen: „Na, geht doch prima!" Und das konnte er noch steigern: Er spielte in der letzten Runde des Wettbewerbs mit dem Fort Worth Symphony Orchester unter der berühmten Dirigentin Marin Alsop das 3. Rachmaninoff-Konzert so mitreißend, dass der Dirigentin am Schluss die Tränen in den Augen standen. In der Kritik wird jetzt diskutiert, ob das die neue Referenzaufnahme für dieses grandiose Konzert ist.

Yunchan Lim hat inzwischen auch in der Wigmore Hall in London ein Rezital gespielt unter anderem mit Werken von Beethoven. Er wird jetzt seine internationale Karriere angehen. Die Konzertsäle der Welt stehen für ihn offen! Da kommt bestimmt etwas Großartiges auf uns zu! Ich bin sehr gespannt und freue mich darauf.

Alexandre Kantorow

Beim 16. Tschaikowsky-Wettbewerb für Klavier, der im November 2019 in Moskau stattfand, sorgte der französische Pianist Alexandre Kantorow für eine Sensation: Er gewann als erster Franzose diesen weltberühmten „Olymp des Klaviers", den 1. Preis und dazu noch die Goldmedaille für den Gesamtwettbewerb.

Seit der Gründung 1958 ist der Sieg in diesem Wettbewerb, der alle vier Jahre stattfindet, ein Garant für eine Weltkarriere. Den ersten Wettbewerb gewann 1958 mitten im Kalten Krieg der Amerikaner Van Cliburn!

Glücklicherweise sind die einzelnen Runden bis zum Finale auf YouTube erlebbar. Wir sehen diesen zurückhaltenden 22-Jährigen Alexandre Kantorow, der am 20. Mai 1997 in Clermont-Ferrand geboren wurde, schüchtern an den Flügel gehen, wo er kurz innehält, um dann umso zupackender und entschlossener seine überragende Kunst zu zeigen. Allein die Brahms-Rhapsodien op. 79, die er in der 2. Runde so innig, versonnen und klangmalerisch spielte, wie ich sie nur von Grigory Sokolow kenne, sind ein bemerkenswertes Erlebnis. Die verblüffende Leichtigkeit, mit der Kantorow seine stupende Virtuosität nutzt, um geradezu fingerbrecherische Anforderungen der Musikstücke zu bewältigen, wirkt wie eine Nebensache, die Kantorow so selbstverständlich in den Dienst der Werke stellt. Der Zuhörer wird gefangen von einer intensiven Klangwelt und hochsensibler Technik. In den Vorrunden breitete Kantorow ein Kaleidoskop seines breiten Repertoires aus: von Bachs Wohltemperiertem Klavier über Brahms- und Beethoven-Sonaten, über Liszt-, Rachmaninoff- und Chopin-Etüden zu Stravinskys Feuervogel-Suite. Dabei ist es besonders erwähnenswert, dass er eben nicht nur auf die virtuosen Stücke zu Demonstrationszwecken Wert legt, sondern auch mit langsamen Melodien seinen großartigen Klangsinn und seine hohe musikalische Empfindsamkeit leuchten lässt. Ich will nur als Beispiel die Liszt´schen Bearbeitungen von Schubert-Liedern erwähnen.

Die Höhepunkte seiner Auftritte in Moskau waren aber für mich die beiden Klavierkonzerte, die im Finale zum Pflichtprogramm des Wettbewerbs gehören. Die Kandidaten müssen ein Konzert von Tschaikowsky und ein Konzert ihrer Wahl mit Orchester spielen. Kantorow wählte eben nicht das erste, das allseits bekannte Klavierkonzert in b-Moll von Tschaikowsky, das sonst meistens gespielt wird, sondern das mit etwa 56 Minuten Dauer sehr viel längere und durch die extrem virtuosen Kadenzen noch viel schwierigere zweite Klavierkonzert in G-Dur. Leider ist es auf YouTube nur als Tondokument des Wettbewerbs erhalten, aber es gibt ebenfalls auf YouTube auch eine Lifeaufnahme des Philharmonischen Orchesters Straßbourg unter Aziz Shokhakimov, bei der man Kantorow in voller Aktion beobachten und bewundern kann. Das Konzert zeigt ihn in kammermusikalischen Phasen, in fulminanten Solokadenzen und in einfühlsamer Orchesterbegleitung. Ich kenne nur eine einzige Aufnahme, nämlich die von Yuja Wang, die ähnlich vielseitig durch die unübertreffliche Brillanz und einen atemberaubenden Wechsel von Zärtlichkeit und explosiven Kraftausbrüchen gekennzeichnet ist. Kantorow besticht mit verblüffender Leichtigkeit, gerade in den extrem schnellen und virtuosen Passagen und besonders in den Kadenzen, deren kaum meisterbaren technischen Herausforderungen wahrscheinlich der Grund sind, warum das Konzert so selten in den Konzertprogrammen auftaucht.

Die zweite Überraschung für mich bei dem Tschaikowsky-Wettbewerb stellt die Wahl des zweiten Konzertes dar, das Kantorow für sein Finalprogramm auswählte: Das zweite Brahms-Klavierkonzert in B-Dur ist neben dem Busoni-Klavierkonzert eines der schwersten und längsten Klavierkonzerte der Klavierliteratur, nicht nur wegen der hohen Anforderungen an die Virtuosität des Pianisten, sondern auch an die immense künstlerische Gestaltungskraft, die ihm die kompositorische Dichte und Vielfalt des Werks abverlangen.

Beim Anhören des Konzerts erinnerte ich mich an ein wichtiges und prägendes musikalisches Erlebnis. Als ich 13 Jahre alt war, zeigte mir ein entfernter Verwandter eine damals gerade neu erschienene Schallplatte dieses zweiten Brahms-Klavierkonzertes, das ich bis zu diesem Zeitpunkt nicht kannte. Überhaupt war mir Brahms-Musik damals noch fremd. Umso mehr war ich fasziniert von dieser Musik und dem Pianisten, der das Konzert anlässlich seines Debuts in den USA mit Erich Leinsdorf und dem Chicago-Symphony Orchestra dort aufgenommen hatte: Svjatoslav Richter durfte nach einer persönlichen Intervention von Emil Gilels, Mstislav Rostropowitsch und Kyrill Kondraschin bei der damaligen Kulturministerin Furzewa erstmals aus der UdSSR in den Westen reisen und riss das Publikum am 19.10.1960 in der Carnegie-Hall in New York von den Sitzen. Wenige Jahre zuvor hatte Emil Gilels in den USA den begeisterten amerikanischen Journalisten, die ihn hochleben ließen, schon gesagt: „Warten Sie ab, bis Sie Richter gehört haben!" – So war diese Richter-Aufnahme des zweiten Brahms-Klavierkonzertes bis jetzt meine Referenz, mit der ich die vielen Interpretationen verglich, die ich danach hörte. Sie war virtuos, kraftvoll, souverän in der Gestaltung und bezwingend in der Einheit mit dem Orchester.

Aber nachdem ich das zweite Brahms-Klavierkonzert des SWR-Symphonieorchesters unter Teodor Currentzis mit Alexandre Kantorow in der Stuttgarter Liederhalle (leider nur auf YouTube) vom 21.01.2022 erlebt habe, entwickle ich eine ganz neue Sicht- und Hörweise zu diesem wunderbaren Konzert. Hier haben sich drei überragende und kongeniale Klangmaler getroffen: Ein fabelhaftes Orchester wird von einem der besten Dirigenten unserer Zeit geleitet, und einer der ausdruckvollsten Pianisten, die ich kenne, spielt den Solopart. Welch ein kultiviertes und kulturelles Vergnügen!

Wer das Konzert kennt, genießt den herrlichen langsamen Satz, in dem das Solocello die Leitmelodie vorträgt und weitgehend im Duo entwickelt. In Stuttgart war der 1. Konzertmeister der Cellisten, Frank-Michael Guthmann, ein ebenbürtiger Partner von Kantorow. Allein dieser lyrische Satz lohnt das Anhören der Konzertaufnahme! Der vierte und letzte Satz ist ein brahmssches Kraftpaket voll Vitalität und untergründiger Schwermut. – Dann folgt eine Überraschung: Kantorow gibt eine Zugabe mit Guthmann zusammen! Sie spielen aus dem Zyklus „Fünf Lieder für eine tiefe Singstimme“ op. 105 von Brahms eine Bearbeitung für Cello und Klavier des Liedes „Immer leiser wird ein Schlummer“. Wir entdecken plötzlich, dass hier dieselbe Melodie erklingt wie in dem Cellosolo des 3. Satzes des 2. Klavierkonzertes! Ich möchte gern noch mehr von diesen beiden Künstlern hören. Ich denke, sie sind ein großartiges Duo! – Anschließend gibt Kantorow noch zwei Dreingaben: aus Stravinskys „Feuervogel“ eine hochvirtuose Bearbeitung des Finales und von Liszt das Petrarca-Sonett op. 104. – Ein grandioses Konzerterlebnis!

Am Beispiel von Alexandre Kantorow möchte ich eine besonders wertvolle Auszeichnung beschreiben, die nur wenige Pianisten erhalten: den Gilmore-Artist-Award, der zu Ehren des Kunstmäzens Irwin S. Gilmore alle vier Jahre an einen besonders förderungswürdigen Pianisten verliehen wird. Hier treffen wir berühmte Preisträger wie Igor Levit

(2018), Rafal Blechaz (2014), Kyrill Gerstein (2010) und Leif Ove Andsnes (1998).

Der Künstler wird ausgewählt mit einem geheimen Verfahren: Ein sechsköpfiges Gremium nimmt vier Jahre lang einige Pianisten und Pianistinnen unter Beobachtung, reist ihnen hinterher, besucht inkognito ihre Konzerte in großen und kleinen Konzertsälen. Dabei wissen die Künstler nicht, dass sie unter Beobachtung und Bewertung stehen! Schließlich wird in geheimer Abstimmung ein Pianist oder eine Pianistin ausgewählt und mit dem Gilmore Artist Award überrascht und ausgezeichnet. Am 17.09.2023 wurde Alexandre Kantorow mit diesem Preis für 2024 geehrt. In dem anschließenden Konzert spielte er wie auch in der 1. Runde beim Tschaikowsky-Wettbewerb neben anderen Stücken die Brahms-Bearbeitung für die linke Hand der berühmten Bach-Chaconne aus der 2. Partita für Solovioline: eine höchst bemerkenswerte, kraftvolle Interpretation, die fast Orgelvolumen erreicht!

Kantorow bekommt als Gilmore-Preisträger 300.000 $ zur freien Verfügung. Der Preis ist die höchstbezahlte Anerkennung in der klassischen Musik. Kantorow hat in einem Interview für die amerikanische Serie von Zsolt Bognar „Living the classical life" (bei YouTube) berichtet, dass er ein künstlerisches Projekt damit finanzieren möchte.

Alexandre Kantorows Eltern sind Musiker, der Vater Jean-Jacques Kantorow ist Geiger und Dirigent, und die Mutter ist ebenfalls Geigerin. Bereits mit drei Jahren begann Alexandre seine Musikausbildung, die ihn später zu hervorragenden Lehrern führte. Aber erst nach dem Abitur entschied er sich für eine berufliche Karriere als Pianist. Inzwischen gibt es einige bemerkenswerte CDs von ihm, z.B. alle Klavierkonzerte von Camille Saint-Saëns, sein Vater dirigiert dabei die Tapiola Sinfonietta. Eine Rarität ist eine CD des unbekannten Klavierkonzertes von Jules Massenet! Es lohnt sich, bei YouTube nach Neuerscheinungen der Kantorow-Konzerte zu suchen und die aktuellen Konzertkalender der Musikveranstalter nach den Auftritten von Alexandre

Kantorow zu überprüfen! Wir werden noch viele großartige Darbietungen von ihm hören!

Muss wirklich alles gemacht werden, was möglich ist?

In einem Pflegeheim, in das ich häufig komme, liegt eine 96-jährige Frau. Sie ist schwer dement, hat noch 35 kg Gewicht, die Gelenke sind spastisch zusammengezogen, die Frau liegt mit stark verkürzten Beinsehnen gekrümmt im Bett, und am Hals drückt ihr ein großer Tumor langsam die Luftröhre zu. Es gibt keine Patientenverfügung. Aber der Sohn hat die Generalvollmacht und hat verfügt, dass bei der Mutter **alles** Lebensverlängernde gemacht werden **muss**, einschließlich Reanimation und stationärer Aufnahme auf der Intensivstation. Die Mutter darf nicht sterben!
Ich wollte mit dem Sohn telefonieren und über seine Meinung sprechen. Sie widerspricht total der gängigen palliativmedizinisch-ethischen Sicht. Es wäre mir wichtig zu erfahren, ob die Anordnung der intensivmedizinischen Therapie der Wunsch der Mutter oder des Sohns war! Ist es der Patientenwille oder der Wille des Bevollmächtigten? Ich müsste mal über die Beziehung des Sohnes zu seiner Mutter sprechen. Das ist eigentlich nicht meine Aufgabe, und der Sohn würde das wahrscheinlich auch nicht wollen.
Aber der Sohn liegt mit Zustand nach Schlaganfall selbst in der Klinik und ist nicht mehr ansprechbar. Die betreuende Schwester der alten Dame war sich unsicher, wie sie angesichts dieser Verfügung des Sohnes im Ernstfall handeln soll. Rein rechtlich und auf den ersten Blick ist diese schriftliche Verfügung bindend.
Ich war bei der Patientin, sie war ansprechbar, schaute mich an und sagte: „Durst!" – Ich gab ihr löffelweise ein bereitstehendes Gelee, das sie mit offensichtlichem Genuss kurz im Mund behielt und problemlos schluckte. Dann machte sie wieder den Mund auf wie das kleine Kind, das mehr haben will. So ging das einige Minuten, und ich konnte ihr langsam die Hälfte des Gelees einflößen. – Ich

hatte nicht den Eindruck, dass diese Frau jetzt akut im Sterben lag. Aber ich besprach den Ernstfall mit der Schwester.

Unsere gemeinsame Meinung ist ganz klar: Wenn diese Frau einen Herzstillstand hat, **darf** sie nicht wiederbelebt werden! Und eine stationäre Einweisung nach vielleicht geglückter Reanimation auf die Intensivstation ist Qual! Kein vernünftiger Arzt wird das machen.
Die rechtliche Voraussetzung hier ist folgender einfacher Gedanke: Wenn ich als Arzt eine bestimmte Therapie (hier die Reanimation) nicht für indiziert halte, darf ich sie nicht anbieten und nicht ausführen. Das ist von einem BGH-Urteil gedeckt!
Es geht also hier nicht um den Wunsch des Sohnes, sondern darum, ob eine bestimmte Therapie nach geltenden ärztlichen Regeln indiziert ist oder nicht. –
Es gibt ein Recht, aber keine Pflicht zu leben!

Inzwischen weiß ich, dass die Patientin wenige Wochen nach meinem Besuch nachts friedlich im Schlaf verstorben ist. Ihr Sohn lebt jetzt in demselben Pflegeheim.

Religiös gefragt: Warum soll das Leben über den Tod siegen, wenn der Tod das natürliche und sinnvolle(!) Ende ist? (Ich klammere jetzt mal den Tod durch Mord, Krieg usw. aus ...)
Das hat auch die Rechtsmedizin begriffen: In dem Leichenschauschein, den ich ausfüllen muss, habe ich drei Möglichkeiten, ein Kreuzchen zu machen: natürlicher Tod, nicht natürlicher Tod (z.B. Unfall, Suizid, Gewaltverbrechen ...) und unklare Todesursache (z.B. eine Leiche wird aufgefunden, die Vorgeschichte ist nicht bekannt). Alles, was nach Absprache mit der Polizei nicht nach kriminellem Vergehen aussieht, also die Staatsanwaltschaft nicht interessiert, wird als natürlicher Tod bezeichnet, wenn der Arzt eine einigermaßen logische Ursachen-Wirkung-Kette sieht, auch wenn er ohne Obduktion nicht beweisen kann, ob es sich um einen Herzinfarkt oder eine Lungenembolie handelt.
Und warum sollte der Tod besiegt werden, wenn wir auf

der „anderen Seite“ (wenn es sie gibt!) angeblich doch ein ewiges Leben, ein Paradies oder andere märchenhafte Zustände bekommen? Da sieht man, wie zwiespältig und polarisiert die Meinungen stehen! Ist der Tod jetzt gut oder schlecht oder gut **und** schlecht?

Ganz persönlich: Ich habe keine Angst vor dem Tod. Aber ich habe große Angst davor, im Sterben einem unfähigen, unempathischen Arzt ausgesetzt zu sein, der meine Patientenverfügung nicht kennt oder sie nicht befolgt. Ich habe große Angst davor, leben zu **müssen**, wenn meine Uhr abgelaufen ist und zwanghaft noch einmal aufgezogen werden soll!

ANNA MARIA THOMAE

Dr. med. dent. Anna Maria Thomae aus Berlin. Studium der Germanistik in Bukarest, der Zahnmedizin in Tübingen, Heilpraktikerprüfung in Heilbronn.
Aus- und Weiterbildungen u.a. in Cranio-Sacral-Therapie, Mundakupunktur, Entspannung der Kiefermuskulatur, Kinesiologie für Zahnärzte, Silva Mind Methode, Klientenzentrierte Gesprächstherapie, Homöopathie, Lachyoga. Die Weiterbildung in zahnärztlicher Hypnose erlaubte mir eine intensive Beschäftigung mit der Zahnarztangst und dem Einfluss der Psyche auf das Körpergeschehen.

Als Dozentin halte ich Vorträge, leite Seminare und Workshops zur somatisch-energetischen Entspannung der Kiefermuskulatur, Harmonisierung des Kiefergelenkes, zum bewussten Kauen und Lachen ohne Grund – Lachyoga. Im Fokus all dieser Aktivitäten liegt Stressabbau sowie Biohacking - die effektive Aktivierung natürlicher, körpereigener Ressourcen. Mehrere Jahre lang habe ich bei der gemeinnützigen Organisation MUT – Gesellschaft für Gesundheit mbH in Berlin die Zahnarztpraxis für Obdachlose geleitet. Als Autorin schreibe ich Artikel für unterschiedliche Zeitschriften sowie Kurzgeschichten (auch unter Pseudonym). Ich habe zwei erwachsene Söhne und drei wunderbare Enkelkinder, die mich öfters mit selbstgeschriebenen Short-Stories überraschen.
www.kauberater.de

Waldbaden ist lustiger mit Lachyoga und entspanntem Kauen

Kein Mensch kann das beim anderen sehen und verstehen, was er selbst nicht erlebt hat.
Hermann Hesse

Waldbaden, das wird heutzutage behauptet, ist eine neue Therapieart, von den schlauen Japanern entwickelt. So hat ein überarbeiteter, genervter aber reiselustiger Physiologie-Professor, ***vermute ich***, irgendwann, auf seinen ausgedehnten Ausflügen in den Bergen herausgefunden, dass das Grün der Bäume, es müssen unbedingt viele davon sein, also ein Wald, dessen kühlende Frische ihn meditativ werden lässt! Und dieser Wald kitzelt in all seinen Sinnen. Mehr noch, hat er damals tatsächlich gespürt, dass auch die lauen Winde, die um Bäume herumirren und diese zum leisen Rauschen animieren, ihn auch angenehm liebkosen, die Seele belustigen. So wird seine denkende Stirn hier langsam kühl, der Kopf klar. Kurz und bündig: Er fühlte sich im besagten japanischen Wald, nach einem längeren kontemplativen Spaziergang, beschützt, gesegnet und erfrischt. Da ist er mächtig neugierig geworden! Fühlen sich vielleicht auch andere Leute mitten im säuselnden, nach vergammelten Blättern und würziger Erde riechenden Wald geborgen und umarmt, genauso wie er? Wobei sich Entspannung und Freude im Körper breit machen. Keine Spur mehr von störenden Gedanken, Unwohlsein oder nervige Schmerzerinnerungen! Wirklich, das stimmt tatsächlich!
Hurra, eine neue Therapieart ist entstanden-das Baden in dieser gesegneten Umgebung – Sinnesbaden, oder anders ausgedrückt-*Waldbaden*! Die gesamte Welt, wir alle, werden ermutigt, diese unglaubliche Wirkung auszukosten. Dabei als Genießer, aktive Beobachter, Forscher oder nur als Zeugen zu fungieren!

***

Ungefähr so oder ähnlich wurde auch Lachyoga aus der Taufe gehoben. Diesmal war es ein schlauer Inder, der damals das innere Lächeln für sich intensiv kultivierte. Doch, ***das ist meine persönliche Vermutung***, er erlebte auch Momente tiefster Langeweile! Das wollte und durfte er aber nicht zugeben, als ein so bekannter Arzt mit angesehener Autorität bei seinen Patienten. Also musste er sich, aktiv und neugierig wie er war, auch für solche, äußerst menschliche, Situationen was einfallen lassen! Wie wäre es, wenn er darüber eine wissenschaftliche Arbeit schreiben würde? Über das unerklärliche Gefühl der Langeweile, trotz intensiven Praktizierens des inneren Lächelns, wie Buddha es locker vormacht. Das klingt nicht intellektuell genug, erboste sich kategorisch seine Frau! Sie meinte, dass ein Arzt in Indien, dem Land der Meditation und Yoga sich nicht langweilen darf. Lieber über was Lustiges forschen: "Wie wäre es, wenn du statt Trübsal blasen, die Freude kultivieren würdest? So etwas wie inneres, lebhaft vorgestelltes Buddha-Lächeln mit äußeren, körperlichen und gut hörbaren Lachkaskaden verbinden. Probiere es erst mal mit „Witze erzählen", zusammen mit deinen Patienten im Park! Lass dich überraschen, was dabei passiert, jede Langeweile weg, einfach so, auf einen Handschlag!"
Diese Möglichkeit erheiterte den ab und zu gelangweilten indischen Arzt! Er ließ sich tatsächlich von seiner geschmeidigen Frau, die Hatha Yoga unterrichtete, überreden, an dieser einer neuen Zeitverschwendungs-Methode zur Unterhaltung zu tüfteln, um darüber eine wissenschaftliche Arbeit zu schreiben. „Doch Witze fürs Lachen, Lachen über Witze, das klingt zu prosaisch, nicht indisch genug!" Dagegen wehrte sich irgend so ein kleiner Teil im Herzen des Aborigine-Arztes! Die versammelte Familie unterstützte ihn aktiv, einen roten Faden und eine indische Struktur in dieser im Entstehen befindlichen körperlich-äußeren Lachmethode zu finden. Einen passenden Namen voller Resonanz haben sie sich auch ausgedacht: Statt Lachen ohne Witze, *Lachen ohne Grund*. Und ja, ihr wisst es schon, weil man sich in Indien ohne Yoga nichts vorstellen kann, wurde diese über Nacht (es können auch mehrere Nächte gewesen sein)

entstandene Methode offiziell *Lachyoga* getauft! Der Untertitel "Lachen ohne Grund" wurde beibehalten! Fertig! Das war die Geburtsstunde von Lachyoga, inzwischen in der ganzen Welt bekannt, glücklich und seriös praktiziert. Genauso wie Waldbaden. Mit Clubs, Lehrer und Chefs, Grundkursen, Hauptkursen und Universitäten. Ja, Lachyoga- sowie Waldbaden-Diplome sind sehr begehrt und aus der modernen Zeit nicht mehr wegzudenken. Wir, unsere Gruppe, wir alle haben wenigstens ein Grundkursdiplom. Auch Forschung wird intensiv von uns betrieben. Für diese neuzeitigen Methoden zählt ja jede praktische Erfahrung! Wir kultivieren und eruieren z.B. intensiv die Technik des "Über-sich-selbst-Lachens".

***

Ich bin mir sicher, jeder von uns ist sehr stolz darauf, die Chance zu haben, in dieser bewegten Epoche zu leben, welche zwei weltumfassende gesundheitsfördernde Methoden, in so kurzer Zeit hervorgezaubert hat. Und das, tatsächlich geboren aus praktischer, konkreter Wirklichkeit heraus! Jeder, du und ich, jeder kann sie sofort anwenden, wenn er das Bedürfnis verspürt. Dafür benötigst du wirklich keine speziellen Hilfsmittel! Deine eigenen Füße reichen völlig aus, um im Wald herumzulaufen! Und auch dein eigener Mund reicht tatsächlich aus, um das Lachen laut ertönen zu lassen und dadurch zu erleben. Der doppelte Vorteil dieser zwei Erlebnismethoden: Der Wald bleibt verhältnismäßig intakt, man muss keine unendlichen Wunden in die Erde graben, für neue Autostraßen, keine Abgase werden produziert, die die Luft verpesten! Beim Lachyoga genießt du die gesundheitsschwangere Luft in vollem Maße. Als zusätzlich wertvolle Energie für den Körper verwenden wir, außer sauberen Sauerstoff auch selbstgemachte, mitgebrachte Häppchen. Bewusst gekaut schmecken sie, gepaart mit erfrischendem Waldgeruch, viel intensiver, so dass sie uns außer Kraft auch delikate gute Laune zur Verfügung stellen.

Aber genug der Theorie!

Was denkt Ihr, was haben Waldbaden und Lachyoga für Gemeinsamkeiten? Warum nenne ich beide in einem Atemzug? Da muss ich etwas zurückgreifen: Wir, die besagte Gruppe entschlossener Großstadtbewohner, treffen uns heute, Samstag im Wald. Zum ja, baden, lachen und genießen! Wir sind diese besondere Gruppe, die sich vorgenommen hat, unter der mächtigen Kuppel der Waldkathedrale, dem Lachyoga, einen uns-spezifischen Schliff zu verpassen. So wie es auch unsere Vorfahren getan haben, die Hermann Hesse in seinem Roman "Das Glasperlenspiel" beschrieben hat. Dort kam das Grüppchen zusammen, um das Glasperlenspiel zu perfektionieren, wenn ich mich recht erinnere. Wir haben uns als Ziel gesetzt, bei der Durchführung des Lebenselements Lachen sowohl das Körperliche, als auch das Herzens-seelische zu verfeinern, in Form von: „Die wahre Kunst, über sich selbst zu lachen", zu untersuchen! Wir versuchen akribisch die schöpferische Quelle unseres Lachens zu finden. Motto: Wo genau in mir selbst verbirgt sich der Ursprung meines Lachens? Um es in Windeseile, sozusagen auf Knopfdruck, bei Bedarf sofort zu mobilisieren. Manche behaupten, in den Genen wäre eine Menge Lachen versteckt, andere in den positiven Endorphinen, wiederum andere im Zwerchfell. Ich wiederum, als Zahnärztin bin mir ganz sicher, in der Mundhöhle! Sperrst du den Mund nicht so locker auf, kommt kein kicherndes Tönchen Yogilachen raus. Klappert dein Kiefergelenk, weil deine Kaumuskeln verspannt sind, bringst du nichts als ein krummes Krächzen zum Vorschein. Und das, unabhängig ob du beim Waldbaden bist oder in einem luftigen Raum zusammen mit Gleichgesinnten! Sind, wie gesagt, deine markanten Kiefermuskeln verspannt, so haben deine Hände das Bedürfnis, diese zu verstecken. Du bedeckst mit beiden Handflächen dein gesamtes Gesicht manchmal, fällt dir das nicht auf? Dann ist dieses unbewusst verkrampft-tönende Lachen somit dahinter verborgen. Schwer, schwer, in so einer muskelverspannten Situation! Da muss sich dein erwartungsvoller Körper wirklich was einfallen lassen, um die nötigen Ressourcen aufzubringen, für die gesamte Welt zu lachen! Ihr kennt bestimmt die Lachyoga-Übung und könnt sie auch sofort nachmachen:

Übung:
Wir atmen leise ein, formen ein Herzchen mit unseren Händen, giggeln dabei, schicken es uns gedanklich liebevoll selbst zu und atmen aus. Dann einatmen, formen ein größeres Herzchen mit Händen und Armen, schicken es gedanklich liebevoll unserer Lachgruppe zu. Dabei schauen wir uns alle tief in die Augen, lachen etwas lauter, ausatmen. Dann formen wir ein riesiges Herz beim Einatmen, schicken es liebevoll der gesamten Welt zu, atmen aus, lachen so laut, dass uns jeder, der Interesse daran hat, hört und dankend annimmt!
Übungsende.

Ja, sind deine Kaumuskeln verspannt, kann ich tatsächlich voraussagen, da kommen eher gequälte Lachkaskaden als hüpfende, verbindende Töne zum Vorschein. Aber das ist eine andere Geschichte, ein Lösungsvorschlag folgt vielleicht später.

***

Wie genau wir erstmal das Baden im Wald genießen, da müsst ihr euch darüber keine so großen Gedanken machen. Ich bemühe mich, das anhand von Beispielen nahezubringen. Und das beste Beispiel ist mein persönliches Erlebnis. Ich gehöre zur Waldbaden -mit Lachyoga-Klicke- schon seit ihrer Gründung vor einigen Jahren an. Gemeinsam kultivieren wir einmal im Monat das „Über sich-selbst lachen". Das beim Waldbaden. Mit allem, was tatsächlich dazu gehört, wie wandern, meditieren sowie bewusstem Kauen und genießen. Die Aufmerksamkeitsschulung nimmt dabei einen zentralen Platz ein. Der jeweilige Wanderort wird von allunseren aktiven Kollegen und extravaganten Waldbadern nach bestimmten Jahreszeit-Kriterien ausgesucht. Diesmal war es der Grunewald, der uns am besagten August-

Samstag liebevoll aufgenommen hat. Wir treffen uns also am Grunewaldturm, in der Cafeteria im oberen Garten um halb zwölf, genießen unseren Kaffee, halten ein Willkommens Schwätzchen, bereiten uns so auf das Zusammentreffen mit dem erfrischenden Wald vor. Wir sind, wie kleine Kinder auch, neugierig, was für Überraschungen er diesmal für uns parat hält. Ich kann mich gut erinnern, wie er uns beim vorigen Ausflug den wahren Weg nach Hause vorenthalten hat. Mit Absicht oder aus einer Laune heraus, das konnten wir bis jetzt nicht herausfinden. Vertieft in unser meditatives Gehen haben wir die richtige Weggabelung, die rechtsseitige Abbiegung zum Nachhauseweg verpasst. So ein schlauer Grunewald – dadurch hat er uns die angenehme Chance geboten, neue Leute kennenzulernen. Diese haben uns den richtigen Weg gezeigt. Wir, als Dankeschön, ihnen das „Über-sich-selbst-lachen“ beigebracht. Ach, Waldbaden und Lachyoga, sind das nicht herrliche Lebenserfahrungen?! Doch zurück zu unserem heutigen Ausflug. Um vollständig präsent zu sein und um unsere Anfangs- mit der Endstimmung vergleichen zu können, notieren wir im Rahmen unserer Forschungsarbeiten sorgfältig im mitgebrachten Protokollheft unsere Impressionen. Beginn- und Endstimmung werden getrennt mit 1-5 Punkten aufsteigend bewertet. Es tauchen Fragen auf, wie: Wie bist du im Augenblick drauf? Wie empfindest du das Wetter? Welches Gefühl weckt in dir der Wald? Wie fühlen sich deine Kiefermuskeln an? Wo genau spürst du deinen Bärenhunger? Beobachtungen, Erfahrungen, Erfolge, sogar Misserfolge werden akkurat bewertet und aufgezeichnet.

***

Jetzt seid Ihr bestimmt neugierig! Nach so vielen Vorbereitungen sollte das Wald-Lachyoga-baden endlich losgehen!. Ja, wir, leichten Fußes betreten den Grunewald, der heute betörend nach Feuchtem, Harz und Wild riecht. Die ersten Schritte führen uns behutsam abseits der Hauptwege, zu einer Lichtung. Hier nehmen wir einige tiefe Atemzüge, rütteln und schütteln uns, wie das Zauberbäumchen im

Märchen, um die gesamte, abgasbeladene Großstadtschwere erstmal abzustreifen. Eine Anfangsentspannung wird dann eingeleitet. Heute üben wir auch den Lachgruß im Stillen, mit geschlossenem Mund, im Säuseln, mit fingerbreit offenem Mund, im Lächeln und im tiefen Lachen, mit mäßigen Lippenabstand und vollständig geöffneten Mund. Dabei legen wir breitflächig unsere Hände auf die Wangen. So spüren wir den Grad unserer Kiefermuskelverspannung und notieren die Resultate sauber in unseren Unterlagen. Ihr wisst, Zähne zusammenbeißen erfolgt unbewusst bei Stress, Wut, ja sogar bei Enttäuschung! Das alles und so manches störende Gefühl mehr wird fleißig in den Kaumuskeln gespeichert, es begleitet uns immer unbewusst, überall. Beim Lachen über sich selbst kann man diese heimlichen Begleiter, die versteckt einem im Wege stehen, entdecken. Grinsend kitzeln wir sie aus uns raus, transformieren sie mit Hilfe der angenehmen „Über-sich -selbst-Lachyogaübungen" in purer, wertvoller Energie.

***

Mit Trinkpausen, Leeretaschen-, Hühner-, Vorbeugende-Lachen, Atem- und zahlreichen Selbst-Lob Übungen vergeht die Stunde im Nu. Angenehm wach, vollkommen in der Gegenwart, die Gedankenmaschine abgestellt – so endet die Lachyoga Einlage und es kann weitergehen. Der Grunewald, weiterhin kühl und einladend, erlaubt uns generös auch heute, seine Wege weiter zu erkunden. Diesmal im Stillen, souverän, bei vollem Bewusstsein wird beobachtet, ob dort eine Pilzkolonie dich einlädt, sie zu beschnuppern, oder sich da ein Fuchs versteckt, vielleicht raschelt im Geäst eine Wildschweinhorde? Die Natur ist voller Überraschungen, sie lässt dich im Nu erkennen, ob du im Augenblick zuhause in deinem Körper bist! Nur so kannst du sicher all die Naturgeschenke erkennen, entdecken und erspüren. Dieser ruhige Spaziergang, das behauptet der oben genannte japanische Physiologie-Professor, stärkt unser Immunsystem, spült den Stress von den Schultern ab, senkt sogar den Blutdruck, falls er manchmal die unangenehme Gewohnheit kultiviert, unkontrolliert in die Höhe zu schnellen und noch vieles andere mehr. So erfrischt bekommen wir Hunger, schauen uns um, nach einem energiereichen Picknickplatz, wir haben einen Bärenhunger! Auch hier haben wir ein spezifisches Ritual entwickelt! Jetzt denkt ihr bestimmt, wir stopfen uns einfach schnell den Mund mit Köstlichkeiten, seufzen zufrieden, wenn der Magen voll ist. Weit gefehlt: wir atmen tief ein und aus, berühren mit leichten Händen die Wangen und spüren erst mal nach, wie sich unsere Kiefermuskeln jetzt anfühlen. Dann öffnen und schließen wir den Unterkiefer behutsam, lockern den Lippenbereich sowie die gesamte Mundpartie. Die Zunge erkundet neugierig, ob die Zähne bereit sind und die Wangen sensibel genug, um folgenden Imbiss sicher aufzunehmen. Der Speichel sitzt in den Wartelöchern und verharrt ungeduldig darauf, die kommenden Bissen vollständig zu durchfeuchten! Tatsächlich, erst glitschig genug sollte er genüsslich heruntergeschluckt werden. Um später nicht wie ein Mühlstein im Magen zu liegen. Wie das Sprichwort sagt: gut gekaut ist halb verdaut. Auf diese Weise können wir nach dem Picknick die Natur mit angenehmer Leichtigkeit gesättigt genießen.

***

Nach diesem Vorbereitungsritual dokumentieren wir mit mehreren Fotos den gemeinsam angerichteten Picknicktisch. Kleine Köstlichkeiten, bunte Salate, grüne, etwas zu saure Äpfel, süße Schokoladenverführungen, was einem das Herz begehrt, es gibt genug zu naschen. Hohe Bäume, junge Büsche oder feuchtes Schilfvolk – sie alle beäugen uns von nah und fern. Satt und zufrieden verlassen wir dann den aufgeräumten Picknickplatz. Da folgt ein neues Lachyoga Interludium, diesmal etwas kürzer, mit Schwerpunkt: Loben und gelobt werden. Dabei ignorieren wir bewusst das viel zitierte Sprichwort: „Eigenlob stinkt" und transformieren es in: „Eigenlob stimmt!" Jeder denkt sich eine Übung aus und teilt lachend mit, welche Qualitäten er bei sich mit dem Vehikel lachen, ändern oder vertiefen möchte. Irgendwann hat es der Wald wirklich satt, in welchem Maße auch immer Eigenlob, Kritik, neue Erkenntnisse und verrückte Entdeckungen zu hören. So schickt er ab und an ein Lüftchen oder ein Vogelgeschrei, fordert uns höchstwahrscheinlich auf, damit aufzuhören. Dann atmen wir wieder tief ein und aus, beruhigen unsere aufgewühlten Gemüter, machen jetzt erneut einige Aufmerksamkeitsübungen, werden dann still.

Da folgt der für mich spannendste Teil des Waldbadens.

Wir ziehen uns einzeln zurück, finden einen passenden Baum, einen Strauch, eine Blumengruppe, die einen energetisch anzieht, setzen uns in unmittelbarer Nähe. Jeder hat seine eigene Methode, mit den Waldseelen zu kommunizieren oder sich in einen Dialog mit unsichtbaren Baumbewohnern einzulassen. Mein Ritual ist einfach: Ja, ich beginne, wie ihr vermutet, mit dem tiefen Ein- und Ausatmen, lass meine Augen locker in der Umgebung umherschweifen. Nach einiger Zeit beginnen meine Beine auf der Stelle zu rennen, die Knie kommen immer höher und höher zur Brust. Auf diese Weise, habe ich bei einem Schamanen-Workshop gelernt, saugt mein Körper Energie aus der Umgebung wie ein Schwamm auf. Und verbindet sich mit meiner Körperenergie. Was Neues entsteht! Fertig! So einfach ist das. Jetzt werde ich mich auf einen Dialog mit Waldbewohner einlassen. Endlich kann ich euch mitteilen, was ich am besagten August-Samstag tatsächlich erlebt habe. Diese Waldenergie, wie ihr inzwischen wisst, hat magische Kraft. Man munkelt, es gibt unbekannte Wesen, die du einfach nur hier antreffen kannst. Diese kannst du als treue Freunde gewinnen oder sie erlauben sich, dich zu foppen oder zerstören. Hat mich so ein Baumwesen angesprochen? Wartet, jetzt erzähle ich euch kurz meine Waldgeschichte, und ihr könnt nachher beurteilen, ob ein Wesen oder nur ein Baum am Handeln war.

***

Wie gesagt, jetzt war es an der Zeit, körperlich und geistig einwandfrei vorbereitet, einzeln den Weg zu verlassen, tiefer in den Wald einzudringen, einen Baum, Strauch auszusuchen, sich neben ihn zu setzen, die Sinne streifen zu lassen und sich für Impressionen öffnen. Was höre, spüre, sehe, fühle, rieche ich in diesem magischen Augenblick? So oder ähnlich waren die Anweisungen. Ich ging frisch und fröhlich erst nach rechts, da war ein flacher Wassergraben, dann stieg ich die Böschung etwas hinauf und blieb einfach stehen. Überall waren, wie zu erwarten, Bäume und Sträucher, nichts Auffälliges zu sehen oder zu hören. Da habe ich mich einfach direkt auf den Waldboden, auf mein mitgebrachtes Tuch hingesetzt. Zwar war es etwas ungemütlich, habe mich aber schön breit gemacht, denn Platz für all meine bunten Schreibutensilien war genug. Aus meiner Tasche kramte ich ein grünes Kollegheft sowie den Kugelschreiber, Sachen, die ich, wie früher fleißige Schüler, immer dabei habe. Doch bevor alles auf meinem Tuch landete, packte mich ein unangenehmes Gefühl. Ich schaute mich um, nur ein einsamer Wind spielte gelangweilt mit einigen Blättern. Mein Blick rutschte nach oben, ein verirrter Sonnenstrahl kitzelte an meiner Nase herum, dass ich niesen musste und so den Nachbarbaum entdeckte. Von unten betrachtet, war es ein Stamm zwischen vielen anderen! Mein nach oben gerichteter Blick verriet mir, dass er halb im Sterben lag. Er hatte keine richtige Baumkrone mehr, nur eins, zwei dünne Äste, an denen einsame, grüne Blätter hingen, die im besagten, leichten Wind herumtanzen. Ein heftiges Gefühl der Endlichkeit, von lauernder Vergänglichkeit hat mich im Augenblick umhüllt und das Herz buchstäblich zerrissen. Automatisch schrieb meine Hand ins geöffnete Heft ein paar Zeilen auf. War es der Baum, ein Wesen, ein Vergessener, der mir diese Worte zugeflüstert hat?

Nur heute, Samstag

Nur heute, Samstag
Hatte der Wind die Kraft
aus einem Bild
das Stück Vergangenheit zu holen.

Die Sonne fast im Zenit der Hoffnung,
Das Glück verborgen,
Für immer
Verloren gedacht.

Nur heute, Samstag
Hatte der Wind die Freude
Gerüche zu erinnern,
Versteckte
Von Jugend und Unendlichkeit.

Bald werde ich vergessen
Die Hoffnung, mein Haus und
All die Schatten, die im Walde tanzten
Auf diesem Weg zu mir,
Zu meinem wahren Ich.

Nur heute, Samstag
Hatte der Wind die Kraft
Vergangenheit zu spielen.

Wie in Trance, aber dennoch voller Schreck, habe ich dann Heft, Tuch, Kugelschreiber schleunigst eingepackt, tief ein und ausgeatmet. Bin dann den gesamten Weg still nach Hause gelaufen, ohne der Gruppe etwas davon zu erzählen. Später wurde die gesamte Situation als „Bewegung des Montagepunktes" in Folge der Energieverdichtung im Wald abgehakt. Die Carlos-Castaneda-Kenner haben vielleicht sowas Ähnliches auch erlebt. Meint Ihr, das war alles? Bei weitem gefehlt! Erst nach geraumer Zeit konnte ich diese Waldinformation so richtig begreifen, was mir die Stimme tatsächlich mitteilen wollte.

***

Da muss ich erneut eine Klammer machen: Seit mehreren Jahren habe ich Schmerzen im rechten Iliosakralgelenk. Die kommen und gehen, mal stark, dann wiederum verschwinden sie, als ob alles in perfektem Gleichgewicht wäre. Ihr könnt weiter gut nachvollziehen, dass ich zahlreiche Orthopäden aufgesucht habe. Ohne tiefgreifenden Erfolg. Ja, letztendlich habe ich resigniert und mich mit Schmerztabletten reichlich versorgt. Bei einem Kinesiologie-Seminar (zwischenzeitlich habe ich mich auch mit zahlreichen naturheilkundlichen Methoden fleißig auseinandergesetzt) erfuhr ich von einer Orthopädin, die mit dieser Methode arbeitet. Um es kurz zu halten, sie entdeckte, dass sich ein Feind, Morbus P. skrupellos, ohne mich um Erlaubnis zu fragen, in meinem rechten Oberschenkel eingenistet hat. Er baut hier den Knochen ab und dort wieder auf. Wo genau, das will er nicht verraten. Ja, er, der Knochen wird nicht ausgeschieden, wie bei Osteoporose, sondern an falscher Stelle im Körper eingebaut. Die vorgeschlagene Therapie habe ich nicht durchgeführt. Schmerzen im Oberschenkel hatte ich ja keine, nur im Iliosakralgelenk! So blieb alles beim Alten. Hier schließe ich die Klammer!

***

Einige Zeit nach dem geschilderten Waldbaden mit Lachyogaübungen mit Schwerpunkt "Über sich selbst lachen" ist mir folgendes passiert: Von jetzt auf gleich konnte ich den rechten Oberschenkel nicht mehr belasten. Im Krankenhaus wurden keine Auffälligkeiten diagnostiziert, die gesamten Untersuchungs-Bilder waren unauffällig. Doch, oh Schreck, ab sofort konnte ich ohne Gehhilfen nicht mehr laufen.

Gelandet bin ich in einer Rehaklinik in Bad Pyrmont. Bestimmt habt ihr davon gehört, ein Kurort mit kuscheligen Thermalbädern und einem angenehmen Überschuss an natürlicher Energie. Da sollten meine Knochen heilen. Am Freitag hat mich mein Sohn die 450 km hingefahren und hoffnungsvoll in guten Händen abgegeben. Samstag hatte ich vor, im berühmten Park die Natur zu bewundern, denn erst Montag begann die tatsächliche Therapie. Doch, irgendetwas hat mich in Richtung Stadt hingezogen. Kennt ihr dieses Gefühl, das dich manchmal überströmt: Jetzt muss ich unbedingt weg. Diesen Impuls kann man nicht einordnen, definieren, man muss ihm einfach folgen. So ist es mir tatsächlich am Samstag passiert - jetzt, sofort, im Augenblick musst du die Stadt inspizieren. Mit meinen Gehhilfen konnte ich ja locker die Umgebung erkunden. Eine Stelle hat mich magisch angezogen. Unweit vom Stadtbrunnen wurde ich buchstäblich von dieser schweren, aber wirklich angenehmen Energie, wie von einem kräftigen Staubsauger, zu Boden gezogen. Wie ich gestürzt bin, daran kann ich mich nicht mehr erinnern. Mein Oberschenkel war gebrochen und wurde schleunigst operiert. Letztendlich habe ich einen überlangen Nagel als lebendigen Teil meines Körpers inkorporiert. Heute kann ich wieder aufrecht laufen. Zauberei? Nein! Der Wald hat mir ja damals mitgeteilt, dass wir erfolgreich einen kraftvollen Freundschaftspakt geschlossen haben:

"Nur heute, Samstag,
Hatte der Wind die Kraft,
Vergangenheit zu spielen"...

MARKUS SONNEBORN

Geboren am 18.12.59 in Münster, verheiratet, 4 Kinder, wohnhaft in Finnentrop Kreis Olpe, Oberarzt in der Abteilung für Pneumologie am Klinikum Lüdenscheid.
Aushilfs-Werbetexter im elterlichen Betrieb in der Kindheit. Hobbylyriker seit den 80er Jahren, Gedichtband „Reimschlag. Das Gedichtbuch zum Weltuntergang“ 2020 und „Mehr Luft. Pandemie und Pandämonium“ 2021, im WOLL-Verlag Schmallenberg. Einzelne Essays. Musikalisch und sportlich aktiv. Die meisten Gedichte und essayistischen Gedankengänge sind beim Fahrradfahren entstanden.

Wurstwärts

Es geht um die Wurst: Mal wieder eine Klimakonferenz, zum 28. Mal in Folge mehr CO_2-Emissionen als beim letzten Mal (die steil ansteigende Kurve hat nur eine kleine Coronadelle), mal wieder die feisten Funktionäre und Vielflieger, die im Takt, den der einladende Ölscheich vorgibt, nach den fetten fossilen Würsten schnappen, mit ein paar Trostpflastern hier und da, während der Planet fleißig weiter verwurstet wird und vor die Hunde geht. Wie für die meisten heute noch existierenden Arten gilt für die Wurst – unser Leben, unsere Umwelt -: going- going – gone, und COP 28 in Dubai ist unter dem falschen Etikett der Rettung nur eine neue Runde der großen Tombola. Vor 50 Jahren gab es noch einen saudischen Energieminister, der dem Westen den Spiegel seiner Verschwendungssucht vorhielt und uns autofreie Sonntage einführen ließ; der wichtigste Ölmanager der Emirate Dr. Sultan al-Jaber lädt heute einfach alle zum Mitverschwenden ein. Mit der Wurst des noch erträglichen Klimas wird nach der Speckseite imaginären weiteren fossilen Wohlstands geworfen.

Und wenn die Wurst geworfen oder gegessen ist, ist sie weg, unsere momentane Befriedigung muss die immerwährende Verwüstung aufwiegen, also lasse man sich die Wurst noch einmal so richtig schmecken. Ohne den Kick der fossilen Wurst hätte man ja noch klare Gedanken fassen können, aber der Kick ist unabweisbar – die Wurst ist Nahrungs- und Rauschmittel zugleich.

Was mag die Wurst so recht eigentlich sein, und warum kann man nicht den Apfel der Erkenntnis statt ihrer verzehren? Hierzu muss man zunächst ihre geometrische Form betrachten:

Sie ist keine Kugel, die so manche Anbisspunkte bietet und vielleicht ein schwieriges Inneres bereithält. Nein, sie ist ein langgestreckter Zylinder, allenfalls mit zwei kleinen Halbkugeln zum Abschluss oben und unten, überall gleich dick, perfekt mundgerecht, homogen und ohne Überraschungen. Sie ist der von innen nach außen gewendete Darm eines Wirbeltiers -Schwein, Rind, Pferd etc.-, und was sich im

Leben um den Darm herum befand und von ihm ernährt wurde – Fleisch und nach Gusto des Metzgers Organe – ist jetzt von diesem Darm umschlossen und bis zum freundlichen Verzehr durch ein anderes Wirbeltier, den Menschen, geschützt und aufbewahrt.

Topologisch gesehen ist die Wurst also die Umkehrung und Leugnung der Innen-außen- Oberflächenstruktur aller Wirbeltiere (und Insekten und Weichtiere) dieses Planeten und deren Rückführung auf ein Nur-außen, wie es vom Bakterium und Einzeller bis zum Pilz und zur Pflanze die anderen Lebensformen bieten. Das Wirbeltier hingegen, und mit ihm der Wurstesser, ist topologisch kein mehr oder weniger ausgestülpter Zylinder, sondern er ist ein langgestreckter Torus, mit einer Außenfläche, die mit all ihren Ausstülpungen von Haut umschlossen ist, und einer Innenfläche, die von der Mundhöhle bis zum After mit einer aufnehmenden und verarbeitenden Schleimhaut ausgekleidet ist. Deren Ausstülpungen bzw. Einstülpungen sind in der Embryonalentwicklung des sogenannten Endoderms die Verdauungsorgane, Leber Bauchspeicheldrüse, Gallenblase etc, aber auch z.B. als Bildung des Vorderdarms die Lunge.
Das Ektoderm, die Außenfläche des Wirbeltiers, stülpt sich hingegen entwicklungsgeschichtlich zu den Extremitäten aus und zum Nervensystem ein. Wo letzteres unvollständig geschieht, resultiert ein offener Rücken, die spina bifida, im ersteren Fall die Phocomelie wie durch Contergan verursacht. Zwischen Endo- und Ektoderm befindet sich die Füllmasse, das Mesoderm, das z.B. den Stütz- und Bewegungsapparat und das Kreislaufsystem bildet. Bei der Wurst ist diese Füllmasse vom Endoderm umschlossen und das Ektoderm anderweitig verwertet z.B. in der Lederindustrie oder in der Gummibärchenfertigung.
Für die Bauabteilung des Organismus ist die Bildung eines langgestreckten Torus durchaus anspruchsvoll, und nicht immer gelingt sie beim Fötus vollständig. Hiervon weiß der Kinderchirurg, der die Atresie - also Nichtdurchgängigkeit - von Anus und Speiseröhre zu behandeln hat, ein Lied zu singen.

Das verwurstete Wirbeltier umschließt also mit der Innenfläche des Torus die Füllmasse, die es im Leben ernährt und aufgebaut hat, und findet so in die einfache Form des Ellipsoids oder des Zylinders zurück, die sich in Jahrmilliarden Evolution erst kompliziert zum Torus umformen musste. Auch in der verwursteten Welt wird das Innere – die fossilen und anderen durch Durchlöcherung ihrer Oberfläche geförderten Bodenschätze – nach außen gekehrt und dem Verzehr zugeführt. Wurst ist für die selbsternannte Krone der Evolution das Non plus ultra der Regression. Und so trifft sich das topologisch regredierte Tier mit dem regressiven Appetenzverhalten des Menschen als Wurstverzehrer. Der schlingende Wurstesser bringt den Darm, die Innenfläche des verzehrten Tiers mit seiner eigenen Innenfläche als Torus in Deckung. Im typischen Schlingunfall – von der Bolusobstruktion bis zum Bolustod – verstopft der Schlinger hierbei seine eigene Innenfläche und gleicht sich ein Stückweit dem Ellipsoid topologisch wieder an.

Regressive Appetenz ist der Urgrund aller Religionen. Die Religion z.B. des Westfalen ist der Westfälische Himmel, der voller Würste und Schinken hängende Rauchfang, der in sich, wie auch in der modernen Welt selten erreicht, Nahrung und Wärme und heimeligen Duft, und damit auch eine Art intrauterinen Wohlfühlgrund, vereint. Die Religion des Deutschen nach dem Krieg 39-45 war, nach aller diskreditierten Religion und allem falschen nazistischen Religionsersatz, der Konsum, und sein Altar war die Wursttheke. Der Metzger war ein gemachter Mann, die gestreifte Schürze seine Sutane, und mit Metzgerreichtum wurde so manches Immobilienimperium aufgebaut. Statt „Dies ist mein Leib“ oder gar „Dies ist mein Volkskörper“ hieß es „darf es ein Viertel mehr sein?“.

Die Religionen, als sie noch Religionen waren, hatten allerdings ein ambivalentes Verhältnis zum regressiven Appetenzverhalten. Zum einen förderten sie dieses in ihren zahllosen Festen, zum anderen war aber ihr Gott auch immer ein regressiv, also kleinkindhaft blindwütig Verzehrender, und das machte ihn so furchterregend, dass ihm eben diese energiereichste Nahrung des Menschen, das Fleisch, zur Besänftigung im Opfer dargebracht werden musste. Die wenigsten Götter waren Vegetarier. Im Wurst- und Fleischverzicht zugunsten des unbekannten Gottes waren die Menschen auch immer des Endes eingedenk, das dieser Gott für sie bereithalten könnte, und das nur abzuwenden war, wenn man sich gut mit ihm stellte.

Jenseits aller Religion aber gilt: Age prudenter et respice finem. Handle klug und bedenke das Ende.
Von Politikern wünscht man sich dies oder stilisiert sie gar, als ob sie dies täten, um nach eingetretenem bösen Ende den Hanswurst in ihnen zu erkennen und sich enttäuscht von ihnen abzuwenden.
Doch wie der Schlager weiß: Alles hat ein Ende, nur die Wurst hat zwei. Der Wurstverzehrer braucht sich in dieser seiner Handlung des Endes nicht bewusst zu werden, denn das Ende der Wurst gleicht ja genau ihrem Anfang und ist absolut vorhersehbar. So kommt zur topologischen Vereinfachung des Tiers durch die Wurst auch noch eine zeitliche Vereinfachung hinzu. Zwischen den beiden Enden A und B der Wurst liegt eine Strecke im Raum (durch den homogenen Inhalt sind die anderen Dimensionen ja nicht von Interesse) und ein zeitlicher Pfeil mit einem gleichförmigen Verzehrvorgang – wenn man sich nicht verschluckt – vom Zeitpunkt A‘ zum Zeitpunkt B‘. Der Wurstesser befindet sich also in einer Art Narkose oder Trance, in der er das andere Ende des Raum- und Zeitpfeils als dem schon inkoporierten gleiches nur duplizieren, aber nicht bewusst ansteuern muss. D.h. eine Bewusstwerdung kann nur vor dem Verzehr – z.B. „was sagt mein Cholesterinspiegel dazu?“- oder nach dem Verzehr stattfinden. Im einfachsten Fall mit dem Gedanken: “mehr Würste!“, der die Trance nur auflockert, ohne sie zu durchbrechen.
Zur topologischen Umschlossenheit der Wurst gesellt sich als zweiter Aspekt ihre zeitliche Ungerichtetheit, die Wurst vereinigt scheinbar Genesis und Apokalypse, vereinigt Kosmogonie und Eschatologie in ihrer umkehrbaren

Zweiendigkeit. Am zweiten Ende der Schöpfung angekommen, ist man sich von Klimakonferenz zu Klimakonferenz sicherer, dass das missratene Resultat des sechsten Tages das Tohuwabohu des ersten wiederherstellen und die Erde wieder wüst und leer sein wird.
Im Fall der fossilen Weltverwurstung heißt das, dass der Konsumvorgang durch seine Gleichförmigkeit auch seine Endlosigkeit vorspiegelt, bis eben nichts mehr zu konsumieren ist oder das Konsumierte qua Sintflut zum Konsumierenden wird und man aus der Trance erwachen muss. Die inhärente Rache der Wurst, des zylindroid umgewandelten Tierkörpers ist aber, dass sie, wie beim oben skizzierten Bolusereignis, den Konsumenten in Trance, d.h. Innen-Außen-Deckung bringt und damit selbst zylindroid macht. Das Gefressene frisst den Fresser. Die vor Jahrmillionen in Sümpfen erstickten und ertränkten fossilen Lebewesen (sonst wären sie ja organisch abgebaut worden) ersticken und ertränken – mit dem Umweg über die aufgeheizte Atmosphäre – ihre scheinbaren Nutznießer.

Hiermit kommen wir zum unappetitlichen Teil der Weltverwurstung: es werden auch immer Menschen mitverwurstet. Wie für die Weltverwurstung die simple Parole: „Mach Feuer!“, „Gib Gas!“, so sorgt hier eine einzige Parole, ein einziges Schnippen des jeweiligen Taktgebers für die Umdefinition einer fast beliebigen Menschengruppe vom Mitausbeuter zum Teil der auszubeutenden Natur, vom Mitheizer zum Verheizten, vom Mitfresser zum Gefressenen, zu dem, wovon und nicht womit zu leben ist. Die Wendigkeit im Wechsel von Jäger und Gejagtem wird im Kinderspiel eingeübt, vom Fangen mit Abzählen bis zum Völkerball. Für uns Deutschen immer noch exemplarisch geschah diese Umdefinition am 30.1.1933, von der Parole bis zur Tat waren es nur Monate.

Die vollständige Verwurstung der so leichthin Ausgegrenzten belegen, mehr noch als die Vernichtungsstatistiken (Vernichtung ist mutwillige Mindernutzung und wurde auch deswegen damals, zumindest für Otto Normal-

mitläufer, geheim gehalten), die Aufstellungen über den Nutzwert des einzelnen Häftlings in den „Arbeitslagern" wie dem KZ Buchenwald. Hier geht der Mensch als Lebender wie als Leiche in die gleiche Rechnung ein und der Schlussstrich wird erst gezogen, wenn auch die Leiche vollständig verwertet worden ist. Eugen Kogon präsentiert in „Der SS-Staat" (S. 376) hierzu einen Gesamtgewinn von RM 1.630,- pro Häftling nach durchschnittlich neunmonatiger Verweildauer in Buchenwald. Der Tod als individueller Schlussstrich ist nur ein Zwischenschritt im Nutzungsverlauf des Handelsguts Mensch. In der Konsequenz gibt es kein Recht mehr auf den individuellen Tod, und das „end of life" weicht dem „end of extraction".
So auch im 21. Jahrhundert. Die Leichenberge an der russisch-ukrainischen Front werden nicht mehr gezählt, sondern für die Spezialtransporte ins Landesinnere nur noch gewogen, wenn man sich angesichts der Drohnengefahr überhaupt der Mühe und Gefahr aussetzt, Leichen zu bergen und nicht das Schlachtfeld zum Verwesungsfeld werden lässt. In diesem Fall gehen die ersparten Transport- und Bestattungskosten in die Endrechnung positiv ein.

Homo homini botulus: „Der Mensch ist des Menschen Wurst" ist notwendige Folge von „Der Mensch ist dem Menschen Wurst" bzw. „Der Mensch ist dem Menschen wurst". Im Deutschen gibt es nur wenige Substantive, die unverändert adjektivisch oder bezeichnend gebraucht werden (das andere ist das wesensverwandte sch...), zumindest bis zum Aufkommen der Dönerbudensprache („Wer ist die Currywurst?").
Und dies ist das Wesen der Verwurstung: Das Zulassen der Indifferenz. Die Indifferenz macht, dass das Wesen und Schicksal des Konsumierten dem Konsumierenden völlig gleichgültig sind. Die Wurst schmeckt immer, auch wenn man noch so viele Reportagen über Großmastbetriebe gesehen hat. Das Kaninchen aus dem Garten, das vergleichsweise herrlich gelebt hat, schmeckt als Sonntagsbraten empfindlichen Gemütern weniger. Das Masttier ist anonymisiert, ausgelagert, entindividualisiert, homogenisiert und

damit dem Konzentrationslagerhäftling nicht unähnlich.
Die Indifferenz ist immer das Ergebnis einer gewissen Narkotisierung, einer gewissen An-ästhesie, also Fühllosigkeit. Der Kick des Wurstverzehrs, der Kick des Gemeinschaftsgefühls und der Arisierungs-, später auch Kriegsgewinne im Nationalsozialismus, der Kick des Fahrens auf der Autobahn: Sie sind unabweisbare positive Verstärker, sie fluten das Hirn mit Dopamin , wo der relative Dopaminmangel bzw. ein Dopamingradient ja erst für das Zustandekommen eines Differenzgefühls im Gehirn Voraussetzung sind und sorgen so für eine selektive Narkose, die jedoch nicht das gleiche ist wie eine allgemeine Ausschaltung der Empathie. Der Zwerg Perkeo im Studentenlied (Josef Viktor Scheffel 1846) lässt sich im Keller des Heidelberger Schlosses unter ein großes Weinfass legen und meldet „zum Weinschlurf sonder End, fortan sich permanent". „Fahr hin, oh Welt" - so lässt er sich von dort unten vernehmen - „oh Katzenjammertal, was sie auf dir hantieren, ist wurst mir und egal!".
Der Alkoholrausch des Perkeo führt – jenseits des Enthemmungsstadiums – in die selige Verneblung, die auch eine Entideologisierung ist. „Um lederne Ideen kämpft man gar manchen Kampf, es ist im Grund doch alles nur Nebel, Rauch und Dampf". Das macht den derart 15 Jahre lang anästhesierten Zwergen gleich sympathischer als den sich an Kriegen, an fossilem Wachstum und anderen ausgrenzenden Ideen Berauschenden. Dem trunksüchtigen Zwergen ist alles wurst und Nebel, und seine Wahrheit liegt im Weine.
Weltseits des Rausches ist Nebel, ist Homogenität. Wurst ist egal, ist nicht differenzierungswürdig. Gleichzeitig nimmt jedoch die Welt des fossil berauschten Menschen immer homogenere Züge an.
Und damit wären wir, nach dem topologischen und dem eschatologischen Formwesen der Wurst, bei ihrem substantiellen Inneren, bei des Pudels Kern: Die Wurst ist Homogenität, aber in sich abgeschlossene und umschlossene Homogenität, und als umschlossene nicht mehr furchterregend, sondern nur noch lecker, also appetenzerregend.
Der Mensch strebt nach gesicherter, nach umschlossener

Homogenität. So erscheint ihm, mutatis mutandis nach einzelner Religion und Observanz, sein Himmel. Ob es die identitären Dörfer der Rassisten in Ostdeutschland sind oder das Cocooning des modernen Einsiedlers in seiner Konsum- und Filterblase: die allseits umschlossene gesicherte Homogenität ist der Himmel auf Erden, oder auch der nachgeburtliche Uterus.

Die vom Menschen und seinem nachreligiösen, aber doch wieder quasireligiösen technischen Himmel geprägte Episode im Leben des Planeten Erde jedoch ist: Das Homogenozän. So lautet jedenfalls ein Alternativvorschlag zu dem fast schon eingebürgerten Begriff „Anthropozän", und er mag treffender sein als dieser.

Allein weil es aus zwei Gründen kein Anthropozän geben kann: Erstens ist der Mensch kein anthr-opos, kein Aufwärtsblickender mehr, sondern ein Kat-opos, ein Abwärtsblickender, abwärts auf seinen Handybildschirm und auf die Bodenschätze, die ihm der Planet zur Verfeuerung und Verwurstung vor die Füße legt. Der Aufwärtsblick, so er noch stattfindet, gilt auch schon ausbeutbaren Objekten: dem Mars, dem Mond und dazwischen Elon Musks Satellitenflotte.

Zweitens weil es mit dem Menschen aller Voraussicht nach kein „Zän" geben wird, also ein Erdzeitalter in der Größenordnung von zig bis zu hunderten Millionen Jahren. Vielmehr scheint es, als ob der Mensch, zumindest der homo technicus, ein singuläres Ereignis zwischen zwei Erdzeitaltern darstellen würde, mit dem Holozän davor und dem Homogenozän danach. Was der Asteroideneinschlag am Ende des Saurierzeitalters war, ist der Mensch heute: in Analogie zur Tropopause in der Atmosphäre könnte man auch sagen: die Anthropopause, der Pausenclown zwischen zwei Erdzeitaltern.

Das denkbar homogenste Medium – das Geld – ist momentan der Katalysator der allgemeinen Vernutzung und macht das Vernutzte sich selbst ähnlich. Das Homogenozän wird dann das das Ergebnis dieser Weltverwurstung sein, und es werden wie in einer guten Wurst wohlzerkleinert und durch Hitze und chemische Reaktionen verändert Bestandteile

aus ganz verschiedenen Teilen der Erdkruste – Metalle, Beton, seltene Erden, die Kohlenstoffchemie herauf und herunter mit einem dichten Plastikteppich und einer undurchdringlichen Giftbrühe – bunt nebeneinanderliegen und dem – natürlich weitergehenden – Leben die Anpassung schwermachen. Dazu die homogen über alle Kontinente ausgebreiteten invasiven Arten und womöglich eine hohe Hintergrundradioaktivität mit örtlichen Spitzen. Bei Wiederaufreißen des Ozonlochs oder der mittelfristig erwarteten Magnetfeldumkehr (an der wir ausnahmsweise nicht schuld sein werden) käme eine gewaltige UV- und kosmische Strahlung hinzu, die für einen kreativen Mutationsschub sorgen wird.
Das kann unter Umständen den vor 66 Millionen Jahren siegreichen Säugetieren den Garaus machen und es werden noch Wetten auf die dann siegreichen Arten entgegengenommen (die Kakerlake oder doch der Schleimpilz, dessen Intelligenz neuerdings erforscht wird?).
Der Mensch wird das Ergebnis der Allvernutzung vermutlich nicht mehr nutzen. Das Resultat der „großen Generalweltanbrennung" (Fontane, Der Stechlin) und großen Generalweltverwurstung wird Transsubstantiation sein, der homogenisierte Wurstinhalt, der die Erde für den Menschen und seinesgleichen nicht mehr lebbar macht, wird ein Substrat für neue Lebensformen sein, die nach dem Woher und Wieso nicht fragen und sich mit dem Gegebenen arrangieren. Auf „Wurst und mehr" folgt „wüst und leer" folgt neuer evolutionärer Aufbau, auf anthropogene Entropievermehrung folgt wieder neue Schaffung von Differenzen, die die Entropie, wenn auch örtlich und zeitlich begrenzt, verringern – das ist schließlich das Prinzip des Lebens selbst.

Der Mensch wird ein fernes Schreckgespenst sein, eine ferne Ahnung wie die Sintflut, die Meteoritenstürme und die Drachen, die uns noch in den Knochen sitzen. Der Mensch aber sage sich: Würstchen warst du, Wurst bist du und zum Brät kehrst du zurück. Und wenn dir dies nicht wurst ist, kehre um und tue Buße – oder: verlasse deinen technischen Himmel auf Erden, lasse die Narkose ausleiten, krieche aus deinem nachgeburtlichen technischen Uterus heraus: Werde geboren!

Gedichte

Kriegsgedicht 2023

Das Kriegsglück schwankt von Fall zu Fall
Doch immer nützt es Rheinmetall

Die Kriegerkaste lebt und stirbt
Doch immer die Moral verdirbt
Mal trifft die Bombe und mal nicht
Doch löscht sie stets der Güte Licht

Der Feldherr lügt, der Feldherr droht
Des Herren Feld liegt brach und tot

In Stücke reißt der Krieg die Welt
Dem Satan solches wohlgefällt

Saporischija

Rumms! So geht der Russenknaller
Leute, spart euch das Geballer
Wenn die graue Hülle platzt
Seid ihr sowieso verratzt
Heiter strahlt der Wladimir
Wenn er strahlt, dann strahlt auch ihr!

Eger und Ervenbündel
Eine zu kurze Freundschaft

Du schwarz:
Ich weiß
Du stinkst
Mich dünkt's:
Ich auch

Du faul
Ich Paul
Fleißig war Saul

Du blöde
Ich öde
Vor Schläue
Strumpfes Bläue

Du unbestrumpft
Ich halbverschlumpft

Du froh
Ich floh

Kühler Juni

Hört, die Wiese atmet schwer
Unterm Morgennebel
Es fühlt sich an, als schnürte wer
Uns am Sorgenknebel

Graukalt hasten wir entlang
Angeklebt die Schwingen
Aufzufliegen wird uns bang
Werden nicht mehr singen

Wenn im Winter dann die Wiese
Eis bedeckt und Schnee
Wächst erneut der Sehnsuchtsriese
Wird uns wirr und weh

Tourismuswerbung

Josef Meier fühlt sich schwach
Trocken seinem Dach
Was macht denn den Meier stark?
Urlaub in der Steiermark!

Dort angelangt, wird Meier stärker
Und beinah zum Steiermärker –
Denn im Regenguss, im ärgsten
Fühlt er sich am allerstärksten!

Frühlingsgedicht

Alles auf Anfang
Birken blühen bald
Cilly cychtet Chrysanthemen
Detlef dackelt dauernd davon
Engelberts Esel erregt ewig Ergernis
Fingerflinkes Fritzchen fischt frische Fischfrikadellen
Gerolds grüne Gartengnome glotzen ganztags geradeaus
Hedwig hat Höllenhitze
Insider*in ist im Insel*in neren*in sgeheim*in tim
Jans Jaguar japst: Jetzt jagen!
Käthes Kakadu kann kaum klagen
Lügnerlippen lispeln leise: Lippenleser lacht laut!
Machen monomane Manierismen Milderung morbide mäandernder Melancholie?
Notorischer Nörgler nagt neue Nervenbündel
Orthopädischer Otter operiert offenen Omafuß
Präseniler Papagei psalmodiert pornographisch
Quicklebendige Qualle quält quasselnde Querschwimmerin
Romantische Rentner riechen ranzig
Soporöse Sonnen scheinen schöner Schläferin
Terrible Tuba tönt traurigem Toten
Ultrakompetente Urologen umschiffen untergründigen Urstrom
Vaterlandstreue Vagabunden verehren vielfarbige Vögel
Wetterfeste Wiener Waschweiber wollen womöglich weiterhin wehklagen
Xaver xund!
Yvonne ybermydet!
Zusammenfassend: Zeit zauberhaft!

Der Mensch die Fehlkonstruktion

Der Tintenfisch, der hat kein Knie
Und kniet auch nicht beim Putzen
Ja, die Tentakel knirschen nie
Trotz häufigem Benutzen

Frau Leben Freiheit

Ich bin das Tier der Nacht
Und wie ein Ding so tot
Gefangen und bewacht
Mit Gottes Zorn bedroht

Ihr seid des Tages Herren
Tragt Schlüssel, Strick und Beil
Würd ich an meinen Fesseln zerren
Euch wär's, als böte ich mich feil

Und wäre dann erst recht verachtet
Gebraucht zu büßen eure Lust
Mein Leib mit eurem Geist befrachtet

Hat euer Gott hiervon gewusst?

Im Herbst 2106

Ich bin der letzte Baum
Die andern sah ich kaum
Ward erst zum Schluss entdeckt
In Felsenkluft versteckt

Der Rost ist hurtig abgeschliffen
Die schwere Axt sogleich ergriffen
Hinweg kann ich nicht klettern
Ich werd zu Frühstücksbrettern

Stückpreis circa, auch mit Macken
Schlappe zwanzigtausend Tacken
Und auf jedem steht geschrieben:

Bis zum Schluss bin ich geblieben
Jetzt schlagt auf mir ein Ei
Mit frischem Astronautenmut
Der Mars ist baumlos supergut
Jetzt gibt es baumlos zwei

34 nach Christus

Was er wollte, wusste keiner
Sohn vom alten Zimmermann
War ein Wirrer, aber Feiner
Am Ende kriegten sie ihn dran

Ha'm ihn tüchtig festgezwackelt
Doch irgendwie nicht ganz gekillt
Ist danach noch rumgewackelt
Meine Güte! War schon wild!

Eines Tages war er weg
Als hätt der Himmel ihn geholt
Lässt uns alle hier im Dreck
Mann! Wär ich auch nur so verpolt!

Das Hundy

Gebt Obacht, liebe Handynutzer!
Eure Zugangssoftware ist versteckt
Es braucht erst einen Displayputzer
Nämlich: einen Hund, der leckt

Dem Ding ist zudem einverleibt
Ein Odorator, dessen Gase
Melden Bellos Schnüffelnase
Was sein Herrchen gerade treibt

Banking riecht nach feuchtem Keller
Dating riecht nach Faltenrock
Game nach ungespültem Teller
Porno riecht nach Ziegenbock

Brauner Gruß nach Lederstiefeln
Amazon nach Auspuffqualm
Und von ferne dringt ein Miefeln
Von der Freunde Whatsapp-Alm

So bleibt Bello stets im Bilde
Was sein Herrchen macht und heckt
Und zum Mobbing-Schutz und Schilde
Wird er, wenn er nicht mehr leckt

EBERHARD W. GRUNDMANN

Geboren 1942 in Dresden. Kindheit in Wippra/Südharz. Abitur 1960 Sangerhausen. Studium der Medizin in Jena und Greifswald, 1967 Examen und Promotion beim Anatomen Hermann Voss. Ausbildung zum Hals-Nasen-Ohrenarzt in Greifswald und Neuruppin bei Horst Gundermann. Facharzt, Chefarzt, niedergelassener Belegarzt in Bayern. Praxisbeendigung 2009.
1977 Flucht mit 5-köpfiger Familie aus der „DDR" aus politischen Gründen.
Gedichte seit 70er Jahren. Mitglied im Bundesverband Deutscher Schriftsteller-Ärzte.

Bibliographie (Auswahl)

MENDEs Beobachtung der Stimmritzenfunktion am Lebenden. Greifswald 1816. HNO (Springer, Heidelberg) 19, 75–77, 1971

Die Stimme Gottes – Eine Textrecherche in Bibel und Kor'an. Geissner H K (Hrsg.):

Stimmkulturen. 3. Stuttgarter Stimmtage 2000. St. Ingbert: Röhrig Universitätsverlag. ISBN 3-86110-308-7. 149–153

Bekannte Sprechstimmen und ihre Nachahmung. Vortrag 2.10.2004, 5. Internationale Stuttgarter Stimmtage

FUGA TEMPORIS, Lyrik, Projekte-Verlag Cornelius, 2009

Lieber Liebe, Lyrik, Projekte-Verlag Cornelius, 2012

Anecdota medicorum: Anekdoten aus Praxis, Klinik, Studium. Seemann Publishing ISBN 978-1542900225

VOLANDIANA. Aphorismen. Seemann Publishing, 2018. ISBN 978-1-729-3

Lieber Liebe, 2. Auflage Von Frauen, Männern, Kindern und Liebe. Lyrik, Seemann Publishing 2019 ISBN: 978-1-0912-4751-2

FUGA TEMPORIS, Lyrik Neuauflag Seemann Publishing 2019

Synelonti (Reihe in 3 Bänden) Lyrik vom Feinsten. Seemann Publishing 2020
Band 1: ISBN: 979-8558169201
Band 2: ISBN: 979-8558762440
Band 3: ISBN: 979-8558765816

Ein Tag im Juli 2062. Projekte-Verlag Halle Anthologie. 2012 ISBN 3954862778

(Ich verwende schweizerdeutsche Rechtschreibung ß = ss)

Crastinatio

Neue Krankheiten stehen in den Startlöchern und drängen in die amtlichen Kataloge. Eine ist die Prokrastination. Wer die hat, schiebt alles auf morgen: *pro crastino die*, lateinisch vorwärts zum morgigen Tag; *procrastinare* = verschieben von einem Tag auf den anderen, verzögern; *(pro)crastinatio* = Aufschub, Vertagung. Wer alles aufschiebt, kommt mit dem Leben nicht zurecht, gerät in Bedrängnis, wird krank. Und schon gesellt sich eine Schwesterkrankheit dazu, die Präkrastination. Der Inhaber derselben erledigt seine Aufgaben *prae crastino die*, vor dem morgigen Tag, quasi sofort. Was zunächst tüchtig klingt, kann sich ins Gegenteil überschlagen, wenn immer Neues und Unwichtiges angefangen wird bis zur Erschöpfung oder dann auch gar nicht mehr zu Ende gebracht wird. In gewisser Weise weichen beide Patienten einem geordneten Leben und sich selbst aus.

Bei Beobachtung der Pflichterfüllung fallen mir weitere Varianten auf. Zuerst die Gelassenheit, eine Aufgabe überschaubar kontrolliert ruhen zu lassen, auf dass sie sich selbst erledige. In der Politik wird das gescholten als „Aussitzen“. Im täglichen Leben aber ist es tatsächlich oft so, dass ein Riesenproblem sich plötzlich in Luft auflöst, entweder durch eine neue Tatsache oder auch nur durch eine neue Sichtweise. Das Kind braucht einen Namen, nehmen wir Spontikrastination (*spons, spontis* = von selbst).

Die zweite Variante ist die weitaus zu frühe Erledigung einer Aufgabe. Da hat man dann Wochen oder Monate vor dem Stichtag alles fein ausgearbeitet, vorbereitet, abgelegt. Und am Tag X weiss man nicht mehr genau, worum es ging und wo das Zeug überhaupt liegt. Ein Fall von Numerokrastination (*numero* = zu früh).

Der dritte Fall ist gar nicht selten. Der Kandidat schiebt auf, weil er in Wahrheit nichts tun will. Er täuscht Beflissenheit vor und weiss genau, er wird nie einen Finger rühren. Das ist der Postkrastinator, passend zu den bereits vergebenen prae und *pro* nun noch *post* = nach, also immer nach morgen, das ist der Sankt-Nimmerleins-Tag.

Gegen Prokrastination hatte in unserer Familie eine Tante ein probates Motto, mit dem sie sich bei den Kindern zwiespältiger Beliebtheit erfreute: „Mach's gleich, dann hast du's hinter dir." Was man auf keinen Fall verschieben soll, sagt Augustinus ganz krass: „Manducemus et bibamus, cras enim morimur." Deutsch: „Lasst uns essen und trinken, denn morgen sind wir tot."
(25.05.2023) Vorgetragen am 14.09.2023 auf dem 65. Kongress der UMEM in Crema

Ein Geschäftsmann der besonderen Art

Schon wieder wächst ein Hälmchen zwischen den Pflastersteinen der Terrasse, und noch eines und weitere. Schon wieder ziehen Ameisen ihre Bahnen und werfen Sandhügelchen auf – mit einem Loch im Zentrum für den Ein- und Ausstieg in ihr unterirdisches Reich. Linus Müller sieht es mit Missvergnügen. Unzählige Male hatte er gejätet, Fugen ausgekratzt, mit Quarzsand neu verfüllt, Ameisengifte gestreut. Viel Aufwand an Zeit, Geld und Mühe – ohne Wirkung. Beinahe wäre Müller jetzt wieder aufgestanden für einen weiteren Waffengang gegen den übermächtigen Feind. In Erinnerung an die Rückenbeschwerden nach dem letzten Versuch zögert er, lehnt sich im Gartenstuhl zurück und schlägt die Zeitung auf. Da fällt ein buntes Faltblatt auf Hochglanzpapier heraus, eine Werbebeilage. Eine ähnliche, erinnert er sich, lag vor drei Wochen bei. Damals bot eine Firma in der 50 km entfernten Stadt ihre Dienste an für Dach- und Terrassensanierung. Er hatte das Angebot verworfen. Mit einer so weit entfernten unbekannten Firma wollte er sich nicht einlassen.
Jetzt aber tritt eine Firma auf mit einer Adresse gleich hier im Nachbardorf, gerade mal 11 km entfernt. Sie wirkt bodenständig, führt den Ortsnamen als „Garten- und Landschaftsbau Holzstetten", hat eine einheimische Telefonnummer, bietet vielerlei Leistungen für Haus und Hof mit schönen Bildern vorher/nachher. Das Terrassenproblem

soll perfekt gelöst werden mit wassersparender Reinigung (80% Luft, 20% Wasser) und Nano-Imprägnierung der Steine sowie wasserdurchlässiger Fugenversiegelung. Schutz vor Unkraut und Ameisen wird für zehn Jahre garantiert. Für die nächsten fünf Tage bietet die Firma 40% Rabatt.
Müller gibt sich einen Ruck. Er ruft die örtliche Nummer an und vereinbart mit dem Mann am anderen Ende einen Ortstermin am nächsten Tag. Mit leichter Verspätung kommen am folgenden Tag zwei Männer. Sie sprechen Deutsch mit ausländischem Akzent. „Aus welchem Land kommen Sie" fragt Müller. „Wir sind Iraner" murmelt der eine. Sie besichtigen mit dem Hauseigner zusammen die Terrassen und die Pflasterflächen vor Garage und Hauseingang. Einer der beiden rechnet eine Weile und sagt dann: „Das kostet 12.000 €." Müller winkt ab. Er ist bereit, sich 10 Jahre Sorgenfreiheit etwas kosten zu lassen, aber nicht so viel. Der Vertreter von „Garten- und Landschaftsbau" tippt wieder auf seinem Rechner herum und sagt: „5.100". Das erscheint Müller akzeptabel in Anbetracht der Grösse der Flächen und der versprochenen hohen Qualität. Er willigt ein. Der Mann zückt einen Auftragsblock, in dem er alles notiert und ankreuzt, zu reinigende Fläche ca. 150 m^2, Spezial-Steinreinigung, feste Fugen-Versiegelung, Versiegelung (Nano-Langzeitschutz), Moosentfernung, Algenentfernung, Flechtenentfernung, 10 Jahre Langzeitgarantie, Preis. Am nächsten Tag soll die Arbeit erfolgen.
Am nächsten Tag geschieht zur vereinbarten Stunde erst mal nichts. Müller ruft die Firma an, landet in einem Anrufbeantworter. Aber wenig später erfolgt ein Rückruf. Ja, heisst es, der Arbeitsbeginn verzögere sich etwas, es gäbe Schwierigkeiten. Eine gute Stunde später fährt ein Kastenwagen der Sprinterklasse vor. Ein älterer Mann, ein junger und ein Teenager steigen aus, bringen ihre Technik in Stellung. Der Hausbesitzer muss den Wasseranschluss stellen. Dann. beginnen sie mit dem Hochdruckgerät zu spritzen. Dabei gehen sie nicht eben zimperlich vor, spritzen gern auch mal gegen Türen und Tore, die an den betroffenen Stellen die Farbe verlieren. Den ausgespritzten Dreck

drücken sie neben die Pflasterflächen oder in den Gully. Müller kontrolliert gelegentlich. Am Nachmittag sieht er die Männer Säcke schleppen. Er spricht einen der Leute an: „Das ist doch nur Quarzsand, Sie sollen doch die Fugen fest verschliessen!" „Ja, das bindet später ab." Endlich sind die Männer fertig. Die im Laufe der Jahre dunkel gewordenen Betonsteine sehen wieder hell aus, auch die Klinker der Terrassen leuchten. In den Fugen liegt heller Quarzsand, der noch abbinden soll. Alles ist sauber, man findet nur noch vereinzelt Grashalme in den Fugen. Den Gullydeckel haben die Männer vergessen, der liegt abseits in einer Rabatte, der Schacht ist offen.

Am nächsten Vormittag kommen die beiden Vertreter, die den Handel geschlossen hatten, zur Abnahme und verlangen Barzahlung. Müller versucht, die Summe von Bankautomaten abzuheben. Das misslingt. Er bietet sofortige Überweisung an. Ein Vertreter telefoniert, schickt dann vom Mobilphone eine Rechnung per Mail und gibt die Nummer des Zielkontos. Auf der Rechnung steht neben dem Firmennamen und Bankverbindung auch der schreibbare Inhaber, ein Herr Adam Dolchow. Das ist für Iran ein ungewöhnlicher Name. Müller überweist. Abschied.

Nach einigen Tagen schaut Müller nach den Fugen. Da härtet nichts aus. Nur auf einer kleinen Terrasse findet sich feste Verfugung. Ansonsten bleibt Quarzsand Quarzsand. Und die ersten Halme wachsen wieder fröhlich aus dem Untergrund. Da muss nachgebessert werden. Unter der Telefonnummer ist die Firma nicht mehr zu erreichen. Müller fährt zur Firmenadresse in Holzstetten. Dort steht ein Einfamilienhaus. Er klingelt. Die freundlichen Bewohner sagen: „Sie sind nicht der erste. Da waren schon andere hier und fragten nach dieser Gartenfirma. Hier hat es nie so etwas gegeben." Müller meldet die Sache der Polizei, erstattet Anzeige und erfährt, dass an seinem Wohnort ähnliche Beschwerden eingegangen sind. Ein Hausbesitzer hat Heckenschnitt in Auftrag gegeben und eine Vorauszahlung geleistet. Sonst ist dort gar nichts geleistet worden.

Nachdem nun klar ist, dass hier ein professioneller Betrüger am Werke ist, versucht Müller, diesen ausfindig zu machen.

Weil er seine Rechnung nicht bar sondern per Überweisung gezahlt hatte, kann er über die Bank des Zielkontos Name und Adresse des Kontoinhabers erfahren. Das ist erstaunlicherweise nicht jener Adam Dolchow, sondern ein Richie Temeterra in Bochum. Den schreibt er an und verlangt Nachbesserung. Da meldet sich plötzlich Dolchow von einer Mobilfunknummer, jammert, durch Corona sei seine Firma pleite, und bietet 500 € Preisnachlass. Schliesslich sagt er 1000 € zu. Müller fragt den Dolchiow, der sich am Mobiltelephon mit „Gartenbau" meldet, wo er denn jetzt sei. Der jedoch windet sich und verrät es nicht. Dann treffen die 1000 € tatsächlich bei Müller ein, kommen aber nicht von Dolchow, sondern von Temeterra. In einem weiteren Gespräch mit dem Polizisten fragt Müller, ob man nicht das Mobiltelephon des Dolchow orten könne. Der Kommissar winkt ab. „Das kriegen wir bei keinem Richter durch – Datenschutz!" Wenig später schlägt die zuständige Staatsanwaltschaft das Ermittlungsverfahren nieder und begründet das mit Textbausteinen, wonach die zu erwartende Strafe nicht erheblich ins Gewicht falle. Das kennt Müller schon von früheren Anzeigen. Die Behörde legt den Vorgang drei Monate lang in den Schrank. Wenn er dann gut abgehangen ist, erfolgt Abbruch „mangels öffentlichen Interesses" oder mit einem ähnlichen konfektionierten Text.
Linus Müller sitzt wieder auf seiner Terrasse und schaut den Kräutern zu, die mehr und mehr aus den Fugen wachsen, inzwischen auch wieder gefolgt von Ameisenkolonnen. Er schlägt die Zeitung auf. Es fällt ein buntes Faltblatt mit Hochglanzfotos heraus. Eine Firma diesmal mit dem geklauten Namen einer österreichischen Firma zeigt Dächer und Terrassen, vorher / nachher. Es werden wassersparende Reinigung mit 80% Luft / 20% Wasser, Nano-Imprägnierung, Fugensanierung versprochen und 30% Rabatt – aber nur eine Woche lang. Am nächsten Tag steckt in der Tageszeitung ein sehr ähnliches Blatt von „Gartenbau & Pflasterreinigunq Burgenfeld", also mit Müllers Wohnort im Namen. Er fährt zu der genannten Adresse. Dort ist weit und breit keine Gartenfirma vorhanden.

Müller hatte bei Empfang der ersten Preisminderung nicht einer endgültigen Einigung zugestimmt und fordert nun mit Rechtsanwalt die komplette Rückzahlung, weil Temeterra zu Unrecht und fälschlicherweise eine Zahlung empfangen habe, die eigentlich an Dolchow gehen sollte. Das Amtsgericht am Wohnsitz von Temeterra folgte dieser Auffassung nicht. Schliesslich bewirkten die Anwälte beider Seiten eine abschliessende Zahlung des Temeterra von nochmals 1000 €.
Die Zahlung geht nicht ein. Temeterra erhält einen Mahnbescheid. Der Gerichtsvollzieher schreitet zur Zwangsvollstreckung und geht ins Leere. Temeterra ist nach Chemnitz verzogen. Dort ergeht schliesslich ein Haftbefehl, und auch dieser geht ins Leere. Denn der säumige Schuldner ist nach Spanien verzogen. Hinter ihm steht ein weitverzweigter Clan, der dieselben Geschäftsmethoden anwendet und Mitglieder bei Gefahr in Sicherheit bringt. Müllers Anwalt sagt, damit sollten wir die Sache abschliessen. Die Erfahrung lehrt, dass im Ausland – auch im europäischen – ein Haftbefehl nicht vollzogen werden kann. Der Aufwand wäre viel zu hoch und bliebe am Ende ohne Ergebnis.
Richie T. sitzt im Schaukelstuhl an der Costa Brava und schaut über die Terrasse seiner Villa auf das Meer. Er fragt sich, wie er so dumm sein konnte und mit der Annahme einer Überweisung aus der Deckung zu kommen. Und wie der Kunde so dumm sein konnte, auf seine plumpen Tricks hereinzufallen: Märchenhafter Scheinrabatt, künstlicher Zeitdruck, Drängen auf Barzahlung. 1200 km entfernt sitzt Linus M. auf seiner Terrasse, umgeben von Unkraut und Ameisen, und stellt sich dieselben Fragen.
(07.01.2024)

Gespräch mit Nachbarn

Ich konnte sie nicht sehen, war aber gewiss, dass sie mich bereits entdeckt hatten. Es war Spätnachmittag, Feierabend. Ich fuhr die Talstrasse hinauf. Als ich oben in meiner Querstrasse ankomme und einparke, sehe ich Friederike und Gotthelf vor ihrem Haus, scheinbar mit der Gartentür beschäftigt. Gotthelf ist immer mit irgendetwas beschäftigt, und immer hat er mehrere Werkzeuge bei sich. Ich weiss, ein Fluchtversuch in meine Haustür wäre aussichtslos. Der würde nur zu Um- und Rückwegen führen. Ich entschliesse mich zur Offensive. Ich gehe schnurstracks auf die beiden zu und begrüsse sie mit einem etwas zu beschwingten „Hallo!". Mit gekonnter Überraschung wenden sie sich mir zu. Wir sind ein Herz und eine Seele. Wir besprechen eingehend die inner- und aussereuropäische Lage, die Eigenheiten von Gartentüren im Allgemeinen wie auch im Besonderen, die Entwicklung der Preise für Schrauben und Scharniere seit der letzten Wahl und das Klima unter besonderer Berücksichtigung von Sonnenwinden.
Eigentlich habe ich Hunger und müsste auch mal, als Friederike ihren Rock hochzieht und mich um Rat fragt für ihren jüngsten Furunkel am Oberschenkel. Ein kurzer Blick genügt, ich schreibe ihr schnell ein Rezept. Gotthelf hat ein passendes Brettchen als Schreibunterlage dabei. Das wäre jetzt eine gute Zäsur für den Abschied. Aber ich kenne das Ritual – kein Konzert ohne Zugabe. Gotthelf berichtet nun von einschlägigen Erkrankungen in seiner näheren und ferneren Verwandtschaft. Die Verwandtschaft ist gross. Sie umfasst die halbe Stadt. Nachdem wir das Thema mit den neuesten Erkenntnissen der Medizin beleuchtet haben, nähert sich die Sprechmelodie dem Finale. Man weiss jedoch von Komponisten, dass das letzte Kapitel ein langes werden kann. Endlich verabschieden wir uns. Ich gehe einen Schritt und weiss, der Schlussakkord fehlt noch. Also drehe ich mich noch einmal um. Gotthelf spricht die erlösende Schlussformel, ich gebe die festgelegte Antwort, es ist wie ein Amen – Amen, dann geht jeder von uns in seinen wohlverdienten Feierabend.

Eb W Grundmann (06.01.2024) (Ich verwende schweizer-deutsche Rechtschreibung ß = ss)

Schüttelreime mit Eigennamen und geographischen Namen im Reimglied

Schau mal hier und sieh und staun', rein
geworden ist das Tuch in **Traunstein**!

Er konnte nicht den **Kairos** packen,
deshalb geht Herr Pairos ...

Tauben sah ich hinterm Gatter knurren,
die sonst in **Kyritz an der Knatter** gurren.

Jetzt gehn wir an den **Ammersee**,
denn in Schondorf sammer eh.

Im Gebirge **Wetterstein**
trinken sogar Städter Wein.

Die Pflicht zur Verteidigung schon **Cato** nannte -
als ob er damals schon die **NATO** kannte.

Wir sind nicht mehr am Brunnen heiter,
denn es machen sich die **Hunnen** breiter.

Wir können bald nicht mehr in Bussen reisen,
weil uns überall die **Russen** beissen.

– **<u>Schüttelritt</u>** –

Wunderliche Arten Gäule
reiten für die Garteneule
quer durch finstrer Mächte Nacht,
was zum Tag die Nächte macht,
bauen auf der Sonne Kraft
schöpfen aus der Krone Saft,
reiten gegen finster Geld
mitten durch das Ginsterfeld
hinten bei dem matten Wehr
östlich von dem Wattenmeer,
trinken **Wolmirstedter** Wein
justament am Wetterstein,
der beschwingt das Denken lenkt,
bis keiner mehr ans Lenken denkt.

Ist das Herz nur Stein, ist es denn Stahl?
Nein, mitnichten, auch nicht in **Stendal**.

Die höchste Zahl erhöhte **Gauss**
justament vorm **Goethe**haus.

Die Rechenkunst erhöhte Gauss.
In Weimar steht ein **Goethe**haus.

Du kannst noch so sehr zu **Goethe**n flehen,
deine Werke werden flöten gehen.

Ein Dichterlehrling mit der Flöte geht
und himmelwärts zum alten **Goethe** fleht.

Höflichst möchten wir Sie bitten, Werke
auszustellen hier in **Wittenberge**.

Ein Kunstwerk ist, was ich aus Würsten falte
in meinem Atelier in **Fürstenwalde**.

Die Vokabel Kabelbaum
kannte man in **Babel** kaum.

Ich fahre an den Eselweiher,
dann kaufe ich in **Wesel** Eier.

Hisse deine Flaggen, Kurt,
hisse sie in **Klagenfurt**!

Zu dem Städtchen **Regenstauf**
führt der Weg auf Stegen rauf.

Ein Richter tat in rauen Nächten
vor langer Zeit in **Nauen** rechten.

Ein Mann in Nürnberg, **Hallerwiese**;
behauptet, dass er Waller hiesse.

Mir scheint, dass das der **Schinkel** wäre,
der Mann mit einer Winkelschere.

Die Bündner taten in **Graubünden**
um 700 den Bau gründen.
(Benediktinerkloster in Disentis.)

Did you see the gas glow
last night in downtown **Glasgow**?

You need a huge dump truck
to remove that terrible **Trump** Duck.

Lerne Segeln in **San Remo**,
los doch, und mach dich ran, Semo!

Schick den Hund zur Kur nach **Bitterfeld**,
weil er danach wieder fitter bellt!

Was ich hier in **Tegel** such?
Na, ein neues Segeltuch!

In Sewastopol hat es erst schlimm gekracht,
dann hat Putin die ganze **Krim** geschlacht'.

Es trinkt der **Hannes Hagen** Saft
in Riesenmengen - sagenhaft!

Ihm bereitete die Campagne Scham,
als er damit in die **Champagne** kam.

Es war das Fräulein **Landers** eben
ganz selten nur in **Sandersleben**.

Vor allem ist die Kati Fan
von dem Staate **Vatikan**.

Ich fahre in die **Hallertau**,
wo ich den Doktor **Taller** hau.

Pétomanen gern nach **Wurzen** fahren,
wo sie oft am Furzen waren.

Man sagt, die alte Geiss brau
ein Ziegenbier im **Breisgau**.

Es fiel der alte Killer
just in die kalte **Iller**.

Die ganze Strecke **Eller-Kassel**
schafft doch keine Kellerassel.

Ich las heut in der **Franken**post,
es herrscht bei allen Banken Frost.

Immer wenn ich einen Brauer such
lande ich bei **Sauerbruch**.

Säh abends ich den **Brocken** rot,
ich gäbe drum mein Roggenbrot.

Es sprach Studiosus **Heidemüller**:
besser ist, ich meide **Hüller**.
(25.10.2020) (Hüller: ein ihm unangenehmer Dozent.)

Schnüre dir dein Mieder, **Bayer**,
wie zur Zeit des Biedermeier!

Benetze deine Wade, **Bayer**,
in diesem schönen Badeweiher.

Er kann vom Haus nur eine Wand erben,
doch immerhin steht es in **Antwerpen**.

An der Weser steht ein **Weser**pisser,
dem Wesen nach ein Besserwisser,
und sollt' es an der **Elbe** sein,
trägt vielleicht derselbe ein,
doch trifft's in vollem Strahle Sand,
ist es gewiss am **Saale**strand,
auch könnte er im **Rhein** schiffen
zwischen all den Scheinriffen,
und würden es nicht Leine oder **Eine** sein,
fällt mir am Ende noch die **Seine** ein.

Ein Urlaub in der **Steiermark**
macht sogar Herrn Meier stark.

Tief ins Fleisch des Ballens stach
ihn ein Dorn bei **Allensbach**.

Er heilte erst in **Lummen** Kranke
und später an der **Krummen Lanke**.

Am Brunnen

Die Brüder Egon und Gorgon Zola, zwei hoffnungsvolle junge Schriftsteller, sassen unter der Linde am Brunnen des beschaulichen Landstädtchens Les-trois-Tours-sur-les-Deux-Églises-les-Bains-en-Bouche-des-Bouches. Sie beklagten ihre bescheidene Lage und überlegten, wie sie diese durch einen Literaturpreis verbessern könnten.

- Wir müssen etwas besonders Gutes, Schönes, Wertvolles schreiben, dann kriegen wir den Preis. Ich denke da an die gelungene Biografie unseres Onkels als Vorlage. Was meinst du, Gorgon?

- Klingt gut, aber wer wird das verlegen, lieber Egon? Du weisst doch, nur was verlegt wird, kommt ins Blickfeld der Jury.

- Und nur wer von einer Jury gelobt wird, wird verlegt.

- Genau das ist die Zwickmühle. Hast du schon mal erlebt, dass ein gelungenes Leben als Geschichte Auflage gemacht hätte?

- Nein, eher nicht. Melancholie, Versagen, Scheitern, Verrat, Drogen, Mord und Totschlag sind die Essenzen, mit denen Verlage Absatz machen. Wie kommt das eigentlich?

- Da fällt mir zweierlei ein. Ein allzu gelungenes Leben zeigt dem Leser, dass er-sie-es nicht mithalten kann. Das mag keiner. Ein misslungenes Leben vermittelt dagegen das behagliche Gefühl, wie gut man selber dasteht.

- Das ist ja wie bei Nachrichten: Only bad news is good news.

- Genau.

Gorgon zündete sich eine Gauloise Bleue an und hustete sofort fürchterlich. Die Hühner in der Umgebung verstummten. Egon klopfte ihm auf den Rücken:

- Mensch, Bruderherz, das Zeug bringt dich nochmal um. Warum versuchst du es immer wieder?

- Ich muss mir doch hchxzkchtz ... die nächsten drei Sätze gingen im Husten unter ... ich muss doch mein intellektuelles Image pflegen ... kxhzxtkchch ... das gehört zu unserem Marketing.
- Dann nimm wenigstens eine Rouge oder eine Jaune.
- Ich weiss was Besseres: ich zünde sie nicht an. Wenn sie nur im Mundwinkel hängt, sieht das auch irrsinnig cool aus. Jetzt aber zurück zu unserem Projekt. Müssen wir nicht an Verfilmung denken?
– Klar doch, das wäre der Knaller. Und da ist einiges zu beachten. Ein Film ohne Sex und Leiche, das geht gar nicht.
- Überhaupt muss jeder Verdacht von Normalität vermieden werden. Denn das Normale haben die Leute selber zu Hause. Also ein Kriminalkommissar darf nicht einfach seine Arbeit machen. Er muss mindestens eine krebskranke Tochter im Rollstuhl, eine gescheiterte Ehe und ein heimliches Problem haben. Sein Chef muss ein Esel sein, der gegen ihn arbeitet.
- Zeitgeist muss auch hinein. Ein bisschen Umwelt und Klima wäre gut. Die Lösung des Kriminalfalles muss überraschend von aussen durch einen veganen behinderten Jugendlichen kommen, weiblich oder queer. Den soll keiner auf dem Schirm haben, der wird vorher nur mal von fern gezeigt.
- Was hältst du von aktueller politischer Kritik – zum Beispiel an irgendwelchen Unrechtsregimen?
- Da müssen wir aufpassen. Wir dürfen keine Länder nehmen, die irgendetwas Wichtiges liefern oder die wir sonst nicht verärgern dürfen.
- Da bleibt aber nicht viel!
- Na, dann schreiben wir eben gegen Nazis. Das macht sich immer gut.
- Du meinst die alten Nazis, die von früher?
- Na klar, bei den neuen kann es heikel werden.
- Na, dann nehmen wir doch den Onkel, drehen ihn auf links und packen ein paar Leichen, Sex und Drogen als Zutaten dazu.
- Wie viele Leichen sollten es sein, was meinst du, Gorgon?,

- Zwei bis sechs. Eine ist zu wenig, Mehr als sechs lässt die Leute kalt. Du weisst doch: Ein Toter ist tragisch, 1 Million ist Statistik, hat schon Väterchen Dschugaschwili gesagt.
- Dschugaschwili – wer ist das denn?
- Na das ist doch der Ding, der Lehrer aller Völker und Vater der Werktätigen, dieser Josef Wissarionowitsch Stalin.
- Ach der – na, wenn es nach der Zahl seiner Leichen geht, war er der grösste Statistiker aller Zeiten,
- Und viele eifern ihm nach. Oder verstecken sich hinter ihm.
- Fassen wir zusammen: Wir lassen einen einarmigen Kommissar mit gescheiterter Ehe und Rollstuhltochter nach dem Mörder von vier Leichen fahnden ...
Da kam eine Jugendliche im Rollstuhl um die Ecke und fragte: „Haben Sie meinen Vater gesehen, den einarmigen Kommissar?“
Die beiden angehenden Talente beschlossen, sich vorerst in der Käsefabrik ihres Vaters verdient zu machen.

Silvester 2023

Das alte Jahr ist alt geworden,
gefüllt mit Trivia und Rekorden
kann es älter nicht mehr werden,
denn angespannt mit frischen Pferden
drängt ein neues auf den Plan
und setzt sie fort, die alte Bahn.
Des ungeachtet hoffen heute
auf Besserung die meisten Leute
wie alle Jahre vorher auch
nach dem guten alten Brauch.
Drum wäre es der Räte bester,
an jedem Tage sei Silvester.

Das neue Jahr

Das neue Jahr ist jung,
du aber, du wirst älter
und du verlierst an Schwung.
Des Schicksals grosse Kelter
dreht eine Drehung enger
und presst mit aller Kraft
je länger umso strenger
den nächsten Tropfen Saft.

FRANZ XAVER SIMMELBERGER

Dr. med. Dr. phil. Franz-Xaver Simmelberger *29. II. 1957

Nach einem abgeschlossenen Medizinstudium mit Promotion über ein medizinsoziologisches Thema studierte ich Soziologie, um mich dann für dieses Fach zu habilitieren. Derzeit bekleide ich einen Lehrstuhl für angewandte Sozialwissenschaften an einer Schweizer Universität.
Zahlreiche Aufsätze und Buchpublikationen zu verschiedenen Themen.
Der hier abgedruckte Beitrag wurde eigens für den Almanach geschrieben und erscheint aus nachvollziehbaren Gründen unter o.g. Pseudonym.

ZVAB und die Folgen

Während meiner Jahre als wissenschaftlicher Assistent, ich hatte ja nach der Medizin noch ein geisteswissenschaftliches Zweitstudium begonnen und auch beendet, musste ich mich, das bringt eine akademische Karriere nun einmal so mit sich, viel auf allen möglichen Kongressen herumtreiben, um die Ergebnisse meiner Untersuchungen vorzustellen, die wichtigen Vertreter des Faches kennenzulernen, zu beobachten, was eventuelle spätere Konkurrenten um ein Ordinariat oder eine Institutsleitung so trieben.

Was ich während dieser Kongressbesuche nicht musste, aber mit Leidenschaft betrieb, war das Aufsuchen der jeweils am Kongressort befindlichen Antiquariate, deren es damals, in den 80er Jahren des vergangenen Jahrhunderts, noch reichlich gab. In den seitdem vergangenen Jahrzehnten hatte ja ein großes Antiquariatssterben eingesetzt, und gefühlt haben höchstens 30 Prozent, wenn nicht noch weniger, der Ladengeschäfte überlebt.

Das Stöbern in den Regalen, die Gespräche mit den Ladeninhabern, die ein ebenso breites Spektrum verschiedener Ausbildungsgänge, Charaktere und einschlägiger Kenntnisse repräsentierten wie sich die Qualitäten ihrer Geschäfte und Buchbestände voneinander unterschieden – ebensolche waren bei der Preisgestaltung festzustellen – war eine Beschäftigung, die mich stundenlang fesseln konnte. Letzteres hatte fast regelmäßig zur Verzweiflung gelegentlich vorhandener Begleiterinnen beigetragen, die es dann auch nie länger als einige Monate mit mir aushielten.

Welch eine Freude war doch mit dem Auffinden einer lange gesuchten Rarität verbunden! Jedes Mal war ich versucht, laut HEUREKA zu schreien, wenn mir unverhofft ein schon länger verfolgtes Objekt meiner Begierde in die Hände fiel; seinerzeit sammelte ich ältere Ausgaben jagdlicher Literatur aus Nordamerika.

Ich muss das erklären: der ältere Bruder meiner Mutter war

nach dem Krieg nach Kanada ausgewandert, hatte dort, gelernter Bäcker und Konditor, mit einem kleinen Betrieb angefangen, der sich im Verlauf der folgenden Jahrzehnte zu einer ganzen Kette ausgeweitet hatte. Als gemachter Mann hatte er sein kleines Backwarenimperium 1980 verkauft, um sich als Self-made-Millionär zur Ruhe zu setzen. Neben einer Villa in Vancouver hatte er eine größere Lodge in den Caribou Mountains, wo er seiner Leidenschaft, dem Lachsfischen und der Jagd, nachgehen konnte. Nachdem seine Ehe kinderlos geblieben war, hatte er mich einmal eingeladen, ihn zu besuchen. Ich bin der Einladung gefolgt, er hat mich, der ich mich an diesem Unterfangen zunächst widerwillig beteiligt hatte, fast mit Gewalt genötigt, einen Elch zu schießen; was zur Folge hatte, dass ich nun jährlich zwei Wochen im Herbst auf seiner Lodge verbrachte, um in der kanadischen Wildnis der Rocky Mountains hinter Elch, Hirsch, Bär und Wolf zu pirschen. Den jagdfreien Teil des Jahres verbrachte ich unter anderem damit, jagdliche Klassiker aus dem nordamerikanischen Raum aufzutreiben, zu lesen und dabei von weiteren Abenteuern zu träumen. Träume, die nicht gut zu meinem Dasein als angehender Soziologiedozent passen wollten, und die ich darum für mich behielt. Wie ich auch niemals Ambitionen entwickelte, in Deutschland mich um das „Grüne Abitur" zu bemühen.

Ich fürchte, ich bin nun etwas zu weit von meinem Erzählstrang abgekommen, aber das Gesagte erscheint mir nicht unwesentlich für das Verständnis des Folgenden.

Im Laufe der 90er Jahre des vergangenen Jahrhunderts ist es mir gelungen, einige wesentliche Schilderungen nordamerikanischer Jagdabenteuer zusammenzubekommen; mangels einer entsprechenden Bibliographie war es immer wieder ein Erlebnis, auf eines dieser Bücher zu stoßen. Als einzige Hilfe, einen Überblick zu bekommen, dienten die Innenseiten der Buchumschläge des Parey-Verlages, auf denen das Verlagsprogramm abgedruckt war – aber das waren leider meist nur neuere Erscheinungen.

Eine Revolutionierung setzte dann ab Mitte der 90er Jahre

ein, als das Zentral Verzeichnis Antiquarischer Bücher ZVAB gegründet wurde, welches sich, beginnend mit gerade mal acht Antiquariaten, im Laufe weniger Jahre zu einer Plattform entwickeln, die die Suche nach alten Büchern ganz wesentlich verändern und wohl auch nicht wenig zum Antiquariatssterben beitragen sollte.

Als im Analogen verwurzelter Geistes- und Sozialwissenschaftler habe ich mir, contre coeur, den ersten PC angeschafft, als es darum ging, die Habilitationsschrift zu erstellen, das war 1991.

Den zweiten Schritt, den Zugriff aufs Internet, habe ich dann 2001 vollzogen, der Hauptgrund war, horribile dictu, die Möglichkeit, bei ZVAB ganz schnell fast jedes beliebige Buch zu finden und bestellen zu können. Gleichzeitig sorgte dieses System für eine Transparenz des Marktes, die vorher absolut nicht gegeben war: man kannte das Angebot nicht, war auf Zufälle angewiesen, konnte keine Vergleiche bei den Preisen und den Zuständen der Bücher anstellen. Ich war begeistert.

Hinzu kam meine neue Stelle als stellvertretender Leiter des im Aufbau begriffenen Husumer Instituts für angewandte Sozialforschung; diese ermöglichte es mir für eine längere Zeit nicht, meine zuvor rege wissenschaftliche Reisetätigkeit aufrecht zu erhalten. Ich war, wenn man so will, in der grauen Stadt am Meer stationär, meine physischen Antiquariatsbesuche beschränkten sich auf seltene Ausflüge nach Kiel und noch seltenere nach Hamburg. Da sich mittlerweile nur noch ganz wenige Händler nicht ZVAB angeschlossen hatten und man ihren Bestand in den meisten Fällen schon auf dem heimischen Bildschirm studieren konnte, entfiel ein großer Teil dieses für jeden Bibliophilen nachvollziehbaren, die „Coronarien erweiternden" Ereignissen, völlig überraschend eine ungeahnte Kostbarkeit zu entdecken und mit nach Hause nehmen zu können. Das war aber, wie sich später zeigen sollte, nur eine Kehrseite der Medaille.

Das Anlegen einer gut sortierten Privatbibliothek war im

Laufe weniger Jahre zwar deutlich einfacher und effektiver, aber auch nunmehr sehr prosaisch geworden. Wie groß ist doch der Unterschied zwischen dem Stöbern in mehr oder weniger gut sortierten Regalen in einem Ladengeschäft, verbunden mit fast immer anregenden Gesprächen mit dem Inhaber und dem Erhalt und dem Auspacken einer postalischen Sendung, deren Inhalt man schon kennt.

Wobei man den Inhalt kennt, nicht aber dessen Zustand!

Und hier haben sich nun im Laufe der letzten Jahre- wir schreiben jetzt das Jahr 2023 - unerfreuliche Ereignisse ergeben, deren einige ich im Folgenden schildern möchte.

Der Rückgang der Ladengeschäfte, allgemein als „Antiquariatssterben" bezeichnet, hatte nicht nur das ZVAB als Ursache. Im Vordergrund dürften Probleme mit der Rentabilität gestanden haben, vor allem nicht mehr zu bezahlende Mieten in den besseren Lagen, die auch Laufkundschaft verhieß, „wenn einen der Regen zum Aufsuchen einer Buchhandlung zwingt", wie Loriot dieses Phänomen einst so schön beschrieben hatte. Wenn denn sonst nichts geeignet war, die Schwellenangst zu überwinden; die bei einem Antiquariat sicherlich noch weitaus ausgeprägter gewesen sein dürfte als bei einer \`normalen´ Buchhandlung. Hier konnte man schnell einen Krimi mitnehmen, oder zur Not auch eine kleine Bettlektüre. Bei einem Antiquariat schien dem in literarischen Dingen Unerfahrenen wohl eine gewisse Expertise die Grundvoraussetzung für ein Eintreten, vergleichbar vielleicht mit dem Gefühl der Unsicherheit, welches wohl so einige vom Betreten eines Antiquitätengeschäftes abhielt.

Einfacher war es da, den Geschäftsbetrieb auf ein reines Versandantiquariat umzustellen; der Bestand konnte günstig irgendwo eingelagert, der Handel von zu Hause aus betrieben werden. Versandantiquariate gab es natürlich vorher auch schon, das Betreiben eines solchen setzte aber das Erstellen eines Kataloges voraus, um überhaupt auf den Markt zu gelangen. Das alles entfiel nun dank ZVAB.

In den nunmehr über zwanzig Jahren, in denen ich jetzt diese Plattform genutzt habe und im Laufe der Zeit mit abnehmender Begeisterung benutze, dürfte sich die Zahl der bestellten Bücher im höheren dreistelligen, wenn nicht gar im vierstelligen Bereich befinden. Probleme traten eigentlich zunächst nie besondere auf, da ich ausschließlich bei Händlern bestellte, bei denen ich keine Vorkasse leisten musste und ich das bestellte Buch zur Not zurücksenden konnte, wenn der Zustand in einem unerträglichen Ausmaß nicht dem der Kollationierung entsprach. Dieser `Notfall´ ist aber bis vor drei Jahren nur zwei Mal eingetreten. Außer Spesen in Form von Portokosten und ein bisschen Ärger war sonst nichts gewesen.

Was sich dann schlagartig verändern sollte.

2015 erhielt ich einen Ruf an den Lehrstuhl für vergleichende historische Sozialforschung der Universität Zürich. Die Bedingungen waren derart, dass ich den Ruf nicht ausschlagen konnte und ich die Nord- mit dem Zürichsee vertauschte – ein Wechsel übrigens, den ich bis heute nicht bereut habe.

Eine überaus gute Zusammenarbeit ergab sich mit dem Soziolinguistiker am germanistischen Institut, mit dem zusammen ich gleich einen größeren Forschungsauftrag bearbeiten konnte. Es ging um Stilmittel und soziale Bezüge in den Lebenserinnerungen deutschsprachiger Hochschullehrer um die vorletzte Jahrhundertwende. Der Kollege übernahm den sprachlichen Teil, ich den soziologischen. Nun sind Gelehrtenautobiographien nicht unbedingt Bestseller, sieht man von Ausnahmen wie C.L. Schleichs „Besonnte Vergangenheit“, die auch im 21. Jahrhundert noch aufgelegt wird, oder F. Sauerbruchs „Leben“, das in mehreren Hunderttausend Exemplaren auf den Markt geworfen wurde, einmal ab. Entsprechend schwierig war es mitunter, die raren Exemplare aufzutreiben, die auch in gut sortierten Universitätsbibliotheken häufig nicht zum Bestand gehörten.

Und hier konnte natürlich das ZVAB Abhilfe schaffen. Nachdem ich allerdings recht schnell herausfinden musste, dass die Versandkosten in die Schweiz teilweise prohibitive Ausmaße annahmen, ließ ich die Bände an meinen in Freiburg als Rechtsanwalt niedergelassenen Bruder schicken, um sie einmal im Monat bei einem Besuch, der dann meist mit einem solennen Abendessen verbunden wurde, abzuholen. Oder er besuchte mich im Rahmen eines gemeinsamen Segelwochenendes am Zürichsee. Im Winter kam er auch zu gemeinsamen Schiausflügen vorbei. Der Nachteil dieses Procedere war allerdings, dass die Sendungen von ihm bezahlt wurden, bevor sie von mir auf den Zustand überprüft werden konnten.

Und hier hatte sich einiges verändert, und nicht zum Guten! Dass viele Antiquariate ums Überleben kämpfen mussten, war mir als langjährigem Beobachte der Szene nicht unbekannt, aber dass dies zu geschäftlichen Usancen führte, die man schlechthin als betrügerisch bezeichnen muss, war teilweise schwer erträglich. Von einigen schwarzen Schafen waren Bücher als `im Buchblock leicht gelockert, aber sonst in ordentlichem Zustand´ kollationiert worden, die dann beim Auspacken auseinanderfielen, bei anderen war aufgrund `weniger Unterstreichungen´ vom Text kaum noch etwas zu erkennen, und derlei Missliebigkeiten mehr.

Beschwerden bei ZVAB pflegten gewöhnlich zu endlosem Mailverkehr zu führen. Wie sich mittlerweile gut die Hälfte des deutschen Buchmarktes in den raffgierigen Händen von AMAZON befindet, so gehört auch der Handel mit alten Büchern seit einigen Jahren zu den Unternehmungen des Jeff Bezos, dessen Physiognomie mich immer an einen Wasserspeier, wie sie gotischen Kathedralen zur Zierde gereichen, denken lässt. Manche der Händler fanden sich nicht zum Umtausch mit Rückzahlung bereit beziehungsweise ich hatte das Vertrauen derart verloren, dass ich Angst hatte, Buch und Geld loszuwerden. Einer hatte mal einen großzügigen Rabatt von 10 % vorgeschlagen!

Da fühlte ich mich veranlasst, auf Abhilfe zu sinnen. Nun bin ich von Hause aus, dafür hatte schon eine strenge Erziehung gesorgt, eher ein friedliebender Mensch, aber schon bei der allgemeinen Beurteilung in einem meiner Volkschulzeugnisse stand zu lesen, dass ich bei Verletzung meines durchaus zu lobenden Gerechtigkeitsgefühls manchmal zu überzogenen Reaktionen neige und man diesbezüglich ein wachsames Auge auf mich werfen möge. An dieser meiner Neigung hat sich im Laufe der Jahrzehnte wenig geändert, und ich sann darüber nach, wie ich mir Genugtuung ob des erfahrenen Unrechts verschaffen könnte.

Diese brachte weder die Bücher, die ja teilweise nur in einzelnen Exemplaren vorhanden waren, in den gewünschten Zustand, ich musste sie, da ich sie unbedingt benötigte, dann halt reparieren lassen, noch mich zur Rückerstattung meiner Auslagen. Der rein materielle Schaden war ja zu verkraften, es summierte sich, von einer Ausnahme einmal abgesehen, auf nicht mehr als einige Hundert Euro. Aber gewurmt hat es mich dann doch, stellte es doch so etwas wie eine narzisstische Kränkung dar. Und wer lässt sich schon gerne verarschen? Die christliche Maxime „Wenn Dir der Feind auf die rechte Backe haut, dann halte ihm die linke hin“ erschien mir autoaggressiv und widersinnig, evolutionär betrachtet völlig kontraproduktiv.

Also dann eher Besinnung auf das alttestamentarische Motto „Auge um Auge, Zahn um Zahn“! Was nun ja nicht in eine Orgie körperlicher Gewalt auszuarten brauchte, nein, da gab es subtilere Methoden. Zunächst einmal legte ich mir eine schwarze Liste derjenigen Händler an, die einen Denkzettel gut gebrauchen konnten.

Obenan stand ein Geschäft in Hamburg, nach einem Roman von B. Traven benannt, bezeichnenderweise auf der Homepage stolz auf seine Spezialisierung in Richtung anarchistischer Literatur. Hier hatte ich einmal einen Walter Benjamin bezogen, dessen Zustand als „neuwertig“ bezeichnet worden war. Schon der Umschlag war kaffeefleckig und geknickt, drinnen fanden sich mehrfarbige Unterstreichungen mit fetten Filzmarkern, die auch die Rückseite noch kolorierten, zwei Seiten gar fehlten völlig. Dazu Versandkosten im zweistelligen Bereich. Da mich der Mailwechsel in einen

Zustand, ich glaube, der Ausdruck passt am besten: kalter Wut versetzte, kam dieser Knabe auf einen vorderen Platz meiner Liste.

Auf Platz zwei folgen sollte ein Antiquariat in Salzburg, das mir die bestellten zweibändigen Memoiren des Dermatologen Hoffmann dergestalt lieferte, dass Band 1 in doppelter Ausführung im Päckchen war, Band 2 aber fehlte. Auch hier ging die Reklamation völlig ins Leere.

Eine weitere Autobiographie, die des Theologen Deussen, verschickt von einem Versandantiquariat in Lüneburg, zerfiel beim Auspacken in ihre Bestandteile, obwohl als „noch ordentlich" kollationiert.

Im Laufe nur weniger Jahre kamen einiger dieser Ereignisse zusammen, die mich nun doch veranlassten, zur Tat zu schreiten.

Wie meine Rachegelüste befriedigen?

Ich erstellte einen zweistufigen Plan, der in den nächsten Jahren dazu führen sollte, meine Urlaubsgestaltung „etwas anders" zu gestalten. Aber was dahingehend nicht sonderlich dramatisch war, dass ich, abgesehen von meinen kanadischen Jagdabenteuern, für Fernreisen noch nie ein besonderes Faible entwickelte und auf die Bemerkungen derjenigen, die „fremde Kulturen" kennenlernen wollten, zumindest in Gedanken antwortete, sie sollten sich lieber mal mit der eigenen etwas eingehender beschäftigen.

Mit letzterer hatte ich mich seit der Kindheit, damals durch die Reisen mit meinen Eltern eher zwangsläufig, später dann freiwillig, ausgiebig auseinandergesetzt. Die österreichischen, italienischen und französischen Kulturlandschaften wurden von meinen Eltern, beide Studienräte, noch mit dem Baedeker in der Hand, akribisch abgeklappert, den Nachwuchs mitgeschleppt und immer fundiert belehrt. Das restliche Abendland, Griechenland, die iberische Halbinsel, die britischen Inseln, wurde dann während des Studiums nachgeholt, diesmal nicht mehr mit dem Baedeker, sondern zeitgemäßer schon mit den Kunstreiseführern aus dem Hause Dumont. Auch gab es keine nennenswerte norwegische Stabkirche, die nicht meinen Besuch über sich ergehen lassen musste.

Diesbezüglich also kein Nachholbedarf, was mir meine vorlesungs- und forschungsfreie Zeit zur freien Verfügung überließ. Und hier entwickelte ich, oder sollte ich besser sagen: es entwickelte sich eine ans manische grenzende Aktivität, die mir fortan eine Zeit besonders befriedigender Freizeitbeschäftigungen verschaffte.

Ich nahm Rache, und die war süß.

Zunächst einmal stellte ich Überlegungen an, wie man den Versendern mit nicht anders als betrügerisch zu nennender angepriesener Ware eins auswischen könnte. Ein reines Versandantiquariat verfügte ja nicht über ein Ladengeschäft, in dem man irgendetwas hätte anstellen können.

Mir kam dann folgende Idee:

Die meisten dieser Geschäfte wiesen ja spezielle Schwerpunkte in ihrem Sortiment auf, und hier ergab sich ein Weg, der sich als ebenso einfach wie für mich lustvoll herausstellte. Als Grundausrüstung genügte ein Prepaid-Handy, ein Fernglas sowie einen Fotoapparat mit Teleobjektiv - ich wollte den Spaß dokumentieren -, eine Landkarte der Umgebung, das wars auch schon, die Vorbereitungen für den Feldzug konnte ich vom heimischen Schreibtisch aus treffen.

Zur gründlichen Vorbereitung gehörte zunächst einmal eine Recherche, was den Schwerpunkt des in den Focus meines Vorhabens geratenen Unternehmens betraf. Dies ließ sich schnell erledigen, vom heimatlichen PC aus. Ebenso war es kein Problem, anhand des Internets herauszubekommen, welche Bücher aus diesem Bereich selten und daher auch meist hochpreisig waren; einige Stunden Vorbereitung, die schon mit Vorfreude angereichert waren; auch dies, wie übrigens alle Präliminarien, wunderbar vom heimischen Arbeitszimmer aus zu erledigen. Dann erfolgte, nunmehr kam Google Earth zum Einsatz, die Suche nach einer Großstadt im Umkreis von ca. 200 Kilometern. Eine Entfernung, die mir für einen Antiquar, der sich beim Ankauf eines Nachlasses ein gutes Geschäft ausrechnete, eine akzeptable Entfernung schien. Zwei weitere Bedingungen sollte der „Tatort“ erfüllen: er musste ein Elendsviertel, eine Asozialensiedlung oder zumindest ein schmuddeliges Rotlichtmilieu aufweisen. Auch das war schon von zu Hause aus vorzubereiten, Google Street sei Dank!

Und ein komfortables Hotel, denn ich wollte selbstverständlich vor Ort sein und so viel wie möglich vom Ankauf der seltenen Kostbarkeiten mitbekommen. Wenn dann der Ort noch ein sehenswertes Museum oder eine Kunsthalle aufwies, hatte mein Feldzug sogar noch den Charakter einer Städtereise. Als Plan B kamen auch abgelegene Bauernhöfe für das Unterfangen in Betracht.

Der Rest ist schnell erzählt: ein Anruf beim vorgesehenen Opfer, in dem ich beiläufig einen Nachlass schilderte. Ein paar unauffällige Bemerkungen über die Autoren eingeworfen, und meist hatte ich den Fisch am Haken. Wenn man jemanden über den Löffel balbieren will, kann man sich in aller Regel auf zwei Dinge verlassen, entweder die Eitelkeit oder die Gier des zu Schröpfenden; gar nicht so selten das eine in Kombination mit dem anderen.

Nachdem ich ja den Termin kannte, den hatte ich ja selbst, auch das noch von zu Hause aus, vereinbart, begab ich mich an den Ort des Geschehens, ausgerüstet mit Fernglas, wo es nötig war, und einer Kamera mit Teleobjektiv, denn ich wollte den Spaß selbstverständlich dokumentieren.

Und es war wirklich einer.

Die Figuren meiner klandestinen Rache in Stundenhotels zu schicken, wo sie die angeblich vorhanden bibliophilen Raritäten übernehmen wollten, auf abgelegenen Bauernhöfen zu beobachten, wo sie vom sich Bauern mit dem Hund vom Hofe jagen lassen mussten oder sie in Lokale zu schicken, in denen einige Jahrzehnte Gefängnis am Stammtisch saßen, kompensierte den finanziellen Aufwand dieser

Unternehmungen ebenso wie den durch die betrügerischen Machenschaften entstandenen Schaden. Da ich mich stets in Reichweite befand, kam es auch zweimal zu persönlichen Begegnungen mit den Geprellten. Dann, wenn sie nach ihrem Erlebnis einen Kaffee, ein Bierchen oder einen Schnaps benötigten und sich zur Einnahme dessen in einer nahegelegenen Lokalität einstellten, in der ich dann wenig später auftauchte und keine großen Probleme hatte, mit ihnen ins Gespräch zu kommen und mir das Geschehene berichten zu lassen. Dann konnten wir gemeinsam über den Verfall der Sitten und die Schlechtigkeit der Welt lamentieren.

Wesentlich persönlicher konnte ich meinen Feldzug gestalten, wenn der Delinquent über ein Ladengeschäft verfügte; denn da war ich unmittelbar zugegen, wenn die Aktion lief.

Als erstes war der Salzburger dran; es hatte sich eine vorzügliche zeitliche Koinzidenz mit dem Österreichischen Soziologenkongress ergeben, bei dem ich zu einem Hauptvortrag eingeladen war. So konnte ich das angenehme mit dem nützlichen verbinden. Da ich neben dem Kongress wenig freie Zeit hatte, Sitzungsleitung, Diskussionen mit den Kollegen, Abendprogramm, alles, was so ein Kongress neben den wissenschaftlichen Sitzungen eben auch noch an gesellschaftlichen Verpflichtungen so mit sich bringt, und da sind die Ösis noch wesentlich konservativer als ihre Kollegen im Altreich, musste ich mich kurzfassen. Eine Insulinspritze mit UHU-Kraftkleber, mehr war nicht vonnöten. Kurz vor Ladenschluss das Schaufenster interessiert betrachtet, kurz in den Laden hineingeschaut, um den Inhaber nach einem Buch zu fragen, das er wohl kaum im Bestand haben konnte (hatte vorher, ZVAB sei Dank, sein Angebot studiert, um vor einer Überraschung sicher zu sein), um dann noch ein wenig interessiert die Regale zu betrachten, bis ein weiterer Kunde seine Aufmerksamkeit fesselte. Den Inhalt der Spritze beim Verlassen des Geschäftes unbeobachtet in den Zylinder des Sicherheitsschlossen zu injizieren war völlig problemlos. Ich musste dann nur noch einige Minuten warten, um von einem gegenüberliegenden Café aus mit allergrößtem Vergnügen seine frustranen Versuche, den Laden abzusperren, beobachten zu können.

Beim Gesellschaftsabend wurde ich dann von mehreren Kollegen auf meine gute Laune angesprochen, ob es denn irgendetwas besonderes gegeben habe, ich wäre doch sonst immer so ernst-sachlich. Ich antwortete nur – es war bekannt, dass ich eine das normale Ausmaß der privaten Bibliothek eines Geisteswissenschaftlers weit überragende Sammlung nicht nur fachspezifischer Bücher besaß – dass ich bei einem heutigen Antiquariatsbummel ein ganz besonderes Erlebnis gehabt hätte.

Nun, dies war nur die kleine `Rache des Kanalarbeiters´, bei der ich außer meiner klammheimlichen Freude – wer weiß noch, dass dieser mittlerweile in die Umgangssprache übergegangene Ausdruck aus dem Jahre 1977 stammt, als der Göttinger Mescalero, ein späterer Deutschlehrer, eine eben solche über die Ermordung des Generalbundeanwalts Buback durch die RAF zum Ausdruck gebracht hatte? – ein materieller Vorteil für mich nicht dabei heraussprang.

Für gravierendere Angriffe auf mein sich in aller Regel einfindendes Wohlbefinden, wenn ich eine erwartete Buchsendung aus ihrer Verpackung löste, behielt ich mir auch einen materiellen Ausgleich für den entstandenen Schaden vor.

Wobei ich mir Mühe gab, die Aktion immer in einen Zusammenhang zum Spezialgebiet des ins Ziel gefassten Geschäftes zu bringen; eine kleine intellektuelle Freude, die ich leider mit niemandem teilen konnte – vielleicht, sollte ich jemals Lebenserinnerungen schreiben, könnte man derlei später ja einmal einem größeren Publikum präsentieren. Als nächstes Opfer hatte ich den Hamburger ausersehen, der als sein Spezialgebiet anarchistische Literatur angegeben hatte; und, wohl folgerichtig, mit seiner Ware eine Expropriation der per ZVAB bestellenden Kunden auf seine Weise betrieb. Ich nahm einen privaten Besuch bei einem alten Studienkollegen, der die politische Schiene gefahren war und es als Staatssekretär in den Senat geschafft hatte, zum Anlass, mich um diesen Laden zu kümmern. Zunächst einmal spähte ich ihn aus, um festzustellen, dass hier wirklich einige interessante Werke vorhanden waren. Für 4.000.- Euro wurde eine Erstausgabe von Stirners `Einzigem´ angeboten, nur wenig günstiger einige frühe Werke von Proudhon, Feuerbach und Heß. Insgesamt schon Ausgaben, die meiner Bibliothek gut zu Gesicht stünden, vor allem ohne die damit verbundenen Ausgaben, wie ich mich wortspielend darüber amüsierte. Passend zu meinem bei nüchterner Betrachtung ja doch leicht kriminellen Plan und die Hemmschwelle deutlich herabsetzend, war der Umstand, dass ich beim Betrachten des Inhabers so etwas wie körperliches Unwohlsein verspürte; er hatte etwas von einem Nagetier an sich, fliehende Stirn, dafür ein vor allem im Oberkieferbereich hervortretendes Gebiss, was mich auf eine glänzende Idee brachte.

Bei einem Bummel durch andere Hamburger Antiquariate konnte ich, als hätte ich danach gesucht, für 30 Euronen eine gut erhaltene KLAU MICH Erstausgabe aus dem Jahre 1968 erstehen, eine seinerzeit von Langhans und Teufel edierte Kollektion von allem Möglichen aus der Berliner Kommunarden - und damit zusammenhängenden Szene.

Der nächste Schritt war das Aufsuchen einer Tierhandlung, wo ich drei wunderschöne Exemplare der Spezies Rattus norvegicus sowie fünf der Gattung Mus musculus f. domestica erwarb, die ich, um ein vorzeitiges Massaker zu vermeiden, separiert abtransportierte, jeweils in einem kleinen Transportkäfig. Vorher gut gefüttert, blieben sie auch schön still, als ich das Geschäftslokal meines ausersehenen Opfers betrat. Zu meiner größten Freude befanden sich mehrere Kundinnen im Inneren, die es, einem in diesen Kreisen unausgesprochenem Comment folgend, hervorragend verstanden hatten, ihrer politischen Gesinnung auch habituell Ausdruck zu verleihen. Ich suchte mir eine stille Ecke aus, hinter einem Regal gut verborgen ließ ich dann zuerst die Mäuse, wenig später die Ratten aus ihren Transportgefäßen. Es dauerte eine ganze Weile, bis sich die putzigen Tierchen um Raum verbreitet hatten und durch fröhliches Quieken, die Ratten jagten mittlerweile hinter den Mäusen her, die Aufmerksamkeit der Damen auf sich ergezogen hatten. Das Ergebnis übertraf meine kühnsten Erwartungen und war am besten mit dem altbiblischen Ausdruck Tohuwabohu zu umschreiben. Ich nutzte das Durcheinander, mir den Stirner und einen daneben befindlichen frühen Bakunin zu schnappen, ihn durch das KLAU MICH Bändchen zu ersetzen und mich im allgemeinen Durcheinander und Geschrei unauffällig zurückzuziehen. Nachdem ich die Resultate meines Tauschgeschäftes im unweit geparkten Wagen deponiert hatte, schlenderte ich, Teilnahmslosigkeit vorgebend, die Straße auf und ab, um dann in der Türe des Ladens ein offensichtlich hastig geschriebenes Schild auszumachen: „Vorübergehend geschlossen".

Wobei mir das mit dem „geschlossen" dann doch leicht übertrieben schien, da ich mir hier das fast komplette Programm gegönnt hatte, Insulinspritze inklusive.

Empfänger meines kompletten Armamentariums wurde dann ein Zeitgenosse in Frankfurt, Inhaber eines „Wissenschaftlichen Antiquariats für Historischen Materialismus". Er hatte es auf die Spitze getrieben: über ZVAB hatte ich bei ihm eines der wohl bedeutendsten Fragmente der deutschen Literaturgeschichte, Benjamins „Passagenwerk" bestellt, freilich nicht das Originalmanuskript, das über Georges Bataille, dem Walter es anvertraut hatte, und die Bibliothèque nationale de France, wo es versteckt war, 1947 zu Teddy Adorno gelangte, dessen Frau Gretel es dann abgetippt hatte. Zusammen mit einem späteren Fund aus dieser Bibliothek ist es dann zum Nachlass gelangt und wurde bei Suhrkamp herausgegeben. Angeboten war also das Typoskript, von Frau Dr. Adorno höchstselbstpersönlich in die Tasten gehämmert. Und das für nur knapp Eintausend Euro. Entgegen meinen sonstigen Gewohnheiten leistete ich Vorkasse, diese Rarität musste ich einfach in meinen Besitz bringen! Ich quittierte ordnungsgemäß den Empfang bei dem beauftragten Lieferdienst und bereitete mich entsprechend auf das Auspacken vor, in dem ich ein Fläschchen 2017er Giovanni Rosso • Langhe Nebbiolo Ester Canale

Rosso dekantierte. Beides, die Enthüllung und den Genuss des Weines, der erst einmal etwas gelüftet sein wollte, hob ich mir für die Abendstunde auf. Voller Vorfreude las ich noch einige Kapitel in Benjamins „Berliner Kindheit", was mir die rechte Vorbereitung auf die abendliche Feierstunde schien. Hatte ich doch eine besondere Beziehung, wenn auch nicht mehr zu den Adornos, doch zumindest zur Frankfurter Schule, einige Semester hatte ich in den 70ern des vorigen Jahrhunderts ja auch am dortigen Institut für Sozialforschung zugebracht.

Jeder nur halbwegs in Büchern nicht nur Gebrauchsartikel sehende, die nach einmaliger Lektüre zum Papiermüll wandern, wird verstehen, dass mir die Gesichtszüge entgleisten und nur verzögert wieder in die richtige Spur zurückgelangten, als ich, zu Johann Sebastian Bachs Toccata und einem Glas des oben erwähnten Rotspons das Päckchen öffnete und......eine Suhrkamp-Ausgabe der Passagenwerks entnahm!!

An jeder Straßenecke für ein paar kleine Scheinchen zu erstehen. Geharnischte Proteste, hier half mir auch mein rechtsanwaltlicher Bruder, führten zu nichts, die Antworten des Herrn aus der Mainmetropole klangen in meinen Augen auch noch unverschämt hämisch. Da ich den Empfang rechtsgültig quittiert hatte, war auch ein juristisches Vorgehen wenig sinnvoll, wie mir das prozesserfahrene Bruderherz riet.

Also blieb mir mal wieder nichts anderes übrig, als zur Selbsthilfe zu greifen. Wobei ich mir in diesem Fall schon etwas Besonderes einfallen lassen sollte.

Bei dem Gedanken, wie mir diese ganzen Querelen, die mit dem ZVAB über mich gekommen waren und mit denen ich mich herumschlagen musste, auf die Dauer „stanken", kam mir der definitive Einfall: stinken!!

Ich erinnerte mich an den nun schon Jahrzehnte zurückliegenden Chemieunterricht meines Gymnasiums. Da ich Altsprachler war, hatte dieser in unserem Oberstufenzweig nicht viel mehr als eine Alibifunktion. Wir hatten, ohne jede Begeisterung für die Theorie – chemische Verbindungen waren für mich nie etwas anderes als die Sache mit den „befriedigten und den unbefriedigten Ärmchen“ – dann auch mit einer jungen Referendarin mehr praktische Dinge im Unterricht: Batikhemdchen einfärben - damals der Dernier Cri der Teenagermode - Schnaps brennen und derlei mehr. Zum Abschluss lernten wir Buttersäure herstellen, in kleinsten Dosen und nicht hochprozentig, sicherheitshalber. Daran zu denken und den pestilenzartigen Geruch in der Nase zu haben, waren so gut wie eins. Bei diesen Gedanken musste ich an Prousts „Suche nach der verlorenen Zeit“ denken, bei der die Erinnerung an frühkindlich wahrgenommene Gerüche ja auch eine Rolle spielt.

Das wär´s! Buttersäure!

Zu meiner nicht geringen Überraschung konnte ich feststellen, dass das Zeugs in jedem Baumarkt zu haben war, hochprozentig, für nur ca. 20 Euro den Liter. Fabelhaft! Mich vorher nochmal informierend, konnte ich zu meiner tiefen Befriedigung in Erfahrung bringen, dass damit gründlich kontaminierte Räume für Monate, wenn nicht Jahre für Publikumsverkehr unbrauchbar würden.

Die einzige Schwierigkeit bestand darin, das erworbene Ein-Liter-Gebinde so abzufüllen, dass kleine Portionen entstanden, die in leicht zerbrechlichen Behältnissen dann zum Einsatz gelangen sollten.

Die Lösung meines Problems verschaffte mir der Kollege von der Chemischen Fakultät, an den ich mich hilfeheischend wandte.

Ich hätte Wühlmäuse im Garten, die mir die Wurzeln meiner Rosenstöcke zerstörten, ob er mir da nicht helfen könnte. War für ihn kein Problem, er ließ es in einem seiner Labore, die allesamt mir leistungsfähigen Dunstabzugshauben ausgestattet waren, in kleine Säckchen aus dünner Plastikfolie abfüllen, zu je 20 ml. (Als Dank erhielt er von mir die Lebenserinnerungen zweier Chemie-Nobelpreisträger,

Emil Fischer und Richard Willstätter, die ich als Doubletten auf dem Regal stehen hatte).

Diesen ja schon, ich muss es eingestehen, nicht nur leicht geschäftsschädigenden Plan erweiterte ich aus taktischen Gründen um das bereits erprobte Vorgehen mit den possierlichen Nagetieren. Um dem noch eines draufzusetzen, kam eine frisch gefangene Ringelnatter dazu.

Vorgesehen war, zu einer gut besuchten Stunde des Ladenlokals zunächst mindestens zwei Dutzend der kleinen Beutelchen an allen möglichen und unmöglichen Orten zu verteilen; vorzugsweise solchen, die bei der erhofften wilden Stampede mit einiger Sicherheit zu einer Zerstörung der schützenden Hülle um die bestialisch stinkende Essenz führen musste. Andere Beutelchen wollte ich so bei den Büchern dislozieren, dass sie beim späteren Ausräumen des Geschäftes – dies war aufgrund der zu erwartenden Unbrauchbarkeit der Räumlichkeiten ziemlich sicher –, ihren Inhalt von sich geben konnten und so zu einer Protrahierung des gewünschten Effekts beitragen konnten.

Und so geschah es dann auch. Der Plan klappte wie am Schnürchen; während der durch die Nager und die Schlange entstandenen milden Panik wurden mehrere der Beutelchen zertrampelt und strömten ihr Aroma aus, die am wissenschaftlichen Materialismus interessierten Kunden verließen fluchtartig das Geschäft, das wenig später wegen „Renovierung“ geschlossen war.

Die Kripo ermittelte dann in Kreisen der Neuen Rechten, weil ein Anschlag der Neofaschisten vermutet wurde. Auf die Idee, dass ein betrogener Soziologieprofessor dahinterstehen könnte, kam niemand. Man darf davon ausgehen, dass von Seiten des Inhabers auch keine Hinweise in diese Richtung erfolgten.

Um der Gefahr auszuweichen, den Krug bis zu seinem Zerbrechen zum Brunnen gehen zu lassen, habe ich meine Bestellungen übers Netz zurückgefahren und dann schließlich zur Gänze eingestellt und bin zu meinen physischen

Besuchen in ausgewählten Ladengeschäften, die mir im mittlerweile auch schon wieder zurückliegenden 20. Jahrhundert so viel Entdeckerfreude bereitet hatten, zurückgekehrt.

BARBARA NELTING

Dr. Barbara Neltings (geb. 1981) gesamte Schulzeit war begleitet vom Lesen und Schreiben. Dennoch gewann nach dem Abitur der mit der Journalistik konkurrierende Studienwunsch der Medizin. Aktuell wohnt sie mit ihrem Mann und zwei Töchtern in Freiburg und arbeitet als Hausärztin und Psychotherapeutin in eigener Praxis. Während der Coronapandemie hat sie das Schreiben wiederentdeckt - zuerst als Möglichkeit der Aufzeichnung und Verarbeitung von Erfahrungen, später dann „einfach“ um der Erzählung erzählenswerter Geschichten wegen. Seitdem schreibt sie und schreibt und schreibt...

Bibliographie:

2022: „traumtief – Bilder der Vergangenheit“
tredition – Verlag (self-publishing)
2023: „Judys langer Weg ins Pink Paradise“
„Wachgeküsste Prinzen muss Mann lieben!“
„Wiedersehen im Men`s Inn“
Alle drei Himmelstürmer Verlag
2024: „Damian – Wenn das mit der Liebe doch nur leichter wäre“ (Erscheinungstermin 01.02.2024)
Himmelstürmer Verlag

... und einige weitere nicht publizierte Romane, die ihrer Verlegung harren!

Mother`s little helpers

Alles ist so watteweich und leer. Er bewegt sich durch den Tag und durch die Welt wie ferngesteuert. Von selbst wissen Arme und Beine, was zu tun ist. Keine lästigen Impulse, die was Anderes wollen. Am Abend sitzen sie nebeneinander auf dem Sofa. Er und sie. Er neben ihr, dieser Frau, die die seine ist und ihm doch seltsam fern. Eine Wand aus Glas ist zwischen ihnen, dämpft auch ihre Worte und Gefühle.
Morgens nimmt er brav die gelbe Pille, abends dann die rote. Wie Sonnenauf- und -untergang, hahaha. Doch was bleibt ihm sonst? Keine freie Wahl in diesem Fall.
Er erinnert, dass es einmal anders war. Seine Tage voller Schmerz, Verzweiflung, Schuld. Ihre Tränen und die seinen. Auch da war Leere, überflutet von grenzenlosen Leid.
Und noch früher war auch Lachen. Überschäumende Emotionen. Wie im Film sieht er sein damaliges Ich, wie er gehetzt und getrieben durch die Straßen zog. Immer auf der Suche nach dem nächsten Kick, dem ultimativen Rausch, der nie endenden Ekstase. Auch damals gab es eine Frau. Eine, nein, noch mehr. Viel mehr. Zu rote Lippen, zu große Pupillen, zu kurze Röcke. Und er war mitten drin, im Taumel der Manie.
Später dann die Reue und die Tränen.
Doch das alles war einmal. Jetzt ist es still in ihm.
Er steht auf dem Balkon. Erinnert sich, wie er verzweifelt von hier fliegen wollte. Fort von der vernichtenden Verzweiflung. Weg von der abgrundtiefen Traurigkeit. Einfach nichts mehr spüren müssen.
Wie jetzt. Auch heute ruft ihn die Erde viele Meter weiter unten. Bettelt. Lockt. Wieso auch nicht? Es ist doch sowieso egal. Gestern, heute, morgen. Alles einerlei. Seine Trägheit verhindert den letzten Schritt. Sie und die Frau, die nun hinter ihm steht und schreit. Warum weint sie denn? Er kann´s nicht spür´n.
Doch was spürt er dann? Nicht viel jedenfalls und doch ist da was. Eine Unruhe, die ihn weitertreibt. Eine Unruhe, die sagt, es ist nicht ok. Nicht er, nicht sie, nicht die Welt. Er sollte und wollte etwas tun und weiß nicht mehr was. Zum

Glück hilft die Pille (die rote) auch dagegen. Wirkt wie das Kissen über dem Kopf. Daunenweich federt´s alles ab. Die schlechten Gefühle. Und die guten. Trauer und Schmerz. Und die Liebe. Verzweiflung und Selbsthass. Und das Leben. Und die gelbe? Die lässt ihn aufstehen und zur Arbeit gehen. Zurückgrüßen, wenn man es bei ihm tut. Bitte sagen und Danke. Einen Fuß vor den anderen setzen statt beide zurück, wohin es sie zöge. Die Gabel zum Mund führen und den Hund durch die Straßen. Gute Miene zu machen zum leeren und sinnlosen Spiel, was er schon lange nicht mehr versteht.

Seine Therapeutin spricht von Achtsamkeit, doch er weiß nicht, was das ist.

Weiß nur, dass er achtsam sein muss und auf der Hut, damit das, was war, niemals wieder kommt, wie auch seine Frau ihm sagt. Oder war es die Mutter? So egal, so egal.

Sie sagen ihm, was richtig ist für ihn. Er selber weiß es nicht, hat das Gefühl, was gut für ihn ist oder auch nur wahr, mit all seinen anderen verloren.

Doch manchmal, manchmal packt ihn die Wut. Vielleicht hat er die rote Pille vergessen oder die gelbe oder auch beide. Ist es leid nichts mehr zu spüren. Selbst seine Wut fühlt sich an wie die eines Anderen.

Er will raus. Raus aus dem Käfig, der um ihn ist. Er rüttelt und reißt an den Gitterstäben seines Gefängnisses.

Wer soll hier vor wem beschützt werden. Die Welt vor ihm? Er vor der Welt? Er vor sich selbst? Doch wer ist er, wenn nicht er?

Ja, manchmal will er sein altes Leben zurück. Den alten Schmerz, das alte Leid, selbst die Tränen. Alles besser als die Apathie, die ihn gefangen hält.

Wenn er dann springt, weiß er wenigstens, warum und als wer.

Bei Vollmond unten am Fluss.

Als sie diese Verabredung trafen, hatte die Sonne geschienen. Es war einer jener Tage gewesen, an denen man sich bereits beim feuchtschwitzigen Aufstehen nach der Kühle des Abends sehnt.

Auf die Angabe von Datum und Uhrzeit hatte er verzichtet. Bei Vollmond unten am Fluss. Das klang anders als „um 3 im Café“ oder um 8 an der Tanke“. Geheimnisvoller, romantischer, voller. Und das war auch der Grund, warum sie sich darauf eingelassen hatte. Trotz seiner geringen Körpergröße, der abstehenden Ohren und der Hasenzähne. Das alles entsprach definitiv nicht ihrem Standard. Und doch: Bei Vollmond unten am Fluss. Das hatte sie neugierig gemacht und zusagen lassen – an jenem sonnigen Tag.

Heute jedoch regnete es schon seit Stunden. Dunja sah den Wassertropfen hinterher, die an der Scheibe herunterrannen, als hinge das Schicksal der Welt davon ab.

Bei Vollmond unten am Fluss, hatte er vorgeschlagen. Das tat er immer. Oder so in etwa. Zumindest, wenn es einen Fluss *gab* in der jeweiligen Stadt. Wenn nicht, mussten ein einsamer Berg oder eine große Wiese herhalten. Irgendein romantisches Plätzchen fand sich überall. Manchmal verließ er die Stadt direkt am nächsten Tag und erfuhr dann nicht mehr, was aus dem Mädchen geworden war.

Auch Alex sah den Regen. Verdammt! Fest hieb seine Faust auf die massive Holzplatte vor dem Fenster. Knöchel wie Planke spürten seinen Jähzorn. Er mochte es nicht, wenn seine Pläne durchkreuzt wurden. Schon gar nicht von so etwas Profanem wie dem Wetter. Er würde die Verabredung dennoch nicht absagen. Das tat er nie.

Dunja sah auf die Uhr. Bis zum Dunkelwerden wären es noch einige Stunden. Doch auch dann sähe man den Mond wohl eher nicht, in wolkenverhangener Nacht.

Bei Vollmond unten am Fluss. Sie hatte nur diese Angabe. Seitdem hatte er nicht mehr geschrieben und tat es auch heute nicht. Schön, wenn es ihm derart ernst war, dann war es das auch ihr.

Dunja91 war in Wirklichkeit nicht 91 geboren, sondern 67.

Sie hieß auch nur dann Dunja, wenn sie es wollte. Die jungen Männer, die kamen, um sich mit einem jungen Mädchen zu treffen, störte es meist nicht lange. Schließlich hatte sie trotz ihrer über 50 Jahre einen festen Körper und ein gewinnendes Lächeln. Nicht, dass man davon im Dunkeln viel hätte sehen können, ebenso wenig wie von den kleinen Fältchen um die Augen und die hängenden Hautpartien an Brust und Bauch. Und dunkel war es meistens, Vollmond hin oder her.
Dafür kannte Dunja Tricks, welche die tatsächlich im Jahre 91 geborenen jungen Dinger Großteils ihren Lebtag nicht erlernen würden.
Mit einem Lächeln im Gesicht ließ sie die Handschellen in die Tiefen ihres Rucksacks gleiten. Das Lederhalsband würde sie direkt am Körper tragen, zunächst jedoch unter einem Schal verborgen. Zögernd hielt sie das Pfefferspray in der Hand. Bislang hatte sie dieses noch nie benötigt und hatte auch heute Abend nicht vor, dieses Utensil zum Einsatz zu bringen. Schließlich bestand der besondere Reiz ihrer Unternehmungen als Domina darin, dass sich ihr zwar unfreiwillig rekrutierter Sub ihr letztendlich aus freien Stücken unterwarf.

Auch Alex bereitete sich für den Abend vor. Zweifelnd warf er einen Blick auf sein Verkleidungsarsenal: falsche Zähne, schwarze Brauen, eine Perücke und ein Schnurrbart. Wäre es notwendig sich zu kostümieren für Dunja91? Es würde dunkel sein, in dieser mondlosen Vollmondnacht, noch dunkler als sonst. Die meisten Mädchen konnten sich hinterher ohnehin nicht mehr an sein Gesicht erinnern, so oder so. Und überhaupt: ein besonderer Nervenkitzel war es sowieso stets, dass er sich nie sicher sein konnte, ob ihn nicht doch jemand erkannte. Mit klopfendem Herzen floh er jedes Mal in die nächste Stadt, in der stillen unabwägbaren Erwartung sein eigenes Gesicht dort auf Fahndungsfotos zu entdecken oder eines Morgens von der Polizei geweckt zu werden.
Es geschah nie. Mit jeder Station wuchs seine Verachtung für die Menschen, für die gesamte Menschheit an sich, die

ihn so achtlos gewähren ließ. Die es zuließ, dass er sich immer wieder direkt aus ihrer Mitte ein neues Opfer suchte. Doch halt, so war es ja nicht. Die Mädchen kamen schließlich zu ihm, trafen ihn in Rahmen von *Verabredungen* in gegenseitigem Einverständnis. Sie alle suchten etwas. Ob es das war, was sie von ihm erhielten, durfte allerdings bezweifelt werden.

Es war wohl Schicksal, dass ausgerechnet diese beiden rücksichtslosen Menschen sich begegnen würden in dieser Nacht. Oder hatte eine höhere Macht Dunjas und Alex´ Treiben beobachtet und nun beschlossen, sie im Sinne eines „Jeder bekommt, was er verdient" aufeinanderzutreffen zu lassen?

Nun, auch ich als allwissende Erzählerin habe nicht Kenntnis über alles, was sich regt zwischen Himmel, Erde und darüber hinaus.

Was ich Euch verraten kann, ist, dass es in dieser Nacht noch einen weiteren Mitspieler gab. Und damit meine ich weder Dunjas Schirm noch den des Mannes, der sich Alex nannte, obschon beide noch ihre Rolle zu spielen hatten. Nein, ich spreche von Per, Per, der auch tatsächlich so hieß. Er war ein klassischer Clochard, wie er im Buche steht, allerdings in moderner Interpretation. Zwar wohnte er in den dreckigsten Ecken unter der Brücke am Fluss, doch waren, was ihn wärmte in solch ungemütlichen Regennächten, nicht etwa alte Zeitungen oder Wolldecken, sondern eine atmungsaktive North Face – Jacke, welche ihm eine gutherzige Passantin einmal geschenkt hatte. Zu anderen Jahreszeiten als der diesen kuschelte er sich gerne in seinen dreifach gefütterten Polar-Schlafsack. Auch verströmte Per nicht jenen durchdringenden Geruch nach Schweiß, ungewaschenen Füßen, verdorbenen Lebensmitteln und nassem Hund, der anderen Obdachlosen so gerne anhing. Gleichwohl illegal nutzte er den Fluss samt einem Stück Kernseife in den Abendstunden gerne unbeobachtet zur Reinigung.

Das alles ist für den Fortgang unserer Geschichte jedoch nicht relevant – außer dass ihn so weder Alex noch Dunja

olfaktorisch wahrnahmen, als sie sich ihrem Treffpunkt unten am Fluss näherten. Optisch hatten sie ohnehin keine Chance, dunkel, wie es hier war. Per selber jedoch sah sie und wunderte sich still über die ungewohnte Betriebsamkeit in seiner Wohnstätte in solch unwirtlicher Nacht.
Als die Jäger, die sie waren, kamen sowohl Alex als auch Dunja deutlich vor dem vereinbarten Zeitpunkt des (von Wolken vollständig verschatteten) Mondaufgangs, denn beide wollten vor ihrer vermeintlichen Beute am Ort des Geschehens sein und den Überraschungseffekt für sich nutzen. Nun – gebracht hat es keinem von ihnen etwas.
Zwar *war* Alex der erste und verbarg sich samt seines dunkelbraunen Schirms so geschickt in den dunklen Büschen, dass Dunja, welche wenig später eintraf, ihn nicht bemerkte. Doch begriff er nicht, dass die mittelalte Frau mit Schirm, Rucksack und Kapuze, welche er selbst im Licht der einen Laterne auf Grund des wie stehende Bindfäden ihm die Sicht versperrenden Regens nur undeutlich sah, wegen ihm gekommen war.
Auch Dunja suchte sich in der vom Schein der Laterne abgewandten Seite eine Stelle, an der sie verharren konnte.
Über eine Stunde warteten beide mit angehaltenem Atem, dessen Entweichen man bei einer stilleren Wetterlage vielleicht sogar hätte hören können. Nach Hause zu gehen kam für keinen der beiden in Frage. Sie waren nicht der Typ Mensch, der es gewohnt war, versetzt zu werden und folgerichtigerweise auch nicht der, der dies erwartete.
Per, der sich über das merkwürdige Verhalten dieser zwei Leute anfänglich gewundert hatte, war bereits wieder in einen dämmrigen Halbschlaf gefallen, als Alex und Dunja zeitgleich beschlossen, sich ins Licht der Laterne zu begeben und folglich vor der unter jener stehenden Bank zusammentrafen.
„Oh“, machte Dunja. Der Mann, den sie sah, hatte bis auf die abstehenden Ohren wenig Ähnlichkeit mit dem im Internet gesehenen. Dieser hier war wesentlich attraktiver – und doch so unscheinbar und gewöhnlich, dass sie, als ihre Augen kurz an ihm vorbei ins Dunkle huschten, schon wieder vergessen hatte, wie er aussah.

„Dunja, nehme ich an?“, fragte Alex mit seinem etwas zu hohen Falsett. Es ärgerte ihn, dass Dunja91 ihn bezüglich ihres Alters aufs Glatteis geführt hatte. Doch letztendlich: Frau war Frau.

Während er noch zögerte, ergriff sie die Initiative. Zum schüchtern herumstehen war es heute Nacht zu ungemütlich, zudem war das ohnehin nicht ihre Art. Sie schloss ihren Schirm und trat dicht an ihn heran.

„Danke, dass Du mir den Schirm hältst“, sagte sie mit rauchiger Stimme, „das machst Du gut!“

Irritation machte sich in Alex breit. Das war nicht, wie es zu laufen hatte. Für gewöhnlich reichte schon der Effekt der Überraschung dafür, dass er in der überlegenen Position war, sein Gegenüber scheute wie ein junges Reh. Dies hier war kein junges Reh, was Angst vor ihm hatte. Gut, dann würde er dafür sorgen.

„Findest Du es nicht ein wenig unvorsichtig für ein wehrloses, äh“, *Mädchen* wäre wohl nicht angebracht, also unterbrach er sich, „für eine wehrlose Frau, hier ohne jeden Geleitschutz einen unbekannten Mann zu treffen?“

Dunja lachte.

„Wehrlos? Hast Du noch nie etwas von den Waffen einer Frau gehört?“

Damit zog sie den Reißverschluss ihres Regenmantels ein Stück weit herunter, so dass er ihre darunter verborgenen, durch eine Korsage aus schwarzem Lack hochgedrückten Brüste, sehen konnte. Jetzt bemerkte er auch ihr mit Nieten versehenes Lederhalsband.

Einen kurzen Moment spielte er mit dem Gedanken, sich auf ihr Spiel einzulassen, einmal etwas Neues zu probieren. Aber nein. Er war kein Freund von Spontanität. Es ärgerte ihn im Gegenteil maßlos, wenn etwas seinen Planungen zuwiderlief. Wie das Auftreten Dunjas, oder wie sie auch hieß. Plötzlich war da das Messer in seiner Hand. Mit gekonnter Führung versetzte er ihr einen oberflächlichen Schnitt der Halsseite entlang bis zum Schlüsselbein. Er spürte, wie sich etwas in ihm regte. Dieser erste Moment, das Vergießen des ersten Blutes, war stets der Beste. In den Augen seines Opfers zeigte sich (je nach Typ) Unterwerfung oder

Widerstand – vor allem aber die panikartige Kenntnis von Gefahr. Und die Gefahr war *er*. Ihn durchströmte das bekannte berauschende Gefühl der Macht.
Es imponierte ihm, dass Dunja im Gegensatz zu ihren Vorgängerinnen keine Luft und Zeit mit unnutzen Schreien vergeudete, sondern versuchte, ihm in einer halben Drehung ihr Knie zwischen die Beine zu rammen. Natürlich war er auf eine derartige Reaktion vorbereitet, ließ seinen Schirm achtlos fallen und verdrehte ihr mit roher Kraft den linken Arm. Die Zeiten zwischen zwei Mädchen, in denen er sich neu orientierte, umzog und seine Fühler nach dem nächsten Opfer ausstreckte, nutzte er zur Stählung seines Körpers. Auch wenn man es ihm nicht ansah, so war er in Kraft und Geschwindigkeit sogar den meisten Männern überlegen. Frauen sowieso.
Auch Dunja wurde mit eiskalter Gewissheit klar, dass sie hier körperlich unterlegen war und dieser Kerl, wie auch immer sein wirklicher Name lauten mochte, sie vorerst in seiner Gewalt hatte. Während der Regen unbarmherzig auf ihre nun unbedeckten Häupter prasselte, zog er sie fort aus dem Lichtschein, ins Dunkle der Überbrückung. Verzweifelt sah Dunja sich um und entdeckte endlich den sich träge bewegenden Haufen Lumpen in der finstersten Ecke. Was mochte sich darunter verbergen? Ein Mensch? Ein Tier? Auch egal.
Sie holte tief Luft und stieß dann einen ohrenbetäubend schrillen Schrei aus. Zeitgleich schnellte ihr Arm mit der Schirmspitze voran nach vorn, mitten in Alex´ Bauch hinein.
Pers Reaktion war durch seine üblichen abendlichen zwei Flaschen Wein, zu der sich an diesem Abend des schlechten Wetters wegen noch eine weitere gesellt hatte, verlangsamt. Als die Frau von dem Mann in seiner Nähe grob zu Boden gestoßen wurde, riss er überrascht die Augen auf, wusste jedoch für einen Moment nicht, was es seine Aufgabe wäre, nun zu tun.
Dunjas Schrei wirkte wie ein An-Knopf. Ohne zu überlegen, sprang er auf Alex zu und beförderte den durch den doppelten Angriff überrumpelten Mann damit in hohem Bogen die Böschung hinab.

Alex schrie, erst überrascht, dann panisch.
„Hilfe! Hilfe, ich ertrinke! So helft mir doch!“
Weder Per noch Dunja rührten sich.
Und so befreite Per in dieser Nacht die Welt direkt vom Treiben *zweier* Kaltblüter. Denn auch Dunja war fortan das Spiel mit dem unbekannten Feuer vergangen. Allein der Gedanke an ein neuerliches Blind date ließ die Erinnerungen an eine gewisse nasse und bedrohliche Begegnung wiederaufleben – bei Vollmond unten am Fluss.

Der Ring

Das wildromantische seiner Umgebung sprach Toby an. Hier, umgeben von Felsen und Bäumen und sonst nichts, konnte er sich mühelos hineinträumen in die Welt seiner Helden in Mittelerde. Während sein Atem mit zunehmender Steigung schwerer ging, stellte er sich vor, Frodo zu sein, der den mühsamen Aufstieg wagte zum Schicksalsberg – in der Tasche den alles entscheidenden Ring.
Es war stets Frodo, mit dem er sich verglich, nie der Waldläufer Aragorn oder gar einer der Elben. Nein, diese unterschätzten Underdogs der Hobbits – nur die waren so wie er. Auch an ihn glaubte niemand, all seine Bemühungen ernteten stets Spott und Hohn. Wie ein spitzer Dorn stach die Erinnerung an Bethanias enttäuschten Blick, als er auch ihre letzte Verabredung durch seine Verspätung kräftig versemmelt hatte. „Du änderst Dich nie“, sagten ihre Worte. „Du bist und bleibst ein Versager“, sagten ihre Augen. Dennoch hatte sie ihm diese eine letzte Chance zugestanden. Heute, ja, heute würde nichts schiefgehen. Alles würde funktionieren, wie er es in langwieriger Vorbereitung geplant hatte.
Schon vor Stunden war er auf dem Gipfelplateau gewesen und hatte das eigens hierfür besorgte 200 m lange Statikseil mithilfe eines starken Karabiners an einem weiteren befestigt, welches um einen der wenigen dortigen Bäume geschlungen war. Sorgsam war er dabei vorgegangen, ganz so, wie er es, erst in der Kletterschule, später, als sein Budget hierfür nicht mehr ausreichte, via Online-Tutorial gelernt

hatte. Mit viel Schwung und unter Zuhilfenahme einer Taschenlampe hatte er das Seil über die Kante hinweg in die Tiefe geschleudert. Auch das hatte er, wenn auch an weniger tiefen Schluchten geübt.
Jetzt fehlten ihm nur noch wenige Meter Kletterpartie auf allen Vieren bis zum Beginn der Steilwand, wo er das untere Ende des Seiles erwartete.
Ein leichter Nebel war aufgezogen, doch auch das schreckte ihn nicht. Achtsam tastete er sich am Felsen entlang, Meter für Meter – bis er schließlich auf die derbe Struktur seines Kletterseiles stieß. Toby jubilierte innerlich. Jetzt trennten ihn nur noch 160 Meter Höhenunterschied von seiner Angebeteten.
Einen Ring hatte auch er dabei, den er ihr zur Feier ihrer Verlobung überreichen wollte. Sorgsam verstaut hatte er diesen in der mit Reißverschluss verschlossenen Innentasche seiner Treckinghose. Dieses Mal würde kein dummer Zufall dafür sorgen, dass er ihn verlöre.
Vorsichtig testete Toby, ob das Seil ihn hielte, und zog sich dann mit den hierfür seit Wochen trainierten Armen Stück für Stück daran empor, während seine Beine mal mehr, mal weniger Halt an der glatten Felswand fanden.

Als Bethania den Motor ausschaltete, verstummte auch die Musik, die sie bei der bisherigen Fahrt hierher wirkungsvoll abgelenkt hatte von der Frage, was sie hier eigentlich tat.
„Bei Sonnenaufgang auf dem Creux du Van“, hatte er gesagt. Was für eine Schnapsidee! Typisch für Tobys versponnenen Wirrkopf! Und sie ... hatte sich wieder einmal darauf eingelassen! Wieso eigentlich? Hatte er sie nicht oft genug enttäuscht, versetzt und verletzt? Auch heute wieder sah sie keine Spur von seinem Auto auf dem menschenverlassenen nächtlichen Parkplatz. Eigentlich sollte sie direkt wieder wenden, nach Hause fahren und sich in ihr Bett legen, dort, wo sie hingehörte um diese Uhrzeit!
Doch auch wenn ein Teil von ihr derart haderte mit Toby und ihrer Beziehung, wusste doch ein anderer, dass sie den Kerl hoffnungslos liebte für seine chaotische Romantik, sein immer zu viel „gut gemeint“ und stets zu wenig „gut

gemacht". Höchstwahrscheinlich würde er es eines Tages zu weit treiben und damit auch sie von sich fort mit der unzähligsten geplatzten Verabredung – doch nicht heute. Diese Chance hatte sie ihm noch zugestanden.

Schwer atmend lehnte Toby sich an einen der dürren Bäume, welche sich ihrerseits nur mühsam an die winzige Zwischenschräge wenige Meter unterhalb des Gipfels klammerten. Eine Kletterpartie dieser Länge hatte er zuvor nicht vollständig simulieren können, dementsprechend verbraucht waren seine Kräfte jetzt. Doch er hatte sich darauf verlassen, dass das, was am Ende nicht seine Muskeln schafften, ihm mit der Kraft seines Willens und der Liebe zu Bethania gelingen würde. Eine Ruhepause von wenigen Minuten würde ebenfalls helfen. Noch zeigte sich die Sonne nirgends, noch hätte er Zeit.

Auch oben war es neblig. Fluchend bahnte Bethania sich ihren Weg vom Parkplatz hin zum Plateau. Dabei hielt sie den Blick nach vorne gerichtet, so dass sie nicht unversehens in den Abgrund fiele. So sah sie das Hindernis vor sich nicht, stolperte – und fiel mit beiden Knien auf den Boden.
„Verdammt!", schimpfte sie und nahm das Licht ihres Handys zu Hilfe. Ein Seil war es, was sie zu Fall gebracht hatte. „Diese dämlichen Kletterheinis!", regte sie sich auf. Jeden Ort dieser Welt mussten sie entweihen mit ihrem sportlichen Ehrgeiz, der nie ohne einen Haufen an Ausrüstung auskam. Und dazu oberdrein noch hier am Creux du Van verboten war! Auch wenn sie erst einmal vor vielen Jahren hier gewesen war, wohnte sie doch nahe genug, dass ihr die vor einigen Jahren geführte Diskussion um die Umwandlung der Felswand in ein Naturschutzgebiet nicht entgangen war. Natürlich hatten sie protestiert, diese Hobby-Messners! Genutzt hatte es ihnen nichts, der Creux du Van wurde zum Schutzgebiet und professionelles Klettern hier verboten. Dass es dennoch jemand gewagt und sie mit seinem hinterlassenen Seil obendrein zu Fall gebracht hatte, machte Bethania wütend. Sie tastete mit den Fingern nach dem Verschlussmechanismus und fand einen Karabiner.

Lächelnd löste sie beide Seile aus der Verankerung und steckte sich das schwere Metallstück in die Tasche. Sie kannte sich gut genug aus im Klettersport um zu wissen, dass ohne dieses Utensil die zufällig gefundene Sicherungsvorrichtung dysfunktional wäre. Weitere Abenteurer könnten *dieses* Seil hier nun zumindest dank ihrer Intervention nicht mehr nutzen – es sei denn, sie brächten einen neuen Karabiner!

Zufrieden setzte sie ihren Weg in Richtung des Steilhanges fort. Wenn sie sich nicht täuschte, wurde es dahinten am Horizont langsam hell. Jetzt würde es sich ja zeigen, ob (und vor allem: wie!) Toby die Verabredung einhielt.
Auch Toby spürte den näherrückenden Tag. Das überraschte Gesicht Bethanias, wenn er sich – in nur wenigen Minuten – vor ihren Augen aus der Tiefe ziehen würde, motivierte ihn, sich trotz seiner Ermattung wieder in Bewegung zu setzen. Er griff nach dem für eine Zeit achtlos hängen gelassenen Seil und löste sich in gleichem Moment von der Umarmung des Baumes. Schließlich wusste er nun, dass er seiner Haltevorrichtung vertrauen konnte.
Sein Schrecken, als das Seil, statt sich zu spannen, ihm unter seinen Händen lose entgegenglitt, war derart, dass er nicht die Geistesgegenwart besaß, stattdessen nach dem Baum zu greifen. Vollkommen haltlos stürzte er in die Tiefe. Sein letzter Gedanke, bevor er nichts und nie wieder mehr irgendetwas dachte, galt der Hoffnung, dass Bethania den Ring in seiner Tasche finden und wissen würde, was er bedeutet haben sollte.

Es *brennt*

„Es kann jetzt ein wenig brennen“, sagte die Ärztin, während sie in den Schrank hinter sich griff und die Flasche mit Desinfektionsmittel daraus hervorholte, um die Fäden auf Noras Stirn damit zu besprühen.
Nora tat, was sie am besten konnte: Mit weit aufgerissenen Augen starrte sie so lange auf den Kittel der Frau, bis das

Weiß verschwamm und sich aus ihren Erinnerungen ein anderes neues Bild in ihr formen konnte.
„Es brennt jetzt ein wenig“, hatte auch ihr Vater gesagt, bevor er vor so vielen Jahren eine andere Flasche mit vermutlich gleichen Inhalt vor die Platzwunde an ihrem Knie gehalten hatte. Das Knie einer 20 Jahre jüngeren Nora, mit vermutlich gleichem Inhalt. Ihr Vater mit seinen sanften braunen Augen und dem ruhigen immer wohlwollenden Gemüt. Seltsam, dass es ausgerechnet die gewaltsame Szene ihres Sturzes auf das harte Pflaster war, in deren Verbindung sie ihren Vater erinnerte. „Ist halt ein bisschen weich, zu gut für diese Welt“, hatte ihre Tante, die Schwester ihrer Mutter, gespottet. Davon, dass es Eifersucht war, die aus ihr sprach, hatte Nora damals nichts gewusst. An den Schmerz, der der Warnung folgte, konnte sie sich nicht mehr erinnern.
War wohl ausgelöscht und übertönt von den viel stärkeren, den sie später spürte. Später, als ihr Vater nicht mehr da war. Und sie gerade da, an Noras ersten Tag als Halbwaise, niemand warnte, dass es weh tun würde. Niemand mit ihr in den Abgrund schaute, der sich unerwartet auftat. Nichts das unerträgliche pochende Vermissen linderte. Später war es ein Phantomschmerz, ein Brennen genau immer da, wo ihr Vater ihr fehlte. Noch später dann die spitzen Stiche der anderen Kinder, die so tuschelten, dass sie es hören musste: „Hat sich aufgehängt, ihr Vater! Wie das wohl ausgesehen haben muss! Gruselig!“ Wenn sie sich mit den gemeineren von ihnen prügelte, taten die Hiebe beinahe gut. „Es brennt jetzt ein wenig!“, sagte sie lautlos und schadenfroh, bevor ihre Hand auf die Wange des ärgsten Quälgeistes klatschte. In die vorwürfigen Augen der Schuldirektorin schaute sie so lange, bis sie verschwammen und stattdessen ihr lächelnder Vater vor ihr stand.
So hatte sie schon mit 8 gelernt, dass körperlicher Schmerz leichter zu ertragen war als seelischer.
Vermutlich war sie deshalb jetzt auch immer noch bei ihm. Bei ihm, der zuschlug, wenn es ihm zu kompliziert wurde. Mal die Tür erwischte, mal die Wand, mal sie. Es tat weh, doch weniger als die Trennung es getan hätte. Einsam sein,

von aller Welt verlassen in den Abgrund schauen - *Alles* war besser als das!
„So, schon vorbei“, riss die Stimme der Ärztin sie aus ihren Gedanken.
Sie klebte noch ein Pflaster auf die Stelle, wo Nora auf die Tischkante geprallt war. „Das nächste Mal passen Sie aber besser auf!“
Nora hatte nichts gespürt.

Nur zu Besuch

Einsam stand sie da, wirkte trotz des vielen Trubels um sie her, selbst trotz der zwei kleinen Kinder rechts und links an ihrer Hand, verlassen und mutterseelenallein. Wie oft war sie jetzt schon hier gewesen? Wie oft müsste sie noch kommen? Allein vor der Vorstellung, sich dies auszurechnen, gruselte es ihr. Mal abgesehen davon, dass sie mit ihrer kombinierten ADHS und Dyskalkulie (oder waren die Worte, mit denen vergangene Schulpsychologen herumgeworfen hatten, Dyslexie und LRS gewesen?) bei einer solch komplizierten Rechnung heillos überfordert gewesen wäre.
Es war ja nicht so, als hätte sie ihn nicht gewarnt. Mehr noch, ihn gebeten, zuletzt angefleht, es nicht zu weit zu treiben. Den Bogen nicht zu überspannen, schon gar nicht mehr, seitdem sie ihn erwischt hatten diese eine Nacht und es nun kein Erstvergehen mehr sein würde.
Doch vergebens. Natürlich hatte er es besser gewusst, ihre Bedenken, Sorgen und Ängste lässig abgetan. Sich mit „Mir passiert schon nichts“ und „No risk, no fun“ verabschiedet und ihr noch einen „Glückskuss“ („Komm Baby, zieh nicht so ein Gesicht!“) zum Abschied abgerungen. War seiner Wege gegangen, einen Schleichzug unternommen, in seinem Revier, stets mit diesem katzenhaften Grinsen auf den Lippen, was sie so liebte und was ihr nun so fehlte.
Nur, dass es eben dann *doch* passiert war.
Und deswegen stand sie jetzt hier, alle zwei Wochen, pünktlich um 2.
Sie wusste genau, was sie alle dachten. Hatte es in ihren

Augen gesehen, am Tag des Prozesses, als sein Urteil verkündet wurde und sie aufgeschrien hatte vor Unglauben und Schmerz. Auch hatten sie sich nicht mal die Mühe gegeben, die Lautstärke ihrer Stimmen zu senken, als sie ihre Verwunderung kundtaten.

„Das ist doch nur ein Junkie, und ein Dealer dazu." „Dem weint keiner eine Träne hinterher." „Richtig so, dem tun ein paar Jahre im Bau ganz gut."

Ihr war das Herz gebrochen, als sie ihn abführten, in Handschellen, mit gesenktem Kopf, dorthin, wo er auch jetzt noch war. Und sie heute auch.

Ein Junkie war auch sie.

Doch mehr noch als nach Drogen war sie süchtig nach ihm. Die Art, wie er ihre Hände hielt und nicht nur sie. Ihren Körper berührte, als sei er etwas ganz Besonderes, etwas Feines, Beschützenswertes – und nicht nur das heruntergewirtschaftete Fleisch einer zweifachen Mutter und langjährig Abhängigen. Damit auch ihre Seele streichelte, auch *sie* begehrenswert erscheinen ließ.

Wenn dies denn alles möglich gewesen wäre, *hier* an diesem menschen- und liebesfeindlichen Ort.

„Irgendwelche spitzen Gegenstände, Waffen, Alkohol oder verbotene Substanzen?"

Die gelangweilte Stimme des Sicherheitskontrolleurs, die genauso gut auch einem Roboter hätte gehören können, riss sie aus ihren Gedanken. Folgsam wie immer öffnete sie ihre Handtasche, gab neben Feuerzeug und Personalausweis wie jedes Mal auch das Handy am Eingang ab.

„Spiel ihr Spiel mit, aber lass sie nie gewinnen!" – Auch das war einer seiner Sprüche gewesen. Viel hatten die ihm genutzt in der Nacht, als es eben *doch* eine unerwartete Razzia gegeben hatte an seinem Umschlagsplatz im Park. Viel auch vorm Gericht. Da hatte er mit seinem charmantesten Lächeln noch versucht als kleiner dummer Junge durchzugehen. Vergebens. Die Richterin urteilte nach Fakten, und die sprachen gegen ihn.

So einfach war das für sie alle. Und für sie, die kleine schmächtige Frau, die trotz der zwei Kinder an ihrer Seite selbst noch wie ein Mädchen aussah, interessierte sich

sowieso keiner.
Außer er. *Er* hatte sich für sie interessiert. Doch offenbar nicht genug, um auf sie zu hören. Nicht genug, um das *freie* Leben des Straßenhandels gegen irgendwas Solides einzutauschen, etwas, was die Familie ernährte, ohne gegen das Gesetz zu verstoßen. Zur Not auch Stütze. Jetzt war er unfreier, als jeder Job der Welt es ihn gemacht hätte.
Und sie? Lief ihm noch immer hinterher. Sollte ihn dahin schicken, wo der Pfeffer wächst, oder in die Hölle. Wie es ihr die Freunde auch geraten hatten.
Stattdessen war sie hier, zog die Kinder hinter sich her durch die Gänge, immun gegen ihr Gequengel, was sie heute gar nicht hörte. Zu sehr war sie befasst mit dem, was kommen würde, dem Ziel, zu dem sie ihre Schritte führten. Ein kalter steriler Raum war es, der Boden gefliest, die Wände schmutzig grau verputzt, die Ecken des billigen Tisches mit Gummi abgerundet, ebenso wie die Füße der Stühle. Das erste Mal war sie zurückgeschreckt in der Tür wie ein scheuendes Pferd, entsetzt, dass *das hier* alles sein sollte, was ihnen blieb. Die nächsten ... *wieviel* Jahre? Sie ermahnte sich nicht daran zu denken, ja, verbot es sich sogar.
Mittlerweile hatte sie es sich beigebracht, die schäbige Hässlichkeit des Raumes nicht mehr zu sehen. Nicht des Raumes wegen war sie schließlich hier, sondern wegen ihm. Er war der gutaussehende Typ, der sie damals mit dem Zeug versorgt hatte. Und als Gegenleistung nicht nur ihre Knete bekommen hatte, sondern ihr Herz grad noch dazu. Oder ihre Seele. Oder was auch immer es war, was in ihr freudig hüpfte, wenn er lachte oder sie in den Arm nahm. Was so weh tat, wenn er weg war. Was wusste sie denn schon von solchen Dingen?
Da saß er an dem Tisch, dessen nüchternes Antlitz sie nicht einmal mit ihren spärlichen mitgebrachten Gaben mildern durfte. Auch diese hatte sie am Empfang abgeben müssen, damit über den Tag sichergestellt werden konnte, dass die Fa-Plastikflasche tatsächlich Männer-Shampoo und nicht Liquid-Ecstasy enthielt und keine Hanf-Fäden in die C&A-Boxershorts eingenäht waren. Sie hoffte, dass er, wenn er das

jeweilige Geschenk, dessen emotionaler Wert seinen materiellen stets um Längen überstieg, am Abend erhielt, noch einmal liebevoll an sie denken würde. Das tröstete sie jedoch nicht über das hinweg, was sie ihr nahmen mit diesem entwürdigenden und unnötigen Inspektionsprocedere, nämlich die überraschte Freude in seinen Augen, vielleicht ein spontaner Dankeskuss.
Da saß er, der Vater ihrer Kinder. Die Kinder, derentwegen sie jetzt überhaupt hier sein durfte, das zweite Mal in diesem Monat. Die aus diesem Grunde immer mit mussten hierher. Nicht, dass sie sie hätte woanders unterbringen können, heute, am Samstag, wo die Krippe zu hatte. Hierher, in diesen Raum, der mit einem Kinderzimmer in etwa so viel Ähnlichkeit hatte wie ein Friedhof. Hierher, wohin auch sie nur widerwillig kamen. Vielleicht noch artig den Vater begrüßten, den sie kaum kannten. Dann ihre Blicke durch den Raum schweifen ließen, jedes Mal aufs Neue auf der verzweifelten Suche nach *irgend*etwas, was sie hier nie fanden.
Die Mutter verstand sie nur zu gut.
Doch Gefühle für die Kinder waren nichts, was sie sich leisten wollte. Nicht hier, nicht jetzt. Nichts, wenn sie bekommen wollte, weswegen sie gekommen war. Etwas von ihm, etwas zwischen ihnen. Etwas, was sie die Leere zu Hause aushalten ließ für die nächsten zwei Wochen. Etwas, was sie nie erhielt.
Den einen oder anderen auch mal intensiveren Kuss, das ja, und das immerhin war selbst hier nicht verboten. Manchmal, wenn die Kinder nicht hinschauten, griff er ihr auch unters Shirt, entfachte die alte Flamme in ihr. Doch so schnell, jedes Mal und immer wieder viel zu rasch, war es dann auch wieder vorbei.
Die meiste Zeit ihrer Besuche verging sowieso damit, Dinge zu besprechen. In hastigen schnellen Worten zwar, um 90 Minuten optimal zu nutzen. Doch immer gab es viel zu viel zu bereden. Die Kinder, ihr Job, was er hier drin so trieb – und dann natürlich seine Aufträge. Wo sie wann was für wen hinterlegen sollte und wie sie selbst an ihren Stoff käme. Nötig zwar, aber doch so lästig.

Nichts, was etwas zu tun haben sollte mit der Liebe, die sie verband – und doch unauflösbar mit ihr verwebt war.
Von der Frage, wo´s den besten Stoff gab und wie man ihn bezahlte bis hin zum gemeinsamen Rausch ... ein Leben zu zweit im Zeichen der Sucht ... beendet mit ´nem gemeinsamen goldenen Schuss? Alles wär besser als das, *Hinzu*halten als sein Kurier, *Auszu*halten die Trennung, zu *halten* die Hände der Kinder. Am besten auch den Mund, denn von ihrem Kummer will er nichts hören, heute nicht, und auch sonst nie. Hat immer gute Laune, selbst *hier*. Spricht von der Zeit *danach*, die sie nicht sehen kann, viel zu weit ist das weg und irgendwie leer.
Leer wie auch sie, wenn sie den Kasten wieder verlässt. Alles auf rückwärts, die Gänge, die Inspektion, Handy, Feuerzeug und Perso zurück. Ein gelangweiltes „Danke dann auch und auf Wiedersehen". Bis in zwei Wochen, fügt sie leise hinzu.
Und dann steht sie wieder draußen. Eine schmächtige Frau, mit zwei weinenden Kindern dabei, eins links, eins rechts. Die strähnigen Haare zu Zöpfen gebunden, die sie weder älter wirken lassen noch seriöser. Die pinke Handtasche, die er ihr einmal geschenkt hatte, krampfhaft umklammert. Den Kopf voll dröhnender Worte, die Augen voll Tränen, das Herz schwer mit Sehnsucht, die keiner sehen will.

JAN BALTSCH

Geboren am 18.01.1961. Studium und klinische Tätigkeiten in München, Mainz, Bad Sooden-Allendorf, Frechen und Köln. Seit 1999 niedergelassener Internist, Pneumologe und Allergologe in eigener Schwerpunktpraxis in Frechen bei Köln.
Zahlreiche wissenschaftliche Veröffentlichungen und Vorträge, Autor einer Buchreihe von Patientenratgebern zu den Themen Asthma, COPD/Emphysem/Bronchitis und Allergien sowie Autor weiterer Bücher, die als nicht ganz seriös einzuschätzen sind.
Letzte derartige Veröffentlichung: Die Visite kommt – aber wie! Und wo? 2018.
Verlag: BoD. ISBN: 9783748199878.

Tod eines Großen

„Uns hat ein in jeder Beziehung großartiger und außergewöhnlicher Mensch verlassen: Im Privaten treu, höchst verlässlich, warmherzig mit zutiefst angenehmen Umgangsformen, als Arzt höchst empathisch mit primärem Fokus auf den Menschen hinter dem Patienten, als grandioser Wissenschaftler mit dem Ziel des größtmöglichen Erfolges für das Wohl der Menschheit, das Ziel, das er nicht nur erreicht, sondern weit übertroffen hat."

Der Dekan der Medizinischen Fakultät hatte seine Trauerrede nach einem langsamen abschätzenden Rundumblick in die versammelte Trauergesellschaft mit diesen Worten begonnen; auf dem städtischen Zentralfriedhof hatte sich eine stattliche Anzahl von Menschen eingefunden, die meisten Teilnehmer, wie er erkannte, aus dem beruflichen Umfeld des Verstorbenen.
Der, dem dieser Anlass galt, und aufgrund dieser Persönlichkeit auch den Auftritt des Dekans bedingend, war der überraschend verstorbene Professor Dr. med. Dr. h.c. mult. Martin von Blumenfeld-Treffurt, jetzt ehemaliger Ordinarius des universitären Institutes der Strahlentherapie des Universitätsklinikums, einer der historisch alt ehrwürdigsten Universitäten Deutschlands. Selbstredend zählte auch das Universitätsklinikum zu den angesehensten Deutschlands, zumindest in der Eigeninterpretation. Im Scoring lag die Medizinische Fakultät immerhin unter den Top-500 weltweit, was für deutsche Verhältnisse als großer Erfolg einzuschätzen ist und Gelder sicherte. In alternativen Lebensbereichen wie im Sport würde eine solches Scoring noch nicht einmal den Lebensunterhalt sichern.
Auch wenn der Ausdruck „überraschend verstorben" gerne und häufig falsch benutzt wird, in diesem Fall war er absolut korrekt: Martin von Blumenfeld-Treffurt starb mit 53 Jahren „in der Blüte seines beruflichen Lebens", wie der Dekan erwähnte, tatsächlich völlig unerwartet.

Laut den Interna des Todesscheins stand als Todesursache „Akutes Herzversagen".
Dem Dekan war in der Menschenmenge nicht eine gewisse Anzahl hochrangiger ehemaliger Mitarbeiter des Verstorbenen entgangen, die extern ihre Karrieren fortgesetzt hatten. Der Dekan hatte die eindeutige Einschätzung, dass die Teilnahme nicht primär zwingend persönlich motiviert war, sondern in der professionellen Erkenntnis des Freiwerdens einer hohen und daher potentiell interessanten Stelle. Ihm ging der Gedanke des Beginns der Leichenfledderei kurz zerebral.

In der ersten Reihe saß zentral Sigrit, mit T hinten, nicht mit D, die Witwe, der er bereits beim Eintreffen kondoliert hatte. Gekleidet war sie ganz in Schwarz mit einer riesigen dunklen Sonnenbrille. Der Dekan, sicherlich bedingt durch seine längere Routine in besonderen Situationen, besaß die Fähigkeit, unabhängig von dem, was er vortrug, intern sich Gedanken zu machen. So gehabt wie in seinen Überlegungen der Leichenfledderei dachte er über die Witwe, „die sieht ja aus wie ein Filmstar", was er aber weder positiv noch negativ bewertete.

Der Dekan skizzierte in seiner Rede das Leben des Verstorbenen:
Martin von Blumenfeld-Treffurt war sein ganzes Leben lang der klassische, banal gesagt, „Überflieger". Er war Einzelkind, hochintelligent und stammte aus einem bestens situierten Elternhaus. Sein Vater war zeitlebens in der chemischen Industrie tätig, beruflich sehr erfolgreich, Vorstandsmitglied und späteres Aufsichtsratsmitglied eines des größten deutschen Unternehmens. Sicherlich bildete der Vater das Vorbild seiner Karriere.
Als kleinen humorvollen Einschub, den er auch im Rahmen einer Beerdigung für guthieß, gönnte sich der Dekan folgende Episode: Martin von Blumenfeld-Treffurt zelebrierte in seiner späteren universitären beruflichen Tätigkeit gerne seine Auftritte im Hörsaal vor den Medizinstudenten mit seiner Vorstellung: „Sie dürften mich kennen" und

zeichnete seine Initialen „MBT“ in das jeweilige Medium. Daher ist es sicherlich gestattet und wohl auch seinerseits gerne gesehen, ab sofort auch MBT anstelle seines doch relativ langen Namens einzusetzen. Vereinzelt Gesichter deuteten den Anflug eines Lächelns an – Ziel erreicht.

MBT war auf dem Gymnasium ein Musterschüler und schloss das Abitur mit der Note 0.8 ab – so etwas gab es tatsächlich, „Sie alle wissen, was das für Noten bedeutete!“ Sein berufliches Ziel war immer Medizin; das Medizinstudium war daher die logische Folge. Auch in diesem zeigt er hervorragende Leistungen, letztendlich auch hier mit dem Abschluss der Note 1 im Staatsexamen. Sein Interesse galt immer der Radiologie und hier in der Spezialität der Strahlentherapie, was zumindest in einer derartigen Stringenz außergewöhnlich ist. Selbstredend promovierte er in seiner späteren Spezialität, erahnen Sie die Beurteilung? - Ich erwähne sie daher erst gar nicht! Ein Blick in das Publikum befriedigte dem Dekan den Erfolg dieser nächsten Auflockerung.
Auch extern wurde MBT seine Außergewöhnlichkeit bescheinigt: Er wurde Stipendiat der renommiertesten und objektivsten deutschen Studienstiftung. Der Dekan dachte es, erwähnte es aber nicht, da hier seine Außergewöhnlichkeit nicht zur Debatte stand: Auch er war Alumni.
Bereits durch diese studiären Grundlagen einschließlich des erwarteten Auslandssemester war die Karriere gebahnt, die nahtlos sich vollzog: Facharzt, Oberarzt, Habilitation, leitender Oberarzt und letztendlich die Berufung als Ordinarius an unsere Fakultät. Der Cursus honorum suo anno. Der Dekan denkend: Das ist für euch englisch googelnde Versager! „Ich kenne grundsätzlich nicht das Gefühl des Stolzes, alleinig aufgrund des Charakters der Sünde“, (Blick ins Publikum!), „aber ich bin stolz, dass ich maßgeblich an der Berufung von MBT beteiligt war! Vor allem bin ich aber zutiefst dankbar, dass die Berufung erfolgreich war und wir ihn einfangen konnten.“ (nächster Blick ins Publikum!).
Zeitlich im seiner Facharztausbildung lernte er seine spätere Frau Sigrit kennen; es klingt banal, aber hier fanden

sich zwei Menschen, die bereit waren, ihr Leben gemeinsam zu teilen, bis zum heutigen Zeitpunkt in Liebe und Treue.
Er hob das Institut in kürzester Zeit auf ein neues Level, was mit Höchstleistung gut beschrieben werden kann. Er initiierte eine Vielzahl von Studien unter höchstem Arbeitsaufwand, die in den weltweit angesehensten Journalen publiziert wurden. Die Anforderungen an seine Mitarbeiter waren hoch und von gegenseitigem Respekt geprägt, auch deren Karrieren förderte er maßgeblich, in seiner Vita sind mittlerweile zwei Ordinarien und drei Chefärzte verzeichnet. In allen Fachgesellschaften ist oder war er in höchster Funktion vertreten, als einer der wenigen deutschen Wissenschaftler wurde er in die britischen und amerikanischen Gremien berufen.
Der Dekan schloss seine Rede: „Ich bin dankbar, dass ich diesen außergewöhnlichen Menschen kennenlernen konnte, sein Verlust ist menschlich immens, beruflich nicht zu kompensieren."

Wie wohl hätte MBT diese Rede eingeschätzt, wie hätte er sie reell eingeschätzt, hätte er Ergänzungen empfohlen, wäre er konsistent mit dieser gewesen? Versuchen wir doch eine Analyse:

„Im Privaten treu, höchst verlässlich, warmherzig mit zutiefst angenehmen Umgangsformen..."

Die Verbindung mit Sigrit war eine Zweckgemeinschaft, eine wie auch immer geartete Liebesbeziehung existierte nie und entwickelte sich auch nicht. Die Frage, was Liebe ist, bleibt zu berücksichtigen: Kann nicht auch der Zweck Liebe sein?
Sowohl MBT als auch Sigrit suchten nach einem gesellschaftlich respektablen und repräsentativen Partner; Sigrit aus der Position eines nicht mehr ausreichend vermögenden Adels, MBT in der Suche nach einer schlanken Frau mit langen blonden Haaren und der additiven Suche nach einem für seine Karriere angemessen Namens. Die Schlänke,

die Haare und den Namen hatte seine Frau. Den Namen von Blumenfeld-Treffurt übernahm er selbstverständlich, er hieß bis dato übrigens Schmidt, was die Namensänderung mehr als rechtfertigte.
Im sexuellen Bereich konnten beide keine dauerhafte Übereinkunft treffen, ihre Neigungen stellten sich als inkongruent dar. Dies war aber kein Grund einer Trennung, die Neigungen wurden im „beidseitigem Einverständnis" extern befriedigt.
In einer kritischen Würdigung erscheint „treu, höchst verlässlich" wohl als gerechtfertigt.

„...warmherzig mit zutiefst angenehmen Umgangsformen..."

MBT´s Lebensziel war Karriere, dafür war im universitären Umfeld, insbesondere im Umfeld einer Universitätsklinik, Warmherzigkeit konträr. Es ist ihm als solches noch nicht einmal die Generierung eines kalten Verhaltens vorzuwerfen, dieses war für die Bereitwilligen etabliert.
Beispielhaft war seine Berufung zum Ordinarius; in dem Verfahren erbat sein Vorgänger in einem Einzelpunkt die würdige Weiterbeschäftigung seines Personals. Antwortend sei das für MBT selbstverständlich, andere Gedanken oder Überlegungen hege er nicht und ständen auch für ihn nicht dar. Solche Verhaltensweisen spiegelten nicht seine Einstellung wider. Seine Einstellung benannte er nur für sich: Saubermachen im Institut. Nach Ernennung wechselte er innerhalb eines Jahres das Personal um 80 Prozent mit Entlassungen, Vertragsauflösungen und Nichtweiterverlängerungen der Verträge. Die Entlassungen waren allesamt formal freiwillig. Die nicht „freiwillig" Gehenden wurden von allen wichtigen Tätigkeiten entbunden, ihre Büros wurden verlagert; es fanden sich in einem alten Gebäude auf dem Campus im Dachgeschoß neue Arbeitsstätten, die den Vorteil besaßen, im Sommer eine schöne Wärme zu generieren.
Seine Einstellungen ließ er nicht im Unklaren: „Sie arbeiten für mich und zwar ausschließlich für mich an sieben Tagen

in der Woche 24 Stunden. Sie tun das, was ich Ihnen sage, ohne jeden Widerspruch. Für diese Sklaventätigkeit werden Sie in fünf Jahren frei gelassen und sind in der Karriere. Ja oder Nein?"

Die zutiefst angenehmen Umgangsformen durfte der Dekan mehrfach erleben: MBT hinweisend auf die Personal-Umwerfungen, antwortete dieser in progredienter Lautstärke: „Ich dachte, du wärst Profi, und weißt wie es läuft, aber wenn ich diesen Scheiß anhören muss, denkt ich immer mehr, was für Pfeifen hier rumsitzen und nichts leisten außer mit ihrem Arsch die Möbel zu beschweren. Du kannst mich lecken, wo du willst, das Einzige, was ich an Kompetenz von dir erwarte, ist die Klappe zu halten."
Ein gemeinsames Duzen bestand selbstverständlich dato und auch zukünftig nicht.
Eine weitere Episode trat nach der Verteilung von Fördermitteln an die Fakultät ein. MBT fühlte sich nicht angemessen behandelt und teilte dies dem Dekan nach nichtanklopfendem Eintreten in folgenden Worten mit:
„Wenn du Arsch meinst, mich so abspeisen zu können, dann wirst du dich wundern. Ich bin doch hier der Einzige, der gut ist. Alle anderen, denen du das Geld reinbläst sind völlige Loser und werden dies immer und ewig bleiben. Diese Internisten, die meinen, Gott zu sein, können nichts, kriegen nichts hin und blabbern nur rum, die Fuck-Chirurgen haben die Null in der Birne und labern noch mehr, der ganze Rest wie diese Bullshit-Anatomen sind gerade noch gut genug als Quereinsteiger in der Grundschule."
Während dieses Exkurses kam er dem Dekan immer näher, die Hände zu Fäusten geballt und immer erhebender. Der Dekan ärgert sich heute noch, die Gelder konsekutiv zu Gunsten von MBT umverteilt zu haben.

„...als Arzt höchst empathisch mit primärem Fokus auf den Menschen hinter dem Patienten..."

Die Motivation von MBT für das Medizinstudium war überschaubar: In erster Linie wollte er Erfolg in einem als

anspruchsvoll angesehenen Beruf haben, das Medizinstudium galt als schweres, vielleicht als schwerstes lernintensives Studium, daher erschien es ihm exakt angemessen. Der Beruf durfte nicht in dem Bereich seines Vaters liegen, hier galt es sich abzusetzen. Letztendlich sollte auch das Finanzielle mehr als genug stimmen.
Empathie war ihm völlig fremd, Erzählungen der Kommilitonen über ihre Motivation mit Äußerungen wie „ich möchte anderen Menschen helfen", „ich bin christlich motiviert" oder „ich möchte den Arztberuf gesellschaftlich vom Verdienst abkoppeln" waren ihm zutiefst wesensfremd.
Der Mensch hinter dem Patienten war ihm völlig egal, selbst der Patient war für ihn reines Ziel für seine Zwecke. Das Fachgebiet, das er sich erwählt hatte, war taktisch gewählt, ein kleines Gebiet mit einer kleinen Zahl von Mitkonkurrenten (in den Fächern Innere und Chirurgie war die Konkurrenz viel größer), die er platt machen konnte. Die Hoffnung, möglichst keinen Kontakt mit Patienten zu haben, erfüllte sich zwar nicht, war aber später zum größten Teil delegierbar.

„...als grandioser Wissenschaftler mit dem Ziel des größtmöglichen Erfolges für das Wohl der Menschheit, das Ziel, das er nicht nur erreicht, sondern weit übertroffen hat..."

Dies kann einschränkend punktuell bestehen bleiben: MBT bekam seinen Erfolg von seinen Fachkollegen zweifelsfrei legitimiert – in erster Linie zu seinem Wohl. Die Relevanz seiner Forschungsergebnisse war für ihn hoch und in einem weltweiten fachbezogenen Scoring wäre ihm sicherlich ein Top-20 Ergebnis zuzuordnen, also viel besser als das Gesamt-Scoring der Universität. In alternativen Lebensbereichen, wieder im Beispiel Sport, würde eine solches Scoring den Lebensunterhalt sichern – zumindest in einigen sehr populären Sportarten.

Was er bedauerte, war niemals für den Nobelpreis vorgeschlagen worden zu sein. Das wäre auch des Schlechten zu viel gewesen und dem Verhältnis Ameise zum Elefanten entsprechend.

De mortuis nil nisi bonum dicendum est.

Der Dekan schloss seine Rede: „Ich bin dankbar, dass ich diesen außergewöhnlichen Menschen kennenlernen konnte, sein Verlust ist menschlich immens, beruflich nicht zu kompensieren."

Zu diesem Zeitpunkt lauschten nur noch ein Drittel einigermaßen konzentriert, immerhin viel für eine Rede auf einer Beerdigung. Ein weiteres Drittel dachte an andere Dinge, privat wie beruflich, selten beides gemeinsam, das letzte Drittel war im Leichtschlaf mit passagerem, erschrecktem und augenrollendem Aufwachen.
Auch ein Drittel hätte gereicht, aufgrund des Endcharakters der Rede bekamen zwei Drittel die größte Peinlichkeit in der Karriere des Dekans mit: Einmal im Leben war er bei einer Rede unkonzentriert und sagte, für ihn leidtuend, das laut, was er nur dachte:

„Ich bin so froh, dass dieser Arsch weg ist."

HANS ALTHAUS

Hans Althaus (geb. 1937). Ich stamme aus Hagen in Westfalen und studierte an den Universitäten Münster, Würzburg, München und Bonn Medizin und Zahnmedizin, promovierte in beiden Fächern und wurde schließlich HNO-Arzt. In diesen Berufen war ich mehr als 30 Jahre tätig, zuletzt als niedergelassener Belegarzt in Köln. Ich bin verheiratet und habe drei Kinder. Die intensive Beschäftigung mit der Literatur ergab sich aus der Übernahme des literarischen Erbes meines Onkels Peter Paul Althaus (1892-1965).

Ich editiere und trage meine Gedichte in literarischen Zirkeln vor. Durch meine Beschäftigung mit der heiteren Lyrik und meinem Hobby, dem Segeln, ergab sich etwas Eigenständiges, das sich am eigenen Erleben orientiert. Übrigens, die Insel Ascension liegt im Südatlantik genau zwischen der Insel St. Helena und dem Äquator.

Du Segel im Meer

Du Segel im Meer
wo kommst du her?
Geformt vom Wind
wir Freunde sind.

Des Wassers Weiten
stets uns begleiten
Doch kommt das Land,
wir sind zur Hand.

Ein uralt Wehn
erweckt dein Sehn.
Du Segel im Meer
ich lieb dich sehr.

Wochenend und Sonnenschein

Heiterkeit ist hier die Frage,
wie ein Leben ohne Plage?
Froh das Motto heut soll sein:
Wochenend und Sonnenschein.

Freie Fahrt soll dich erquicken,
nicht im Stau wirst du ersticken,
deinen Parkplatz du sofort
hast gebührenfrei vor Ort.

Zwistigkeiten sind behoben
Kopfschmerz ist im Nichts verwoben,
Trank und Speise dir bekommen,
Paare sind vor Lust benommen.

Glück ist endlos alle Stunden,
Freude herrscht in allen Runden,
Geld bereitet keine Sorgen,
Schulden schiebst du auf den Morgen.

Sonnenschein hebt die Gefühle,
Weggeblasen ist das Kühle.
Angebetet wird die Sonne,
überall herrscht eitel Wonne.

Viele fahren dann ins Grüne,
Die Natur wird jetzt zur Bühne.
Segler haben raumen Wind,
weil sie damit glücklich sind.

Aber wie ist nun das Leben?
Vieles geht jedoch daneben.
Wochenend mit Sturm und Schauer,
alle Menschen sind dann sauer.

Freundlich ist des Menschen Sinn,
kommt er in die Jahre hin.
Wochenend und Sonnenschein
war’n für ihn das Glücklichsein.

Zwei Fische

Zwei Fische dazu auserkoren,
die trafen sich bei den Azoren.
Sie wollten ihre Lieb' aussprechen,
Doch da tat's ihnen schon gebrechen.
Der Leser fragt sich hier warum?
Bekanntlich sind die Fische stumm

Menorca

Insel in der Weite des Mittelmeeres
du bist schön, ja etwas Heres.
Deine Mauern umschließen steiniges Land;
deine Steine erinnern an Urväter Stand.

Erobert, geliebt in allen Zeiten,
nichts Besseres kann dich begleiten.
Zu deinen Buchten, den Callas, zu deinen Gestaden
ludst du mich ein zum Sonnen und Baden.

Deine Küsten sah ich vom segelnden Schiffe,
eher schön war'n deine gefährlichen Riffe.
Fast immer bist du ein Sonnenland.
Adios, Menorca, du bleibst mir bekannt!

Seekrank

Wenn ein Schiff beginnt zu Wanken
und du stehst auf dessen Planken
und ein Sturm geht über's Boot
kommst du schnell aus deinem Lot

In dem Magen bald rumort es
in dem Kopfe flau, da bohrt es
in dem Hals beginnt ein Kitzeln
längst verging dir jedes Witzeln

Nunmehr helfen keine Pillen
und ein noch so starker Willen.
Wenn der Magen plötzlich speit
Rasmus sich darüber freut.

Und du merkst in deiner Qual,
dass dir Manches wird egal,
wenn man an der Reling hockt
und es peinlich in dir bockt.

Bleich wirst du im Angesicht
gleich der Meereswogen Gischt.
Magen, Darm und Augen quellen,
wie vor dir die hohen Wellen.

Ist dann endlich leer der Magen,
in die Koje wirst getragen
Trübe bleiben deine
ohne Lust mehr auf die Minne.

Denkst nur an den nächsten Hafen
um dich einmal auszuschlafen
Ist er endlich dann errreicht
schnell das Übel von dir weicht

Mit dem Boden unter'n Füßen
wieder Freuden dich begrüßen.
stumm wird dann dein Gleichgewicht
und ganz freudig dein Gesicht.

Ein Hai und ein Wal

Ein Hai und ein Wal
die trafen sich einmal
im tiefen Atlantik
und waren nicht grantik

Er zeigte die Zähne
der machte Fontäne
sah'n aus wie geleckt
und machten Respekt.

Umschwammen im Kreise
sich dreimal ganz leise.
Dann wünschten sich weise
beid' weiter gut Reise.

In dem Lande hoch im Norden

In dem Lande hoch im Norden
mit dem Boote in den Fjorden.
einsam bist du mit dem Schiff
auf dem Törn nach Haugeriff.

Möwen schreien in den Höhen.
Kommt der Wind auch mal in Böen,
treibt Sturm Gischt dir ins Gesicht
Welle an den Felsen bricht.

Wenn die Sonne geht nicht unter,
wird das Land um Vieles bunter.
Sonne hellt die Sommernacht,
die Natur zeigt ihre Pracht.

Gletscher in die Fjorde fließen
Freundlich Menschen dich begrüßen
Wasser fallen von den Bergen
Trolle sich da nicht verbergen

Wunderland auf viele Weise
so seh ich's auf jeder Reise.
Wasser, Himmel, lange Küste,
dass ich wieder segeln müsste!

Im Atlantik

Das Kielwasser im Atlantik rauscht
Das Segel sich im Winde bauscht
Seit Ascension ein Südost uns treibt
Ein Passat, der Tage treu uns bleibt

Schön die Sonne auf- und niedergeht
Und mittags heiß über uns steht
Ein Morgen- und ein Abendrot
so selten und herrlich es uns bot

Die Nachtwachen sind vom besonderen Reiz,
da ich die Sterne über mir weiß:
Orion, Beta Geuze, der große Wagen,
das Kreuz des Südens sind da zu sagen.

Als das Schiff durch die Mallungen muss
da gibt's mit dem Wind so manchen Verdruß.
Die Freude wird groß beim Nordostpassat
Wenn der Wind wieder Kraft für die Segel hat.

Als auf den Azoren wir angekommen
sind wir noch ein wenig benommen
Es war wohl unser großes Glück
Die Ausdauer bis zum letzten Augenblick.

Das Boot im Hafen wird festgemacht,
ist nicht mehr in des Windes Macht.
Die Wachen können endlich rasten.
Die Fallen schlagen wieder an den Masten.

ANNETTE KURRLE

Geb. 1963 in Tuttlingen, wo ich aufwuchs und meine Schulzeit verbrachte. Nach dem Abitur zunächst Studium der Anglistik und Geschichte an der Universität Konstanz. Ab 1987 Studium der Humanmedizin an der Universität Tübingen. Nach dem Abschluss 1993 Facharztausbildung Innere Medizin und Promotion. Im Anschluss Weiterbildung Gastroenterologie, Diabetologie, Sozialmedizin und Geriatrie.

Seit 2005 Tätigkeit in Leitungsfunktion. Seit 2019 geriatrische chefärztliche Tätigkeit.

Nebenberufliches Studium der Medizinethik an der Uni Mainz mit Master-Abschluss 2021. Lehrbeauftrage Universitätsmedizin Mainz.

Seit 2017 Habilitation an der Goethe-Universität Frankfurt/Regensburg zum Thema „Implementierung von Versorgungsstrukturen im Gesundheitswesen".

Schriftstellerische Tätigkeit seit der Schulzeit, vorwiegend im privaten Bereich.

Mitglied im Bundesverband Deutscher Schriftstellerärzte (BDSÄ) seit 2018.

Weihnachten 2023

Ich steh` an deiner Krippe hier o Jesu du mein Leben[1],
ich komm` zu dir und spür selbst hier
an diesem Ort die unheilvollen Beben,
die unsren Erdball mehr und mehr erschüttern
und in mir lassen Herz und Seele erzittern.

Ich steh` an deiner Krippe hier o Jesu du mein Leben,
ich komm` zu dir
und während ich stehe hier
wird mir so klar
wie friedvoll mein Leben viele Jahre war.
Ich spüre tiefe Dankbarkeit
und sehne mich nach dieser Zeit.
Doch erfüllt von Angst wandert mein Blick
über die Kontinente von Konflikt zu Konflikt.
Die Zahl der Kriege und Krisen ist kaum mehr zu zählen,
und erahnen nur lässt sich der Menschen Verzweiflung
und Not,
die sich durch die Kriegswirren quälen,
begleitet von Hunger, Gewalt und Tod.

Ich steh` an deiner Krippe hier o Jesu du mein Leben,
ich komm` zu dir und frag` dich fassungslos nach dem
Sinn,
wo treiben Krieg und Gewalt uns hin?
Während der Ukrainekrieg mit seinen Schrecken im Fokus
unseres Denkens und Handelns stand,
entlud sich der Terror im Heiligen Land.
Unbändiger Hass und rohe Gewalt haben in einer Nacht
so vielen unschuldigen Menschen den Tod gebracht.

---

[1]) Paul Gerhardt EG 37

Ich steh` an deiner Krippe hier o Jesu du mein Leben,
ich komm` zu dir und frage dich
woher soll ich noch nehmen die Zuversicht.
Nicht nur in fernen Ländern herrschen Terror und Gewalt,
sie machen auch vor unserem Leben nicht halt,
breiten sich aus mit zersetzender Kraft,
die weltweit Ängste und Unruhen schafft.
Auch in jenen Staaten, die vom Krieg noch verschont,
ein tiefer Unfrieden Bürger und Gesellschaft bedroht.

Ich steh` an deiner Krippe hier o Jesu du mein Leben,
ich komm` zu dir und frage dich wie kann es sein,
dass sich die Menschen immer weiter entzwein?
Statt Zusammenhalt als oberste Pflicht,
verstellt ein Gegeneinander die klärende Sicht.
In allen Bereichen des Lebens, bestimmen den Ton,
hitzige Debatten, Streit und Konfrontation.
Es streiken Bauern, Piloten, Ärzte und Bahn
und legen kriselnde Bereiche weiter lahm.
Erbittert werden diese Konflikte ausgetragen
ohne zu lösen die grundlegenden Fragen.

Ich steh` an deiner Krippe hier o Jesu du mein Leben,
ich komm` zu dir und frage dich wie soll es weitergehen?
Wir sind gefordert Tag und Nacht
und stoßen gleichzeitig an die Grenzen unserer Macht.
Immer öfter müssen wir sehen
wie unsere Pläne in Naturkatastrophen untergehen.
Nicht im fernen Ozeanien haben im Sommer Wälder gebrannt,
sondern hier in unserem Land.
Der glänzenden Sonne wärmende Strahlen hitzig entfacht
haben Dürre auf den Feldern und Tod für Menschen und Vieh gebracht.
Sintflutartige Regenfälle lassen Seen entstehen,
wo zuvor Straßen verliefen und Wege zum Gehen.

Ich steh` an deiner Krippe hier o Jesu du mein Leben,
ich komm` zu dir und während ich hier steh`
erkenne ich und seh`
dass du der neue Anfang bist.
Drum bitt´ ich dich lass mich nicht länger verharren im
Klagen
sondern mit dir ohne zu verzagen
jeden Tag hoffnungsvoll einen neuen Anfang wagen.

Multimorbidität und moderne Medizin

Als ich an jenem Abend die medizinische Zeitschrift durchblätterte, zog ein Artikel zum Thema Multimorbidität, meine Aufmerksamkeit auf sich. Ausführlich wurden die gesellschaftlichen, sozialen, wirtschaftlichen und ethischen Auswirkungen dieses komplexen Erkrankungsbildes dargestellt, welches als eines der größten globalen Herausforderungen unserer Zeit betrachtet wird.
Nach dem Lesen des Artikels dachte ich an die zahlreichen multimorbiden Patienten, die ich jeden Tag in der Klinik betreue.
Definiert als das simultane Nebeneinander unterschiedlicher Erkrankungen, verbirgt sich im Alltag hinter dem nüchternen Begriff Multimorbidität ein komplexes Krankheitsbild.
Betroffene Patienten leiden unter kontinuierlichen Funktionsstörungen und dauerhaften Funktionsverlusten, welche lebensnotwendige Organe, Bewegungsvermögen, Sinnesorgane, den ganzen Körper erfassen. Gleichzeitig verlieren auch Alarmfunktionen des Körpers wie beispielweise Schmerzen ihren ursprünglichen Charakter als Schutzfunktion und führen in diesem multifaktoriellen Krankheitsprozess stattdessen zu einem bleibenden chronischen Schmerzzustand.
Jeder einzelne Verlust und die Gesamtheit aller Beeinträchtigungen bedingen einen Zustand, in welchem das Menschsein immer stärker von den Komponenten „Patientsein" und „Kranksein" geprägt wird. Ein Menschsein,

welches an Grenzen führt, zunächst an die Grenzen der eigenen Kräfte. Ein Menschsein, in welchem sich Abhängigkeiten entwickeln von Medizinern, Medikamenten und Maschinen.
Ein Betablocker hält den Herzschlag ruhig, wird dieser zu langsam so kann mit einem Herzschrittmacher Abhilfe geschaffen werden. Erkrankte Herzklappen und Gelenke lassen sich ersetzen und die Transplantation unterschiedlicher Organe ist durchführbar. Technische Errungenschaften verbessern kontinuierlich operative und interventionelle Verfahren. Und mit der Möglichkeit der Wiederbelebung wurde die Grenze zwischen Leben und Tod verschoben.
In diesem technisierten-medizinisierten multimorbiden Patientsein bestimmt das Menschsein ein Mechanismus der Kompensation, in dem geschädigte oder verlorene natürliche Funktionen künstlich ersetzt werden. Ein Prozess der trotz technischer und medizinischer Möglichkeiten mit neuen Wechselwirkungen und Funktionsstörungen verbunden ist und das multimorbide Patientsein zu einem vulnerablen Menschsein werden lässt.
Ein Sein, welches trotz des Eindrucks grenzenlos wirkender Machbarkeit moderner Medizin von deren Grenzen bestimmt wird.

NACHWORT

Liebe Leserinnen und Leser,

wir hoffen sehr, dass Ihnen dieses Buch Freude bereitet hat und einen festen Platz in Ihrem Bücherschrank findet. Es ist nicht einfach, eine solche Anthologie zusammenzustellen und in eine gut lesbare Buchform zu formatieren. Die Autoren und Autorinnen schreiben mit den verschiedensten Programmen in den unterschiedlichsten Versionen und mit allen möglichen Formatierungen, Schriftarten und -größen. Schon allein daraus ergibt sich eine Menge Arbeit für das einheitliche Erscheinungsbild des Buches.
Natürlich haben die Teilnehmer auch spezielle Wünsche, was selbstverständlich ihr gutes Recht ist. Wir versuchen all dem nachzukommen. Nicht immer klappt das bis ins letzte Detail. Es gibt Dinge, die man nicht verändern kann. Dazu gehört zum Beispiel die Breite einer Zeile nach Abzug der Seitenränder und des Bundstegs.
Aber, was sollen wir sagen? Es hat Spaß gemacht die vielen Beiträge aus den verschiedensten Genres zu einem wunderbaren Werk zu formen.
Wir hoffen deshalb sehr, dass es auch im nächsten Jahr weitergeht. Unser Ziel ist damit noch nicht erreicht. Wir wünschen uns, auch die fünfzigste Ausgabe herauszugeben, die im Jahre 2027 erscheinen wird, sofern die Kräfte des Universums uns dafür die Gelegenheit geben.
Drücken wir die Daumen und bleiben wir gesund!

Ihre Maria und Rainer Andreas Seemann

Printed by Amazon Italia Logistica S.r.l.
Torrazza Piemonte (TO), Italy

56938034R00263